ミステリ

JARTEY

ガーナに消えた男

THE MISSING AMERICAN

クワイ・クァーティ

渡辺義久訳

TOKYO
HAYAKAWA
BOOKS

A HAYAKAWA
POCKET MYSTERY BOOK

THE MISSING AMERICAN
by
KWEI QUARTEY

Translated by
YOSHIHISA WATANABE
First published 2022 in Japan by
HAYAKAWA PUBLISHING, INC.
This book is published in Japan by
arrangement with
MARLY RUSOFF & ASSOCIATES, INC.
through THE ENGLISH AGENCY (JAPAN) LTD.

装幀／水戸部 功

二〇一九年一月十六日の水曜日に殺害された、
ガーナのジャーナリスト、
アーメド・フセイン＝スアレに

目次

ガーナに消えた男

登場人物

エマ・ジャン……………………元巡査の新米探偵
ゴードン・ティルソン…………引退した元書店経営者
デレク……………………………ゴードンの息子
キャスパー・グッテンバーグ……ゴードンの親友。新聞記者
ハーバート・オパレ……………ガーナ駐米大使
アンジェリーナ…………………オパレ大使の妻
ジェイムズ・アクロフィ………ガーナ警察庁長官
アレックス・アンドー…………同総監。犯罪捜査局局長
クレオファス・ラリア…………同副総監
クアイノ…………………………同警視
ドリス・ダンプティ……………同警部。犯罪捜査局刑事
ダズ・ヌノー
エドウィン　｝…………………同ＳＷＡＴの隊員
カリッジ
ジョゼフィン……………………アクロフィの妻
スーザン・ハドリー……………ガーナ大学の客員教授
Ｊ・Ｋ・バンナーマン…………ガーナ大統領
ブルーノ…………………………エマの義理の弟
ニイ・クウェイ…………………サカワ・ボーイ
クウェク・ポンス………………クウェイの霊的な相談役
イェモ・ソワー…………………私立探偵事務所の所長
サナ・サナ………………………ガーナの事件記者
ローズ・クラークソン…………自閉症センターのオウナー
ティモシー………………………ローズの自閉症の息子

第一部

1

一月四日　ガーナ、セコンディ・タコラディ

シッパーズ・カウンシル・ロード沿いにあるUT銀行の切妻屋根の上でうつ伏せになった暗殺者は、長距離ライフルの銃床をしっかりと肩に当てて姿勢を整えていた。両脚は、屋根の棟を挟むようにしてまっすぐV字型に開いている。平らな場所のほうが撃ちやすいとはいえ、あらゆる問題点を補って余りあるほど、この位置における利点は大きい。この角度からだと、ライフルのツァイス・スコープと道路のあいだには視界を遮るものが何もないのだ。

彼は待った。その瞬間が来たら、人差し指の第一関節のしわの部分ではなく、指の腹を引き金に掛ける。関節の部分で引き金を引くと、横にひねる力が加わる怖れがあるのだ。親指で床尾をつかんでも同じことになりかねない。親指は銃床に添えて銃身の先端に向ける——それが、ガーナ警察庁のSWATチーム、パンサー班に入った当初に学んだことだった。あれから二年経ったいま、彼は同僚のなかでも屈指の狙撃手になっていた。残念ながら、ガーナ警察庁は口ではあれこれ言っているが、それを行動で示したことなど一度もない。いい暮らしができるのは、今回の件のようなフリーランスのスナイパーの仕事のおかげだ——こういった仕事がなければ、高級車や洒落た服、新しい家具など手に入らない。そして、もちろん女も。

ガーナでは、政治集会というのは大がかりな行事だ。

盛大に音楽が鳴り響き、ダンサーの集団が踊り、おそろいの衣装を着た女性たちがハンカチを振る。バイクに乗った血気盛んな若者たちの一団が縦横無尽に猛スピードで通りを走りまわり、車や仲間のバイクと衝突することもある。とはいえ、そうした興奮しやすい若者たちのからだにはアドレナリンが駆けめぐっているので、倒れてもすぐに立ち上がって走りつづけるのだった。

それは現職のバンナーマン大統領に対抗する、バーナード・エヴァンズ＝アイドゥ陣営が開催したセコンディ・タコラディ市内での大統領選のキャンペーンだった。エヴァンズ＝アイドゥは大柄でカリスマ性があり、トレードマークの赤、黒、白、緑という派手な衣装に身を包んでいる。それは、国民民主会議（NDC）のシンボルカラーだった。エヴァンズ＝アイドゥは黒のベンツのサンルーフから立ち上がり、シッパーズ・カウンシル・ロード沿いに列をなす興奮した群衆に手を振った。フル・ブラス・バンドがゆっくり進むその車を先導し、一糸乱れぬ動きでリズムに合わせてからだを揺らしたり脚を高く上げたりしている。車のうしろでは、わけもわからずに熱狂した子どもやティーンエイジャーたちが走りまわったり飛び跳ねたりしている。ベンツは何度も停まり、そのたびに驚くほどの身軽さで車を降りたエヴァンズ＝アイドゥがファンとハイタッチを交わした。彼に触れるという幸運を授かろうと手を伸ばす群衆の目には、崇拝するような、心酔しているような色が浮かんでいた。

そこは、その日三カ所目の訪問地だった。これまでアシム、タルクワをまわり、いまセコンディ・タコラディにやって来たのだ。先の二カ所での集会ではどうしても時間が押してしまい、エヴァンズ＝アイドゥとその一行は予定よりも遅れていた。夕暮れまえにはパレードをはじめたものの、赤道付近のこのあたりでは、いつものように六時くらいには急に暗くなっていた。

とはいえ、なんの支障もない。この行進の先頭には発電機と明るい照明を備えた車があり、この大人気の男をスポットライトで照らし出しているのだ。彼が掲げる公約に、若者たちは熱狂していた。ひとつ目の公約として、バンナーマン政権の腐敗した役人たちをひとり残らずクビにすることを挙げた。そして二つ目の公約として、ガーナが石油と天然ガスによって得た歳入の一部を、庶民、とくに多くの失業中の若者たちに利益をもたらすようなプログラムに注ぎこむと宣言した。富裕層の富を貧困層にまわすという典型的な政策だ。人並みの暮らしを渇望するそうした若者たちは心の底からエヴァンズ＝アイドゥを支持し、強烈な陽射しの下で何時間も彼の到着を待っていた。そしてようやく現われた彼は群衆を失望させることなく、この目もくらむようなショウを催した。見た目だけでなく、象徴としても彼は大きな存在感を放っていた。

人々の歓声やバンドの音楽、移動式発電機の大きな音が入り交じり、誰にも特徴的な銃声は聞こえなかった。あまりにも唐突にエヴァンズ＝アイドゥのからだが視界から消えたため、何か問題が起こったことに気づいた者はほとんどいなかった。

だが、ベンツのなかは恐怖に包まれた。エヴァンズ＝アイドゥは、ヤムイモが入った袋のように選挙マネージャーの膝に崩れ落ちた。その大統領候補の大臣の血が選挙マネージャーやなめし革のシートに飛び散り、選挙マネージャーは金切り声をあげた。前の座席にいたボディガードが、ボスの盾になろうと慌てて後部座席に飛びこんだ。運転手もうしろに首を伸ばした。

「どうしたんですか？　何があったんですか？」

「車を動かせ！」ボディガードが声を荒らげた。「とにかく車を出すんだ！」

ベンツが急発進し、通りのセンターラインを越えた。タイアをきしらせ、発電機を積んだ車を避けて走りつづけた。沿道の人々が叫んでいるが、もはや喜びの叫び声ではなかった。パニックの叫びだった。何か悪いことが起こったのはまちがいないとはいえ、それがなんなのかはっきりわかる者は誰ひとりいなかった。

ベンツのなかでは、マネージャーが悲鳴をあげていた。助手席のうしろになかばはまりこんでだらりとしたエヴァンズ＝アイドゥのからだを見ないように、顔を背けている。ボディガードがボスの頭を抱え上げようとしたが、血だけでなく頭の中身まであふれ出しているせいで手から滑り落ちてしまった。

運転手は息も荒く、死に取りつかれたかのようにステアリングを握り締めながら言った。「どこへ？　どこへ行けば？」

「タコラディ病院だ」ボディガードはことばを詰まらせて答えた。いまにも涙がこぼれそうだった。「急げ！」

前日

2

一月三日　ガーナ、アクラ

三台の黒く輝くSUVが、インディペンデント・アヴェニューを猛スピードで走っていた。ウィンドウは真っ黒で、サイレンを響かせながら小さなガーナの国旗をフードではためかせている。通りを走る一般車両はどうするべきか心得たもので、そのVIPのために車を脇へ寄せて道を空けている。

いまアクラの庶民たちが道を譲っているのは、中央の車の後部座席に坐っている警察庁長官のジェイムズ・アクロフィに対してだった。彼はブルーリボン委員会に提出するガーナの汚職撲滅に関する警察庁の報告書に最後の修正を加えているところで、その作業に没頭していた。それは長々とした報告書だった。J・K・バンナーマン大統領は約四年まえにガーナの有権者の圧倒的な支持を得て当選するまえから、この汚職という厄介な問題に毅然《きぜん》と取り組んできた。ガーナの国民は、この国が泥沼にはまりこんだトラックのようにずるずるうしろにスリップしている、そんな意識を心の奥底に抱いていた。バンナーマンはその意識に働きかけ、汚職がすべての国民の発展と繁栄の妨げになっていると訴えて国民を説得した。〝汚職の蔓延《まんえん》は、ガーナの終焉《しゅうえん》〟という彼のスローガンは、ぱっとしないものの、国民の心をつかんだ。バンナーマンは、〝汚職のない進歩した社会〟という新たな時代の到来を約束した。人々は、サハラ砂漠でオアシスを求める喉が渇き切った人間のように、切実に彼に手を伸ばした。

実際には、汚職撲滅マシンはアンティーク・カーのエンジン並みに動きだすのに時間がかかった。いまやバンナーマンの一期目の任期は終わりにさしかかり、大統領選挙と議会選挙を控えた今年の年末にむけて各党が躍起になっていた。とはいえ、これまでの大統領の実績にはむらがあった――ほとんど何も成し遂げていないとか、行動が遅すぎるとかいった意見まである。バンナーマンは実行力に欠け、理想を追い求めるばかりで現実的でない、というのは確かに的を射ている。だがアクロフィは、真実はその中間だろうと内心では思っていた。問題は、いまバンナーマンは、ある男に脅《おびや》かされているということだ。その男とは、バーナード・エヴァンズ＝アイドゥだった。

そのSUVの車列はジュビリー・ハウスのゲートを抜け、広大な広場を通って大統領官邸へ向かった。その官邸は、アシャンティ族の支配者が坐る黄金のストゥールを模して造られたものだった。アクロフィが大統領官邸に来ることは通知されていたので、宮殿の入り口からバンナーマン大統領の奥の私室に通じる最後のセキュリティ・ドアに至るまでスムーズに抜けられ、途中のチェックポイントでの検査はどれも形式的なものだった。警察庁長官がどういう人物なのかは、誰もが知っている。バンナーマンのもっとも親しい友人にして、相談役のひとりでもあるのだ。

六十三歳の大統領は厳しいとはいえどこか優しげな顔つきをしていて、濃灰色《のうかいしょく》の髪からは知性が感じられる。大統領はアクロフィに大股で近づき、手を伸ばした。「ジェイムズ、元気かい《エティ・セン》？」

「おかげさまで《ニャメ・アドム》、J・K」アクロフィはそう答え、力強く、心をこめて握手を交わした。視線を合わせる二人の様子からは、強い絆が感じられる。

「よく来てくれた、会いたかったよ」バンナーマンは言った。「まずは坐ろう」

アクロフィは大統領のあとにつづき、中央にガーナの紋章が描かれた深紅色のカーペットの上を数メートル歩いた。その部屋は床から天井まで届く防弾の着色ガラスで囲まれ、アクラの街並みを三百六十度眺めることができる。その防弾ガラスのせいで、宮殿の建築費が五千万ドルにまで膨れ上がったのはまちがいない。とはいえ、アクロフィはそれが必ずしも悪いことだとは思っていなかった。支配階級の豪華な住まいに文句を言うことが流行《はや》っていない国など、どこにあるというのだ？

アクロフィは敬意を表し、国のリーダーが腰を下ろしてから自分も坐った。「ジョゼフィンや子どもたちは元気かい？」バンナーマンはそう訊き、友人になかばからだを向けた。

「おかげさまで、みな元気にしております」アクロフィは答えた。「いまジョゼフィンはワシントンD．C．で、いわゆる友人や影響力のある人たちとのつながりを作っているところでして、そのあとでクワメに会いにイギリスへ行くことになっています」

バンナーマンの表情が和らいだ。「最近のクワメの様子は？」

アクロフィは悲しみを漂わせて視線を下げた。「あいかわらず、調子のいいときもあれば、悪いときもあります」

「もちろん、そうだろうな。神のお恵みによって、いつかきっとよくなる日が来ると信じている」

「ありがとうございます、Ｊ・Ｋ。そう言っていただけると嬉しいです」

「あたりまえじゃないか」バンナーマンは言った。「さて、それでは報告書を見せてくれ」アクロフィが報告書の入ったフォルダを手渡すと、大統領はひととおり目を通した。

「上出来だ」読み終えてから言った。「まさに素晴らしいとしか言いようがない。上層部の汚職を四つの段階に分けて一掃するという計画が気に入った。きみは、中間管理職や下級職員の考え方を変えるためにいろいろ手を尽くしてくれた。これからのターゲットは、さらに上の連中だ」

「努力を惜しまないと約束いたします。この国のために大統領がしようとしていることには、頭が下がるばかりです」

バンナーマンと彼は、高校、大学、そしてロースクールで同じときを過ごした仲だった。アクロフィはこの友人の大統領選挙を全面的にサポートし、バンナーマンはその見返りに警察庁長官の地位を約束した。警察庁長官というのは、昇任して手に入るものではない。大統領の権限によって指名される、文民の地位なのだ。

バンナーマンは立ち上がり、イタリアから取り寄せられたシタン材のデスクに書類を置いた。そして、南西の窓からの景色に目を向けた。アクラの午後の渋滞は、詰まった配管並みにひどい。そこからは、ガーナ警察庁の建物の屋上が見える。片側一車線のリング・ロード・イーストの向こうには、木々のあいだからいくつかの大使館が見え隠れしている。

アクロフィが大統領の横に並んだ。

「きみと私はよく似ている」バンナーマンは静かに口を開いた。「だからこそ、どんなに私がこれを望んでいるか、わかっているはずだ。もちろん、汚職を完全には根絶できないだろうが、ガーナの人々にはいままでとはちがう見方をしてほしいんだ——汚職は社会の隅々にまで転移したがんのようなものだと。これからは、片っ端からそのがんを切除していかなければならない。そうしてはじめて、社会は変わっていけるのだ」

アクロフィは頷いた。「おっしゃるとおりです」

「ガーナの人々の精神に、汚職撲滅を叩きこんでいく」バンナーマンは言った。「看板、ラジオ、テレビ、ソーシャル・メディア。ラッパーやサッカー選手たちにも協力してもらう。そういった力を借りれば、意識改革をもたらすことができるだろう」アクロフィに目を向けた。「われわれは戦士だ。立ちふさがる敵は強大だが、二人でなら、きっと打ち勝つことができる」

「強大な敵というのは、汚職のことですか？　それともエヴァンズ＝アイドゥですか？」

「汚職だ。エヴァンズ＝アイドゥはいまの立場をつづけることはできない。石油で得た富を国民に再分配するなどというあの男の考えは、馬鹿げている。ここはノルウェーではないのだ」

「そんなことをしている国などどこにもありません――ノルウェーを除いては」アクロフィは苦笑いを浮かべた。「ですが、あの男のことが少し気がかりなんです。支持者たちはあの男の話を信じていますし、日に日に支持者が増えてきています。もちろん、そんな期待をしても所詮《しょせん》は無駄なのですが、人というのはそういったことにすがりたいものなのです」


アクロフィは友人の反応を待っていた。だが、バンナーマンはうつむいてポケットに両手を突っこみ、背を向けた。アクロフィは、バーナード・エヴァンズ＝アイドゥを止めなければバンナーマン政権が終わるのではないか、そんな嫌な予感がした。

3

ニイ・クウェイは〝サカワ・ボーイ〟だ。サカワ・ボーイというのは、インターネット詐欺でカネを稼ぐ人のことだ。〝サカ〟というのはハウサ語で〝入れる〟という意味があり、オンラインのショッピング・カートに商品を入れることを指している。ニイはガーナ大学で政治学の学位を取得した高学歴の持ち主だが、その分野では求人募集が津波のように押し寄せてくることはなかった。ニイ・クウェイに残された選択肢は無職かパートの仕事しかなく、卒業後一年近くはその二つの陰鬱な状況を行ったり来たりしていた。

過去を振り返るたびに、運命が変わった日のことをはっきり思い出せる。〈マックス・マート〉から出てきたニィは、中学校時代の級友のアイザックとばったり出くわした。そして、アイザックが最新のレクサスSUV——しかも真っ赤なタイプ——を所有していることに唖然とした。中学校時代のアイザックは運動が得意なだけのいたずら好きの落ちこぼれで、学業で成功する望みはまるでなかった。実際、かろうじて高校を卒業できた程度で、そんな成績では大学にも専門学校にも行けなかった。そんな彼が、どうしてレクサスなどに乗っているのだ？　ニィ・クウェイが乗っているのは、でこぼこにへこんだ古いトヨタ・カローラだ——しかもその車が使えるのは、兄が貸してくれるときだけだった。

「それで、いまはどこで働いているんだ？」ニィ・クウェイはアイザックにそう訊いたが、好奇心を隠そうと口調を抑えていた。

「インターネット関係だよ、わかるだろ」アイザックは答えた。

「いや、わからない。インターネット関係って、どんな仕事なんだ？」

「海外事業みたいなやつさ」

アイザックの手首に巻かれたきらめく大きな金の鎖がニィ・クウェイの目に留まり、しばらくその輝きから目が離せなかった。「いいじゃないか、アイザック」ガ語で言った。民族言語で話をすると、いつだって効果があるのだ。「友だちだろ、教えてくれよ。どんな仕事をしてるんだ？」

アイザックは、誰かに見張られているかもしれないとでもいうようにあたりを見まわした。あるいは、大げさに振る舞いたかっただけなのかもしれない。「わかったよ。車のなかで話そう」

すごい、車に乗ったニイは驚愕した。正確に縫い合わされたなめし革の座席に指を這わせ、ハイテクなデザインのダッシュボードに見とれた。まるで飛行機のコックピットのようだ。しかもナヴィゲーション・システムまで付いている。〝どうしておれにはこんな贅沢ができないんだ?〟

エアコンの効いた心地よいレクサスのなかで、アイザックはニイにサカワの世界を説明した――呪術的な力の加護を得ることにより、さまざまな手法で大金を手に入れられるインターネット詐欺について。その呪術的な力を得るには、伝統祭司、いわゆる呪術師のような霊能者の協力を借りる。かつては聖職者――キリスト教の牧師やイスラム学者《マラーム》――のもとへ行ってそういった力を得ようとしたのだが、聖職者も神自身もあまり当てにはならなかった。そういった神秘の力が効果を発揮するのに時間がかかりすぎるのだ。呪術師は早かった。すぐさまその依頼に取りかかり、あっという間にサカワ・ボーイは競走馬のように勢いよく飛び出していった。

だが、依頼主に対する呪術師の要求は安くはなかった。神に二羽のニワトリを生贄《いけにえ》に捧げるなどあたりまえで、しかもそれは簡単なほうだった。厄介なのは、呪術師がサカワ・ボーイに要求するさらに奇妙な儀式だ。神にはお気に入りの捧げものがいくつかあり、サカワ・ボーイが少しでも成功を望むなら、そういった品を呪術師にもっていかなければならない。とりわけ貴重とされる捧げものは、白人《オブロニー》かアルビノの毛髪、子どもの大腿骨、人間の唇、男性や女性の生殖器といったものだった。そうした人体の一部を手に入れるいちばんの方法は、大きな病院の霊安室で働く者と話をつけることだった。

アイザックは、呪術師のひとりに求められたことを詳しく話して聞かせた。それは、毎日三人のちがう女性と一週間セックスをし、証拠としてそれをヴィデオ。呪術師の指示に従わなければ、即座に収入を失ったり、病気になったり、命を落としたり、あるいはそのすべての災いが降りかかることになりかねないという。

「でも、実際にはどうやってカネを稼ぐんだ？」ニイはアイザックに訊いた。「四一九みたいにやるのか？」

悪名高い〝四一九〟詐欺というのは、架空のナイジェリア人の石油王をでっち上げ、たった五千ドルを送るだけで何百万ドルもの歩合が保証されるというEメールを送るというものだ。

「それは誰だって知ってるやつだ」アイザックはにやりとした。「ナイジェリア人が考え出した方法で、いまでも通用する。でも、ガーナ人はそれをより新たな高みへと引き上げたんだ。いまじゃ、おれたちのほうが連中よりもうまくやってる。詐欺のテクニックも増えた」

アイザックはニイ・クウェイに、イラク戦争の退役軍人詐欺について説明した。それは次のようなものだった。アメリカの海兵隊員が、任務を終えて帰国する途中でトルコ／ヨルダン／カタールから動けなくなった。当局にパスポートを没収され、その国を出るには三千ドルを払うしかない。だが、彼にはそれだけのカネを手に入れる手段がない。この切羽詰まったEメールを受け取ったあなたに、助けを求めることはできないだろうか？　いまから七十二時間以内に支払わなければ、彼の命が危険にさらされる怖れがある。彼が国に戻ったら、すぐに返済する、というものだ。

そのほかにもいろいろある。恋愛詐欺、宝くじ詐欺、なりすまし詐欺、クレジットカード詐欺、遺産相続詐欺、投資詐欺、ヤフーやフェイスブック詐欺――より取り見取りだ。こうした違法な手段で荒稼ぎできる金額の大きさよりも驚くべきは、いかに白人たち――とくにアメリカ人――がだまされやすいかということだった。そういったインターネット詐欺の記事を読んで知っている人たちでさえ、まんまとだまされてしまうのだ。まさに驚くべきとしか言いようがない。

そのなかでも、チャンピオンに君臨するのはゴールド詐欺だ。この詐欺は、何千、何万という大金をもたらしてくれる。この詐欺によく引っかかるのは、金《きん》に目がないアラブ人だ。中国人は？　試すだけ無駄だ。中国人はあまりにも狡賢《ずるがしこ》く、詐欺師を詐欺にかけることさえできるほどなのだ。

ゴールド詐欺では、海外の手ごろな獲物を探すことからはじまる。そういった獲物は〝ムグ〟と呼ばれ、それはまさしく〝間抜け〟を意味する。仮にここでそのムグを〝ジョー〟と呼ぶとしよう。ジョーは金に投資しているか、あるいは金に興味があるとする。呪術師にジョーの名前と写真を見せ、ジョーがいい獲物かどうか（霊的に）調べてもらうのがいいだろう。サカワ・ボーイは、この国に大量に眠る魅惑的なきらめくその鉱物をエサに、24金を売ると言ってジョーをガーナにおびき寄せる。最終的な狙いは、ガーナで二十キロから四十キロの金鉱石をジョーに買わせることだ。ジョーが独自に行なう検査ではその金鉱石に金が含まれていることが証明されるが、取引の課程において〝詐欺チーム〟のメンバーが容器をすり替える。実際にジョーが購入するのは、銅のくずを含んでいるためにそれなりに金色に見えるただの石ころというわけだ。アメリカに戻ったジョーは、なんの価値もないものに二十万ドル以上も払ってしまったということに気づくのだ。

アイザックがゴールド詐欺に関わったのは、一度や二度ではなかった。現に、ムグが部屋にいるほかの者に気を取られている隙に、その恥知らずの〝すり替え〟をする役割を担ったこともあった。

「そんなふうに他人からカネを奪って、うしろめたくないのか？」ニイ・クウェイは訊いた。

アイザックは、情けと憐みの入り交じったような表情で彼を見つめた。「おまえ、大学で政治学を勉強したんだろ?」

「ああ」

「ガーナだけじゃなくて、アフリカ全体が白人たちに搾《しぼ》り取られてきたって、教わらなかったのか?」

「もちろん習ったさ。そんなこと、誰だって知ってる。でも、おまえがカネを奪っている人のほとんどは、直接おれたちから搾り取ってきたわけじゃ――」

「何言ってるんだ?」アイザックが遮った。「あいつらは長年にわたって搾り取ってきた恩恵を、直接受けているんだぞ。だから同罪だ。あいつらはおれたちにカネを払わなきゃならない、白人はみんなそうだ。おれたちは金《きん》やダイアモンド、森、石油――それにもちろん、同胞たちもやつらに奪われてきた。奴隷としてな。いまだって、看護師や医者が連れていかれて――」

「看護師や医者は、自分の意思でガーナを出ていくんだ」ニイは指摘した。「もっといい暮らしがしたいから。当然だろ? おれだって、海外《アブロチーレ》へ行けるなら行くさ。おまえだってそうだろ!」

アイザックは舌打ちをして首を振った。「奴隷としてこき使われるために? ごめんだね」

「でも、白人にもいい人だっている」ニイは引き下がらなかった。「もしかしたら、アフリカで活動している援助組織に寄付しているような、貧しい白人のおばあさんからカネを奪っているかもしれないじゃないか」

「いまなんて言った? 貧しい白人のばあさんだと」アイザックは腹を抱えて大笑いした。「面白いやつだな、ニイ。アメリカの貧乏人っていうは、おれたちからしたら金持ちなんだよ。カネを盗られたって、痛くも痒くもない。ちっとも気にしやしないのさ」

ニイ・クウェイはため息をつき、しばらく窓の外を眺めていた。いくら言い争ったところで、彼に勝ち目はない。しかも、外国に搾取されてきたという点に関して言えば、アイザックの言っていることもあながち的外れではない。それでも、他人からカネをだまし取るという発想に飛躍するのは、ニイにとっては抵抗があった。とはいえ、ニイは疑念を抱きつつも、引き寄せられていくのがわかった。このレクサスを見てみろ、そう言う心の声が頭から離れなかった。まるで夢のようだ。

「おれにもできるかな?」ニイはアイザックに訊いた。「そのサカワってやつを。別にやりたいとかじゃなくて——ちょっと思っただけなんだけど」

「できるに決まってるだろ!」アイザックは大声で言った。「ニイ、おまえは頭がいい。なのに、いまは人生を無駄にしてる。なあ、二、三カ月くらい試してみて、それからつづけるかどうか決めればいいじゃないか」

アイザックの指導を受けていたとはいえ、ニイ・クウェイにとってサカワになるための最初の数カ月は楽なものではなかった。アイザックはニイ・クウェイにやり方を教え、さらにクウェク・ポンスという人物を紹介した。ポンスは伝統祭司で、ニイ・クウェイの霊的な相談役になった。ポンスはニイに、厳しい通過儀礼を課した。ニイは一度ならずやめたくなったが、それでもなんとか耐え抜いた。

それから三年経ったいま、アイザックは(皮肉にも)ドイツへ行き着き、ニイは黒く輝く自分のレンジ・ローバーを手に入れ、ブルーノという見習いの指導係をするまでになっていた。ブルーノはがさつで洗練されておらず、まるでバオバブの木から削り取られた木片のようだった。ニイはブルーノに、白人の心理を理解させなければならなかった。そういったことは何もかも、ニイはガーナ大学で学んだ。大学で多くの白人学生たちと付き合っていただけでなく、スーザン・ハドリーというアメリカ人の教授と肉体関係にもあったのだ。その当時、スーザンはボストンから客員教授としてやって来ていた。週に数回、ニイ・クウェイはキャンパス内にある彼女のバンガローへ行き、二人とも足腰が立たなくなるまでセックスをしたものだった。いまはスーザンがアメリカに戻ってしまい、ニイは彼女に会いたいと思うことがよくあった。

4

一月四日　ガーナ、アティンポック

ローバーに搭載されたオーディオ・システムの八つのスピーカーから流れるヒップライフの音楽に合わせて頭を振りながら、ニイは北のアティンポックへ向かって車を走らせていた。午後二時過ぎにトロトロ（小型の乗り合いバス）がひしめき合う乗継地《ジャンクション》に着いた彼は車を停め、アボロー（トウモロコシの粉を発酵させた生地で作ったパン）と香ばしいワン・マン・サウザンド（稚魚のフライ）、それに激辛のシト（チリペッパー・ソース）を買った。それを食べながら、ニイは騒がしい雑然とした様子を眺めていた。乗継地にやって来ては出ていく旅行者、埃や煙を立ち昇らせて出発するトロトロ、何か買ってもらおうと到着したトロトロに群がる行商人。皮肉なことに、そういった行商人たちが売っているのはどれも同じものばかりだった。

食べ終わってからアルヴァロ・パイナップル・ソーダを飲み干した。乗継地から車を出して先へ進み、アドミ・ホテルの脇で駐車スペースを見つけた。車を降り、南へ向かう道路に沿った形ばかりの歩道を四百メートルほど歩いた。それから右に曲がり、二軒の家のあいだを抜けて急な丘を上っていった。ヴォルタ湖周辺を走る道路の東側の平地はほとんど開発し尽くされてしまい、いまでは丘陵地帯へと開発の手が伸びていた。当然、いちばん高いところに住むのはもっとも裕福な人たちだった。クウェク・ポンスもそのひとりだ。広大な敷地には長いベランダのある独立した低層の建物が三棟あり、そのうちの一棟は建築中だった。敷地の前にはSUVやセダンといった、ポンスが所有する車が六台も駐められている。ポンスはここアティンポックだけでなく、アクラにも祭祀所《さいしじょ》をもっている。喧《けん》騒《そう》を極めるアティンポックの乗継地とはちがい、ここは閑静なところだった。聞こえるものといえば、ヤギやヒツジ、ニワトリの鳴き声や、遊んでいる子どもたちの声だけだった。

真ん中の建物のベランダで、二人の女性が洗濯をしていた。洗濯用とすすぎ用に、それぞれバケツがひとつずつ置かれている。ニイが近づいていくと、二人は顔を上げた。

「こんにちは」ニイはひどい発音のチュイ語で話しかけた。ガ族の彼は、チュイ語のアクセントが苦手だった。「あら、ニイ・クウェイ」年上のほうの女性が笑みを浮かべて言った。「元気？」

「ええ、元気です。ミスタ・ポンスはいますか？」

彼女は立ち上がり、腰に巻いた布で両手を拭いた。「訊いてくるわ」家に入り、すぐに出てきてニイに手招きをした。「ミスタ・ポンスがお会いになるそうよ」薄暗い部屋に目が慣れるのに、数秒かかった。ポンスはケンテと呼ばれるきらびやかな民族衣装に身を包み、隅に置かれた伝統的な木製のストゥールに坐ってスマートフォンでメールを打っていた。ポンスは子どものころにガス・ランプが大爆発するという事故に遭い、顔と胸に一生残る傷を負ってしまった。とはいえ、最近になってアメリカで受けた再建手術のおかげで、染みだらけの引きつった肌はかなり回復していた。そポンスは〝呪術師〟ということばを嫌っていた。それは白人たちによって付けられた呼び名であり、つねに軽蔑的な意味合いがこめられているからだ。〝伝統祭司〟という呼び名を好み、そのほうがポンスにはぴったりだった。彼はガーナの保守的な聖職者やキリスト教ペンテコステ派の司祭たちの予言はでたらめでまちがっていると言って非難し、彼らを繰り返し罵倒していたのだ。ポンスは徹底的に嫌われるか、心の底から信頼されるかのどちらかだった。ニイ・クウェイにとって、ポンスは恐怖や尊敬、そしてときには愛情さえも呼び起こす父親のような存在だった。

「どうも、パパ・ボス」ニイはそう言い、額に触れて挨拶をした。

「元気かね？」ポンスは鼻にかかった声で言った。まるで声帯が鼻の裏側にあるかのようだ。

「はい、元気です」

「坐りなさい」ポンスは目の前のストゥールを指した。

「最近はどうだ？」

ニイは咳払いをした。「まずまずです」

「今日は何をもってきた？」

ニイはポケットから折りたたまれたぶ厚い封筒を取り出し、立ち上がってポンスにその封筒を手渡した。ポンスはなかからセディ紙幣を抜き出して数えた。そして、説明を求めて顔を上げた。「これだけか？」テナーの声は抑揚がなく、刺々しかった。

ニイは内心、萎縮していた。「パパ、もっと稼ぎます。思ったほど、カネが入ってこなくて。何がいけないのか、わからないんです」

「うまくいかないのは、神々がおまえに不満を抱いておられるからだ」ポンスはきっぱり言った。

ニイはそう言われて背筋が冷たくなり、さっと舌で唇を舐めた。「わかりました、パパ」

「二週間以内に、捧げものとしてニワトリを二羽もってこい」

ニイは首を縦に振った。

「それと」ポンスはつづけた。「白人の女の髪の毛も」

ニイはびっくりした。「すみません、パパ――いま、なんて？」

「白人の女の髪の毛だ」

「アルビノではだめですか？」ニイは言ってみた。それなら町で買える。値は張るが、手には入れられる。

「だめだ！」ポンスは首を振った。「耳が聞こえないのか？　私は白人の女と言ったのに、〝アルビノ〟だと？　愚か者め。白人の女と寝て、髪の毛を手に入れるんだ。それと、その女の染みの付いたパンティもだ。そうすれば、神々にもおまえが真剣だということが伝わるだろう。もしもってこなければ、どうなるかはわかっているな？」

ニイにはわかっていた。暮らしや富、名声――ときには命さえも失うことになる。「必ずもってきます、パパ」

「ところで、例の見習いだが、少しはやり方を覚えたのか？」ポンスが訊いた。

「ブルーノのことですか？　なかなか飲みこみが早いです」

「使えそうなら、次に来るときにいっしょに連れてこい。その見習いにも、生贄用の二羽のニワトリをもってこさせるように」

「わかりました」

「今日は以上だ」

ニイはうろたえていた。神に――神のなかの神に――助けを求めるしかなかった。白人の女性を見つけなければならないのだ。

5

一月五日　ガーナ、アクラ

その夜、ニイはオックスフォード・ストリートにある〈ザ・リパブリック〉に行った。そこは騒々しいクラブで、DJがヒップライフやヒップホップを流している。いつものことながら、店に人が入りきらないときには、常連客たちは通りにあふれ出す。ウェイターはテーブルのあいだを素早く動きまわり、カクテルやヤムイモ・フライを運んでいく。客はガーナ人だけでなく、世界各国の人々も交ざり合っている。アメリカの白人女性は、黒人男性のペニスを求めてこの店にやって来る。そういったアメリカ人女性はいつもクールに振る舞っているとはいえ、よく注意して見れば、彼女たちが死肉に群がるハゲタカのように、若くて背の高いガーナの男たちを貪るように見つめているのがわかる。

ニイは、小さなダンス・フロア脇のテーブルで数人の客と坐っている三人の白人の女性に目を留めた。ひとりは太めで、もうひとりは細身だが胸はほぼ真っ平らだった。ニイの気を引いたのは、三人目の女性だった。きれいな女性で、ダーク・ブロンドの髪が肩にかかっている。たっぷりとした豊かな髪だった。

ニイは三人の方へ行った。魅力を全開にし、アクセントや発音をアメリカ風にした。目を付けたきれいな女性はリースという名前で、ニイは彼女に猛アタックした。スーザン・ハドリーに教えてもらったアメリカ人の言いまわしや慣用句も駆使した。

リースは彼の誘惑に応えているようだった。だがしばらくすると、ほかの二人が邪魔しようとしていることにニイは気づいた。とくに太めのシェイラが、彼に蔑《さげす》んだような目を向けてくる。リースを〝守ろう〟としているようだが、たんに嫉妬しているだけかもしれない。そのいまいましいシェイラのせいで、リースの電話番号を訊くことさえできなかった。それでも、リースに自分の二台の携帯電話の番号を教えることはできた。

唐突に、もう帰る時間だとシェイラがほかの二人に合図をした。シェイラがほかの二人を彼から遠ざけようとしているのではないか、ニイはそんな気がした。だが、どうして？　偏見のせいだろうと思った。三人が〝楽しかったわ〟といううわべだけのことばを残して去っていくと、ニイは振られたように感じ、それから腹が立った。リースが別れ際に振り向いて視線を送ってきた。ひとりになったときにでもメールをくれ、ニイはそう祈った。

どちらかと言えば早めに――深夜零時過ぎに――家に帰り、苛立ちと不安を抱いたままベッドに入った。白人の女性と寝て髪の切れ端を手に入れるには、次はどうすればいいのだろう？　リースからのメールが来ていないかどうか携帯電話をチェックしてみたが、やはり来ていなかった。

電話の音で目が覚めたときには、午前十時をまわっていた。リースからかもしれないと期待して心が弾んだが、彼女からではなかった。嬉しいことに、電話してきたのはスーザン・ハドリーだった。いま市内のゴールデン・チューリップ・ホテルに泊まっていて、彼に会いたいというのだ。

6

スーザン・ハドリー博士がはじめてガーナに来たとき、彼女はボストン大学で終身在職権をもつ物理学者だった。その当時は五十二歳で、離婚したばかりで人生に幻滅していた。離婚で心に深手を負っていたのだ。

スーザンは、それまでのペースと環境を変える必要があった――しかも劇的に。そこで二年間、客員教授としてガーナ大学で教えるという契約をしたのだった。それまでアフリカの大地を踏んだことがなかった彼女にとって、それは大きなカルチャー・ショックだった——まさに、彼女が必要としていた衝撃だ。ボストンとは似ても似つかない。そういった場所で〝心の洗濯〟、つまり心に潤いを与えたかったのだ。

　ガーナではさまざまな習慣に触れることになったが、そのひとつが見ず知らずのガーナの若者たちから〝ママ〟と呼ばれることだった——公共の場所でさえそう呼ばれる。侮辱しているわけではない。敬意や愛情を表わすことばなのだ。そう呼ばれることで、もはや若くはないという現実を思い知らされるのは確かだが、彼女はその現実を受け入れるようになった。ひとつには、その年齢のおかげでアメリカにいたころとは比べものにならないくらい敬われるようになった、ということがある。アメリカでは、〝マム〟という呼称には蔑《さげす》みがこめられることもあるのだ。

　スーザンには、新たな経験を喜んで受け入れる心構えができていた。暑さや湿気、それにどこもかしこも肌の黒い人たちばかりという環境によって、彼女のなかで何かが目覚めた。ベッドをともにした男たちの数には自分でも驚くほどだった。その男たちのなかでも、ニイ・クウェイは彼女にとって王子様だった。二人が出会ったのは、職員と学生たちの交流会でのことだった。ニイは政治学を専攻する四年生で、頭がよく、話術に長《た》け、ユーモアのセンスもあった。ユーモアという点において、ガーナ人はアメリカ人ほど皮肉を多用しないのだが、ニイ・クウェイはその使い方をよく心得ていた。

　スーザンが恋の追いかけっこやもったいぶった素振りで駆け引きをしたのは、何十年もまえの話だ。その交流会の夜にはさっそく本題に入り、キャンパス内の彼女のバンガローにニイ・クウェイを招いて夜遅くまでセックスをした。彼は素晴らしかった。スーザンは何度もオーガズムに達し、ぼろ雑巾のようにぐったりしてしまった。翌日の講義は多少たどたどしいところもあったが、ある学生からはとても輝いていると言われた。

はじめは、ニイに〝マミー〟と呼ばれて大喜びはしなかった。妙な感じがし、目をぐるりとまわしてあきれた表情を見せた。ニイには気まぐれなところがあるものの、誠実で愛情深かった。経済的に余裕があるわけでもないのに、いつも市場やモールでちょっとしたプレゼントを買ってきてくれた。彼女が惹かれたのはニイの匂いだった——土臭い感じだが、それでいて若々しくて本質的な匂いだった。

スーザンの二年の契約期間が終わりを迎えるころになると、彼女と別れなければならないニイは機嫌が悪くなった。とはいえスーザンは楽観的に構え、できるだけ早くガーナに戻ってくると約束した。

「戻ってくるときには連絡すると誓ってくれないか？」ニイは念を押した。

「誓うわ」

そしていま、スーザンは戻ってきた——さらに老け、心理状態も以前とは同じではなかったが。いまではニイも二十六歳くらいになっているはずだ。ホテルの部屋のドアを開けたスーザンは、ニイから幼さが抜けているのがわかった。きれいにひげを切りそろえ、からだつきも逞しくなっている——少年というよりも大人の男性のからだだ。しばらく二人は抱きしめ合っていた。

「本当に会いたかったよ」ニイはスーザンに言った。「話したいことがたくさんある」

二人は並んでソファーに腰を下ろした。ニイは、政治学の学士号をちっとも活かしていないことを話した。実際には学士号などなんの役にも立たず、無職というつらい時期を経験したあと、ようやくいわゆるＩＴ関連の仕事に就くことができた、と。

「おめでとう！」スーザンは驚きの声をあげた。「しかも、うまくいっているようね。着ている服だって、流行の最先端のものじゃない！　それに信じられないけど、まえよりもハンサムになっているわ」

ニィは笑い声をあげた。「ありがとう。それで、きみはどうなの？　仕事は？」

スーザンはいまだにボストン大学で講師をしていた。そして、長女に赤ん坊が生まれた。

「すごくきれいだ」ニィは優しく言った。「キスしてもいい？」

たっぷり時間をかけてキスをした。それからニィはスーザンにしっかりつかまっているように言い、彼女を抱え上げてベッドに運んだ。

ニィ・クウェイは以前よりも繊細になったように思えた――少なくとも、はじめのうちは。だが数分もするとかつての荒々しさがよみがえり、それとともに新たな一面も見せた。以前の彼からは聞いたこともないようなひわいなことばを使うようになったのだ。英語にガ語を交え、ホットで激しく、下品でエロティックなことばを繰り出していた。スーザンは強烈な高みへと昇りつめ、朦朧《もうろう》とした意識のなかで大声であえぎながら、もっと激しく、もっと速くと懇願していた。ニィがその要求に応えているうちに、二人はベッドの反対側の端まで動いていた。ベッドから落ちるまえに、ニィは彼女を抱えてもとの位置に戻った。

二人とも疲れ果て、ニィはしばらく眠りに落ちていた。そんな彼を見つめながら、スーザンは艶のある黒い肌にうっとりしていた。その肌は光を吸収しながら反射もしていた。ニィが身じろぎをして彼女を抱き寄せた。スーザンは背後から抱えこまれ、彼のからだのラインにぴったり収まった。

「まえよりも髪の色が明るくなったね」ニィが口を開いた。

スーザンは含み笑いを洩らした。「白髪が増えたってこと？」

「そんなつもりで言ったんじゃない」彼女にキスをした。「素敵だよ。髪をもらってもいい？」

スーザンは顔を上げて彼を見つめた。「本気で言ってるの？」

「ああ、本気だよ。きみの髪の毛が欲しい。髪の毛でブレスレットを作れる人を知っているんだ。そのブレスレットを着けていれば、いつでもきみといっしょにいられる」

「とっても変わっているけど、嬉しいわ。髪をあげるのはいいけど、ちょっとだけよ。髪がふさふさってわけじゃないんだから」

スーザンは起き上がり、荷物をあさって救急セットのなかから小さなハサミを取り出した。

ニイはうしろ髪の先端を切った。そこがいちばん長いのだ。「ありがとう」

7

一月六日　ガーナ、アクラ

エマ・ジャンは、いつも眠りが浅かった。暗闇のなかで頭を上げ、携帯電話に目をやった。午前二時五十四分。目を覚ますには最悪の時間だ。この時間を有意義に使おうと、ベッドを出て菓子パンに合うミルクティーを淹れることにした。

五時になるとシャワーを浴びてさっぱりし、夜の暑苦しさを振り払った。涼しい大気をもたらしてくれる雨季は、まだ数カ月も先だ。それまでは、気分をすっきりさせるにはこの朝のシャワーが欠かせないだろう。とはいえ、水圧が弱いせいでちょろちょろとしか水は出ない。ガーナ水道公社が優先するのは、外国の大使館や高級ホテル、それにエアポート・レジデンシャルやトラサッコ・ヴァレーといった市内の洒落た地域だ。

エマが住む地区のマディーナは、そのリストには入っていなかった。

水の出方が弱いということを別にすればバスルームはそれなりに使えるが、使いづらいことのほうが多かった。ひとことで言えば、彼女のアパートメントは狭小だ。キッチンとリヴィング・ルームには区切りがなく、ベッドルームは物置部屋とたいして変わらない。にもかかわらず、家賃はエマの給料の四分の三もかかる。その理由のひとつは、ガーナの首都アクラの住宅の価格が、貧富の差に関係なくどこも法外だからだ。そしてもうひとつの理由は、ガーナ警察庁《GPS》の巡査であるエマの給料はたかが知れているからだった。

ガーナ警察庁の報酬がわずかばかりというのは、むかしからのことだった。それを受け入れて生きていくしかない。ガーナの警察官はつねに市民からの施しを求めている、それはいまや公然の秘密だった。警察官の給料が微々たるものだということが、強欲になり、援助を求め、汚職に走る理由であり、言いわけでもあった。下位の巡査から上層部の各地域本部の本部長に至るまで誰もがそういった罪に手を染め、それを市民に知られているということも自覚していた。

エマは鏡で自分の姿を見つめ、控えめな灰色のスカートとクリーム色のブラウスには染みひとつなく、きちんとアイロンがかけられていることを確かめた。少し痩せすぎのように感じた。友人や家族に容赦なく指摘されているように、彼女の問題は〝何も食べない〟ということだった。事実ではないとはいえ、気がつくと食事を抜いていることがよくあった。

家を出たエマは、舗装されていないでこぼこの歩道を足早に歩いた。朝のこの時間でさえすでに蒸し暑く、通りは学校へ急ぐ制服姿の子どもたちや遅刻しないように焦っている労働者たちであふれている。そんな彼らも、アクラの交通渋滞を前にしてはどうしようもなかった。

カネシ・バスターミナルでは、トロトロの運転手と〝メイツ〟と呼ばれる補佐役の二人組が、あちこちで激しい客争いをしていた。乗ってくれそうな人たちを呼びこもうと、伝統的な単調な声で最終目的地の地名を叫んでいる。エマは自分が乗るトロトロを見つけるとぎっしり詰まった乗客のあいだを押し進み、詰め物がぼろぼろでバネがむき出しの擦り切れた座席にたどり着いた。メイツが限界まで乗客を詰めこむと、ルーフを叩いて運転手に合図を送り、トロトロは出発した。そのミニヴァンはほかの多くのトロトロと同じように、廃車の一歩手前といったところだった。メンテナンスなどまったくされていないだろう。基本的に、彼女と十八人ほどのほかの乗客たちは、A地点からB地点へ行くまでのあいだに手足だけでなく命さえ失ったりしかねない、そんな高いリスクがあることを承知しているのだ。

犯罪捜査局《CID》の建物は太陽のような黄色で新しく塗り替えられているとはいえ、その古めかしさを隠すことはできなかった。七階建てのその建物にはむかしながらの薄汚れたよろい窓が一様に並び、ところどころに現代的なスライド・ガラスが付けられている。

正面のセキュリティ・ゲートの左側には警備所があり、武装した警備員が立っている。敷地内に入るには、上級警察官を含めた誰もがそこでボディチェックを受ける。その先には建物のロビーがあり、そこではさまざまな業務に携わる多くの人々が働いているのだ。

エマは階段を上がって二階へ向かった。その階段は長年にわたって踏みつけられてきたせいで、下に傾いている。エマはガーナ警察庁に入りたての新人で、とくに犯罪捜査局のなかではいちばんの新米だった。二十六歳の彼女は、ほんの四カ月まえに警察学校を卒業したばかりだった。むかしから、殺人課の刑事になることを夢見ていた。亡くなった父親がそうだったのだ。

父親のオフィスでは刑事たちが動きまわり、デスクにはフォルダが山積みにされていた。容疑者が連行されてきたり、証人に事情聴取が行なわれたりし、さまざまな事件の一端が垣間見えた。エマは少女のころからそういったことに魅せられ、無意識のうちにそのすべてを吸収して理解していた。

「パパ、どうやって悪い人を捕まえたの？」父親の膝に坐ってそう訊いたものだった。

　ふつうの大人なら、「おまえにはまだわからないよ。大きくなったら教えてあげよう」と言って子どもを相手にしないものだが、彼女の父親は決してそんなことはしなかった。父親は、彼女にもわかるようにきちんと説明した。エマが頷き、納得して満足すると、父親はにっこりして彼女の額にキスをした。それからエマは笑い声をあげ、遊びに出かけるのだった。

　エマにとって、父親はヒーローだった——いまでもそれは変わらない。その父親はわずか五十五歳で急死し、家族の二人の女性——エマと彼女の母親——が取り残された。父親は、高血圧を深刻にとらえていなかったのだ。ある朝、勤務中に父親は倒れ——脳出血によりその場で亡くなってしまったのだった。

　エマ・ジャン巡査は卒業してすぐ、配属先はガーナ警察庁に一任されていることを知った。新人というのは、配属先の希望があったとしてもそれを口にはできないのだ。殺人課に加わりたいというエマの燃え盛る希望は、残念ながら実現しなかった。彼女が配属されたのは、経済犯罪課《CCU》だった。彼女とその部署の十四人の警察官の仕事は、不正な取引や不法侵入、書類の偽造などによる土地や住宅の取得を調査することだった。ガーナでは、土地の収奪や財産の強奪が横行していた。その真相を究明するのは退屈でつまらない仕事だった。そういった捜査のほとんどは、何カ月も、あるいは何年も継続されていた。

　エマは、その仕事に情熱を注げなかった。殺人事件の捜査には退屈な事務仕事などない、そんな幻想を抱いていたわけではない。とはいえ、経済犯罪の背後にある動機には、殺人事件の動機ほど心をつかまれることはなかった。

エマは経済犯罪課のドアを開けた。元気も熱意もなく、こんなところにはいたくないと思いながら部屋に入った。かなり早めに着いた。すでに出勤しているのは、彼女のほかに二人しかいない。残りの人たちは、これから一、二時間のあいだに思い思いに出勤してくるのだろう。盗まれた土地というのは、どこへも行かないのだから。証拠が失われるまえに事件現場に到着しなければならないというプレッシャーなど、まるでないのだ。

「おはようございます」エマは同僚たちに明るく挨拶をし、懸命に平静を装おうとした。

同僚たちは気のない返事をし、エマは数人で共有しているテーブルに着いた。この部署全体に活気がなく、そこにいるだけで気が滅入ってくる。エマはファイルのいちばん上にあるフォルダを手に取った――あの原告やこの被告に関するつまらない記録だ。自分が殺人課のジャン刑事になったところを想像した。〝ジャン刑事〟というのは、いい響きだった。

経済犯罪課の新人として犯罪捜査局に入った当初は、それなりに熱心な態度で同僚たちと仕事に取り組んでいた。仕事のやり方は教えてもらったが、かなり大ざっぱだった。〝これはこうで、それはそう。さあ、取りかかれ〟といった感じだ。配属されてわずか三週間たらずで、こんなことはつづけられないと痛切に感じた。退屈という煉獄で、ゆっくりと死にかけていた。

その数日後、エマは勇気を振り絞って上司のクマ警部のオフィスへ行った。オフィスといっても、その部署内の隅にある小さなスペースにすぎないが。

「何かね？」エマがオフィスの開いたドアをノックすると、警部はわずらわしそうに訊いた。顔は若々しいが、からだは丸々としている。バンクー（キャッサバとコーンをすり潰して団子状にしたもの）の食べすぎだろう。

エマは適度な距離までクマ警部のデスクに近づき、うやうやしく両手をうしろにまわしていた。「失礼します」か細い声で言った。「殺人課の仕事も学べないかと思い、訊きにまいりました」〝殺人課に転属したい〟などとは言えなかった。そんなことを言えば、クマ警部やこの部署が気に入らないというように聞こえてしまう——確かにそのとおりなのだが、それを口にするのは賢明ではない。

「なんだと?」クマ警部が声を荒らげた。「殺人課で学びたい? 頭がどうかしたのか? どこへでも行きたいところへ行けるとでも思っているのか? どうして殺人課で学びたいんだ?」

「殺人課の仕事が好きなんです」エマは答えた。

「どうしてわかる? 殺人課の刑事になったことでもあるのか?」

「いいえ、ありません。ですが、父が殺人課の刑事でした」

「つまり、父親が殺人課にいたから、自分も気に入るだろうと?」クマは声をあげて笑った。「その血を受け継いでいる、そう言いたいのか?」

「はい」

「きみの父親というのは?」

「警視正のエマニュエル・ジャンです。六年まえに亡くなりました」

「それは気の毒に」その声には、驚くほどの同情がこめられていた。「勤務地は?」

「クマシでした——マンシア地区本部です」

「きみの父親は、局長とは面識があったかね?」

クマが言っているのは、犯罪捜査局の局長、アレックス・アンドー総監のことだ。警察の階級では警察庁長官に次いでもっとも力があり、影響力のある人物のひとりだ。〝局長〟というのは役職で、〝総監〟というのが階級だ。どちらの肩書きを使っても構わない。
「わかりません」エマは背後で両手の指をひねってい
た。「面識があったとは思えません」
「いいかね、ジャン巡査」クマはつづけた。「そんな
ふうに、勝手に部署を代わることはできない。もしか
したら、きみの父親の同僚に、新人の配属を任されて
いるラリア副総監と話ができる人がいるかもしれない。
だが、私では力になれない。悪いな」
「わかりました。ありがとうございました」
クマに戻るよう言われたエマは、自分でも驚くほど気持ちが高揚していた。というのも、クマが言ったことに希望が見えたような気がしたのだ。エマは椅子に坐って考えにふけり、しばらく仕事が手に付かなかった。クマシ地域本部の本部長、セイドゥ警視監はむかしから彼女の父親と仲がよく、父親を尊敬していた。そしてその死に大きなショックを受けていた。エマはセイドゥに電話をしてみることにした。

セイドゥ警視監に連絡してから数カ月経っても、なんの進展もなかった。彼はできるだけのことはすると約束してくれた。セイドゥをよく知るエマは、彼が口だけではないことがわかっているとはいえ、いま思うと期待しすぎていたかもしれないと考えていた。徐々に彼女は経済犯罪課の単調でつまらない仕事に慣れていき、殺人課の刑事になるという夢はいまだに捨てきれないものの、その希望は薄れはじめていた。そんな夢はかなわないという現実を痛感した。いまエマが自問するようになったのは、そもそもガーナ警察庁に残る意味があるだろうか、ということだった。

勤務時間が終わりに近づいたころ、エマはクマのオフィスに呼ばれた。「ラリア副総監のオフィスへ行くように」クマは素っ気なく言った。
「いまからですか？」
「いや、来週だ。そんなわけがあるか、もちろんいま

に決まっているだろ！」声を荒らげた。「頭がどうかしたのか？」

「わかりました。失礼しました」

エマは経済犯罪課のオフィスから慌てて出ていき、自分の足につまずきそうになった。

8

副総監というのはガーナ警察庁でもかなり上位の階級だ。クレオファス・ラリアと面と向かい合ったエマは、緊張していた。五階にある副総監の広々としたオフィスは、壁の上部に取り付けられた高性能のエアコンにより冷え切っていた。生え際の後退した薄い髪としわだらけの顔が、ラリアの年配者としての貫録を示している。だんご鼻のなかほどで眼鏡をかけ、その眼鏡を通して見上げた彼の目は、鋭く射抜くようだった。

「かけたまえ、ジャン巡査」彼は静かにそう言い、デスクの前に置かれた二脚の椅子のひとつを指した。エマは無言で腰を下ろし、びくびくしながら待っていた。殺人課への異動願いの件についてだろうとは思ったが、これがいい知らせなのか悪い知らせなのかは見当もつかなかった。

「これまでに二度ほど、クマシのセイドゥ警視監から話があった」ラリアが口を開いた。その声は、村に掘られた掘削孔から発せられたかのように深く響いた。「彼の話によると、きみは殺人課で働きたいそうだな」眼鏡の奥からエマを見つめた。「いまでもその思いは変わらないかね？」

「はい、変わってはいません」エマは答えた。

「彼は、きみの父親は素晴らしい警察官だったと褒め称えていた」

「ありがとうございます」

「どうして殺人課で働きたいと？」

「父が亡くなる日までその仕事ぶりを見てきたので、刑事として捜査方法を学びました。それがとても気に入ったのです。ずっと刑事になりたいと思っていました。そちらのほうが、人とのつながりがより強く、より重要だと……」

ラリアが眼鏡を外した。「何と比べて？」

エマは口ごもった。「わたしがいましていることと比べてです」消え入りそうな声で言った。

ラリアの視線がエマに突き刺さった。「経済犯罪課《CCU》で、何かいざこざか問題でもあるのかね？」

「いいえ」エマは慌てて答えた。「何も問題はありません」

ラリアは頷いた。「クマ警部にきみのことを訊いてみたが、仕事熱心だと言っていた」

エマの心が躍った。もしかしたら、クマはそれほど悪い人ではないのかもしれない。「恐れ入ります」

「殺人課への異動を認めよう」ラリアは言った。「実を言うと、殺人課には女性が足りなくてね。そういうわけで、向こうにとっても都合がいい」

「ありがとうございます」自分の耳が信じられなかった。〝ただし〟ということばがつづくのではないだろうか？

「ただし」ラリアはつづけた。「最終的に判断するのは、アンドー総監だ」

「わかりました」エマの高揚感が消えはじめた。

「すでに総監には話をしてある」ラリアは腕時計に目をやった。「もう遅いかもしれないが、まだ総監がオフィスにいるようなら、これから会えるかどうか訊いてみよう」

エマの不安は激しい恐怖に取って代わられた。アンドー総監とじかに会うというのか？　彼女のような下位の警察官にとって、総監というのは神にも等しい存在なのだ。

ラリアは携帯電話で連絡を取り、しばらくしてから言った。「はい。彼女と面談をしました。はい、彼女は相応《ふさわ》しいと思いますが、もちろん、最終的に判断するのは総監です。わかりました。ありがとうございます」彼は携帯電話をしまい、エマに視線を戻した。

「いまから会ってくれるそうだ」ラリアはエマの不安を感じ取ったにちがいない。「心配することはない、ジャン。総監にきみの願いを聞くつもりがないなら、そもそも呼んだりなどしない。それくらい、きみにもわかるはずだ」

「はい」少しは安心したが、不安なことに変わりなかった。

「とにかく落ち着いて。私の前で振る舞ったようにしていれば、大丈夫だ」

「はい。本当にありがとうございました」

不安でいっぱいの登山家のようにエマは階段を二階分上がり、犯罪捜査局《CID》の頂《いただき》である七階へ向かった。

アンドー総監の秘書を何十年も勤めるテルマ・ブライト巡査部長が、エマを部屋に通した。想像していたとおり、そこは犯罪捜査局で見たどの部屋よりも広かった。カーペットもふかふかだ。壁には総監のさまざまな写真——一枚は彼の全身を写したもので、ほかはガーナ大統領などの著名人たちと写った写真——が飾られている。

アンドーのデスクは大きく、黒く磨き上げられていた。デスクから三メートルくらい離れたところに、六脚の椅子が一列に並んでいる。総監の仕事のひとつは、とりわけ重大な案件や苦情を彼の耳に入れたがっている選ばれた市民から話を聞くことなのだ。

総監はそのデスクに相応しいほど大柄で、大きな革張りのエグゼクティヴ・チェアもその体重を支えるにはぴったりだった。肩章や胸に輝く勲章で飾られたきらびやかなダーク・ブルーの制服を着た総監は、何か書き物をしていた。顔を上げようともしない。

「そこにおかけください」テルマがエマに言い、椅子のひとつを指した。

エマは音を立てないようにして腰を下ろした。自分が息を止めていることに気づいた。テルマはその場に立ったまま、うやうやしく背後に両手をまわしている。

しばらくして総監が視線を上げたが、目を向けた相手はエマではなかった。「下がっていいぞ、テルマ、ご苦労だった。お疲れさま」

「お先に失礼します、総監」

テルマは部屋を出ていき、そっとドアを閉めた。アンドーは、エマがそこにいないかのように、ペンをもった手を止めなかった。やがてペンにキャップをして椅子にもたれかかり、エマに目をやった。ラリアのように白髪が交じっているが、総監の顔のほうがふっくらしていて顎もたるんでいる。「それで、ジャン巡査。用件はなんだね？」

エマはどうやって切り出せばいいかわからなかった。

アンドーがその手間を省いてくれた。「ラリア副総監の話では、殺人課への異動を希望しているとのことだが。ここ犯罪捜査局では、なんでも思いどおりにできるわけではないということを知らないのかね？」

「承知しております」消え入りそうな声で言った。

「父親が殺人課の刑事だったからといって、自分は特別だとでも思っているのか？」蔑《さげす》んだような口調だった。思わずエマは縮こまりたくなった。

「いいえ」

「聞こえん。はっきり言え」

「いいえ、総監」

「きみは、殺人課にどんな貢献ができると思っているんだ？」

エマは返答を決めかねていた。このまま萎縮しているべきだろうか、それとも思っていることをはっきり言うべきだろうか？「殺人課には女性が少ないと聞きました」

アンドーは唇を結んだ。「そんな理由か？」

「殺人課がわたしの運命だと思っています」

しばらくアンドーは訝《いぶか》しげな顔をしていたが、やがて笑いだした。「面白いやつだ」彼は言った。「面白くて、世間知らずだ。だがひとつ言えるのは、やる気があるということだ。それは認める」

エマは少しだけほっとした。

「殺人課に行くことになれば」アンドーはつづけた。「いい働きをして、私を満足させなければならない。わかるかね？」

「はい、頑張ります」

アンドーは小首を傾《かし》げた。「死体に目を向けられるのか？　ずいぶんやわに見えるが」

「問題ありません」エマの声にはかすかに憤りがこめられていた。「わたしはやわではありません」

「来たまえ。殺人現場の写真を見せるから、きみがどう反応するか確かめることにしよう」総監は言った。

「こっちに椅子を」

「わかりました」

エマがアンドーの左側に坐ると、彼はデスクの右側に置かれたノートパソコンを目の前にもってきた。何度かクリックし、数枚の惨たらしい写真を表示した――鈍器で殴られたり鉈で深々とえぐられたりして殺された人たち、喉をぱっくりと切り裂かれた女性、木の枝から吊るされた男性。

「これらは、殺人課が実際に扱った事件だ」アンドーはエマに目を向けた。「これを見て、どう思う？」

エマは魅せられたように身を乗り出していた。「この写真の遺体には、個人的な強い恨みの痕跡が見受けられます」そう言って、首を切り裂かれた女性の写真を指差した。「犯人はこの女性の夫か恋人、あるいは家族のひとりではないかと」

「特徴的な痕跡について知っているとはな」アンドーは明らかに驚いたようだ。頷いてからつづけた。「確かに、きみの言うとおりだ。犯人は、彼女の夫だった。隣人と浮気をしていると思ったらしい。上出来だ」

「恐れ入ります」エマの心臓は、興奮して早鐘を打っていた。アンドーは感心しているようだった。予想以上にいい流れだ。

「では、これはどうかな？」別の写真をクリックすると同時に、大きな手をエマの右の太腿に置いた。彼女はびくっとして驚いた。彼女に対する総監の態度が変化していた。いまでは親しげで、馴れ馴れしいとさえ言える。ただ優しく振る舞っているだけかもしれないが、エマは落ち着かなくなった。

「ジャン巡査？」アンドーはもう一度訊き、太腿に置いた手をわずかに上へ動かした。「どう思う？」

「その」動揺し、集中できなかった。「からだの傷を見るかぎり、遺体が発見された場所まで引きずられていったのではないかと」

アンドーはまじまじと彼女を見つめていた。「そんなところだ」立ち上がり、エマを見下ろした。エマは恐怖を覚えた。「いっしょに来たまえ」彼は言った。

どうしたらいいのかわからず、エマは立ち上がって彼のあとについていき、部屋の奥にあるドアのところへ行った。そこにドアがあることに、いままで気づきもしなかった。アンドーは鍵をまわしてドアを開き、なかに入った。「入りなさい」ためらうエマを見て、そう言った。

エマは用心しながら入った。そこは小さなバスルームと更衣室になっていて、その中央には座面にクッションが詰められた背が籐張りの椅子が置かれていた。

「ここは私の私室だ」アンドーは言った。「お偉方が訪ねてくるときには、礼服に着替えなければならないこともあるのでね」

「なるほど」エマは言った。「いい部屋ですね」

「そこに坐りなさい」アンドーは椅子を指した。

「どういうことですか？」

「椅子に坐るんだ」

エマは不安げに腰を下ろしたものの、状況が飲みこめなかった。アンドーが近づいてきた。

「いい働きをして、私を満足させなければならないと言ったのを、覚えているかね？」エマの顔をなでながら言った。

〝なんてこと〟エマは思った。〝お願い、やめて〟

アンドーは椅子の背後にまわりこんだ。「さて、いまがそのときだ」

彼の大きな手がブラウスに潜りこんできた。胸を交互に揉まれ、エマはからだを硬直させた。指がブラジャーのなかに這い進み、まるでワイパーのように乳首を左右に転がす。

「とても柔らかくてきれいな肌をしている」息が荒い。

「言われたとおりにしていれば、明日から殺人課で働ける、わかったか？　きっと素晴らしい活躍をすることになるだろう」

エマはすすり泣くような声を洩らした。「総監」

「何か言ったか？」

「お願いです」

アンドーは声高に笑った。「お願いだから、どうしろと？　抱いてください、ということか？」

エマは泣きだした。

「どうして泣く？」語気を強めた。「泣いたからって、どうなるというんだ？　小さな女の子じゃあるまいし」苛立ったような口調だ。「立て。ほら、立つんだ」

恥ずかしさのあまりエマは両手で顔を覆い、アンドーにブラウスのボタンを外されながら過呼吸気味になっていた。目の前にたるんだ顎があった。キスをされそうになり、エマは顔をうしろに引いた。アンドーはズボンとパンツを腿まで下ろした。勃起したペニスが目に入り、エマはすぐさま顔を背けた。激しい屈辱と嫌悪感でいっぱいになった。

「服を脱げ」アンドーは命令した。

エマは首を振り、彼に頼みこんだ。「やめてくださ い。お願いします」

「いい加減にしろ」口調がきつくなってきた。「言われたとおりにするんだ」

アンドーは片手で乱暴にエマを引き倒し、もう片方の手で彼女の服をめくり上げようとした。エマは抵抗した。アンドーは彼女にのしかかり、大きなからだで動きを封じた。

何が起こっているの？　〝どうしてこんなことに？〟　パニックが頂点に達し、悲鳴をあげた。

「聞こえるものか」アンドーはぼそりと言った。「誰かにこのことをしゃべったとしても、誰も信じやしない、自分が恥をかくだけだ」

彼女の下着を下ろそうとしたがうまくいかず、下ろさずに引き裂いた。エマは顔を背け、涙をこぼした。アンドーは荒々しい息遣いとともにうなり声をあげ、大きなからだを動かして体勢を整えた。エマは父親に言われたことを思い出した。〝相手の目か股間を狙え〟

「ちゃんと服を脱ぎます」震える声で言った。「総監のために」

アンドーは顔を引き、急に言うことを聞く気になったエマに驚いているようだった。からだを離し、彼女の両手を自由にした。すると襲いかかるコブラのように、エマは素早く思い切り右手の人差し指でアンドーの左の眼窩《がんか》を突いた。アンドーは苦痛に息を詰まらせて飛び退き、仰向けに倒れた。顔の左側を手で押さえている。エマは飛び起き、足がもつれそうになりながらもドアの方へ走った。総監は床に倒れたまま、怪我をしたウシのようにうめいている。〝走って〟エマは心のなかで叫んだ。〝走るのよ〟

うしろを振り返ることもドアを閉めることもなく、エマはアンドーのオフィスから薄暗く人気《ひとけ》のない廊下に出ていった。廊下の開けっ放しのよろい窓には防虫ネットが掛けられている。外は闇に包まれていた。

階段を駆け下りた。ほとんどの職員は帰宅していたものの、階段を上がってくる数人に訝しげな目を向けられた。二階の女性用トイレはまだ開いていた。彼女は個室に入って鍵を閉めると便器に嘔吐し、それから力なく壁にもたれかかった。頭が混乱していた。これは現実だろうか？

ブラウスのボタンを閉じようとしたが、手が震えていた。エマは泣き崩れ、嗚咽《おえつ》を洩らして大きくしゃくり上げていた。

「誰かいるんですか？」ドアの向こう側から女性の声がした。

エマは息をこらえて泣き声を抑えようとしたが、それでも小さなすすり泣きが洩れてしまった。その女性は個室のドアをそっとノックした。「大丈夫ですか？」

「だ、大丈夫です」舌がもつれた。

「どうしたんですか？　病院に行きますか？」

エマはなんとか明るい声を出そうとした。「いいえ、なんともありませんから。ただ……悪い知らせを受けたもので。親戚が亡くなったんです」

「そうですか」信じてはいないような口ぶりだった。「わたしにできることはありませんか？　ショックを受けているようなので」

「お気遣いなく。本当に大丈夫ですから」

しばらく女性は黙っていた。「わかりました」ようやく口を開いてそう言った。「無理はしないでね、いい？　ご親戚のことは、お気の毒でした」

「ありがとうございます」

女性は出ていった。どのトイレもエアコンが設置されていないためにそこは暖かいにもかかわらず、エマは震えだした。そのあまりの震え方に自分でも怖くなった。

エマは帰りたかったが、階段を下りてくるアンドーと鉢合わせになるかもしれないと考えると怖ろしくて仕方がなかった。また泣きだしてしまったものの、すぐに気を取りなおした。ここから出ていかなければ。忍び足でトイレのドアに近づき、ほんの少しだけ開けて長いこと耳をそばだてていた。何も聞こえない――足音もしない。すでに総監は帰ったのだろう。

〝いまよ〟そう自分に言い聞かせた。

慌てて階段を駆け下りていき、危うくつまずきそうになった。一階まで下りるとセキュリティ・ゲートまでなかば走っていった。ある程度ふつうに見えるように、ゲートの手前で歩を緩めた。

「お疲れさまです」無理して明るく振る舞い、警備員に挨拶した。

警備員は素っ気なく頷いた。警備員というのは、愛想がよくないものなのだ。

リング・ロード・イーストの道路脇に立ったエマは、感覚が麻痺し、現実感がなかった。夜の交通渋滞にも、トロトロのメイツの大声にも、帰宅する歩行者たちの騒がしさにも、ほとんど気づいていなかった。

またエマは激しく震えだした。強烈なショック状態にあった。目の前が暗くなり、頭がくらくらした。そして、倒れた。

9

地面にからだを打ちつけるのとほぼ同時に意識を取り戻したが、しばらく状況がつかめなかった。何が起こっているの？　どうしてみんな、自分のまわりに集まっているの？

「あなた、気を失ったのよ」女性が言った。「大丈夫？」

エマは慌てて起き上がろうとしたものの、その女性に押しとどめられた。「落ち着いて。どうか落ち着いて」

「病院に連れていくべきだ」男性が言った。

「連れていってくれる?」女性がその男性に訊いた。

「ああ。おれの車はすぐそこにある。いまもってくるよ」

「いえ、いえ」エマは断わった。「わたしなら大丈夫です。家に帰りたいんです。大丈夫ですから」

「大丈夫じゃないわよ」女性は聞こうとしなかった。

「ただ、今日一日、何も食べていないので」とにかくエマは言いわけをしようとした。気まずかった——こんなに大勢の人に見つめられて。

「これを飲んで」別の人がそう言い、ココアのミロの缶を取り出した。タブを開けて差し出す。

エマは上体を起こし、缶を受け取った。ココアは苦手だったが、とりあえず飲んだ。

「気分はよくなった?」女性が訊いた。


エマは頷いた。「もう立ってもいいですか?」

彼らに支えられて立ち上がった。一瞬、ふらついたものの、すぐに体勢を立てなおした。「お住まいはどこ?」女性に訊かれた。

「マディーナです。タクシーで帰ります」

「おれがタクシーを拾ってくる」ミロをくれた男性が言った。「ちょっと待っててくれ」

彼はタクシーを呼び止め、後部ドアを開けた。女性はエマがタクシーに乗るのに手を貸した。「ありがとうございます」エマは礼を言った。「ご迷惑おかけしました」

「気をつけてね。家に帰ったら、たくさんバンクーを食べるのよ」二人とも笑い声をあげた。

家に着いたエマはシャワーを浴びた。いちばん香りの強い石鹸で何度もからだを擦《こす》り、総監の臭いをすっかり洗い流した。それでも、縮れた短い髪を乾かさずにベッドの端に腰を下ろした彼女は、自分が汚れているように感じた。身震いした。あの親切な女性に勧められたとはいえ、バンクーを食べる気にはなれなかった。それどころか、まるで食欲がなかった。食べたいとも、眠りたいとも、テレビを見たいとも、インスタグラムをしたいとも思わなかった。何もしたくなかった。静まり返った部屋で、木片のようにじっと坐っていた――生気がなく、虚《うつ》ろだった。混乱していた。何があったのか整理できなかった。まるで固くよじれたロープを見つめたまま、どうやって解けばいいのか見当もつかない、そんな感覚だった。

照明をつけたまま横になったが、頭のなかであの出来事が繰り返され、それを振り払おうと起き上がった。思考が停止し、呆然としたまま三十分ほど経ってから、もう一度、眠りにつこうとした。二時間後に飛び起きた彼女は息を切らせ、レイプ魔がいないかどうかあたりを見まわした。涙があふれてきた。キッチンへ行って紅茶を淹れ、紅茶に菓子パンを浸した。食べ終わるとテーブルの上で両腕を組み、そこに頭を載せた。しばらくして目が覚めた彼女は、ベッドへ戻った。

五時まえ、また悪夢に襲われた。からだを起こし、ようやく朝が来たことにほっとした。

トロトロのなかでは、エマはまわりから切り離され、自分が自分ではないような気がしていた。音がくぐもり、まるで頭蓋骨にぎっしり綿が詰められているような感じがした。ぼんやりし、押し黙っていた。隣に坐った乗客に小突かれ、メイツが乗車料金を求めて手を差し出していることに気づいた。リング・ロード・イーストで降り、通りを渡って犯罪捜査局《CID》の建物へ向かった。七階を見上げたくはなかった。階段を二階へ上がりながら、アンドー総監がうしろにいるかもしれない、あるいは階段を下りてくるかもしれない、そんな不安に襲われた。

経済犯罪課《CCU》のオフィスに着いたエマは同僚たちと視線を合わせようとはせず、彼女らしからぬ沈んだ声で挨拶をした。好奇の視線を浴び、二度見されている気がした。自分が汚されたということが同僚たちにはわかるのかもしれない、そんな馬鹿げた考えを抱いた。もしかしたら、犯罪捜査局の全員に知られてしまったのだろうか？　目に涙が浮かび、屈辱に包まれた。家に閉じこもっていたかったが、ガーナ警察庁では病欠など認められない――それを証明する医師の鉄壁の診断書でもないかぎりは。

　午前十時半にクマ警部が出勤してきた。エマは視界の片隅でクマに見られているかどうか確かめたが、見られてはいないようだった。午前十時四十五分、クマのオフィスに呼ばれ、ドアを閉めて坐るように言われた。エマは、何か悪いことが待ち受けているという予感がした。目を伏せていたが、ちらっとクマに視線を向けると、嫌悪感もあらわに見つめられていた。彼は知っているのだ、エマは思った。

「きみの力になろうと、できるだけのことはしてやった」クマは口を開いた。「それなのに、きみは恩を仇で返し、アンドー総監に私やラリア副総監のことを悪く言った」

　エマは呆気にとられた。「警部のことを悪く言ってなどいません。副総監のことも」

「この嘘つきめ」クマは口を歪めた。「嘘つきは気に入らん。なんという面汚しだ。私の部署におまえのようなやつがいるのは、我慢がならない。副総監がお呼びだ。副総監から話があるだろうが、本日をもって、おまえは犯罪捜査局を去ることになる。ここにある私物をもって、とっとと出ていけ」

　警部のオフィスを出たエマは涙をこらえようとした。だが彼女が泣いているのは、その部屋にいる誰の目にも明らかだった。部屋は教会のように静まり返っていた。エマが自分のデスクへ行ってバックパックをつかみ、屈辱に打ちひしがれてドアから出ていくのを、全員の目が追っていた。

ラリア副総監のオフィスは、ずいぶん遠くに感じられた。ドアをノックし、許可を得てからオフィスに入った。涙の跡と腫れた目を見て、ラリアは動揺した。

「かけたまえ、ジャン」椅子から立ち上がって言った。

エマは腰を下ろしたとたんに泣き崩れ、両手で顔を覆った。ラリアはデスクのうしろから椅子をもってまわりこみ、彼女から一メートルくらい離れたところに坐った。ある程度エマの気持ちが落ち着くまで、静かに待っていた。

「失礼いたしました、副総監」エマはか細い声で言った。

「構わない」ラリアは膝に前腕を置き、身を乗り出した。「だが、どうしたというのだ？　今朝、総監から連絡があって、きみがクマ警部と私を中傷したと言っていた。昨夜、面談をしたときのきみの態度は、実に無礼だったと。どうしてそんなことを？」

「そんなことしていません、副総監！」はじめて、彼女の声に憤りが表われた。「本当です、決してそんなことは」

怒りがこみ上げてきて苦しみに取って代わった。これが彼女に対するアンドーの報復だということを、はっきり悟ったのだ。アンドーは殺人課への異動と引き換えにセックスを要求したが、エマは応じなかった。そのうえ、彼女に目を傷つけられたのだ。

ラリアはエマを見つめた。「それなら、アンドー総監との面談で、何があったのだね？」そっと訊いた。

エマはためらった。何があっても、本当のことを明かすつもりはなかった。誰が信じてくれるというのだ？　エマ自身でさえ、あの出来事が心によみがえってきても、非現実的であり得ないことのように思えた。今朝から自分に自信がもてなくなって不穏な気持ちになることがあり、そんなときはあの出来事を正確に覚えているのだろうかと記憶を疑った。最悪なのは、わざと総監を誘惑したふしだらな女だと噂されるかもしれないということだった。デスクのうしろで総監とからだを寄せ合って坐ったことを、激しく後悔した。あんなことはするべきではなかった。

「わたしは——」エマは口を開いたが、言いなおした。「もしかしたら、アンドー総監への敬意が足りなかったのかもしれません」

ラリアは眉をひそめた。「そんなことがあり得るのか？　どちらかと言えば、きみの礼儀正しさは度を越えているくらいだ。もっと丁寧なことば遣いをしろと言うほうが、無理な話だ」

「そうかもしれません」エマは両手の指を絡めて見下ろした。しばらくラリアはエマを見つめていたが、彼女は視線を合わせようとはしなかった。

「何かがあった」しびれを切らしてラリアは口を開いた。「それが何かはわからないし、無理に言う必要もない。だが、何かがあったのは確かだ」大きく息を吸い、ため息をついた。「とはいえ、総監の指示により、残念ながらきみの任を解かねばならない。現時点をもって、きみはガーナ警察庁を解雇され、今後この組織でいかなる職に就くことも許されない。わかったかね？」

エマは目を伏せたまま答えた。「わかりました」

「話は以上だ」

エマはゆっくり立ち上がり、ドアの方へ向かった。心が沈んで呆然とし、これからどうすればいいのかわからなかった。

「待ちたまえ」ラリアに声をかけられ、エマは振り返った。副総監は右手の人差し指を上に向けたまま、考えにふけっていた。

「なんでしょうか？」

「いま思いついたのだが」真剣なまなざしでエマを見

つめた。「私立探偵になる気はないか？」

エマには意図がつかめなかった。「どういうことでしょうか？　私立探偵ですか？」

「イェモ・ソワーという友人がいるのだが、アクラで私立探偵事務所を開いている」はっきりした口調でつづけた。「彼に雇ってもらえるかもしれない。きみなら優秀な探偵になれると思うのだが」

突然、興味が湧いてきた——熱意さえこみ上げてきた。「どんなことをしているんですか？」

「おもに行方不明者の捜索、浮気や盗難の調査、弁護士からの依頼による証拠収集、そういったことだ。正直に言えば、殺人事件に関わることはあまりないが、少なくとも刑事のような仕事はできる」

「ぜひ、お願いします」エマの顔に急に大きな笑みが浮かんだ。

「だが、雇ってもらえるという保証はないぞ、ジャン」ラリアは慌てて付け加えた。「雇ってくれるかもしれない、と言っているだけだ。まずは私から電話してみて、彼にその気があればきみに連絡があるだろう」

「ありがとうございます、副総監」エマの声は震えていた。「そこまでしていただけるなんて。何から何まで、本当に感謝しています。ありがとうございました」

ラリアは受け流した。「気にするな。幸運を祈っている、運命に導かれてどこへ向かおうとな」

10

一月九日

ニイはスーザンのパンティと髪の毛を小さな透明のビニール袋に入れ、ポンスのところへもっていった。

祭司は、よろしいと言わんばかりに首を縦に振った。いっしょにもってきた二羽のニワトリが、古びた米袋のなかで鳴いている。袋を覗きこんだポンスは一羽をつかみ出した。薄汚れた白いメンドリが逃れようと暴れ、数枚の羽根が抜け落ちた。ポンスは平らな石の上でそのニワトリを押さえつけ、素早く首を切り落とした。ニワトリの脚や羽が激しく痙攣した。

「そこに立て」ポンスはニイにそう言い、何軒かの住宅に囲まれた中庭のある一点を指した。住人たちが、興味津々といった様子で眺めている。

ポンスはニワトリを逆さまにもち、ニイのまわりに血で円を描いた。そして、そのニワトリをニイの足元に置いた。

もう一羽のニワトリへの対応はちがった。まずは麻糸でくちばしをきつく縛った。ポンスが首を切り落としてそのニワトリを放すと、ニワトリは浮かれた酔っ払いのようにしばらく走りまわり、やがて地面にへたりこんだ。ポンスは切り落とした頭を見つめ、ニイに目を向けた。「今夜、アウウードーム墓地へ行くぞ」

二人は午前一時過ぎに墓地に着いた。近くのリング・ロード・ウエストを走る車の音は、日中の騒音に比べると静かだった。ニイは墓地が苦手だった。真夜中の墓地となるとなおさらだ。彼は震えていたが、それは寒いからではなく怯えているからだった。頼りない携帯電話の明かりで足元を照らして先を行くポンスは、まったく動じていないようだった。何度もこのアウウードーム墓地に来たことがあるのは明らかだ。広大な墓地だが、祭司は行き先を心得ているようだ。ニイはぴったりうしろについていき、祭司を見失って暗闇で死者に囲まれて取り残されることがないように注意していた。十字架や墓石が黒いかたまりとして浮かび上がり、ニイにはそのうちのいくつかが動いたように見えた。茂みのなかで何かが、あるいは誰かが動く音が聞こえたような気がするたびに、何度もびくりとしてうしろを振り返った。

ようやく、ポンスはアウウードーム・ロード沿いの片隅で立ち止まった。「ニワトリの頭を埋める穴を掘れ」そうニイに指示し、簡素な造りの木製の小さなスコップを手渡した。

ニイは作業に取りかかった。バッテリーが消耗し、ポンスの携帯電話の明かりが弱くなっていく。

「いいだろう」ニイが充分な深さまで掘ると、ポンスは言った。「そこに立て」

ポンスが指差している場所を見たニイは、からだを強張らせた。「まさか、墓の上に立てと？」

「そうだ。ニワトリのくちばしを縛ったことで、サカワの被害者は決しておまえにノーと言えなくなる。ノーと言おうとするかもしれないが、どんなに大金を要求されても断われない。そのためには、怖れを捨てて墓の上に立たなければならない」

ニイは動揺を見せないようにしたものの、墓石の上に立っているあいだずっと両脚が震えていた。永遠につづくかと思われたが、やっとポンスに下りていいと言われた。

「二週間以内に」祭司は声高らかに言った。「大金が流れこんでくるだろう」

11

一月十八日　ワシントンD.C.

ゴードン・ティルソンは、フランクという男性とフェイスブック・メッセンジャーでメッセージのやりとりをしていた。フランクは、ゴードンと同じく妻を亡くしていた。だがゴードンとはちがい、妻を失ったのは最近のこと——ほんの一カ月ほどまえのことだ。ゴードンが妻のレジーナをがんで亡くしたのは、十三年まえのことだった。〈伴侶を亡くした人の会〉というフェイスブックのページはインターネットのフォーラムであり、支援グループでもあった。

ゴードンには、レジーナ以上に愛した女性などいなかった——自分の母親を除けば、の話だが。レジーナと出会ったのは二十歳のころで、一九八〇年代に平和部隊のボランティア活動でガーナへ行ったときだった。アメリカ人は黒人も白人もその西アフリカの国に群がっていたが、群がる理由はまるでちがっていた。

ゴードンは、レジーナにすっかりのぼせ上がってしまった。彼女の肌は深みと艶のある黒色だった。ゴードンは赤毛で、容赦のない赤道直下の暑さと湿気のせいで、肌は決まって哀れなピンク色になっていた。レジーナは、彼の交際の申し出にはじめはそれほど乗り気ではなかった。二人は文化的にかけ離れていた。とはいえ、レジーナは彼のおどけた態度（かなりのいたずら好きだった）や、ガーナでもっとも広く使われている地元の言語のチュイ語を話そうと真面目に取り組む彼の姿に笑みがこぼれ、惹きつけられた。ガーナの文化に強い関心を示し、できるかぎりその文化を学ぼうとする彼の熱意が嬉しかった。ゴードンの平和部隊としての任務が終わりに近づくと、彼はレジーナを残して帰るつもりはないと言った。しかも、レジーナが妊娠していることがわかった。父親はまちがいなくゴードンだった。九カ月後、大声で泣き叫ぶ赤ん坊が生まれた。二人はその赤ん坊をデレクと命名し、木曜日を指すヤウというガーナのミドルネームを付けた。その子はゴードンにとってはじめての、そしてたったひとりの子どもだった。

卵巣がんによって長期間にわたり苦しみ抜いたレジーナの死は、ゴードンの魂に突き刺さり、血に飢えた戦士のように彼の脈打つ心臓をえぐり出した。〝わが間欠泉《オールド・フェイスフル》〟と呼んだ女性がいなければ、生きていけないと思った。いま、フェイスブックの友人が同じ苦しみを味わっている。そこで、ゴードンはフランクに優しく接して支えていた。そのフランクから、ちょうどメッセージが送られてきたところだった。〝何度も夜中に目が覚めて、妻がいるものと思ってベッドの自分の隣を見てしまう。でも、そこに妻はいない。取り残されたような気分になる。そんな経験は？〟

〝ずっとそうだった〟ゴードンは返信した。

〝どう対処したんだ？〟

〝簡単だったと言うつもりはない〟

フランクから返信が来るまで、しばらく間《ま》が空いた。

〝ときどき、乗り越えたくないと思うことがある〟

〝わかるよ。楽になってくることが、うしろめたく感じる。私もそうだった。だけど、実際に楽になってくる。いずれは癒えるものなんだ〟

ゴードンの携帯電話からアプリのワッツアップの着信音が鳴り、相手の名前を見て胸が高鳴った。〝ヘレナ〟

美しいアフリカ人女性の特徴のなかでも、ゴードンがとくに魅せられたのは眉のあいだの部分と、そこから鼻に抜けるラインだった。その部分の無粋な医学的名称は、眉間《グラベラ》という。白人の女性では、鼻が細いせいで眉間は狭くなっている。だがアフリカ人の眉間は、滑らかな平地がなだらかに浅い谷間に下っていくように、広くて繊細だった。アフリカ人女性の目は、高い鼻梁《びりょう》によって整えられているように思えた。

いまゴードンにメッセージを送信してきた女性、ヘレナ・バルフォアは、まさに彼が愛してやまないそんな特徴を見事に備えていた。彼女が友だちリクエストを送ってきたのは、去年のことだった――その正確な日付まで覚えている。感謝祭の二日まえだ。彼女の写真を見て、思わず息を呑んだ。彼女の眉間や柔らかそうな眉をそっと指でなぞりたくなった。肌は暗めの褐色といったところで、それもゴードンの好みだった。肌の明るい黒人女性には、たいして興味はなかった。明るい肌がとくに好まれるガーナで〝銅色〟と呼ばれる肌の女性にも。

メッセンジャーを通じて、ヘレナは自分が未亡人であり、それが理由でこのフェイスブックのグループに参加したということをゴードンに伝えた。まだグループに入ったばかりだが、彼女の夫が亡くなって四年が経っていた。〈伴侶を亡くした人の会〉のページを知らなかったわけではない。これまでは、ほとんど、あるいはまったく興味がなかったというだけだ。

〝お訊きしてもいいですか？　どうしていまになって？〟ゴードンはそう打った。

〝亡くなった夫、デイヴィッドに代わる人が見つかるわけはないと思っていたんです〟ヘレナは答えた。時制にこだわらないガーナ人特有の英語の話し方を思い出し、ゴードンは懐かしくなった。レジーナが恋しくなり、ガーナという国そのものも恋しくなった。

〝まわりと距離を置いていました〟ヘレナはつづけた。〝でも、末の妹に何度も言われたとおりだということに気づいたんです。確かにデイヴィッドに代わる人などいないけれど、だからといってこの世のなかには出会う価値のある男の人がいないわけではない、ということに。結婚の話をしているわけではありません。わたしが言っているのは、気の合う相手との交際です。そこから愛が芽生えることもあるかもしれません〟

〝とても賢い妹さんですね（笑）〟ゴードンはそう返信した。

〝ええ、そうなんです。ステラといって、いちばん大好きな妹です。とても大切な妹なんです〟

〝素敵な話ですね。兄弟姉妹は何人いるのですか？〟

〝姉妹が三人と、兄弟が二人です〟

〝みんなアクラに？〟

〝ひとりだけ、兄がタコラディに住んでいます。石油プラットフォームで働いています〟

〝そうですか。ひとことといいですか、ヘレナ?〟

〝もちろん、構いません、ゴードン〟

〝あなたは、息を呑むほど美しい〟

〝ありがとうございます〟

〝本当のことですから〟

〝あなただって〟彼女は付け加えた。〝フェイスブックの写真はとてもハンサムですよ〟

〝そう言ってもらえるのは嬉しいですが、私はただ老けていくだけの年寄りです〟ゴードンは悲しげな表情の絵文字を添えた。

〝そんなこと言わないでください。まだ五十代ですよね? ちっとも年寄りなんかじゃありませんよ〟

〝五十代ですって! (笑) そう願いたいところですが、六十二です〟

〝年齢なんて、ただの数字です。五十八にも見えませんよ〟

〝ありがとうございます、ヘレナ〟

〝わたしのしたいことがわかりますか? ちょっと思いついたんですが――あなたは嫌がるかもしれませんん〟

〝なんですか?〟

〝そのうちスカイプでもできないかと思ったんです。顔を見ながらおしゃべりしたいわ〟

〝もちろんですよ! 大賛成です〟

〝わたしのノートパソコンは調子が悪くて。弟が直してくれているので、二、三日後にはスカイプができると思います。そのときにはご連絡します〟

〝ワッツアップでのヴィデオ通話は?〟

〝あいにく――携帯のカメラがお粗末なので、わたしの顔をちゃんと見られないと思います。iPhoneに買い替えようと思ってお金を貯めているんですが、とりあえずいまはスカイプがいいと思います〟

〝わかりました。楽しみにしています〟

ゴードンが去年の感謝祭を特別な思いで覚えているのは、そういうわけだった。ヘレナとの熱烈な恋愛のはじまりだったのだ。それ以来、二人はワッツアップとスカイプを使って毎日のように話をしていた。ガーナのネットワークに問題があるせいで、ヴィデオ通信は不安定なことが多かった。音声と画像がずれることもある。それでも、ゴードンはヘレナに魅了され、ずっと心を奪われていた。その彼女から連絡が来たとあっては、メッセンジャーのチャットを終えなければならない。

ゴードンは携帯電話を手に取った。「やあ、ヘレナ。ちょっと待っていてくれないか？　すぐすむから」

〝またあとで話せないかな？〟ゴードンはフランクにメッセージを送った。

〝いいとも。支えになってくれてありがとう〟

ゴードンは電話に戻った。「悪かったね。元気かい、ハニー？」

「実はとんでもないことが」彼女の声は震えていた。

「ステラがひどい事故に遭ったの」

「なんてことだ」

「このあいだ、友だちと家に帰ってくる途中で、酔っ払いが運転する車が道路を逆走してきて衝突したの。友だちのひとりはその場で亡くなったわ。もうひとりは無事だったんだけど、ステラは重傷で、いま集中治療室にいるの。手術を受けて容態は安定したんだけど、お医者様の話では内臓にもダメージがあって、もう一度、手術をしなければならないの」

「それは心配だ」ゴードンは言った。「きみは大丈夫？」

「大丈夫よ。でもひとつ問題があって、二度目の手術をするまえに、手術代を払わなければいけないの」

「なんだって？　どういうことだ？　緊急手術じゃないのか？」

「あなたはいまのガーナを知らないのよ。あなたが知っているのはむかしのガーナ。いまでは何もかもがお金なの。病院もお医者様も、慈善活動をしているわけじゃないから」

ゴードンは医師の倫理綱領やら何やらについて、モラルの観点から偉そうなことを言いそうになったが、すぐに気持ちを抑えた。それは別の話だし、そんなことを言ってもどうにもならない。

「それで、お金は払える？」ゴードンは訊いた。「いくらかかるんだ？」

「とりあえずは、五千セディ。家族総出で、かき集めているところよ」

ドルに換算すると千ドルくらいか、ゴードンは思った。小遣い程度というわけではないが、アメリカの基準で考えればそれほど大金でもない。「力になるよ、ヘレナ」

「だめよ」彼女はきっぱり言った。「そんなふうに、あなたを利用したくはないわ。フェアじゃないもの」

「どうして私を利用することになるんだ？」あくまで穏やかな口調で訊いた。「べつに、宝石を買ってとせがまれているわけじゃない。命がかかっているんだ。大切な妹さんなんだから。お金には代えられない」

「ありがとう、ゴードン」彼には、ヘレナが涙をこらえているのがわかった。

「あたりまえだろ、ヘレナ。全額、送金するよ」

インターネット詐欺が横行しているいま、ウエスタン・ユニオンのような送金会社はガーナやナイジェリアへの多額の電信送金を怪しむようになっていた。おそらくゴードンの送金は断わられるだろう。そうなると、方法は銀行間取引しかない。ヘレナにアクラの口座情報をメールで送ってもらい、銀行へ行くために着替えていた。ズボン下をはいたところで、タウンハウスの一階のドアが開く音が聞こえた。ときどき顔を見せに来るデレクだろう。

「父さん？」

「ここだ」

デレクが入ってくると、二人は男らしい力強いハグをした。四十三歳のデレクは、父親の若いころそっくりだった。とはいえ、肌はゴードンが白いのに対してデレクは琥珀《こはく》色で（冬には薄くなる）、父親は赤毛だがデレクの縮れた髪はエスプレッソのような色だ。似ているのは鋭角的な顎と目だった。二人とも虹彩《こうさい》は緑がかっていて、誘惑的な目つきと呼ばれることもある重いまぶたをしている。のんびりした日曜日の朝の気だるいセックスをそれとなく連想させる目だ。はじめにクレアの気を引いたのが、その目だった。やがてクレアとデレクは結婚し、その後に離婚した。

「元気かい？」デレクはゴードンのリクライニング・チェアにその長身を預け、背もたれを下げた。「出かけるところ？」

「ちょっと用事でね」ゴードンは腰を下ろして靴下をはいた。「たいした用じゃない」

デレクはまじまじと父親を見つめた。「大丈夫？どこか上の空って感じだけど」

ゴードンは肩をすくめ、平静を装った。「そんなことないさ。大丈夫だよ」

デレクは頷いた。「最近はどうしてた？」

「とくに何も。さっきまでオンラインでフランクと話をしていた」

「あの人、どんな様子？」

ゴードンは首を振った。「彼にとって、いまはつらいときだ」

「父さんはどうなの？」デレクの額にしわが寄った。「ほかの人たちの力になるのはいいけど、それがストレスになってない？よく言うだろ——世話をする人にも世話が必要だって」

「確かに」ゴードンは靴に足を突っこんだ。「でも、それほど張り詰めているわけでもないから。いざとなったら、いつだってやめられるし。フランクが隣に住んでいて、四六時中うちにやって来るってわけじゃないんだ。まったく、彼はカリフォルニアにいるんだぞ」

「そうだね。直接会ったことがないなんて、変な感じだ。フェイスブックでいう〝友だち〟ってやつか」

二人はあれこれ話をした。近ごろ、デレクの元妻のクレアが、彼に言わせると〝わずらわしい〟ということだ。だが娘のシモーヌは、学校で頑張っている。娘とずっといっしょにいたいが、いまの取り決めや元妻との不穏な休戦状態に納得するしかなかった。

やがて、ゴードンが腕時計に目をやった。「そろそろ行かないと。戻ってくるまで、待っているか？」

「いや。おれも行かなくちゃ」

ゴードンは銀行へ行き、午後に電信送金が行なわれるように手続きをした。デュポン・サークルを横切るマサチューセッツ・アヴェニューを歩きながら、八年まえまで所有していた書店にかすかに切なそうな目を向けた。ティルソン書店。ゴードンは二十年以上ものあいだそこで書店を経営していたのだが、デュポン・サークルの地価はつねに高かった。世界じゅうに店を展開するコーヒー・ショップや〈シェイクシャック〉、〈クリスピー・クリーム・ドーナツ〉が進出してきてからは、ますます地価が上がった。二〇〇八年の金融危機が死刑宣告になり、ゴードンはそれなりの価格で店を売り渡した。投資がうまくいき、快適に暮らせた――とても快適に。新たな経営のもとで生まれ変わったティルソン書店内には、値の張る気取った飲み物を売りにする、いまや書店には欠かせないとも言えるカフェができていた。ゴードンは、店内にそういったカフェを作ることにずっと反対していた。もし同意していたら、どうなっていただろう？　いまでも書店を経営していたかもしれない。だが後悔も、思い残すこともなかった。

ゴードンは、街の多くの有力者たちと知り合いになった。アマゾンが巨大書店になるまえは、さまざまな本——ときには希少な本——を求めて客が訪れてきた。そういった本はたいてい店に在庫があり、ない場合でも入手することができた。おかげで友情がはぐくまれ、有意義な会話も生まれた。トニ・モリスンなどの数々の世界的な著者が店に顔を出してくれたこともあり、店の名は知れ渡るようになった。いまの店はそこまで〝本格的〟ではないだろう。いま店を訪れる著者のなかには、ゴードンだったら呼ばないような人たちもいる。だが、時代は変わったのだ。あの時代はにぎやかで熱気があり、まるではかない花火のようだった。

12

一月十九日

レジーナとの結婚を通して、ゴードン・ティルソンは東海岸、とくにニュージャージー州やニューヨーク州、ワシントンD.C.に住む多くのガーナ人と顔見知りになった。レジーナは、たとえば外交団といった有力な人々のグループと交流をつづけていた。そういうわけで、大使館のパーティだけでなく、北米ガーナ人内科・外科医師財団の創立ディナー・ダンス・パーティのようなくだけたにぎやかな催しにもよく招待された。そういったイベントを大切にしていたのはゴードンよりもレジーナのほうだったが、彼は毎回のようについていって楽しんでいた。レジーナが幸せなら、ゴードンも幸せだった。

レジーナ本人も、人を楽しませるのが得意だった。懐かしいあのころは、自宅で立食パーティやディナー・パーティを開き、レジーナとゴードンそれぞれの友人たちがいっしょになって和気あいあいと楽しんでいた。レジーナが亡くなったあとも、ゴードンの名前は招待客リストに残っていたので、レジーナがいなくても多くのガーナ関連のイベントに顔を出していた。

土曜日の午後、ゴードンはインターナショナル・ドライヴ・ノースウエストにあるガーナ大使館のパーティに行った。そのあたりの高級な土地には、ほかにもいくつかの大使館が並んでいる。そのパーティは、ガーナ大使のハーバート・オパレが開いた文化イベントだった。その目的は、ガーナへのいっそうの投資を促すことのように思われた。

会場は大使館の〝冬の間《ウインター・ルーム》〟だった――豪華な装飾がほどこされ、食欲をそそるアフリカ風の手でつまむ料理が並び、身なりのいい人たちが集まっている。ゲストもアメリカ人やガーナ人、白人や黒人などさまざまだ。ゴードンの視線はガーナの女性に引きつけられていた。もっとも見栄えのする衣装に身を包んでいるのは、まちがいなくガーナの女性たちだった。とりわけ、手のこんだヘッドドレスに目を奪われた。

「ゴードン！」

その声を聞き、ぼうっとしていた彼は車が徐行帯で跳ねたときのようにびくりとした。オパレ大使が目の前で手を差し出していた。大使は背が高く、大きくて平らな顔に金縁の眼鏡をかけ、上品な濃紺のスーツを着ていた。

「お久しぶりです、ハーバート大使」ゴードンは挨拶した。「お招き、ありがとうございます」

「こんなに喜ばしいことはない」オパレは言った。「ここでパーティを開いても、きみがいないとはじまらないからな」

「ありがとうございます――そう言っていただけると嬉しいです。アンジェリーナはお元気ですか？」アンジェリーナというのは、オパレの妻だ。

「おかげさまで元気にしているよ。そのへんにいるはずだ――そのうち会えるだろう。本当によく来てくれた。きみも元気そうで何よりだ」

オパレはほかのゲストたちにも挨拶をしてまわった。

それから三十分後、オパレは歓迎のスピーチをした。

その後、ハワード大学のアフリカ研究センターで客員教授をしているガーナ人教授が、ガーナの伝統的なトーキング・ドラムという奏法を披露した。ゴードンは、ガーナのいくつかの小さな町で参加した祭りを思い出した。そういった祭りでは、歌やドラムにつられて思わず立ち上がって楽しんだものだった。とはいえ、一組のトーキング・ドラムのオクターブの高いほうが〝女性〟で、低いほうが〝男性〟だということは知らなかった。まるで夫婦――少なくとも仲のいい夫婦――が会話をしているようだった。

余興が終わり、食事の時間になった。ゲストたちは猛然と襲いかかるハチのように、ビュッフェのテーブルに群がった。ゴードンの横にいる女性が、ケバブを取り分けていた。彼女の着けた香水がかすかに漂ってきた――高級だが控えめな香りだ。まじまじと見つめないように注意して彼女を盗み見た。ガーナの女性しか着こなせないような青とピンクのきらめく衣装を身にまとっている。しかも、彼と同じくらい背が高い。

「これはそそられる」ゴードンは彼女に声をかけた。料理のことを言ったつもりだが、きわどい表現だということに気づいた。だが、もう遅い。

彼女はゴードンに微笑みかけた。四十代後半に見えるが、もっと上かもしれない。ルビー・レッドのリップスティックをつけていて、前歯のあいだに小さな隙間がある。その個性的な美しさに、ゴードンはどうしようもないほどの魅力を感じた。

「本当にそうですね」彼女が応えた。すぐさま、一部のガーナ人に特有のアクセントに気づいた――教養があり、世界じゅうをまわっている人のアクセントだ。

「自己紹介が遅れましたが、ゴードンといいます」

「はじめまして、ゴードン。ジョゼフィンです。よろしく」

「こちらこそよろしく。ところで、シトはありませんか？」

「まあ！」驚きながらも、嬉しがっているようだった。

「それを知っているなんて」

「平和部隊のボランティアで、何年かガーナにいたんです。そして、ガーナの女性と結婚することになりました。その妻には先立たれましたが」

「それはお気の毒に」心から同情しているようだった。

「ありがとうございます」ゴードンは言った。「まあ、そんなわけで、ホット・ペッパーが大好きなんです——とくにパプシトが」

「あら、筋金入りなんですね」

二人は声をそろえて笑った。シトを見つけた彼女は、ゴードンの皿に小さじ半分ほど載せた。「これくらいでいいかしら？」

「もう少し」首を傾げて言った。「ありがとうございます」

「どういたしまして。でも、すごいですね」

「あらかじめ言っておきますが、これを食べたら、トマトみたいに真っ赤になるので」

「それは見てみたいわ」笑いながら言った。「わたしの友人たちのテーブルへいらっしゃいませんか？それとも、ほかに先約でも？」

「いいえ。ぜひ、ごいっしょさせてください」

テーブルには二組の友人がいた。ひと組はガーナ人で、もうひと組は黒人のアメリカ人だ。ゴードンはジョゼフィンが既婚者だと察し、夫はどこにいるのだろうと思った。彼女くらいの年齢で独身の女性というのは、ガーナでは珍しいからだ。ゴードンが察したとおりだった。一時間ほど話をしているうちに、ジョゼフィンの夫がガーナの法執行機関で最高位の警察庁長官だということがわかった。彼女がヨーロッパやカナダ、アメリカへよく行くのも納得できる。そういった特典は、ガーナでのそうした地位には付きものなのだ。

ゴードンはジョゼフィンに欲望を感じ、動揺はしなかったものの自分でも驚いていた。男を発狂させるような、牙をむき出しにした欲望だった。コーヒーやお酒、あるいは食事にでも、とにかくなんでもいいから彼女を誘いたかった。とはいえ、分別のあるもうひとりの自分に、無駄なことはするなと釘を刺された。ジョゼフィンは結婚しているうえに、数日後にはガーナへ帰ってしまうのだ。

だが、彼女の行動にゴードンは驚かされた。別れ際に、ガーナでの連絡先を教えると言ってきたのだ。

「ぜひ、訪ねてきて」慌てて携帯電話を取り出そうとするゴードンにそう言った。「あなたがいたころと比べると、ずいぶん変わったのよ」

ゴードンが携帯電話を差し出すと、彼女は自分の番号を打ちこんだ。「どうせなら」ふと思いついたかのように言った。「ついでにアメリカでの番号も教えるわね」

ゴードンは恋に夢中のティーンエイジャーのように、有頂天になった。「ありがとう。すぐに連絡しても、驚かないでくださいよ」軽い冗談に聞こえるように言ったつもりだが、失敗に終わったようだ。

だが、ジョゼフィンも調子を合わせてきた。「そんなサプライズなら大歓迎よ。楽しみだわ」

ジョゼフィンはにんまりし、ゴードンの目を見つめた。〝やはりそうだ、私を誘惑している〟ゴードンは思った。彼のハートが宙返りをした。

13

一月二十日

その夜、ゴードンはキャスパー・〝キャス〟・グッテンバーグの家に寄って酒を飲んだ。彼は大学のころから付き合いのあるいちばん古い友人で、いちばんの親友だった。二人はザ・ワーフにある豪華なキャスのアパートメントでワインを飲んでいた。キャスの足元では、ペットの年老いたイヌが眠りこんでいる。出会った当時からチェーン・スモーカーだったキャスは背が低く、しかもきゃしゃなうえに貧弱なので、まるで乾燥した枝のようだった。真っ白な髪と幽霊のように青白い肌をした彼には、『おばけのキャスパー』と同じ名前がぴったりだった。二人はほぼ同い年だが、キャスのほうが年上だ。しかもゴードンに言わせれば、頭が切れるのもキャスのほうだ。キャスは退職するまで何十年ものあいだ《ワシントン・オブザーヴァー》紙で事件記者をしていて、名も売れていた。いまでは暇なときに、ときおり《ワシントン・オブザーヴァー》でフリーランスの仕事をしている。両手にひどい関節炎を患い、タイプができないため、音声認識システムを使って記事を書いていた。ゴードンがワシントンD.C.で成功したのはキャスの支援や指導によるところが大きいということを、一生忘れることはできないだろう。

二人は政治について語り――二人ともワシントンでの駆け引きといった内部情報に精通していた――それから家族の話をした。ゴードンはキャスの豊富な知識に感心していた。とはいえ、誰もはっきりと口にはしないものの、キャスパーは読者の心をとらえるような記事を――紙面にもオンラインにも――一年以上書いていなかった。ゴードンは恩着せがましく映らないようにしつつ少しでも力になろうと、キャスをかつての名声に押し上げられそうな珍しい事件でもないか、つねに目を光らせていた。だが、ワシントンD.C.を取り囲む環状道路の内側で繰り広げられるいつもの政治的な狂乱のほかには、目を引くようなことは何もないように思えた。キャスパー自身も何か特別な事件が起こるのを待っているのではないか、ゴードンはそう思っていた——とはいうものの、それはいったいどんなことだろうか？

「近ごろ、指の調子はどうだ？」ゴードンは訊いた。

キャスパーは肩をすくめた。「冬の夜は最悪だ。夜はどこへも行きたくない」

ゴードンは同情して首を縦に振った。「わかるよ」

「おまえはどうなんだ？」キャスは言った。「昨日のガーナ大使館でのイベントはどうだった？」

「楽しかったよ。素敵なガーナの女性に会った」

「そうか」キャスの目がかすかに輝いた。「名前は？」

「ジョゼフィンだ。あと二、三日はワシントンD.C.にいる。旦那はガーナの警察庁長官だ」

「それで、いい雰囲気になったのか？」

「旦那がいるって言わなかったか？」ゴードンは素っ気なく答えた。

「だからどうした？」

ゴードンは笑い声をあげた。

「彼女が帰るまえに、会うつもりか？」キャスが訊いた。

「考えているところだ。会いたいとは思っている。ディナーにでも誘おうかと。セックスとか、そんなのはなしだ」

キャスは楽しそうだった。「おい、おれはローマ法王なんかじゃないぞ。道徳的にどうこう言うつもりはない」

ゴードンは含み笑いを洩らし、ワインをごくりと飲んだ。「結婚と言えば」彼はつづけた。「実は話があるんだ——意見を聞かせてくれ。オンラインである女性と話をしているんだが、とても惹かれている」

「それで？」

「実はガーナ人なんだ」

キャスは両眉を吊り上げた。「二人つづけてガーナの女か。もてもてだな」

「まあ、なんとでも言ってくれ。ヘレナというんだが――アメリカじゃなくて、ガーナに住んでいる。去年の十一月、感謝祭の直前にフェイスブックの〈伴侶を亡くした人の会〉のページに来て、いわゆる友だちリクエストをしてきた。四年まえに旦那さんを亡くしたそうだ」

「どんな人なんだ？」

「とにかく、目の覚めるような美人だよ。四十九歳だけど、電話ではもっと若く聞こえる。アクラでレストランをやっているとのことだ」

キャスは頷いた。「彼女と話すのが楽しいようだな。いまも顔が輝いている」

ゴードンは笑みを浮かべた。「ああ、本当に楽しい。でも彼女、いま大変なことになっていて。少しまえに、妹さんのステラが交通事故に遭ったんだ。いっしょに乗っていた友人のひとりは亡くなったらしい。ステラは何日か集中治療室で過ごして、それから高度治療室に移されたそうだ」

「命はとりとめたってことか。よかったな。ワインのお代わりは？」

「少しだけ」

キャスはゴードンのグラスにワインを注いだ。「向こうの医療っていうのは、どんな感じなんだ？」

「私立病院で診てもらえるカネがあれば、悪くはない」

「ヘレナにカネはあるのか？」

「そこまでのカネはない。私が協力してあげた」

「いいことをしたじゃないか。これまで、いくら送ったんだ？」

「三千ドル弱といったところだが、もっと送らなきゃならない。集中治療室の入院費のほかにも、ヘレナは町でたくさんの薬を買って病院へもっていかなければならないんだ。点滴剤も含めて」

「本当かよ？」キャスは顎をなでた。「この国では、とても信じられない話だな。病院と愛する人のために、自分で薬を買いに行かなきゃならないなんて」

「ああ」

しばらく沈黙がつづいた。「気になることでもあるのか？」キャスが訊いた。「何か言いたげだが」

「わからない」ゴードンは大きく息をついた。「ガーナに行くべきなんじゃないかと思っているんだ。ヘレナを支えるためにも。それに、ドルをもっていって向こうで口座を開けば、必要なときに下ろせるからいろいろと楽になる」

「いいんじゃないか？」キャスは後押しするように言った。「立派だと思う——困っている人にそんなふうに手を差し伸べるなんて」

「そう思うか？」

「もちろんだとも！　なんだってびっくりしてるん
14
だ？」

「びっくりしているというより、そう思ってもらえて嬉しいんだ」

「ガーナには行ったことがあるだろ。見ず知らずの国ってわけじゃない。それに、どうなるかわからないぞ」キャスはにやりとした。「運がよければ、またガーナの女性と結婚なんてこともあり得るかもな」

ゴードンは笑ったが、その考えに心が動かされた。キャスが賛成してくれたことで心強く感じ、ガーナへ行くという決意が固まりかけていた。直接ヘレナに会えるかと思うと、胸が躍った。

キャスが立ち上がり、冬用のコートを羽織った。

「どこへ行くんだ？」ゴードンは訊いた。

「バルコニーだ。タバコが吸いたい」

一月二十一日　ガーナ、アクラ

トロトロの終点は、チュードゥー停留所だった。エマは十五人ほどの乗客とともに降りると、大きく息をついた。ぎゅうぎゅう詰めのミニヴァンから出られてほっとしたものの、トロトロの排気ガスを思い切り吸いこむはめになって咳きこんでしまった。

むかしながらのアクラの街並みを残すチュードゥー・ロードは、工業と商業の地域だった。倉庫、積み降ろし用のプラットフォーム、銀行、電器店などが建ち並び、歩道には屋台も店を構えている。エマは、高く積み上げられた中国製のおもちゃの前で店主と値引き交渉をしている男の脇を通り過ぎた。ゼニス銀行のあたりで渋滞を避けようとしたバイクが道路脇を猛スピードで走ってきたので、横に飛び退いた。ガーナの歩行者というのは、頭の横やうしろにも目があるのだ。

エマは西へ曲がり、午後の太陽に向かって歩いていった。片側一車線のンクルマ・アヴェニューに出た彼女は、車が途切れるのを待って通りを渡り、ココボッドと呼ばれるカカオ・マーケティング・ボードの古い建物の方へ行った。当時は立派だったその建物も、アクラの各地で建てられている、近代的で光沢のあるガラス張りの新たな高層ビル群とは比べようもなかった。そういった派手な開発が進む一方で、古くからある多くの社会的価値観は、過ぎ去っていく時代のなかでも変わらなかった。

ココボッドの数メートル先で、エマは同じ名称で呼ばれるスラム街に入った。このあたりで死体で発見されるのはごめんだが、それは充分にあり得ることだった。そこは独自の小さな街で、がんに侵された脳が頭蓋骨のなかでゆっくり膨らんでいくように、その壁の内側には犯罪が蔓延していた——割れたボトルやナイフを使った喧嘩、レイプ、ときには殺人さえも起こる。

そういったことが起こるのはたいてい夜ということもあり、エマは気をつけてはいたが、怯えてはいなかった。とはいえ用心のため、ジーンズの右の前ポケットにはジャックナイフを忍ばせていた。危険な地域に行くときはいつもナイフをもち歩いているのだが、そういった地域は少なくはなかった。彼女を襲うつもりの男は、顔を切られたり喉を刺されたりするくらいではすまないだろう。エマは父親に、暴漢の撃退方法――まさにアンドー総監にしたようなこと――だけでなく、身を守るための効果的なナイフの使い方も教わっていた。

エマはこの地域に足を踏み入れるのは気が進まなかったが、義理の弟のブルーノに会うためには仕方がない。もう何年も、ブルーノはココボッドで――伸び伸びと――暮らしている。ブルーノに会いに行くたびに、エマは生き方を変えてほしいと願った。ブルーノはティーンエイジャーになるまえから、学校をさぼったり、悪さをしたりするきらいがあった。父親はブルーノに我慢できなかった。ブルーノを家から追い出し、大きく口を開いて待ち構えているアクラのストリートに放り投げた。そういったストリートでの暮らしを通し、ブルーノはスリや強盗、詐欺、喧嘩、ドラッグなどを覚えた。わずか二十二歳にして、嫌というほど警察の世話になっていた。

父親には〝問題児〟として見られていたブルーノだが、エマはそんな義理の弟を嫌ったことなどなく、ブルーノもエマを姉として慕っていた。ブルーノは力が強く、暴力を振るうこともあるが、エマに対しては採れたての蜂蜜のように甘かった。

エマはそのあたりをあちこち歩きまわっているほかの人たちに交じり、不法に建てられた粗末な木造の小屋のあいだを走る曲がりくねった細い未舗装の道を抜けていった。いまここが火事になってほとんどの家が燃えてしまったとしても、それははじめてのことではない。詰まった下水溝の鼻を刺す臭いと、どこかで揚げられているタタレ（料理用バナナを潰して揚げたもの）の美味しそうな香りが交ざり合っている。エマは、今日も一日ほとんど何も食べていないことを思い出した。

　ブルーノの小屋に着いた。エマの不安が的中し、ドアには南京錠がかけられている。ブルーノはどこかに出かけているということだ。まえもってブルーノの携帯電話にメールを送り、家にいるという返事をもらっていたのだが、ブルーノのことばはたいていあてにならない。エマはあたりを見まわした。背中にしっかりと赤ん坊を括《くく》りつけた女性が、鍋を洗ったあとの汚れた水を下水溝に捨てていた。エマは彼女の方へ行った。

「こんにちは、奥さん。ちょっとお尋ねしますが、ブルーノをご存じですか？」

　その女性の左目は生気がなく白濁していて、顔もヤブクマネズミのようにやつれていた。「ブルーノ？　ええ、知ってるわよ」

「今日、ブルーノを見かけましたか？」

「あっちへ行ったわ」おおまかな方角を指差した。女性が指したおおよその方向へ歩いていくと、崩れかけたレンガの壁がある場所に出た。その壁のうしろから、まちがえようのない強い臭いが漂ってきた。ウィー——マリワナだ。たぶんブルーノはここだろう、エマは顔をしかめながら思った。というのも、ブルーノとドラッグは、親友どうしのように切り離せないのだ。壁をまわりこんだエマは薄汚れた隙間を見つけ、その隙間をすり抜けて壁の内側に入った。空気中に漂うマリワナの煙が気道に入りこみ、思わずむせてしまった。

　なかには六人ほどの男が坐っていた。数人がマリワナをまわしている。影になった壁に寄りかかっているブルーノを見つけた。知り合いと思しき若い男の隣に坐っている。エマに気づいたブルーノはからだを起こし、指先でマリワナをもみ消してこっそりポケットに入れた。

「よう、姉さん！」大声で言って飛び上がった。「こんなところで何してるんだ？」

「あなたを捜しに来たのよ」エマは服に付いた埃を払った。

　ブルーノは筋肉質の六フィートのからだを屈め、エマにハグをした。ブルーノの額には斜めに傷が走っている。十六、七歳のころに喧嘩をし、ナイフで切られた跡だ。彼はハンサムではないが、笑みを浮かべるとまるで別人のようになる。「おれがここにいるって、誰に聞いたんだ？」

「あっちにいた女の人よ」エマは言った。「ブルーノ、元気？」

「元気だよ、姉さん」声が穏やかになった。「会いたかったよ、すっごく《パー》」

「嘘ばっかり」エマはからかった。「わたしのことなんか、考えもしないくせに」

「そんなことないよ、姉さん！」例の笑みを浮かべた。「なんてこと言うんだ」隣に坐っている男にエマがちらっと目を向けたのがわかった。「友だちだよ。よう、ニイ・クウェイ、それを吸うのをやめて、姉さんのエマに挨拶しろよ」

「すまない！」ニイ・クウェイは立ち上がって近づいた。「よろしく、エマ」

　ニイ・クウェイは粗野なガ族の顔立ちをしていて、からだも細い——まさにブルーノとは正反対だった。エマは彼と握手をし、たいして口もきかずに素早く品定めをした。片方の耳には金のリングを着け、首に掛けた二本の金の鎖がむき出しの胸に垂れ下がっている。黒と赤のチェック模様のシャツを着ていて、それにマッチした黒のタイト・ジーンズの裾からは素肌の足首が覗き、明らかに新品と思しき赤と白のナイキのスニーカーを履いている。

「外で話せる？」エマはブルーノに言った。

　ブルーノは彼女について出ていった。「それで、どうしたんだ、姉さん？」

エマは妙な声の抑揚に気づき、眉をひそめた。「アメリカの若い人のアクセントをまねようとしているみたいだけど、なんのつもり？」

ブルーノは少し恥ずかしそうに笑った。「別にいいだろ」

「最近は何をしているの？」

「まあ、このあたりでぶらぶらしてる、それだけさ」

「仕事は見つかった？」

ブルーノは胸の前で太い腕を組んだ。「先月、土木系の仕事に就いた」

「すごいじゃない！」

ブルーノは首を振った。「でも、もう必要ないって言われた」

「そう」エマはがっかりして言った。「それで、これからどうするつもり？　何か考えてるの？」

ブルーノは口ごもった。「ニイ・クウェイとインターネット関連の仕事をしようかと思ってる」

エマの頭のなかで警報が鳴った。「インターネット関連の仕事って？　いいこと、あのニイ・クウェイっていうのがどんな人なのか、わたしにわからないとでも思っているの？　彼はサカワ・ボーイよね、ちがう？」

「ちがうよ」気分を害したような口調だが、わざとらしい。

「何がちがうっていうの？　あの服を見ればわかるわ。彼はどんな車に乗っているの？」ブルーノは地面を見つめ、何か呟いた。

「なに？　聞こえなかったわ」

「レンジ・ローバー」

「レンジ・ローバーですって！」エマは大声をあげた。「わたしの言ったとおりでしょ。彼はいくつなの？　二十七？」

「ああ」からだをよじりながら言った。

「ふつう、そのくらいの年の人がレンジ・ローバーなんて買える？　買えるのはサカワ・ボーイくらいよ。彼とは関わらないで、ブルーノ。お願いだから」

「大丈夫だよ、エマ」頰の内側を嚙んで言った。「心配するなって。何も悪いことなんて起こらないから」

「まっとうな仕事に就いて、ブルーノ」頼みこむように言い、彼の前腕に手を置いた。「ちゃんとした仕事を見つけて腰を据えるのも、たまにはいいんじゃない？」

ブルーノは手のひらを上に向けた。「ちゃんとした仕事って、いったいどんな仕事だよ？　ガーナにはそんなものないじゃないか」ブルーノの言うことは真実とはほど遠いというわけではないが、それはまた別の話だ。

「ただ、生き方を変えてほしいと思っているだけなの」話をそらさずにそう言った。

「わかった、わかったよ。ただ……」

「ただ、なに？」

ブルーノは深いため息をついた。「さあな。今度は姉さんのことを聞かせてよ。もう小言は勘弁してくれ」

エマは思わず吹き出した。

「警察の仕事はどう？」何がなんでも話題を変えようとしている。

エマの口角が下がった。「クビになったわ」

ブルーノの口がぽかんと開いた。「なんだって？いつ？　なんで？」

「二週間まえよ。話せば長くなるわ」

一瞬、アンドー総監に襲われたときのことが頭によみがえり、エマはそれを押しやった。「残念だったな、姉さん」ブルーノは慰めるように言い、エマの手を取った。「大丈夫かい？」

エマは肩をすくめた。

「その仕草の意味ならわかってる」ブルーノは言った。「大丈夫じゃないってことだ」

「そのうち元気も戻るわ」エマはため息をついた。「とりあえず、アクラ・モールのアップル・ストアでパートの仕事を見つけたの。来週からよ」

「そうか、よかった。少なくとも、仕事はあるんだな」

　エマは、ラリア副総監の友人、イェモ・ソワーからの連絡を期待しているということは話さなかった。すでにその希望を失いかけていた。その気があるなら、もう連絡があってもいいはずではないだろうか？

「ワチェ（米と黒目豆を炊いたもの）を食べに行こう。大好物だろ」ブルーノは陽気に言った。「腹減ったよ」

「あたりまえよ」エマは鼻を鳴らした。「ウィーを吸ってばかりいるから」

　ワチェの屋台に着くまで、ブルーノはずっと笑いが止まらなかった。

15

一月二十二日　ワシントンD.C.

　それは、ジョゼフィンが発つ前夜のことだった。ゴードンは、発つまえにせめてディナーをごちそうさせてほしいと頼みこんだ。「もしかしたら」電話でジョゼフィンに言った。「しばらく会えないかもしれないじゃないか。二度と会えない可能性だってある」

　彼女が断わらないことはわかっていた。はじめの恥ずかしそうな素振りは、かわいく見せるための演技だ。おかげで二人のやりとりはより面白くなった――より刺激的に。二人ともそれを楽しんでいた。

　はじめは、ゴードンはジョージタウンにある大人気のレストランのどれかに行こうと提案したが、意識の片隅から別のアイディアが浮かんできた。「それとも、私のフフ（キャッサバと料理用バナナをこねて丸めたもの）とピーナッツ・シチューを試してみるかい？」

「冗談でしょう？」ジョゼフィンは言った。「作れるの？」

「ああ。亡くなった妻のレジーナに教わったんだ。つまり、最高の先生にね」

「断われるわけないじゃない！」

実を言うと、ゴードンは長いことピーナッツ・シチューを作っていなかったので、インターネットでレシピを探して記憶を呼び覚まさなければならなかった。まずしなければならないもっとも重要なことは、市販品のなかでもできるだけ加工されていないピーナッツ・バターを手に入れることだった。フフのほうは問題ない。水を加えればいいだけのフフ用の粉が売っている。本物のフフを作るには、臼と杵で何度も何度もつかなければならない。ゴードンはメリーランド州のハイアッツヴィルにあるアフリク・インターナショナル・フード・マーケットまで車を飛ばし、料理用バナナを使ったフフ用の粉を買った。思ったよりも道が混雑していたために帰るのが遅くなり、改装したばかりのキッチンで調理をはじめるころには時間が足りなくなっていた。

そういうわけで、ジョゼフィンが来たときにはかなり焦っていた――計画どおりに準備ができていなかったのだ。彼女と話をしながら料理の仕上げをするはめになった。

「何かお手伝いでもしましょうか、ゴードン？」ジョゼフィンが訊いた。

「もうすぐできるから」ゴードンはためらっていたが、あきらめることにした。「悪いけど、フフの様子を見てくれないか？」

彼女は喜んで手を貸した。「もう少し水を足してかき混ぜたほうがいいわね」そうアドヴァイスした。

からだにぴったりフィットした黒っぽい衣装とハイ

ヒール姿の彼女は、胸が締め付けられるくらい美しかった。ゴードンはハイヒールに弱いのだ。

「きれいなキッチンね」ジョゼフィンはフフを滑らかでもっちりしたかたまりに丸めながら言った。

「ありがとう」

二人はダイニング・ルームで食事をした。ゴードンは照明を暗くし、二本のキャンドルに火をともした。

ジョゼフィンはひと口味わってから、満足げに頷いた。

「ずいぶん頑張ったわね」ガーナ流の〝素晴らしい〟という褒めことばだ。

「ありがとう」誇らしい気持ちでいっぱいになった。

彼女がここにいること、そしてお互いに楽しめる特別な料理を自分で作ったことに、気分が高揚していた。

「それで、アクラにまっすぐ帰るのかい？」食事をしながらゴードンが訊いた。本当に美味しかった。

「いいえ」そう答え、スプーンでスープをすくった。

「イギリスに寄るつもりよ」

「友人に会いに？」

「ええ。それと、息子のクワメにも」

「イギリスの学校に通っているということ？」

彼女は小さな笑みを見せた。「実を言うと、ウォリックシャー・ホームという施設にいるの。クワメは自閉症なの。もう何年もその施設にいるわ」

「息子さんには、よく会いに行くの？」

「年に三、四回。もっと会いに行けないのがうしろめたくて。でもね、ガーナでは充分なケアを受けられないの。ジェイムズ――夫とわたしは、ずっとまえに息子をイギリスに預けるという決断をしたのよ」

「なるほど」彼女を見つめ、心の内を読み取ろうとした。複雑な感情が渦巻いているが、それを隠そうとしているようだった。「クワメは元気でやっている？」

「これ以上は望めないくらい」いくらか明るい口調になった。「いまでは、ある程度、口をきくようになったの。何年もしゃべれなかったのに」

「それは、息子さんにとっても嬉しいだろうね」食事の手を止めて言った。

ジョゼフィンのまなざしは、感謝の気持ちであふれていた。「そんなことを言ってくれたのは、あなたがはじめてよ――まるでクワメを知っているみたいに。だって、クワメにとっては本当に嬉しいことなんですもの。あの子ったら、満面の笑みを浮かべるのよ。たいていの人は〝それはよかったね〟とか、うわべだけのことしか言わないわ」

ゴードンは首を縦に振った。「人なんてそんなものさ」強力な磁石で彼女に引きつけられているように感じた。「ぜひクワメに会ってみたい」

「本当に？　きっと気が合うと思うわ。ジェイムズは、あの子のことを話そうともしないの」

「そうか」

ジョゼフィンは頷いた。「そうなの。クワメがイギリスへ行って視界に入らなくなってからというもの、もう二度と会いたくないと思っているみたい」

「気の毒に。きみにとっては、つらいだろうね」

「ジェイムズはいい人よ。でも、クワメに対しては冷たいの」

「そうみたいだね」

「ガーナで心やからだに障害をもった人たちをサポートする施設をわたしが支援しているのも、それが理由かもしれないわ。アクラにある自閉症の子どもたちのための施設の後援者をしているの。四年くらいまえに、そこの運営者が施設を立ち上げるのに手を貸したのよ。わたしがワシントンD.C.に来た理由のひとつは、資金の援助を呼びかけるためなの」

「そうだったのか」ゴードンは口ごもった。「私も力になれるかな？」

「そう言ってくれると嬉しいわ」その声には熱意がこめられていた。「どんなかたちでも構わないわ、ゴードン。寄付ならなんだって大歓迎よ。施設の情報を、あとでメールで送るわ」

「頼むよ。力になりたい」

「ありがとう」

二人ともっと気軽な話をしたくなり、話題を変えた。ゴードンは、向こう見ずだった若いころに経験した、ガーナでのレジーナとの武勇伝や冒険談などを話して聞かせた。レモンのシフォン・ケーキを食べながら、ずっとジョゼフィンは大笑いしていた。ちなみに、そのシフォン・ケーキはゴードンが作ったものではない。彼はさらにワインを勧めたが、ジョゼフィンはもう充分だと言った。

ゴードンはそんなことはしなくていいと何度も断わったのだが、ジョゼフィンはあと片付けをすると言って聞かなかった。彼がコーヒーを淹れているあいだ、テーブルをきれいにし、食器洗浄機に食器を入れ、ひととおり片付けた。「せめてこれくらいはさせて」彼女は言った。いまではハイヒールを脱ぎ捨て、ストッキングで歩きまわっている。

ゴードンは高級レコード・プレイアーでレコード――ソフトなジャズ――をかけた。

「驚いたわ」ジョゼフィンはレコード・プレイアーを見つめて言った。「こんなのを見たのは、ずいぶん久しぶりよ」

「ビニール盤の熱烈なマニアなんだ。時代遅れだけど、それが自慢でね」

二人は並んでソファーに腰を下ろし、コーヒーを飲みながらおしゃべりをした。

「今日は来てくれてありがとう」ゴードンは彼女の手を取って言った。「とっても楽しかったよ」

「こちらこそ、楽しかったわ」

二人はしばらくキスをしていた。ゴードンが立ち上がって手を差し出すと、ジョゼフィンはその手を取ってベッドルームへついていった。ジャズが流れるなか、二人は服を脱いだ。

「コンドームは?」ジョゼフィンが囁いた。

「あるよ」

「いい子ね」彼女がそう言うと、二人はくすくす笑った。

お互いに愛撫し合った。ジョゼフィンは、ゴードンの大きさにびっくりした。

「白人にしては、悪くないだろ?」彼は言った。

「なかなかのものね」

ゴードンは唇と舌を駆使して彼女を喜ばせた。ジョゼフィンはあえぎながら、こんなことはされたことがないと言った。たとえ嘘だとしても、ゴードンは喜んでそれを信じることにした。

彼の腰を挟みつけるジョゼフィンの太腿は信じられないほど力強かった。まるでレジーナのようだった。ゴードンはむかしのことを思い出していた。アフリカの女性といっしょにいることで味わえる、至福と恍惚。これに勝《まさ》るものなどない。

16

一月二十六日　ロンドン、ヒースロー

アメリカの空港の免税店も悪くはないが、ジョゼフィンはイギリスやヨーロッパの空港に宿る魔法のほうが好きだった。ベルギーのチョコレートやドイツのペイストリー、フランスの香水、イギリスの糖蜜タルト、さらに高級ハンドバッグを二つと、二人の娘にとくに頼まれたお土産などを買った。

それから英国航空の豪華なビジネスクラス用のラウンジへ行き、朝食やコーヒー、それに濃厚なデザートを楽しみながら飛行機を待った。

ジョゼフィンは多くの裕福な人々と同じように、暖かくて何も通さない防水コートを着ているかのような快適さに包みこまれていることを、つねに実感していた。ジェイムズのおかげで、アクロフィ家は贅沢な暮らしを送ることができた。ジェイムズは確固とした義務感をもって家族を養っていた。だからこそ、四日まえにゴードンと過ごした欲望にまみれた特別な時間のことを考えると、ジョゼフィンは罪の意識を感じずにはいられないのだった。とはいえ、あれは外国での一度かぎりのことで、ガーナでの〝実生活〟とはまるで関係がない、そう言い聞かせて正当化した。実際に浮気をしたわけではない。ゴードンと寝るまで、もう何年も満足のいくセックスを経験していなかった。ジェイムズは男盛りの象徴といったタイプではない――少なくとも、そのピークは過ぎてしまった。それに、ゴードンがしてくれたようなオーラル・セックスは、絶対にしない。一般的にガーナの男性というのは前戯に関しては評判が悪く、性交後の抱擁など、赤道直下で雪が降るくらいにあり得ないことだった。レジーナはゴードンとの結婚生活がどういうものかはっきり自覚していたにちがいない、ジョゼフィンは思った。

しかも、ゴードンはクワメに会いたいと言ってくれた。それにひきかえ、ジェイムズはあの子を疎《うと》んじている。おそらく、クワメのような子どもたちを〝悪魔の子ども〟などと見なす、むかしながらの考え方を植え付けられているせいだろう。ゴードンに話したように、それがジェイムズとの結婚生活でいちばんつらいことだった。

ジョゼフィンは人生において後悔していることが二つあり、その二つとも出産にまつわることだった。ひとつはクワメのことだ。それは過ちというよりも不運と言える。出産後の数週間から数カ月のあいだは、何かおかしいところがあるというのはわからなかった。だがクワメは一歳になっても、いくつかの発育状態を示さなかった。誰とも視線を合わせようとせず、ときには奇妙で甲高い耳をつんざくような叫び声をあげることもあった。
ある日、担当の小児科医に自閉症の疑いを指摘され、ジェイムズとジョゼフィンは恐怖に打ちのめされ、途方に暮れた。医学的に深刻な問題に直面した多くの裕福なガーナ人がそうするように、ジェイムズとジョゼフィンはクワメを連れてイギリスへ向かい、検査をしてもらってセカンド・オピニオンを聞くことにした。一連のテストが行なわれたあと、最先端の医療で有名なハーレイ・ストリートの医師の判決が下された。「残念ながら、非常に悪いお知らせを伝えなければなりません、アクロフィ夫妻」上流階級特有の完璧な抑揚で言った。「お子様は自閉症です」

クワメができるかぎり充実した人生を送るのに必要な——身体的、心理的、感情的——ケアは、ガーナでは期待できなかった。アクラには、自閉症患者の施設はせいぜい三つしかない。そこで、アクロフィ夫妻はクワメをガーナに連れ帰らないことにした。イギリスに何十年も住んでいてイギリス国籍をもつジョゼフィンの兄が、クワメの法定後見人になることを承諾してくれたのだ。クワメがイギリスに残るのは最善の策とはいえ、自分の息子の世話ができないというジョゼフィンの胸の痛みが消えることはなかった。

もうひとつの悲しみは、まちがいなく人生における過ちだった。その当時、ジョゼフィンは精神的に幼く、妊娠五カ月目に入るまで妊娠していることに気づかなかった——あるいは、その可能性を認めようとはしなかった。彼女は男の子を出産したが、その子を育てることになったのはジョゼフィンの姉だった。ジョゼフィンはその子やその子の父親に会うことはめったになかった。結婚するまえに子どもを産んだということを、ジェイムズに明かしたこともない。自らを恥じていたのだ。ジョゼフィンにとって、それは永遠の秘密だった。

ジェイムズとのあいだに生まれたほかの二人の子ど

もは、申し分なかった。二人とも女の子で、学校での成績も優秀だ。ひとりは今年からロースクールを卒業するところで、もうひとりは医大に進むことになっている。家族に医師と弁護士が生まれるわけだ。これ以上に完璧なことなどありはしない。

17

一月二十六日 ガーナ、アクラ

エコノミークラスで些細な問題が起こったとはいえ、ビジネスクラスのフラットにした座席で寝ていたジョゼフィンにはほとんど何も聞こえなかった。それを除けば、アクラまでのフライトは順調だった。夜が更けていたが、新しい第三国際ターミナルは煌々《こうこう》と照らされ、クリスタル・パレスのように輝いていた。ジョゼフィンはVIP用の税関をさっそうと抜けていった。反対側ではお抱えの運転手が待っていた。通常は立入禁止になっているエリアだが、特別な許可証のおかげで入れるのだ。

ジョゼフィンが乗った4WDの車は回転灯を光らせ、空港から自宅まで一般市民よりも短時間で帰り着いた。警備されたアクロフィ家の敷地に車が入ったときには、飛行機が空港に到着してから一時間も経っていなかった。

使用人が荷物を運び入れていると、ジェイムズが出迎えにきた。「お帰り」ジョゼフィンを抱きしめ、頬に豪快なキスをした。「寂しかったよ」

「わたしもよ」

「長旅で疲れたかい?」

「少しね」

二人は手をつないで家に入った。「お腹が空いているなら、アラバに食事を用意させてある」ジェイムズは彼女に言った。

「あと一時間くらいしたら食べるわ」ジョゼフィンはそう言って玄関ホールでハイヒールを脱いだ。足が痛くなっていたので、ストッキングで歩くのは気持ちがよかった。安堵のため息とともにリヴィング・ルームのソファーに倒れこむと、小柄なメイドのアラバがやって来た。

「奥様、お帰りなさいませ」

「ただいま、アラバ」

「何かお召し上がりになりますか？」

「氷を入れたお水をもって来てちょうだい。ベル・アクアよ、まちがえないで。ヴォルティックのお水はまずくて飲めたものじゃないわ」ジェイムズに鋭い視線を送ったが、彼は笑い声をあげただけだった。飲料水メーカーに関して二人の好みは真っ二つに分かれ、二人とも味のちがいがわかると言い張っていたのだ。

「かしこまりました、奥様」

ジェイムズは何もいらないと言い、アラバは部屋を出ていった。

「久しぶりだね、ジョージー」からだを寄せ、もう一度キスをした。「旅の成果は？」

「ええ、あったと思うわ」足を揉みながら言った。

「私がマッサージしてあげよう」彼女の両足を自分の膝に載せた。「力を抜いて」

「まあ、ありがとう」ジェイムズのマッサージは気持ちがよかった。「少なくとも三人は、自閉症財団への協力を約束してくれたわ。あと二人くらい、明日わたしから連絡して話をすれば、協力してくれそうよ」

「それはよかった」

「彼らとは、ハーバートが大使館で開いたパーティで会ったの」

「パーティ？」

「そうよ、ジェイムズ。メールで伝えたでしょ。わたしのメッセージを読まないの？」

「もちろん読むよ、わが麗しき女王様」

ジョゼフィンはジェイムズに疑いの目を向けたが、アラバが氷を入れた水をもってきたので坐りなおした。

「そっちはどうだった？」彼女は訊いた。

「とくに何も。J・Kといろいろ話し合っているところだ。J・Kは汚職撲滅キャンペーンに全力を注いでいる。エヴァンズ＝アイドゥが死んだいま、再選は確実だろう。アイドゥ陣営の副大統領候補では相手にならない」

「そうでしょうね」ジョゼフィンは口ごもった。「まえに、J・Kが警察の上層部にもメスを入れようとしているって言ってなかった？」

「そのとおりだ」ジェイムズは彼女の顔色をうかがった。「不安そうな顔だな」

「そういうわけじゃないわ」本音ではなかった。「わたしたちの暮らしや生活スタイルに影響があるかどうか、気になっただけよ」

「心配はいらない。なんの問題もないから」

「それならいいわ」ジョゼフィンは納得した。とりあえずいまは。「それと、アイドゥを殺した犯人は？捜査はどうなっているの？」

「たいして進展はない。まるで手がかりがないようだ」

しばらく二人は黙っていた。やがて、ジョゼフィンが口を開いた。「ねえ、ちょっと考えていたんだけど。自閉症センターで入居者を受け入れて、施設を世界水準まで引き上げるというわたしの夢が実現できたら、イギリスからクワメを呼び戻すことも考えてくれる？」

ジェイムズは眉をひそめた。「どうしてそんなことを？ ここで同じようなケアができるとでも？ それに、クワメが穏やかに暮らすためには、決まりきった習慣が必要だということもわかっているはずだ。しっかりしてくれ、ジョージー」からだを寄せ、両腕を彼女にまわした。「これがクワメの幸せのためなんだ。イギリスで安心して安全に暮らしている。私たちにとって、それがいちばん重要なことじゃないか」

ジェイムズの言うことは頭では理解しているものの、ジョゼフィンの魂を蝕《むしば》む罪の意識を和らげることはできなかった。

18

二月五日　ワシントンD.C.

デレクは階段の下から呼びかけた。「父さん？」

返事がない。デレクは父親の部屋へ行ってみたが、誰もいなかった。窓辺へ行くと、下のサンルームのデッキ・チェアでうたた寝をしている父親を見つけた。

冬の弱々しい太陽が顔を出している。部屋を出ようとしたデレクは、付けっぱなしになっているゴードンのデスクトップのスクリーンが目に留まった。〈伴侶を亡くした人の会〉のフェイスブックのページが表示されていて、右下にはメッセンジャーのウィンドウが開いている。デレクは足を止め、スクリーンを覗いた。

こんなふうに父親のプライヴァシーを侵すべきではない。一瞬、デレクの好奇心と罪悪感がぶつかり合った。勝ったのは好奇心だった。そのウィンドウの最後のメッセージは、いまから四十分くらいまえの午後二時十六分にヘレナ・バルフォアという女性から送られてきたものだった。〝こんにちは、ダーリン〟

ゴードンはメッセージが送られてきたときに部屋にいなかったらしく、返事をしていない。だがデレクの注意を引いたのは、それ以前に送られてきていたメッセージだった。自分を抑えきれず、どんどん上にスクロールしていった。「なんだよ、これ」デレクは呟いた。

下で父親の足音が聞こえた。デレクはパソコンから離れ、部屋を出て廊下の手すりのところへ行った。

「やあ、父さん」

ゴードンがキッチンから顔を出して見上げた。「よう、来てたのか。気づかなかったよ。裏にいたんだ」

「ああ、うとうとしてるのが見えたよ」デレクは階段を下りて父親のところへ行った。

「コーヒーは？」ゴードンが訊いた。

「もらうよ」

二人はキッチンの中央にあるカウンターに着いてあれこれ話をしたが、デレクは先ほど目にしたことが頭から離れなかった。「ところで父さん」会話が途切れたチャンスに切り出した。「家に来たとき、父さんを探して二階へ行ったら、例の〈伴侶を亡くした人の会〉のフェイスブックのページが開いていたんだ」

「そういえば」ゴードンは言った。「消すのを忘れていたよ。それがどうかしたか？」

「フェイスブックで何を話そうと、おれには関係ない。それに、おれが覗き見するようなまねはしないってことは、知ってるだろ」

「でも、今回は覗いたと？」

「ああ」デレクは白状した。「メッセンジャーの――ヘレナとかいう人だっけ？　あれは誰？」

「ただのフェイスブックの友人さ」

「そうか、でもカネを送ってるんだろ？」

「つまり、彼女との会話を全部読んだってことか？」

ゴードンは単刀直入に訊いた。

「もちろん、やましい気持ちはある。でも、見てしまったものは仕方がないし、出した歯磨き粉はチューブには戻せない。それで、そのヘレナっていうのは、どういう人なんだ？　どこに住んでいるの？」

「ガーナだ」

「ガーナだって！」デレクは大声をあげた。

「ああ――アクラに」

「でも、あのお金は？　どういうことなんだ？」

「聞いてくれ。彼女と話をするようになって、もう二カ月くらいになる」言いわけがましい口調になった。「とても素敵な女性だ——思いやりがあって、礼儀正しい。私はずっとフェイスブックでいろいろな人たちを支えてきたけど、自分の心の内を吐き出したいときに、それを聞いてくれる人はいないんだ。ただのひとりも」

「父さん」デレクの声はわずかに震えていた。「おれがいるじゃないか。おれじゃだめなのか？」

「そんなことはない」ゴードンは声を和らげた。「そういう意味で言ったんじゃない。私が言っているのはフェイスブックの人たちのこと、そしてグループ内での私の役割についてだ。みんなにはヒーローみたいに思われているけど、私だってただの人間だってことをわかってもらいたい。そこにヘレナみたいな人が現われて、感情を分かち合ってくれるだけじゃなく、気持ちを吐き出させてくれた。だからなんだっていうんだ？」

「まえに、そのフェイスブックで相談役をすることになんの問題もないようなことはないのかって訊いたら、押し潰されそうになることはないのかって訊いたら、なんの問題もないようなことを言っていたよね」

「確かにそう言った」ゴードンは認めた。「強がっていたんだろうな」

「お金の話に戻るけど」つい話がそれてしまった。「ヘレナか誰だか知らないけど、これまでに二、三千ドルくらい送ってるんだろ？」

「妹さんが交通事故に遭って——大怪我をしたんだ」ゴードンは説明した。「現金で前払いしないと、手術が受けられない。ガーナのことは知っているだろ。行ったことがあるんだから」

「彼女には家族がいないの？　家族でお金をかき集められないのか？　ヘレナはどんな仕事をしているんだ？」

「レストランの副店長をしている」そう言って、ゴードンはコーヒーに口をつけた。「ほかの家族のことは知らないが、ヘレナはいざというときのためにカネを取っておけるほど、稼いではいない。だから、力になると買って出たんだ。ガーナでの暮らしは、本当に大変なんだよ」

デレクは疑わしい気持ちを抑えられなかった。「父さん、これは詐欺かもしれない」

「どうしてそんなことを？」ゴードンは眉を寄せた。

「典型的な詐欺の手口じゃないか。近ごろ、ガーナやナイジェリアの連中がやっていることだ——父さんだって、知ってるだろ」

ゴードンは顔をしかめた。「いまのは人種差別的な発言だとは思わないか？　おまえがそんなことを言うとは思いもしなかった。亡くなった母さんは、ガーナ人だというのに。おまえにはガーナ人の血が半分流れているんだぞ、忘れたのか？」

「人種差別なんかじゃない」デレクは歯を食いしばった。「醜い現実だ。それに、母さんを引き合いに出さないでくれ。母さんは関係ない。実際、そういった詐欺の被害は過去最高で、やっているのはほとんどがガーナとナイジェリアの連中なんだ。ガーナやナイジェリアと聞いてびくびくしない金融機関なんて、ありゃしないほどだ」

「このアメリカにだって、汚い連中はたくさんいるじゃないか」ゴードンは言った。「アメリカにはアメリカの詐欺師がいる」

デレクは両手のひらを上に向けた。「アメリカには詐欺師がいないなんて、おれが言った？　話をそらさないでくれ。いま話しているのは、父さんが見ず知らずの人にカネを送っているってことだ。そんなの、絶対にだめだ」

ゴードンはカッとなった。「二カ月だぞ、デレク。いや、ヘレナと話をするようになって二カ月以上になる。電話で話しているし、ワッツアップでのメッセージのやりとりだけじゃなくて、スカイプだってしてる。ライヴで話しかけてくる彼女を、実際にこの目で見ているんだ。お金だって、彼女が頼んできたわけじゃない。こっちから申し出たんだ」

デレクは動じなかった。「じゃあ、こうしてみてよ。そのヘレナだか誰だかに、自分と怪我をしたっていう妹の写真を撮ってもらうんだ。それで、向こうはどうするかな？」

「なんてことを言うんだ、デレク」ゴードンは声を潜めて言った。

「父さん、はめられたんだよ。スカイプだって、どうせウェブカメラのソフトウェアでも使ってるに決まってる」

「ウェブカメラのことくらい、私だって知ってる」いらついた口調になった。「確かに、私はそこまでインターネットに詳しいわけじゃないが、間抜けでもない。相手が本物かどうかくらい、絶対に見抜ける。ヘレナは本物だ。誓ってもいい」

「彼女とスカイプをするとき」デレクは探りを入れてみた。「妙な間《ま》が空いたり、父さんの訊いたことにそぐわない表情や答えが返ってきたりしたことは？」

ゴードンは首を振った。「スカイプはあまりしないんだ。電話のほうが多い」

「電話したら、彼女はすぐに出る？」

「ああ、もちろんだ」

これは詐欺などではないかもしれない、一瞬、デレクはそんな淡い期待を抱いた。本当にそうだろうか？いや、そんなはずはない。父親がだまされているという確信があった。

「送ったのはあれだけ？」デレクは訊いた。「お金のことだけど。本当はもっと送っているけど、おれが知らないだけってことは？」

「あれだけだ」むっとした顔で答えた。「それと、子ども扱いしないでくれ。苛々してくる」

「ごめんよ、父さん。そんなつもりじゃないんだけど、ただ――」ため息しかでなかった。「これ以上はお金を送らないって約束してくれる？」

「妹さんの容態はよくなったと言っていたから、これ以上は必要ないだろう」

「別の手で来るまではね」デレクは引き下がらなかった。「今度は葬儀とか、そんなやつさ。ガーナの葬儀は知ってるだろ」

「その言い方が気に入らん」ゴードンは首を振った。

「そんなに蔑《さげす》んだ口調で」

「現実的なだけさ」

気まずい沈黙に包まれた。不意にデレクが立ち上がった。「もう行かないと。お金は送らないで、いいね？　妹の事故だろうとなんだろうと、父さんには関係ないんだから」

ゴードンは固く口を閉ざしたまま、無言で息子を玄関まで見送った。二人はすぐ近くにいるとはいえ、気持ちは遠く離れていた。デレクが出ていくと、ゴードンはキッチンのテーブルに着いて考えこんだ。正しいのはどちらだろう――自分だろうか、それとも息子だろうか？　もしかしたら、どちらが正しくてどちらがまちがっているという問題ではなく、考え方のちがいなのかもしれない。デレクは疑り深く、皮肉屋で、懐疑的だ。ゴードンは素直で偏見がなく、どちらかと言えば情が深い。それとも、ジョゼフィンと関係をもったことでのぼせ上がり、ヘレナに対しても目が曇っているのだろうか？　両手で頭を抱え、うめき声を洩らした。頭が混乱し、混乱していることをはっきり自覚していた。

19

二月十四日

デレクは携帯電話の着信音を耳にし、うめきながらソファーで寝返りを打った。テレビの前でうたた寝をしていたのだ。携帯電話の画面に目をやった。午後十時十七分。父親からメールが届いていた。

デレク、自分の心に従うことにした。ヘレナとじっくり話し合い、決心した。いまワシントン・ダレス国際空港からメールをしている。これからアクラへ向かうところだ。明日の朝、ようやくヘレナに会える。私たち二人の未来に何が待っているのかはわからないが、とりあえずは、これが運命だ。あのとても素敵な女性を心の底から愛している。心配しなくていい。からだに気をつけて。愛している。

「なんてことだ」デレクは起き上がり、もう一度メッセージを読んだ。「父さん」ゴードンが隣に坐っているかのように声に出して言った。「こんなことしちゃだめだ」

デレクは父親に電話をかけたが、父親が出なくても驚きはしなかった。〝父さん、頭がおかしくなってしまったのか？〟心のなかでそう問いかけた。だが、もしかしたら冷静さを失っているのは自分のほうかもしれない。ヘレナが本当に実在するとしたら？　正直に言って、父親のメッセンジャーで目にしたことのほかには、デレクは二人の長期間にわたる親密な会話の内容を何ひとつ知らないのだ。

まちがっているのは自分かもしれない。そうであってほしいとデレクは思った。そうであってくれ。だが、すぐに首を振った。こんなたわごとが本当のわけがない。詐欺に決まっている。〝何をしているかわかっているのか〟というようなメッセージを送りつけてやりたい衝動に駆られたが、そんなことをしても無駄だということに気づいた。父親は行ってしまったのだ。さしあたり、デレクには父親を連れ戻す手段がなかった。ここはより前向きな対応をするのがいちばんだろう。

携帯電話を手に取り、返事を打った。


父さん、メールを見た。知らせてくれてありがとう。ガーナでどの携帯を使うのかわからないから、メールを送ることにした。父さんが自分の正しいと思うことをするのには、誰も口を挟めない。この件で言い争ったのはわかっている。それでも、父さんの幸運を祈っているし、父さんの直観が正しくておれの直観がまちがっていることを願っている。ただし、くれぐれも気をつけて。おれたち家族がガーナに行ったのは、何十年もまえの話だ。いろいろ読んだかぎり、あれ以来かなり変わったみたいだから。お願いだから、そっちでの様子を教えてほしい。何か必要になったときにも知らせて。できるだけのことはする。すぐにメールを送って。気をつけて。愛している。


次はどうする？　キャスに連絡だ。

デレクはキャスパー・グッテンバーグに電話をした。

「父さんから連絡はあった？」

「ちょうど電話しようと思っていたんだ。ヘレナという女性に会いにガーナへ向かったというメールを、たったいま読んだところだ」

「そのことについて、何か知ってる？」デレクは訊いた。

「先月、その女性のことを口にしていた。ガーナへ会いに行ってみようかと考えていると。その計画をこんなに早く実行に移すなんて、思わなかった。おまえはどうなんだ？　何か聞いてないのか？」

「聞いたけど、父さんが自分から話したわけじゃない。

たまたまおれが気づいて、詐欺だと思うと父さんに言ったんだ。いまでも詐欺だと思ってる。向こうで誰かが待ち構えていて、身ぐるみ剝がされたりしたらどうしよう？」

「なんだって最悪のシナリオを考えるんだ？　おまえの親父さんは分別がある。向こうで何かわかるまで、少し待ってみよう。もしかしたら、新しい幸せの扉が開くなんてこともあるかもしれないぞ」

デレクはその古い友人ほど楽観的ではなかった。だがとりあえずは、明るい未来を期待してみようと思い、それが現実になることを祈った。

20

二月十五日　ガーナ、アクラ

ボーイング767がアクラ上空の朝日に照らされた薄い雲を抜けると、ゴードンはこのあたりの紅土の大地にはサバンナの茂みが点々としていることを思い出した。だが目にした光景に驚き、ショックを受けた。かつて大都市圏を取り囲んでいた広大な無人の土地にはビルが建ち並び、道路やハイウェイが張りめぐらされていたのだ。丘の上に象徴的な塔があるガーナ大学のキャンパスはわかったが、それ以外はほとんど見覚えがなかった。街と郊外を分けていた境界はどうなったのだろう？

この発展した街並みを地上から見たくてうずうずし、しかもようやく新たな運命の女性にじかに会えるという期待感から、ゴードンは自分でもびっくりするくらい興奮していた。飛行機は十分遅れの午前八時十五分に着陸したが、そのくらいの遅れは許せる範囲だ。三つのターミナルを備えるコトカ国際空港は、ゴードンが最後に目にしたときよりも何倍も大きくなっていた。

国際線用の第三ターミナルは正面がきらめくガラス張りになっていて、近代的なボーディング・ブリッジまであった。かつては、飛行機から降りるには階段を使っていた。ボーディング・ブリッジの密閉された通路を渡りながら、ゴードンは飛行機を降りたとたんに押し寄せてくる強烈な熱気と湿気を懐かしく思った。それは、実際に熱帯のアフリカに着いたというアナウンスでもあったのだ。

入国審査は、滞《とどこぉ》りなくすんだ。何十年もまえに平和部隊の任務でガーナに来たことがあるとゴードンが言うと、職員は友好的な態度を示した。荷物を手にしたゴードンは、外でヘレナが待っていると思うと居ても立っても居られなくなった。

広々とした到着ロビーの柵のうしろでは、家族や友人、お抱え運転手たちが待っていた。ヘレナの美しい顔を探して人だかりを見渡し、ゴードンの心臓は早鐘を打った。彼女は背が高いはずだ。明るい花柄のブラウスにぴったりフィットしたズボン――もしくは膝丈のスカート姿の彼女を想像した。まだ見つけられないものの、何列にも連なる人だかりのいちばんうしろまではかなりの距離がある。ゴードンのまわりでは、愛する人と再会できた人々が抱きしめ合い、喜びの声をあげていた。集団のうしろまでたどり着いたゴードンは、ヘレナと行きちがいになってしまったのかもしれないと思い、周囲を歩いてまわった。彼女はまだ見つからない。

不安に襲われたが、落ち着くように言い聞かせた。おそらくヘレナは近くにいるか、少し遅れているかのどちらかにちがいない。ワッツアップでメッセージを送り、電話もかけてみたがつながらなかった。しばらく呼び出し音が鳴り、唐突に切れた。次にどうしようかと考えていると、肩を叩かれた。振り向くと、満面に笑みを浮かべた小柄な男が立っていた。「ミスタ・ティルソンでいらっしゃいますか？」男が声をかけてきた。

「はい、そうです」

「ようこそ、ようこそガーナへ。私はロバートと申します。ケンピンスキー・ホテルからお迎えにまいりました。待ち合わせ場所では私に気づかずに通り過ぎてしまったようですが、あなたがあたりを探しまわっているのを見て、きっとこの方だろうと」

「ああ、そうでしたか」一瞬、頭が真っ白になった。ホテルにフライト情報を伝えていたのをすっかり忘れていたのだ。「それはどうも。実を言うと、ある人が迎えに来てくれることになっているんです」

「ある人というと？」

「その、友人の女性です」ゴードンは口ごもりながらも、まだヘレナを探していた。混乱していた。

「そうですか」ロバートは戸惑っていた。「その女性をお待ちになりますか？」

ゴードンはシャトルバスに乗ったほうがいいだろうと考えた。ヘレナにはあとで連絡すればいい。とにかく、遅れているのはヘレナのほうで、自分ではない。自分が苛立っていることに気づいた。「いいえ、大丈夫です」彼は言った。「いっしょに行きます」

「かしこまりました。お荷物をおもちします」ロバートはゴードンの荷物をつかんだ。「こちらです」

到着ロビーから近くの駐車場までロバートについていき、アクラまでの旅について軽くおしゃべりをした。車はライト・ブルーのヴァンで、側面にケンピンスキーのロゴが描かれている。ロバートがトランクに荷物を詰めこんだ。ゴードンがヴァンに乗ると、すでに二人の旅行者が坐っていた――二人とも白人だった。

彼らが乗った車は、できたばかりの道路標識や分岐の出口がいくつもある空港を離れた。ゴードンは、高層ビル群によって街の景観が変わっていることに気づいた。不格好な巨大な鳥のようなクレーンが、地平線のあちこちにそびえている。記憶のなかのアクラとは似ても似つかない。見覚えのあるものはひとつもなかった。道路際に並ぶ巨大看板も、当時はなかった――電話や豪華なアパートメント、お洒落な服などを大々的に宣伝している。看板地獄だ、ゴードンは思った。

朝の渋滞はピークを迎えていた。車はほとんど進まず、行商人たちにとっては商品を売りこむチャンスだった。新聞や靴、世界地図、子犬、冷たい飲み物、アイスクリーム、家庭用工具、安物の中国製アクセサリーなどを売っている。商人たちは、びっしり並んだ車のあいだを難なく動きまわっていた。

ゴードンはヘレナのことを考え、まわりの喧騒《けんそう》にも上の空だった。〝なんだってこんなところにいるのだ？〟そんな幽体離脱をして客観的に自分を見つめているかのような感覚にはじめて襲われ、不本意ながらデレクの忠告を思い出していた。もう一度、ヘレナにメールを打ってみたが、そのメッセージは虚空《こくう》に吸いこまれてしまったかのようだった。

疑念に苛《さいな》まれ、ゴードンはケンピンスキー・ホテルの豪華なロビーを心から楽しむことができなかった。フロアには大理石が敷かれ、高い天井の中央には巨大なシャンデリアが吊るされている。チェックインをすませると、ベルボーイがゴードンの荷物を運んでいった。

部屋もロビーに負けず劣らず素晴らしかった――磨き上げられた木製の床、カプチーノのような色のクロゼット、広々としたバスルーム。シャワートイレを使ってみてもいいかもしれない、冗談交じりにぼんやりとそんなことを思った。

またヘレナにメールを送ったが返事がなく、きっちりとベッドメイクされたキングサイズのベッドに携帯電話を放り投げた。フロアの真ん中に立ち、夢でも見ているのだろうかと考えた。とんでもない悪夢を。

21

二月十七日　ワシントンD.C.

ゴードンがガーナへ発って三日後、デレクは父親からメールを受け取った。

デレク――

きっと心配で仕方がないだろう。私は元気でやっている――いや、それ以上だ。なんたってヘレナと出会えて、親睦を深めながら楽しく過ごしているんだから。写真はまだないが、そのうち送るよ！　なんの心配もいらない。何もかもうまくいっている。いまはアクラのケンピンスキー・ホテルに泊まっている。一流のホテルだ。ワッツアップにおまえの番号を登録しておいた。こっちではみんなワッツアップを使っている。おまえもワッツアップをダウンロードすればメッセージのやりとりができる。

父より

ガーナでの電話番号も書かれていた。父親の力ないことばに納得できないデレクは、もう一度メッセージを読んだ。メールはうまく言い繕われている。まるで板にニスを塗って汚れを隠そうとしているかのようだ。

親睦を深めながら楽しく過ごしている？　写真は〝まだ〟ない、だと？

デレクは書かれた番号に電話をしてみた。呼び出し音が数回鳴り、そのあと上品なイギリス訛りの女性の声がした。〝おかけになった番号を呼び出しましたがお出になりません、しばらく経ってからおかけなおしください〟

次にキャスに電話をした。キャスも電話に出なかったが、十分後に向こうからかけなおしてきた。「何かあったのか？」

「父さんからメールが来た。元気でやっていて、例の素敵な女性に会えたとかなんとか言っていた」

「そいつはよかった！」キャスは言った。

「おれは信じてない。メッセージがうさん臭いんだ。本当はヘレナに会えてなくて、時間稼ぎをしているか、あんまりばつが悪くてそれを言いだせないんじゃないか、そんなふうに感じる」

「そうか」抑揚のない声だった。「親父さんのワッツアップの番号を送ってくれないか？　おれからも電話やメールをしてみる」

「助かるよ、キャス」


デレクはグーグルに〝ガーナにいるアメリカ人〟や〝ゴードン・ティルソン、ガーナ〟と打ちこみ、何かないか検索してみた。何もヒットしなかったが、たまたまオンライン詐欺のさまざまな手口に関する記事を見つけて読みはじめた。どんな手口であろうと、ある共通点があることに背筋が冷たくなった。詐欺に引っかかるのが、ふだんは知的で理性的なアメリカ人やヨーロッパ人だということだ。メリーランド州に住むある年金受給者の女性は、いわゆる身動きが取れなくなったイラク戦争の退役軍人のために老後の蓄えのほぼすべてを送金してしまった。ニューヨーク州のある男性はガーナで金塊を買い付けるという罠にはまり、カネをだまし取られたうえに金《きん》も手に入らなかった。

ほかにも気になる記事があった。〝サカワ〟と呼ばれる奇妙な社会現象について書かれていた。呪術的な力を使い、詐欺の世界で大きな成功を収めるというのだ。サカワは、伝統祭司のような霊能者を通してその力を授かる。そういった祭司は願いを聞き入れるために、奇妙な、ときには胸の悪くなるような儀式を執り行なう。神への供物として捧げられる人間や動物のからだの一部に関する記事を読み、デレクは口を歪めた。

無理やり処女を奪われたときの血が染みついた敷物を使う、などという例もあった。馬鹿げているにもほどがある、デレクは思った。だが同時に、ふだんは頭の切れる論理的な人でさえサカワの力には抗《あらが》えないという主張に、はっとした。その皮肉が人ごととは思えなかった。そんなものに引っかかるはずがないと思っていた父親のゴードンが、見事にだまされてしまったのだ。

それから五日間、父親からの連絡はなかった。夜も眠りが浅く、目を覚まして明かりをつけ、ベッドに坐って考えこむこともあった。そして六日目の午前十時ごろ、待ちに待ったワッツアップからの通話があった。

「やあ、デレク」ゴードンの声は、いまにもちぎれそうなほど目いっぱい引き伸ばされた輪ゴムのように張り詰めていた。

「父さん。よかった。大丈夫なの？　いまどこ？」

「大丈夫だ。まだアクラのケンピンスキー・ホテルにいる。いいところだよ、一流のホテルだ――隅々まで手が行き届いている」

「それはよかった」だが、そんなことはどうでもいい。「あれからどうなったんだ？」

父親が長いこと無言だったため、デレクは通話が切れてしまったのではないかと思った。「もしもし？」

「実を言うと、ヘレナには会えなかった」ようやく、ゴードンは口を開いた。「おまえには嘘をついた。あまりにもみっともなくて。正しいのはおまえで、私がまちがっていた。何日も彼女に電話したり、メールを送ったりした。番号はつながらなかった。だまされたんだ」

「クソッ」デレクは洩らした。「なんてことだ」

「まったくだ」

「父さん、残念だよ」ゴードンは何も言わなかったが、デレクには父親が深くふさぎこんでいるのが感じられた。「ああ、クソッ、なんて言ったらいいんだ」

「こんなのはどうだ？　〝だから言っただろ〟なんていうのは？」打ちひしがれた声だった。「言ってもいいんだぞ、どうせそう思っているんだから」

「父さん、やめてくれ。おれは味方だ」

「わかっている、わかっているさ。すまなかった。言いすぎたよ」

「気にしないで。それで、ガーナに着いてから、何があったんだ？」

「たいして話すことはない」苦笑いを洩らした。「空港にヘレナはいなかった。電話にも、ワッツアップにも、Eメールにも返事がない。とにかく何をやっても連絡がつかなかった。メッセージか電話を待っていたが、いっこうに来ない。とんだ大馬鹿者だよ。してやられたんだ。安っぽいインターネット・カフェでパソコンの前に坐ったティーンエイジャーにまんまとだまされた、愚かな間抜けのひとりというわけさ。一生、この屈辱を忘れることはできないだろうな」

「忘れられるさ、いつかきっと。おれがいるじゃないか」

「ありがとう。そう言ってくれると嬉しい」

「あたりまえだろ」

「妙な気分だよ。ときどき、希望が湧き上がってくるんだ。彼女から電話があるかもしれないって。無駄だとわかっていながら、いまだに一縷《いちる》の望みにすがっているのさ」

「それがふつうだと思う」デレクは言った。「すぐに帰ってくるんだろ？」

「街にあるデルタ航空のオフィスに行って、いちばん早いフライトを調べてもらわないと。今日は土曜日で、月曜日はガーナの祝日だから、オフィスへ行くのは火曜日になる」

「わかった。それまでは、ホテルでリラックスして、のんびりするんだね。それと、このことは誰にも話さないように」

ゴードンはうなり声を洩らした。「話すわけないだろ。キャスとは話をしたのか？　何か連絡が来ていないかと思って」

「昨夜、話をした。何か連絡が来ていないかと思って」

「キャスにも電話する。私に連絡しようとしていたのは、知っているから」

「それがいい。心配していたから。父さんのこと、大切に思っているんだよ」

「わかっている。でも私は……まあ、大馬鹿者だな」

「いつまでもくよくよしていると、おれがぶん殴ってやるぞ」

そのちょっとしたジョークのおかげで二人とも気が緩み、笑い声をあげた。「わかったよ」ゴードンが言った。「そろそろ切るぞ。明日、メールする」

「わかった。愛してるよ、父さん」

22

デレクとの通話を終えたゴードンはホテルの部屋のベッドの端に腰をかけ、何もやる気が起こらずにふさぎこんでいた。下のバーにでも行って何か飲み、〈パピヨン・レストラン〉でディナーを食べようかとも思ったが、それほど空腹ではなかった。キャスに連絡してからでもいいだろう。キャスに電話をしてみたが、留守番電話につながった。ゴードンは立ち上がり、デスクの前に坐ってノートパソコンに向かった。キャスには電話ではなく、Eメールでこの苦しみを打ち明けることにした。話すよりも、書くほうがすっきりすることもある。

やあ、キャス、元気かい？　連絡をくれていたのは知っている。行方不明状態ですまなかった。

さっきデレクと話をして、ガーナで何があったのか打ち明けた。結局、デレクの言うとおりだった。ヘレナなんていなかったのさ。彼女の電話番号はこの地球上から消え失せた。まんまとだまされたというわけだ。こんな明らかな詐欺に引っかかるのは教養のない間抜けくらいだ、以前ならそう言っていただろうが、まさか自分が引っかかるとはな。実際に自分の身に起こってみると、変な感じだ。自分の信じたいように信じて、こんなはめになった。複雑な気持ちだ――怒り、屈辱、みっともなさ、憂鬱感、虚《むな》しさ、そういった感情がごちゃ混ぜになっている。現実感がなくて、まるで肉体から魂が抜けてしまったみたいだ。

　こっちには二カ月いる予定だったが、デレクにも話したように、週末の三連休が終わってデルタ航空のオフィスが開いたら、いちばん早いフライトで帰ることにした。こっちでは月曜日が祝日なんだ。デレクにもできるだけ早く帰ってくるように言われている。まさに〝だから言っただろ〟というやつの典型だよ。デレクにははっきりそう言われたわけじゃないが、こんなことになるかもしれないと忠告されていたから。

　からだに気をつけて。あとで話そう。

　ゴードンは階下の〈ギャラリー・バー〉へ行った。たくさんのイギリス人と数人のガーナ人がビールを飲みながら、バーの上に置かれたワイドスクリーン・テレビでサッカーの試合を見ていた。ゴードンはスコッチのオン・ザ・ロックを注文し、ボックス席にひとりで坐って静かに飲んでいた。それからレストランの〈シーダー・ガーデン〉へ行き、コフタ・ケバブを食べた。部屋に戻ると、キャスからEメールの返事が届いていた。

ゴードン――残念だったな。でも、おそらくおれの考え方はデレクとはちがうと思う。確かにおまえはだまされた、だけどそれがどうしたっていうんだ？　たいしたことじゃない。こんなこともあるさ、そうだろう？　いい経験になったと思えばいいじゃないか。人生が台無しになるわけじゃない。それに結局のところ、なんにも変わりやしないんだ。何年かすれば、遠い過去の記憶になる。おれが言いたいのは、急いで帰ってくることはないんじゃないかってことだ。まえにガーナへ行ったときとは、ずいぶん変わっているだろう。起こったことは仕方がないとすっぱりあきらめて、休暇を楽しんだらどうだ！　どこかを観光したり、リゾートやら何やらへ行ってみたり。自然動物公園とかあるんじゃないのか？　今回はだまされたとはいえ、もっとひどい目に遭うやつだっているんだ！　確かに何千ドルか失ったわけだが、それくらいラス・ヴェガスで失うことだってある。この経験を受け入れて、ブログに書いたっていいじゃないか。気が向いたら電話をくれ、話をしよう。でも、考えてみてくれ。朝になったら、ものごとがちがって見えるかもしれないぞ。

ゴードンは笑みを抑えられなかった。いかにもキャスらしい。いつだって思いもよらない、ほかとはちがう考え方をする。まるである角度から見ると立方体なのに、別の角度から見るとピラミッド型だということに気づかされるようだった。

ゴードンは寝るまえに、キャスにEメールを送った。

面白い見方だな。少し考えてみる。

翌朝、キャスから返事が来ていた。ワシントンD.C.の時間では、とっくにベッドに入っているころだろう。

ひとつ提案があるんだ。ガーナの時間で午後の早い時間帯に電話をくれ。

英語で〝ガーナの〟を意味する単語のGhanaianにはaが三つ入るのだが、キャスがGhanaianと二つ目のaを抜かしていることに、ゴードンは心の片隅で気づいた。よくあるまちがいだ。そんなことよりも、キャスの言う〝提案〟というのはなんだろう？　午後二時くらいまで待ち、キャスに電話をかけた。

「今日はどんな気分だ？」キャスが訊いた。

「少しはましになったよ」

「それはよかった。いまは何度くらいあるんだ？」

「華氏九十度は越えているだろうな——厄介なのは湿気だ。CNNを見たんだが、ワシントンD.C.は今年初のブリザードに見舞われているようだな」

「ひどいもんさ。二日間も家から出てない」

「気をつけろよ。凍った歩道で転んだりしたら大変だからな」ゴードンは本題に入った。「メールに書いてあった〝提案〟というのは、何なんだ？」

「はじめはとっぴに思えるかもしれないが、とりあえず最後まで話を聞いてくれ」

「わかった」

「はじめに思ったのは、オーケー、おまえはだまされた、でも気持ちを切り替えよう、ってことだった。でもインターネットでそういった詐欺に関する記事を嫌というほど読んでいたから、ちょっと待てよ、と思ったんだ。おれたちは、安っぽいインターネット・カフェでティーンエイジャーや若者たちが詐欺を働いていると思っているが、それは全体像ではない。そういった連中のなかには捕まって牢屋にぶちこまれるやつもいる。でも、例外というよりもむしろそれがあたりまえになっているんだが、連中は有罪判決を受けるどころか、起訴されることもほとんどない。その理由は、詐欺師たちが狡賢《ずるがしこ》いとか、連中に対して当局が無力だとか、そういうことではないんだ。警察当局も詐欺に加担しているからなのさ」

「そんなことじゃないかとは思った」ゴードンは同意した。「腐敗した警察というのは、いまにはじまったことじゃないからな」

「そのとおりだ。でも、やつらがめったに起訴されないのは、ほかにもっと大きな要因がある」キャスはつづけた。「一見《いっけん》すると気づかないかもしれないが、アメリカ人でもヨーロッパ人でも、そういった詐欺の被害者が実際にガーナへ行って行動を起こし、起訴するなんてことはほとんどない。なぜか？　右も左もわからない国へ行くことに対する不安が大きいだろうな。あるいは、たぶん腐敗しているだけじゃなくて、暴力的かもしれない地元警察のシステムに絡めとられて面倒なことになるかもしれない、そんな不安もあると思う」

「確かに、一理あるな」ゴードンも納得した。「そんなふうには考えたこともなかった」

「そうだろう」しゃがれ声が熱を帯びてきた。「そこで、逮捕しても何も起こらないことを悟った警察は、詐欺師たちとある種の取引をする。釈放する代わりにカネを受け取るんだ。仮に裁判になったとしても、何度呼ばれても原告が姿を現わさなければ、いずれは却下されるだけだからな」

「なるほど」いまだに何が言いたいのかはわからなかった。「それで……それがなんだっていうんだ？　私の場合は、実際にガーナに来たから事情がちがう、そういうことか」

「そのとおり」キャスは満足げに言った。「こいつを暴くには、またとないチャンスだ」

「ちょっと待ってくれ。昨日は、〝こんなことは忘れろ、自分は自分、人は人〟というようなことを言っていたくせに、今日は、町の新たな保安官になって悪党どもを懲らしめろって言うのか？」

「大きな一石を投じられる特殊な立場にいる、そう言っているだけだ。これまでの凝り固まった考え方を変えられるかもしれない。何年ものあいだ誰にも見向きもされずに素通りされていた大きな岩が、ある日、彫刻家によって石像にされるようなものだ」

「いいたとえだが」ゴードンは言った。「ある日、その石像が倒れて彫刻家が下敷きになったとしたら？要するに、この件の真相を突き止めようとして、怪我でもすることになったら？」

「そんなことにはならないと思う。いちからはじめるわけじゃないんだ。その理由のひとつは、ガーナにはサナ・サナという男がいて――」

「誰だって？」

「サナ・サナだ。わかってる、変な名前だ。とにかく、彼はガーナの事件記者で、著名人――おもに腐敗した政治家たちのスキャンダルをすっぱ抜いている。動画の無料配信プロジェクトのTEDトークを通じてアメリカで講演もしている。いまは、こういった詐欺についてのドキュメンタリーに取り組んでいるらしい。調査に必要なものは、資金だろうと人材だろうとなんだって思いのままだ。彼と連絡を取って協力してもらえれば、おまえをはめた連中を突き止められるかもしれない。あとでユーチューブのリンクをメールで送る。

二つ目の理由は、意味があるかどうかは別として、警察に相談するべきだと思うからだ。警察に被害届を出すだけでも、重要な一歩になる。警察は、〝この男はわざわざ目の前までやって来た、しかも本気だ〟と考えるからな。

三つ目の理由は、ガーナ大使館で会ったというあの女性のことだ。彼女の旦那は司法長官か何かだと言っていなかったか？」

「ジョゼフィンか。警察庁長官の奥さんだ」

「ああ、それだ。まったく、ゴードン、おまえにはガーナの法執行機関のトップにつながる強力なコネがあるというのに、それを利用しないっていうのか？　そんな絶好の立場にいるやつが、これまで何人いたと思う？」

ゴードンは頬の内側を噛んだ。正直に言えば、ジョゼフィンに会うつもりはなかった。彼女の夫と会うなど問題外だ。ゴードンは咳払いをした。「おまえには言わなかったんだが、ジョゼフィンとセックスをしたんだ」沈黙が返ってきた。ゴードンはつづけた。「彼女とファックをした。そしていま、ガーナで別の女性を探している。ちなみに、そんな女性は存在しないがな。それがどれだけ気まずいことだと思う？」

「そういうことか」キャスは気を取り直した。「だからといって、彼女と連絡を取らない理由にはならない。二人とも大人だろ。起こったことは起こったことだ。今回の件は、それとは関係ない」

決心がつかずに戸惑い、ゴードンはため息をついた。

「要するに、こんな目に遭って恥ずかしいってことだろ」キャスは譲らなかった。「無理もないさ。だけど、それこそ連中があてにしていることなんだ——恥ずかしいとか、みっともないという思いこそがな。連中は相手の心理を操るプロだ。おまえは犯罪者じゃない、被害者なんだ。それをひっくり返して、やつらを打ち負かすときが来たんだよ」

ゴードンの心は傾きかけていた。

「このままやつらを見逃すわけにはいかない」さらにキャスは付け加えた。「どんな結果になろうと、おまえがアメリカに戻ってきたら、この話を記事にしようじゃないか」

「そういうことか、キャス。《ワシントン・オブザーヴァー》に載せる記事を書くためなのか？」

「おれに言わせれば、共同執筆といったところだ。おまえが実際に経験したことをおれが形にして、衝撃的な記事にするというわけだ。できれば、二部構成にして」

「考えさせてくれ。デレクは納得しないだろうな。どうして私が〝刑事クルト・ヴァランダー〟みたいなまねをしなきゃならないのか、デレクにはわからないだろう」

「デレクにはこう言えばいいさ。こんなことになってしまったが、せっかくだからガーナでの休暇を楽しむことにした、と。別に問題はないだろ。おれからデレクに話すつもりはない。デレクに嫌われたくはないからな」

ゴードンは笑みを浮かべた。「それはそうだろう」

電話を終えると、キャスから先ほど話していたユーチューブのリンクが送られてきた。ゴードンは、サナ・サナが出ている動画を次から次へと見つけた。彼の暴露報道は、BBCニュースの支援を受けていた。それから二時間近く、ガーナから発信される数々の策略によって世界各地の人々がカネをだまし取られたという怖ろしい記事を読んでいた。読めば読むほど、怒りが募った。そういった世界じゅうの間抜けたちと同じように、彼はものの見事にだまされてしまったのだ。椅子にもたれ、キャスのことばを思い返していた。

〝こいつを暴くには、またとないチャンスだ〟キャスの言っていることが飲みこめてきた。

翌朝目が覚めたゴードンは、ガーナに来てからはじめてぐっすり寝たことに気づいた。その理由もわかっていた。ベッドに入るまえに、キャスの話にのると決めたからだ。これまでは意気消沈していたが、そう決意すると力がみなぎってくる気がした。そのおかげで、思いがけず心が穏やかになったのだ。ケンピンスキー・ホテルで無料で提供されるガウンを羽織り、デスクの前に坐ってキャスにショート・メッセージを送った――〝いいだろう、のった。「休暇」を取ることにする〟

だがデレクには、残る理由を納得してもらえるような、そつのないメッセージを送らなければならない。

やあ、デレク——きっとこんなことを言うと驚くだろう。でもいろいろ考えてみて、こんな状況になってしまったとはいえポジティブにとらえることにした。確かに私はだまされた。でも、もう過ぎたことだ。いまはせっかくガーナにいるんだ、せめて帰国予定日までこっちで楽しんではいけないという理由はない。帰国日を変えたら、おそらく帰りのチケット代は戻ってこないだろうからなおのことだ——新たに片道チケットを買うようなものだからな。どうしてわざわざそんなことを？もちろん、私をはめた相手には腹が立つ。だからといって、ガーナという国自体や、そこに住む人たちを憎む理由にはならない。わかってくれると嬉しい。心配しないでも、私は大丈夫だ。いろいろありがとう。

第二部

23

四月三日　ガーナ、アティンポック

カフィは、心身ともにこたえると聞かされていた。母親、おばのメアリー、いとこのグラディス――三人から、生まれたばかりの赤ん坊のヤオの世話は、最初の三週間が地獄だと警告されていた。「ひと晩じゅう、泣きつづけるわよ」そう言われていたのだ。

問題は、ヤオはその期間を過ぎたにもかかわらず、ひと晩ぐっすり寝たことがないということだった。

「よしよし」カフィはヤオをあやそうと、暗闇のなかで優しく揺らしていた。「どうしたの、ヤオ？　お腹でも痛いの？」

カフィが差し出した乳房をヤオは猛然と押しやった。お腹は空いておらず、何をむずかっているのか理解できない母親に苛々しているようだ。

小屋のなかでは、カフィの夫のレオナルドが、ところどころに穴の開いた床の反対側の隅でなんとか寝ようとしていた。顔を上げ、長男を抱く妻のシルエットに目を向けた。「頼むよ、カフィ。外へ連れ出してくれないか？　寝かせてくれ！」レオナルドは仕事を二つかけもちしているので、疲れて気が立っていた。夜の暑さは耐えがたく、しかもあと二時間ほどで起きなければならないのだ。

カフィにも仕事が待っている――ヴォルタ川沿いには白人《オブロニー》たちがよく泊まりに来る洒落た家がいくつもあり、そのうちの一軒の清掃を任されていた。とはいえ、ヤオにはそんなことなど関係なく、眠れない夜がつづ

いて両親の生活に支障が出ていることも知るわけがなかった。カフィはヤオを抱き寄せ、外へ出ていった。家の外に出ても、ちっとも涼しくはなかった。その敷地内では、ほかの四軒の家族と調理場や洗濯場を共有していた。起きているのはカフィとその息子だけだった。ヤオの力いっぱいの泣き声は、すすり泣きにまで落ち着いてきていた。ようやく、母親にあやされることを受け入れはじめたようだ。

右肘でヤオを支え、歩みに合わせてゆっくりからだを揺らしながら、ロータリーの縁まで歩いていった。そこからは、道路が太陽の光のように北、南、東へと放射状に延びている。そのロータリーという絶好の位置に、アドミ・ホテルが建っていた。その薄汚れた緑色の建物には、色あせた黒い文字でホテルの名前が書かれている。街灯の黄色い明かりが道路をぼんやり照らしていた。夜のこの時間に走っている車はほとんどないが、あと数時間もすればアティンポック・バスターミナルは息を吹き返し、旅行者たちが軽食をとったり、バスの乗り換えをしたりしてにぎやかになる。

「寝なきゃだめよ、ぼうや」ゆっくりした振り子のようにヤオを揺らしながらカフィは言った。午前零時をまわった時点で、ヤオは生後四カ月になった——十二月三日に生まれたのだ。ヤオの目が閉じていき、小さくて完璧な形をしたまつ毛がオジギ草の葉のように合わさっていくのを見つめていた。やっと眠ってくれた。とはいえ、ヤオが完全に寝付くまで、もうしばらくこのあたりにいることにした。敷パッドに寝かせられたとたんに目を覚ますことがよくあるのだ。ヤオの柔らかいシルクのような額を指先で軽くなで、微笑みかけた。胸に愛情が満ちあふれた。ヤオを産むまえに流産していたので、彼女にとってヤオは神様からの贈り物に思えたのだ。

北から黒いSUVがやって来て、カフィは顔を上げた。車は東側を流れる大きな川に架けられたアドミ橋の方へ猛スピードで左折した。アティンポックとその橋の上流にあるアコソンボには水力発電用のダムがあり、低周波音を響かせて発電をしている。そのダムによって造られた人造湖は、世界最大級の大きさを誇った。

その橋に備え付けられた照明のなかには切れてしまったまま交換されていないものもあるが、残った明かりが遠ざかっていくSUVを照らし出していた。車が停まり、ブレーキ・ランプがつくのがカフイには見えた。二人の人物が、それぞれ運転席側と助手席側から降りてきた。二人は車のうしろにまわってトランクを開け、長さ二メートルくらいの重そうな袋を引きずり出した。それぞれが袋の両端をもち、橋の縁へ運んでいって欄干の上までもち上げようとしていた。袋の真ん中がたわみ、いくらか動いているように見えた。なかに人が入っているのではないかと思い、カフイはぞっとした。二人が欄干から袋を投げ捨てると、数秒後に水の跳ねるかすかな音が聞こえた。川の神に人間の生贄を捧げるという都市伝説を思い出し、カフイは身震いした。

カフイは背を向け、急いで家に帰った。あの橋で何が行なわれたのかはわからないが、いっさい関わりたくなかった。

24

四月六日

アフリカより

善意の西洋人たちに苦痛と破滅をもたらす、アフリカの裏世界で荒稼ぎをするインターネット詐欺師たちの実像

キャスパー・グッテンバーグ

●前篇●

現代のオンライン恋愛詐欺は、アメリカやカナダ、ヨーロッパじゅうの被害者たちから何百万ドル――ことによると何十億ドル――という大金を奪う周到に練られた犯罪だ。詐欺師たちが逮捕や起訴されることはほとんどなく、彼らはガーナやナイジェリアといった国でなんの心配もせずにパソコンの前に坐り、ソーシャル・ネットワークで獲物を物色している。被害者たちは経済的、精神的に大きなダメージを受け、だまされたということに気づいても、恥ずかしさのあまり被害届を出さないこともある。

詐欺の被害に遭う人というのは判断ミスを犯しやすい人や教養のない人、あるいは愚かな人たちだと思われがちだが、実はそうではない。被害者のなかにはビジネスや専門的な分野で成功を収めた人たちもいる。エクセター大学が行なった研究によると、育った環境や人生経験から、そういった人ほど他人の説得に応じやすいという結果も出ている。

長年ワシントンD.C.で暮らすG・T（ここでは当人の安全のために氏名は伏せておく）は、〝ヘレナ〟と名乗る美しいガーナ人の女性とフェイスブックを通じて知り合い、オンラインで交際をするようになった。のちに〝彼女〟は親友になり、そして〝恋人〟になった。愛情という絆で結ばれたことで、G・Tはこの人物からカネを求められてもおかしいとも、怪しいとも、理不尽だとも思わなかった。いまから六週間ほどまえ、G・Tはその新たな恋人に会うためにガーナへ行った。現地に着いた彼は、つらく、残酷な真実を突きつけられる。このヘレナという女性は、はじめから存在しなかったのだ。医療費という名目で、〝彼女〟を助けるためにそれまで総額四千ドル近くを送金していた。その詳細はというと、ヘレナの〝妹〟が悲惨な交通事故に遭い、法外な費用のかかる集中治療室に入院したということだった。現金がすべてを支配する国では、そういった費用は全額、患者やその家族が負担しなければならない。少なくとも、その部分は事実だ。

たいていは詐欺師と被害者のつながりがオンラインを越えて発展することはないが、G・Tは一歩踏み出して直接ヘレナと会うことにした。注目すべきは、何年もまえに長年連れ添ってきたガーナ人の妻を卵巣がんで亡くしたG・Tは、一度ならずガーナに行ったことがあるということだ。はじめてガーナを訪れたのは、一九八〇年代に平和部隊の一員として派遣されたときのことだった。

つまり、多くの西洋人とはちがい、G・Tはガーナという国に馴染みがあるということだ。いまガーナにいるG・Tは、彼をだました相手と対峙できるかもしれないという貴重なチャンスを手にしている。どんな屈辱にも泣き寝入りすることのないG・Tはその国に残り、彼を陥れた犯罪を独自に調査している。

このオンライン記事を読み進めるにつれ、デレクの眉間のしわが深くなっていった。その記事には、〝極貧〟のガーナと〝一パーセント以下の裕福な人々〟を対比する数枚のストック写真も掲載されていた。デレクは当惑していた。彼にしてみれば、こんな記事は寝耳に水だった。これが自分の父親の話だということは明らかだが、この記事を《ワシントン・オブザーヴァー》に載せようと決めたのは誰だ？　それに、どうしてデレクはまえもってこのことを知らされていなかったのだ? ゴードンもキャスも、この件に関して口にしたことはない。デレクははじめは反対したものの、父親がガーナに残るという理由にも納得はした。三月のあいだは、ゴードンからパソコンのEメールや携帯電話のメッセージを通して頻繁に連絡があった。ゴードンはケンピンスキー・ホテルから朝食付きの宿に移り、運転手付きの車をレンタルしてアクラや一般的な観光地をまわっているということだった。それはそれでいいのだが、この〝G・Tはその国に残り、彼を陥れた犯罪を独自に調査している〟というのは、いったいどういうことだ?

デレクはキャスに電話をしたが、留守番電話につながった。キャスが電話をかけなおしてきたのは、それから数時間後のことだった。

「〝アフリカより〟っていうキャスの記事を読んだよ」デレクは言った。「書いたのはキャスだよな?」

「ああ、そうだ。どうだった?」

デレクは〝別に〟と言いたくなったが、気持ちを抑えた。「どういうことなんだ?」代わりにそう言った。

「ガーナでの父さんのことを記事にするなんて話、いつした? まえから計画していたのか?」

「親父さんと話をして、協力して書くことにしたんだ。編集長の許可も出たから、実行に移したというわけさ」

「それは、いつの話だ?」

「先月あたりだ」

〝どうしてそんなにあいまいなんだ?〟「先月だって? それなのに、二人ともおれにはひとこともなしか?」

「ゴードンから聞いていたと思っていたんだ。話すと言っていたから。ほかのことで頭がいっぱいだったのかもしれないな」

「父さんがおれに話すと言っていたのは、いつだ?」

真相を突き止めようと、食い下がった。

「正確な日付なんて覚えてない、デレク」苛立っているような口調だった。「もう年なんだから、日付を全部、覚えてられるわけないだろ」

キャスは冗談ですませようとしているが、デレクはちっとも楽しんではいなかった。「悪いけど、どうも納得できない。どうなってるんだ？　正直に言ってくれ。はじめから二人で計画していて、おれには内緒にすることにしたのか？」

「そうじゃない」キャスは否定した。「そんなふうに考えないでくれ。おれたちは、これはインターネット詐欺を暴く絶好のチャンスだと思ったんだ」

「それで、父さんはガーナで調査みたいなことをしてるっていうわけか？　ばかばかしい」

「なあ、デレク」声が張り詰めている。「親父さんは、自分をこんな目に遭わせたやつの正体を探りたがっている。無理もないだろ。泣き寝入りしろっていうのか？　こんなことをしたクソッタレの詐欺師どもを、見逃せとでも？」

デレクは声を潜めて毒づいた。怒りが煮えたぎり、どうしたらいいのかわからなかった。どうして父親は、ガーナに残って自分をはめた相手を突き止めるというイカレた計画を打ち明けてくれなかったのだろう？

デレクは険しい表情でその問いに自分で答えた。〝この計画がイカレているからだ〟あまりにもイカレているので、何か臭いと思った。その臭いのもとは、キャスだった。

デレクは大きく息を吸い、もどかしさと不満をこめていっきに吐き出した。もうひとつ、気になることがあった。「この二、三日、父さんから連絡はあった？」キャスに訊いた。「メッセージを送っても、返事がないんだ」

「覚えているかぎり、三月末にEメールが来たきりだ。そのうち連絡があるさ」

キャスは用事があると言って電話を切った。デレクは《ワシントン・オブザーヴァー》の記事に目を戻し、穴が開くほど見つめていた。やがて文章と画像がぼやけていき、心のなかに疑惑が渦巻いた。キャスは《ワシントン・オブザーヴァー》に記事を書くために、ガーナに残るようゴードンをそそのかしたのではないだろうか？　さらに、より怖ろしい不信感が湧き上がり、背筋が冷たくなった。この一件は、何もかもはじめからキャスが仕組んだことではないだろうか？

25

四月十四日　ガーナ、アクラ

エマはモールにあるアップル・ストアでの販売の仕事を終え、自宅に帰ってきたところだった。もうすぐ十時になる。テレビのニュースを聞きながら、夕食を作っていた。

電話が鳴ったが、表示された番号に見覚えはなかった。「もしもし？」

「エマ・ジャンですか？」

「どちら様でしょうか？」

「イェモ・ソワーという者です」

一瞬、誰なのかわからなかったが、すぐに思い出して心が弾んだ。「あっ、はい。こんばんは」

「こんな遅くに申しわけありません、ミス・ジャン」その声は柔らかく、少しかすれていた。まるで湿った葉のようだった。

「構いません」エマは腰を下ろした。

「三カ月ほどまえにラリア副総監から電話があり、あなたを紹介されました。警察を辞めてしまったが、優秀な人材だと高く評価していました」

「恐れ入ります」

「あのときは人員に空きがなかったのですが、いまひとつ空きができました。いまでも興味はありますか?」

エマは目眩《めまい》を感じた。「はい」声がかすれてしまい、咳払いをして繰り返した。

「それはよかった。できれば、明日の朝に面接をしたいのですが」

「わかりました」

「いま、ほかにお仕事は?」ソワーが訊いた。

「していません」エマは嘘をついた。何があっても、このチャンスを逃す気はなかった。

「それは何よりです。では、八時ちょうどに」

午前七時に、エマはアサイラム・ダウンのリモモ・ウォーク一〇一番地にあるソワー探偵事務所に着いた。アサイラム・ダウンというのは、丘に建つ精神科病院《アサイラム》のすぐ下《ダウン》にあるということで付けられたこの地区の名前だ。早く着きすぎたため、事務所が開いていなくても驚きはしなかった。正面のドアは曇りガラスになっていて、事務所の名前が書かれている。

携帯電話の配信ニュースをスクロールして時間を潰し、あたりをぶらぶらしていた。七時半くらいに、洒落た服装の女性がドアの方へ近づいてきた。髪をきれいに編みこみ、信じられないくらい高いヒールを履き、手には鍵をもっている。

「おはようございます」その女性はエマに声をかけ、問いかけるような目を向けた。

「おはようございます。わたしはエマ・ジャンという者です」

「ああ、そうでしたか」女性は言い、ドアの鍵を開けた。「ボスから話はうかがっています。わたしは秘書のベヴァリーです。なかでお待ちください」

二人は玄関ホールに入り、ベヴァリーが照明をつけた。「どうぞ、おかけになって」隅に並べられた椅子の方を指差して言った。

玄関ホールの向かいのアルコーヴにはデスクがあり、パソコンやプリンター、ファイル・キャビネットが置かれていた。それが、ベヴァリーのデスクだった。使い勝手がよさそうだが、少し小さめだ。

エマに水を差し出したときを除き、ベヴァリーはほぼ無言でその日の仕事の準備をしていた。午前八時ちょうどになると、エマに呼びかけた。「どうぞ、こちらへ」

ベヴァリーが二つ目のドアの鍵を開け、デスクやパソコンが並ぶ開放的なスペースに入った。デスクは五つあり、大きな封筒や隅が折れ曲がったフォルダが山積みになっている。ベヴァリーは無駄のない足早な歩みに合わせてヒールの音を響かせ、エマを短い廊下の先へ案内した。突き当たりに開いたドアがあり、ベヴァリーは顔を覗かせてエマが来たことを告げた。

「わかった。通してくれ」電話で耳にしたソワーのなまの声だった。

エマは気が張り詰めていた。イェモ・ソワー本人を目の前にし、その緊張がほぐれることはなかった。彼を目にしたエマは、親戚のおじのひとりを思い浮かべた。ソワーは小柄で、真っ白いシャツに黒っぽいネクタイをしていた。頭頂は完全に禿げ上がっていて、短く刈られた白髪が頭の両側に残っているだけだった。

ソワーが椅子から立ち上がった。「おはようございます、ミス・ジャン」彼が口を開いた。「失礼ですが、〝ミス〟でよろしいですか？」

「はい、そうです。おはようございます」

二人は握手を交わした。彼の手のひらは小さいものの、ごつごつしていた。ソワーは隅に置かれた色鮮やかなルビー・レッドのソファーを指した。「坐って話をしましょう」

ソワーは背もたれがまっすぐなオフィス・チェアに坐り、エマと向かい合った。彼の靴が一点の曇りもないほど磨き上げられていることに、エマは気づいた。

「ところで、時間どおりに来てくれて、ありがとうございます」にっこりして言った。「出だしとしては、申し分ない」

「恐れ入ります」エマは膝の上で両手を固く握り締めていた。

ソワーはそのボディ・ランゲージに気づいた。「そう緊張しないでください、ミス・ジャン。そんなに怖くはありませんよ」

エマはぎこちなく笑った。

「学校はどちらへ？」ソワーが訊いた。

「クマシ・ウェズリー女子高です」

「あそこはいい高校です。お父さまはクマシのマンシア地区本部に勤めていたとうかがいました。そこの殺人課に」

「はい」

「アクラにはいつ？」

「六年まえに父が亡くなったあとです。こちらでいい仕事を見つけて母を支えようと。しばらくは、おばのところでお世話になっていました。母は向こうに残りました。いっしょにアクラに来るよう説得したんですが、クマシを離れたくないと」

「大学へ行こうとは思わなかったんですか？」

「思いましたが、金銭的な理由で」エマは残念そうな顔をした。

「なるほど」ソワーは頷いた。「とにかく、あなたはここアクラにやって来て、近ごろ警察学校を卒業したというわけですね。おめでとうございます」

「ありがとうございます」

「犯罪捜査局《CID》の経済犯罪課《CCU》での仕事はどうでしたか？」

ここからが言いづらい話になる。「仕事は多少、単調でした」そう言ったが、慌てて付け加えた。「同僚はいい人ばかりでした。ただ、仕事が単調だっただけで」

「そうですか」

エマは次に訊かれることを怖れていた。〝警察を辞めた理由を訊かれるに決まっている〟

だが、ソワーはその質問をしなかった。「私も十年くらい、犯罪捜査局に勤めていました。ラリア副総監は気が置けない同僚で、いまでも付き合いがあります。私が犯罪捜査局を去ったのは、四六時中、上司たちに監視され、自分から動こうにもつねに抑えつけられるのが嫌になったからです。もっと自由に仕事をしたいと思い、この事務所を開いたというわけです。今年で三十年目になります。あなたが生まれるまえからですね」口の片側だけ笑みを浮かべた。

「ここにはたくさんの事務仕事もあります」ソワーはつづけた。「ですが、われわれの仕事の基本が、人々と関わることだというのに変わりはありません。行方不明者の捜索では、ノーザン州やアッパー・イースト州まで足を運ばなければならないこともあります。行方不明者を捜すためだけでなく、その行方不明者を知っていた、あるいは知っている人を見つけ出すために。ご存じのとおり、ここガーナでは運転免許証や有権者登録証などから住所がわかる段階には至っていない——その方向へ向かってはいますが。とはいえ、われわれガーナ人はあちこち移動し、誰にも行き先を知らせないこともあります。銀行の依頼で身元調査をするときには、直接会って話をしたり、電話で話を聞いたりします。ときには毎日のように電話をしても、気にも留められないこともあります。そういう人たちを探し出さなければならないんです。つまり、忍耐があること、そして何にでも関心を示すことが、この仕事に欠かせない二つの要素なのです」

エマは頷いた。「わかりました」

「時間に正確で、誠実だということも重要です」ソワーはさらにつづけた。「現在、ここには五人の調査員がいます——あなたが加われば六人目ということになる。彼らはみな、嘘の次に私が嫌うのが遅刻だということを心得ています。GMTは〝ガーナ標準時〟という意味だから、ガーナの標準に合わせていつでも好きなときに出勤すればいい、そう言われているのは知っています。ですが、ここではそのルールは通用しません。そこははっきりさせておきたい。予期せぬ事態が起きて遅れる場合は、できるだけ早く連絡してください」

「わかりました」

「では、給料の話です」ソワーはからだを傾け、デスクから一枚の紙を手に取った。「明細に目を通してください」

エマはその書類の細かく分けられた表を見つめた。報酬は、ガーナ警察庁でもらっていた金額よりも——さらに言えば、アップル・ストアの給料よりも——はるかに多く、読みちがえていないかどうか確かめなければならなかった。

「すみません」ためらいがちに訊いた。「この金額は——ひと月分ですか？」

「いや——二週間分です」

エマは口がぽかんと開かないようにしていたが、ソワーには彼女の考えていることがわかったにちがいない。「誤解のないように言っておきますが、それだけ大変な仕事だということです。週末に仕事をするだけでなく、平日でも夜の九時や十時まで働くこともあります」

「わかりました」

「ひとつ忘れていました。ラリア副総監から聞いたあなたの話や、殺人事件に対するあなたの情熱にも関係することです。正直に言って、われわれが殺人事件に関わることはないに等しい。そういった事件は、犯罪捜査局が扱うことになります。どの国でも、探偵事務所というのはそういうものなんです。あなたにとってはがっかりすることかもしれません。別の仕事を探したいというのであれば、そこは納得するつもりです」

エマは首を振った。「そんなことはありません。ここで働かせてください」

「よかった」満足げな表情を浮かべた。「あなたに来てほしい理由のひとつは、うちには女性の調査員がいないからなんです。このご時世に、お恥ずかしいかぎりですが」

エマは誇りに思い、笑みを浮かべた。つまり、ちょっとした先駆者のようなものになる、ということだ。

「さて、何か訊きたいことはありますか?」ソワーが言った。

「仕事のやり方を覚えるために、ほかの調査員たちについてまわることになるんですか?」

「いい質問です。二、三週間は、五人それぞれと行動してもらうことになります。でも、つねに私が監督して目を光らせているので、何か問題があったら相談してください」

「わかりました」

「最後の質問です。明日からはじめられますか?」

「はい」

26

四月十七日

日曜日に教会から帰ってくると、ニイはサカワの仲間たちと集まって詐欺の準備に取りかかった。ダンサマンの周囲に広がる郊外に、小さな拠点があるのだ。キャスターが外れて使い古された大むかしの回転椅子と、脚の長さのちがうデスクがひとつずつあるだけで、ほかに家具は何もない。若者たちは携帯電話やノートパソコン、モバイル・バッテリー、それに絡み合ったコードやコネクタが置かれた床に寝そべっていた。

インターネットであちこちのサイトにアクセスしてキーボードを叩き、引っかかりそうな獲物をはめようとしながらも、彼らはおしゃべりをしたり、ふざけ合ったり、互いをからかったりしていた。今回はブルーノも加わり、ニイのそばでサカワの基本を教わっていた。ブルーノの最初のレッスンのひとつは、偽の人物の創り方を修得することだった。フェイスブックのプロフィールをでっち上げ、ワッツアップで電話番号を登録し、スカイプで偽装用のウェブカメラ・ソフトウェアをうまく使い、それらを組み合わせることにより偽の人物を創り上げるのだ。フェイスブックやワッツアップ、スカイプのプロフィールに載せる写真の顔は、もちろん同じでなければならない。だますコツは、はじめは疑われたとしても、彼らの話を獲物《ムグ》に信じこませることにある。そして何より重要なのは、伝統祭司――この場合はポンス――から霊的な力を授かることだ。そうすることで、どんなに頭の切れる白人《オブロニー》だろうと、次から次へとカネを送ることを拒めなくなるのだ。あの白人の男、ミスタ・ゴードンの件も、本人がガーナに来るまではうまくいっていた。ゴードンは、美しいガーナ人の女性と話をしていると思っていた。ニイ・クウェイは自分に授けられた霊的な力を使い、ゴードンが見たり聞いたりしていることは現実だと信じこませたのだ。

ニイは、スカイプで実際のウェブカメラの代わりに使用するメニーカムの使い方をブルーノに教えていた。メニーカムでは、インターネットの画像や事前に作られた動画を使うことができる。ニイが勧めたのは動画のほうだった。そういった動画はガーナでは簡単に手に入るので、インターネットで探す時間や手間を省いてくれる。そうしたショート動画を作るのはその道のプロだ。その動画を使えば、ウェブカメラに映っている人物が本当に自分と話をしているように見えるのだ。

「そうやって」ニィはつづけた。「メニーカムに大量の動画をアップロードして、ごちゃごちゃにならないようにファイルに名前を付けておく」ニィと仲間のサカワたちは、互いに話をするときには決まってストリートで使われている混成英語をしゃべる。「スカイプで相手の男と話をするときには、相手に見えるのはにっこり笑ったきれいな女ってわけだ。相手には、パソコンのマイクの調子が悪いからチャットにしようと言うんだ。それから、ガーナのネットワークは環境がよくないせいで、画像の動きがチャットより遅いと言っておく。たとえば、ムグが真面目なことを言ったのにスカイプの女がニコニコしていたら、真面目なことを言ったのにどうして笑っているんだって男に訊かれることがあるからな」

「なるほど」ブルーノは頷いた。

「スカイプは長時間するな」ニィは釘を刺した。「せいぜい五分くらいにしておけ。そしたら動画を切って、ネットの環境が悪くてスカイプもワッツアップのヴィデオ通話もできないというメッセージを送る。でも、写真を送るのは問題ない。裸の写真を欲しがったら、送るしかない。それに、こっちにはおれたちの代わりに電話に出てくれる女たちもいる。もしいない場合は電話に出ないで、ネットワークがダウンしたって、あとでメールすればいい」

「でも、そのミスタ・ゴードンとかいうやつのときには、なんでプロフィールを白人の女じゃなくてガーナの女にしたんだ？」ブルーノは訊いた。

ニィは首を振った。「あいつはふつうの白人とはちょっとちがうんだ。このムグの好みは、白人じゃない、わかるか？　黒人の女、アフリカ人の女が好きなんだ。イヌを捕まえたいなら、草じゃなくて肉を用意するってやつさ。ちょっと待ってろ、いいものを見せてやる」

サムスンの携帯電話――しかも最新機種だ――で、

BWWMというフェイスブックのページを開いた――黒人女性《Black Women》、白人男性《White Men》という意味だ。ニイはそのページをスクロールした。民族衣装のケンテを身にまとったアメリカ人の白人男性とそのガーナ人の妻の写真が載っていた。どの夫婦もある意味では美しく、その子どもたちはさらに輝いていた。

「フェイスブックはこうやって利用するんだ」ニイは説明した。「まずはこの写真の〝いいね！〟を見る。で、いいねをした男たちをクリックして、独身で恋人を欲しがっているやつを探す。とりあえずその男で試してみるんだが、そのまえにプロフィールをチェックしてどんな仕事をしているのか確かめる。稼いでいるやつじゃないと意味がないからな。それから、男にメッセージを送る――もちろん、おまえが本当に送るわけじゃない。きれいなアフリカ人の女の写真を使って創った、偽のプロフィールから送るんだ。スカイプでもその女のスクリーンショットを使う。その男と知り合いになってしばらくしたら、カネを頼む。で、もっともっと頼むというわけだ」

「疑われないのか？」ブルーノは言った。

「霊的な力さえあれば、絶対に疑われない。なぜか頭が混乱して、カネを送りつづけるのさ」

「それで、おれみたいなやつでも、その力を手に入れられるのか？」

「あたりまえだ、クウェク・ポンスに頼めばな。まずは、ニワトリを二羽もっていって――」ニイは口をつぐみ、顔を上げた。男たちの声とブーツの足音が聞こえたのだ。唇に人差し指を当てて仲間たちを黙らせた。からだを屈めて窓の方へ走っていき、外を覗いて素早く振り返った。「サツだ！」

仲間たちは慌てて立ち上がり、器材を片付けようとした。が、手遅れだった。

ドアが勢いよく開き、四人の警察官が大声をあげて突入してきた。オートマティック拳銃を構えている。

ニィは即座に対応し、床にうつ伏せになって両腕を広げた。仲間のうちの二人は、運が向いていなかった。警棒で殴り倒され、押さえつけられた。

「全員、捕まえるのよ！」耳障りな女性の声が響いた。でこぼこのアスファルトの上で金属を引きずるような声だ。顔を上げなくても、ニィにはその声の主がわかった。ドリス・ダンプティ警部だ。ニィ・クウェイと彼女は気心の知れた仲だ。ニィは気を緩め、〝抵抗するか逃げるか〟という緊張状態を解いた。

警察官はサカワ・ボーイたちに手錠をかけ、坐るように命令した。サカワ・ボーイたちはうつむいたままだった――ニィ・クウェイを除いては。

「ほら！」ダンプティが彼らを怒鳴りつけた。「顔を上げろ！　サカワ・ボーイの馬鹿ども。あんたたちのことや、あんたたちの悪だくみのこと、知らないとでも思っているの？」

彼女の大きく開いた脚は、まるで箱型の体型の両脇に立つ柱のようだった。女性校長と大型の毒ヘビ、ガボンアダーをひとつにすれば、ドリス・ダンプティ警部のできあがりだ。権威を振りかざし、動きが鈍く、しかも猛毒をもっている。

ニィはほくそ笑んだ。「許してください、警部さん」大げさに悔やんでみせた。

ダンプティ警部は蔑《さげす》むように舌打ちをした。「許してくださいですって？　この間抜け！　これからダンサマン警察署に連行する。そこで本当の頼み方ってものを学ぶといいわ。大馬鹿者《クワシア》め！　あんたたちがやっているこのサカワってやつは、腐りきってる」

「すみませんでした」ニィは言った。「もうしませんから」

「そりゃ、もうできないでしょうよ、刑務所にぶちこまれるんだから」ダンプティは口を歪めた。

「お願いします、警部さん」

「両手を差し出して物乞いみたいなまねをしたところ

で、みんながお腹を空かせてるんだから意味がないわ」ダンプティは言った。ほかの警察官たちは無言で腕を組み、壁に寄りかかっている。

ニイは仲間たちを見やり、ダンプティに視線を戻した。「食事代くらいなら、なんとかなるかも」

「五百よ」ダンプティは言った。

「三百しかありません」ニイ・クウェイは嘘をついた。ダンプティも確かめはしないだろう。

「わかった、いいわ」ダンプティは急かすように言った。部下たちに合図を送り、まずはニイの手錠を外させ、それからほかの連中の手錠も外させた。ニイは財布から札を取り出して数え、ダンプティに手渡した。彼女の強欲な目が輝いた。

警察官がニイを残してほかの者たちを連れ出すと、外では数人のカメラマンが退屈そうに待っていた。サカワ・ボーイズは明日の朝刊を飾り、ますます増加するこの社会的な脅威を撲滅しようとガーナ警察が奮闘していることをアピールするために利用されるのだ。

27

四月十八日

エマは、五人の同僚の男性たちから女性を見下すような態度を取られるかもしれないと不安だったが、イェモ・ソワーは性別は立場とは関係ないという方針を打ち出していた。肝心なのは経験と知識、それに努力だけだということを。いずれにせよ、彼女がどんなひどい扱いも受けないようにイェモが目を光らせていた。壁には事務所のモットーが貼られている。そこに書かれているのは敬意、思いやり、忍耐、誠実さ、他人からの指摘を受け入れる心、そして自分の過ちに責任をもつこと、そういったことだった。

緊急事態になっても慌てることがないように、ソワーは毎朝八時にミーティングを行ない、調査中の件の現状報告や新たな依頼の分担といったことなどを話し合った。手はじめにエマが任されたのは、ゼニス銀行の支店が雇うことを検討している男の一般的な身元調査だった。

ソワー探偵事務所には仕事用のトヨタのセダンが一台あり、いざというときにはソワーが個人で所有するキアのSUVを使うこともあった。この事務所で調査員に割り当てられるこの車の割合は、ガーナ警察庁のそれよりも千倍くらいましだった。事務所の車が使えない場合でも、調査員が自費で出した交通費はソワーがすぐさま支払った。

月曜日の午前七時四十五分、エマは職場から二ブロック離れたパラダイス・ストリートの停留所でトロトロを降りた。新聞売りの少年を呼び止め、《デイリー・グラフィック》紙と《ガーナ・クロニクル》紙を買った。《ガーナ・クロニクル》のほうが急進的で歯に衣着せぬもの言いをするが、《デイリー・グラフィック》はいまでもガーナでいちばん売れている新聞だ。事務所の数メートル手前で一面にちらっと目をやったエマはもう一度見直し、その場で動けなくなった。

〝サカワとの戦い〟という見出しの下に、恥ずべき若者たちの写真が載っていた。

「まさか」エマは呟いた。「ブルーノ」

写真の左から二番目の男がブルーノだった。ふてぶてしくカメラを睨みつけている。

エマは記事を読みはじめた。とはいえ一秒たりとも遅刻はしたくなかったので、スタッフ・ルームまでの最後の数段を駆け上がり、椅子に坐ってつづきを読んだ。その手入れは、詐欺や汚職といったガーナを蝕《むしば》むがんを取り除くために、J・K・バンナーマン大統領が打った野心的で徹底的な策のひとつだった。その意図を広めるために、新聞社やその他のメディアの協力を得ているのは明らかだ。今回、捕まったサカワ・ボーイズはダンサマン警察署に連行され、告発されて収監されるのを待っている。

エマが目を皿のようにしてクロニクルの記事を読んでいると、ほかの調査員たちも顔を見せはじめた。エマは笑顔で丁寧に挨拶をしたものの、心のなかではブルーノのことを考えてはらわたが煮えくり返っていた。エマが彼に警告していたのは、まさにこういうことなのだ。〝面倒を起こさないで、まともな仕事に就いて〟

その手入れの記事を目にしたのは、エマだけではなかった。調査員のなかで最年少のジョジョが、《ガーナ・タイムズ》紙を読んでいた。一面は、やはりその事件についてだった。「クズどもを五、六人捕まえたくらいで、サカワの悪と戦っているだって？」蔑《さげす》むような口調で言った。


その日の午後六時になって、ようやくエマはダンサマン警察署に行くことができた。それはガーナ警察庁のシンボルカラーの黄色と青で塗装された、二階建ての建物だ。建物の正面には、さまざまな用件で来た大勢の人たちが集まっていた。エマは収容施設の小さなオフィスへ向かった。そこの内勤の巡査部長は誠実そうだが、事務的な女性だった。「確かに、ブルーノ・アサレを拘束しています」彼女はエマに訊かれて業務日誌を調べ、そう答えた。「面会ですか？」

「はい、お願いします」

「それで、あなたは？」

「姉です」

巡査部長は訝《いぶか》しげな目を向けたが、それ以上は訊こうとせず、振り返って大声で担当官に呼びかけた。数分後、担当官がふくれっ面をしたブルーノを連れてきた。

「話はそこで」巡査部長はそう言い、カウンターの端を指差した。

「姉さん、こんなところで何してるんだ?」エマが近づくと、ブルーノは声を潜めて言った。

「その質問はおかしいわ」エマはきつい口調で言ったが、声は抑えようとした。「訊きたいのは、こんなところであなたが何をしてるのかってことよ」

ブルーノはまったくの無表情だった。「おれは何もしてない」

「嘘はやめて。今日の新聞にでかでかと載っていたのよ——あなたと、あのサカワ・ボーイズの写真が。ああいう人たちと付き合うとろくなことにはならないって、言わなかった?」

ブルーノはむっつりして顔を背けた。

「このまえ会った、ニイ・クウェイといっしょだったの?」エマは訊いた。

ブルーノは頷いた。

「彼もこの警察署に?」

「いや、見てない。たぶん、ほかのところに連れていかれたんだろ。よくわからないけど。でも、ほかの連中はいっしょだ」

ここの留置場がいっぱいだったということはあり得る、エマはそう考えた。だからといって、ふつうはあと数人押しこむのを渋ったりはしない。

「おれを出してくれる?」ブルーノは哀れな目で彼女を見つめた。

エマはカッとなった。「だめよ! 出さないわ。自分でまいた種なんだから、自分でなんとかしなさい。これで、ようやく懲りたんじゃない。自業自得よ、ブルーノ」

そのとき、巡査部長が電話で誰かと話をしながらブルーノを見つめていることに、エマは気づいた。ときおり、頷いてこう言っていた。「わかりました、マダム」電話を終えると、巡査部長がブルーノを手招きした。「こっちへ」

巡査部長は大きな台帳を開いた。「ここに署名して」そのページのいちばん下の枠を人差し指で押さえた。

戸惑いながらも、ブルーノは署名をした。

「帰っていいわよ」巡査部長が言った。無愛想だが、その目には嫌悪感を浮かべていた。

「どういうことですか?」

彼女は声を荒らげた。「帰っていいと言ったのよ! 耳が聞こえないの?」

「はい、いや、聞こえます。ありがとうございます」

巡査長がカウンターの天板を上げた。信じられないことに、ブルーノは無罪放免になったのだ。

28

サナ・サナは不気味とまではいかないが、謎めいた人物だった。ガーナでもっとも有名なジャーナリストとはいえ、帽子のつばから垂れ下がる太いワイアや紐でつなげたビーズのカーテンの奥に隠された素顔を見たことがある者は、ほとんどいなかった。ときおり、素顔を見たくてたまらないテレビの視聴者の前でその帽子を脱ぐこともあるが、その下には人の顔を模したマスクをかぶっていた。

サナ・サナは自分の正体をかたくなに隠していた。というのも、長年にわたってガーナじゅうの腐敗や組織犯罪をいくつも暴いてきたからだ。大胆な潜入調査を指揮し、国内の大物有力者のスキャンダルだけでなく、へき地で行なわれる残酷な儀式といったことも暴露した。最近では、ガーナにおけるサッカーの試合の八百長を暴き出した。彼のモットーは、〝実名をさらし、恥をさらし、法廷にさらす〟ということだった。彼の敵は、社会のトップや底辺にいる犯罪者たちだ。かつてヨーロッパでTEDトークの講演をしたときに話したように、もし彼が悪党どもに正体を明かせば、数日のうちに殺されてしまうだろう。

サナの潜入調査員や覆面記者たちにさえ、信頼できると確信するまで顔を見せることはなかった。だが結局のところ、百パーセント信頼できる者などいない。誰もが裏切り者のユダになり得るのだ。サナの調査員のなかでもいちばんの新人のブルーノも、もちろんその例外ではない。とはいえ、とても裏切るとは思えなかった。手短に言うと、かつてブルーノの乗った船はまっすぐ岩礁に向かっていた。サナが舵を切ってコースを戻し、安全な港に導かなければ、その岩礁に衝突して沈没していただろう。サナの調査員がブルーノに目を付けたのは、路上生活者に関する汚職スキャンダルの調査をしているときだった。ブルーノを使って詳しい情報を集めたのだ。いまでは、サナは頻繁にブルーノを使っていた。確かにブルーノはいまだに無職だが、彼の能力は影響力のある男や女たちが行なっている悪事を暴くという方向に修正されていた。

ブルーノとサナ・サナの関係は、極力秘密にしておくのが賢明だ。サナがすることは何から何まで、ほぼすべてが極秘なのだ。

ブルーノは留置場を出た夜、秘密の場所でこの超一流のジャーナリストと会った。手入れの状況や、ニイ・クウェイが脇へ呼ばれて留置場に入れられなかったことなどを説明した。

「おそらく、彼はその女性警部を知っていて、定期的に賄賂を渡しているんだろう」サナは言った。「彼がその警部と警官たちに三百セディを渡したから、きみたちは全員、あとで釈放されたんだ」

「そうだと思います」ブルーノも同意した。「誰かが留置場の女性巡査部長に電話をして、おれを釈放させたんです」

「ダンプティ警部か、彼女の上司かもしれない。私がとくに興味があるのは、そういった連中――上層部の連中だ。彼女の階級は警部だが、警部などどうでもいい。私が暴きたいのはトップの人間、たとえば各地域本部の本部長たちだ。そうやって、サカワ・ゴッドファーザーと呼ばれる男に、少しずつ近づいていくんだ」

「おれたちが正体を知りたくて仕方がないやつですね」

「そうだ」サナが頷くと、顔を覆うビーズが音を立てた。「ニイ・クウェイから、ゴッドファーザーについて知っていることを訊き出してくれ。ただし、平静を装って、さりげなく」

「わかりました」

「義理のお姉さんのエマのことをもっと聞かせてくれ。ダンサマンの留置場に会いに来たそうだな」

「はい。姉さんは立派な女性です。いつでもおれの力になろうとしてくれて、もっといい人生を送ってほしいとよく言っています」

「われわれの計画について、お姉さんに話したことは？」

「ありません」

「よろしい」サナは頷いた。「エマは犯罪捜査局《CID》で働いていたと言っていたな」

「はい。だけど、いまは探偵事務所で調査員をしています」

「そうか。面白い。どこの探偵事務所だ？」

「名前は忘れてしまいましたが、アサイラム・ダウンにある探偵事務所です」

「それなら、イェモ・ソワーのところにちがいない。彼なら知っている」

　ブルーノは、サナにベールの奥から見つめられているのを感じた。

「きみのほうはどうだ？」サナが訊いた。「大丈夫か？」

「はい」

「クウェク・ポンスには、いつ会いに行く?」

「ニイ・クウェイと行くことになっているので、あいつに訊いてみて、あとで連絡します」

「ポンスにいくら渡しているのか確かめてくれ」

「わかりました」

サナは財布を取り出し、数枚の十セディ紙幣をブルーノに手渡した。「今回の分だ。この調子で頑張ってくれ。では、次の段階へ進もう」

ブルーノがニイと会ってマリワナを吸ったのは、その二日後だった。ニイの口を軽くしようと、ブルーノはマリワナのほとんどを彼にやった。

「ムショで警官に殴られなかったか?」ニイはそう訊き、マリワナの煙に目を細めた。

ブルーノは首を振った。「ちっとも」

「よかった」

「なんでおまえはムショに連れていかれなかったんだ? あの女の警官——マダム・ダンプティを知ってるのか?」

「ああ」楽しい夢でも見ているかのような声音だった。「長い付き合いさ」

「なるほどな。そういうわけか。あの女におれのことを話したのか?」

ニイは短くなってきたマリワナ・タバコを受け取って一服した。「そうだ。だから、おまえがいちばんに釈放されたのさ」

「すげえ!」ブルーノは驚きの声をあげ、友人の背中を叩いた。「おまえには力があるってことだな!」

ニイはにやりとしたが、ほんの一瞬だけだった。「おれより力があるやつなんて、山ほどいる。そろそろ、いろいろな仕組みについて何もかも教えてもいいころだろう。だけど、これから話すことは誰にも言うなよ。うまくやりたいなら、秘密にするんだ。わかったか?」

「わかったよ、兄弟」

「おまえが信頼できるかどうか見きわめてたんだが、信頼できそうだからな」

「サンキュー」

「いいだろう」ニイは話しはじめた。「おれは、あのマダムにカネを渡してる。ほかのサカワ・ボーイズも彼女や別の警官たちにカネを払っているんだ。だからサカワだろうとなんだろうと、おれがまずいことになったとしても、彼女が守ってくれるのさ。部下の警官におれを逮捕するなと言ったのは、そういうわけだ」

「ほかの警官たちに疑われないか？」

ニイは肩をすくめた。「疑われたって、どうってことない。あいつらには何も言えないし、何もできない。手入れを仕切っているのが彼女なら、階級もいちばん上だ。それに、部下たちにもちょっとしたカネを握らせてるかもしれない。だから何もしゃべらないのさ」

「そういうことか」

「仮に署に連行されたとしても、ひと晩か、ほんの二、三時間で出される。ああいった手入れはただのショウだからな。新聞やテレビ用におれたちの写真を撮るのも、警察庁長官や大統領がサカワと戦ってるってことをアピールするためなのさ」

「そうか。でも、そのことがあの女警部の上司たちにばれたら？」

ニイは笑い声をあげた。「上司のなかには知ってるやつもいる。そいつらもカネをもらっているんだ。彼女のボス、ミスタ・クアイノもそのひとりだ。彼女はサカワから受け取ったカネの一部を、クアイノに渡してる。そのクアイノだって、上司にカネを渡してる。そんなふうにして、トップまでつづいているんだ」

「そのトップっていうのは、誰なんだ？」

「ゴッドファーザーって呼ばれてるけど、正体を知ってる人は多くはない。おれたちも知らないほうがいい。万がいち、ゴッドファーザーが失脚すれば、みんなを道連れにするだろうからな。知らないほうが、安全というわけだ」

「ゴッドファーザーに会ったことは？」

「それは言えない。会ったことがあるとしたら、それは秘密だ。会ったことがないとしても、それも秘密だ」

「それじゃ、ゴッドファーザーとクウェク・ポンスでは、力があるのはどっちだ？」

「ゴッドファーザーに決まってるだろ。それに、ゴッドファーザーは誰よりも金持ちなんだ。何もかもコントロールしているし、ガーナじゅうのサカワ・ボーイズに手を貸している警察官たちからもカネを受け取っているんだから」

ブルーノは唇の内側を噛んだ。「ゴッドファーザーに会ってみたい」

「会うためには、サカワでもトップクラスにならないと。それを判断するのは、クウェク・ポンスだけだ」

「わかった。だったら、ポンスをうならせてみせる」

ニイはにやりとした。「そう簡単にはいかないぞ」

29

四月二十日　ワシントンD.C.

ハーバート・オパレ大使は、自宅で記者を集めた交流会を開いた。ガーナとアメリカでジャーナリズムを専攻しているガーナ人やアメリカ人の学生たちに、《ワシントン・オブザーヴァー》紙や《ボルティモア・サン》紙の記者や編集長たちと接する機会だけでなく、就職のチャンスを与えるためだった。

ハーバートとアンジェリーナのオパレ大使夫妻はこういった異文化交流を楽しみ、そのホストぶりも抜きん出ていた。オードブルやワインを手にしたウェイターたちが、白人と黒人、アメリカ人とガーナ人がほどよく交ざり合ったゲストたちのあいだをまわっている。上品で話術に長《た》けたアンジェリーナは、グループからグループへと流れるように動きまわり、おしゃべりをしたり軽妙なやりとりをしたりしていた。

ハーバートは、《ワシントン・オブザーヴァー》の主幹、マーク・サミュエルズのところへ行った。マークはキャスパー・グッテンバーグとワインを飲んでいた。その二人と話をしたかった大使にとっては、好都合だった。

「あとで、サンルームでブランデーでもいかがですか？」大使は二人を誘った。

「ぜひとも」マークはすでに気持ちよさそうに顔を赤らめていた。

「それはよかった」ハーバートは言った。「ゲストたちが帰ったら、呼びに来ます」

部屋が心地よいリズムで包まれると、ハーバートは歓迎のスピーチをした。いかにガーナがアメリカと同様に民主主義や報道の自由を大切にしているかということや、いかに両国で政治討論が活発で充実しているかということ、そういった話をした。とはいえ、どちらの国にも弱い部分があり、だからこそ両国のジャーナリストが集まって意見を交わすことが重要なのだ、と。

次にマークと《ボルティモア・サン》の主幹が手短に話をし、そのあとでアメリカとガーナの若いジャーナリストたちがそれぞれスピーチをした。午後八時には交流会も終わりに近づき、ハーバートはゲストたちに別れの挨拶をしていた。やがて彼はそっとその場を離れて最後をアンジェリーナに任せ、マークとキャスを呼びに行った。

「いかがでしたか？」ハーバートは二人をサンルームへ案内しながら訊いた。サンルームというのは、春になると降り注ぐ陽射しが氷の結晶のように輝くことから付けられた名前だった。赤茶色のカーペットは毛足が長く、エスプレッソ色の木製のフロアと薄いオリーヴ色の肘掛け椅子を際立たせている。

「素晴らしい交流会でした」マークが言った。「今日、集まった若者たちには情熱があります。実に嬉しいことです」

「同感です」ハーバートは二人に椅子を勧めた。「何をお飲みになりますか？」

マークは上等のブランデーを断わるような男ではなく、以前にもハーバートと高級ボトルを酌《く》み交わしたことがあった。マークの太ったからだを見れば食事や酒を大いに楽しむタイプにちがいないと思うだろうが、まさにそのとおりだった。愛煙家でコーヒー中毒でもあるキャスパーは、体型的にマークとは正反対だった。今夜はマークの運転手役を引き受けていたので、ブランデーをいただくわけにはいかなかった。

三人は腰を落ち着けておしゃべりをし、ハーバートが《ワシントン・オブザーヴァー》の話題を振った。デジタル購読が上向きで、すでに百万件を突破していた――とはいえ、《ニューヨーク・タイムズ》の足元にも及ばないが。

「何週間かまえの、オンライン詐欺に関するキャスの記事が気になったのですが」ハーバートはそう言い、マークのグラスにブランデーを注ぎ足した。

「そうでしたか」キャスパーが言った。「どう思いましたか？」

「もちろん、素晴らしい記事でした」ハーバートは答えた。「ガーナウェブ・ドット・コムがその記事の抜粋とともに評論を載せて、ちょっとした物議をかもしました」

「ガーナウェブというのは？」キャスが訊いた。

「あらゆるメディアを扱うウェブサイトです。ラジオ、テレビ、動画、ソーシャル・ネットワークなど、なんでも扱っています。ですがそのサイトが一線を画しているのは、特集記事の下に書きこまれる歯に衣着せぬコメントです。ガーナウェブの視聴者たちは無差別に銃を乱射するガンマンの集団といったところで、誰が傷つこうがお構いなしなんです」

「本当ですか？」マークは興味を引かれた。「オブザーヴァーの記事に対する反応は？」

「私が見たところ、三つのグループに分かれています。サカワの詐欺を非難する人たち、被害者たちを手厳しく責めたり馬鹿にしたりする人たち、そしてこのスキャンダルはすべていまの与党のせいだと言う人たちの三つです。ガーナでは、何もかもが政治の問題にされるのです。実を言うと、その記事のことでバンナーマン大統領から電話がありまして」

「大統領本人から？」キャスが言った。「大統領はなんと？」

「懸念しておられました。いま、包括的な腐敗撲滅キャンペーンに全力を注いでいるところなのです。新聞にこの記事が載ることを知っていたのかどうか訊かれ、私は知らなかったと答えました。さらに大統領からは、ガーナ政府が腐敗を厳しく取り締まっているということをアメリカの潜在的投資家たちに訴えるのは、大使としての私の役目だ、そう言われました」

「ガーナは腐敗が蔓延しているせいで、国際的にも汚名を着せられています」マークが言った。「そうは思いませんか？」

「ええ、思います」ハーバートは同意した。「記事の話に戻りますが——どうしてキャスパーが書いたのか気になっていたのです。ガーナにいないというのに。実際にガーナにいる人が書くべきでは？」

マークはばつが悪そうな顔をした。「ある人物が現地にいるんです——そういった詐欺の被害に遭ったアメリカ人が。われわれのために調査をしてくれることになって、その人物の経験をもとにしてキャスが二部構成の記事にまとめているんです」

「その人物というのは？」

「誰にも言わないと約束していただけるなら、お話ししましょう」マークは言った。

「もちろんですとも」

「ゴードン・ティルソンという男性です」キャスパーが言った。「ガーナで行なわれている恋愛詐欺に引っかかり、自分の話を《ワシントン・オブザーヴァー》で伝えたいと。それを私が記事にしているというわけです」

「ミスタ・ティルソンは、いつまでガーナに？」

キャスパーとマークは困ったように視線を交わした。

「どうしたのですか？」ハーバートは二人に交互に目を向けた。

「それが」キャスパーのごつごつした顔がしわだらけになった。「実を言うと、もう二週間以上、ゴードンから連絡がないんです。こちらからも連絡がつかなくて。完全に音信不通になってしまって、どこにいるか見当もつかないんです」

30

五月十五日　ガーナ、アクラ

エマはまたひとつ、身元調査の仕事をやり遂げた。事業をはじめようと考えている依頼人は、パートナーにするつもりの男にやましいことがないかどうか確認したかったのだ。そのパートナーに汚点はなかった。調査のために、エマはアクラからブロング＝アハフォ州のスンヤニまで出向くことになった。

エマはこの仕事に満足していた。彼女には明確な役割があり、心強い同僚たち、そして自分を支えてくれる寛容なボスもいる。長々とした同じ明細書や報告書を六枚も作成しなければならないようなわずらわしい作業からも解放されていた。データや報告書の整理はパソコンでできるため、面倒な作業は最小限ですむようになっていた。エマがどんな調査をするときにも、つねにソワーが見守っていた。彼はエマに、やりがいはあるが危険な目には遭わないような仕事を与えるようにしていた。

　エマは日々の日課に心地よさを感じていた。エマには思いもよらない依頼がもちこまれたその金曜日の朝、彼女は前夜のデートの記憶を消し去ろうとしていた。そのデートはちっともうまくいかなかった。どんなによく言ったところで、相手の男は退屈だった。悪く言えば、その男は彼女と寝ることしか頭になく、そんなことは問題外だった。エマは処女で、結婚するまで貞操を守るつもりだった――結婚がいつになるかは見当もつかないが。

　エマに恋愛関係と言えるものがあるかどうかすらあやしいところだが、彼女は恋というものをもてあましていた。恋について思い悩むこともあるが、たいていは気にもしていなかった。エマにはほかにやるべきことがあるのだ。たとえば、アクラの中心部にある自閉症センターで子どもたちの世話をするボランティアの仕事だ。基本的に日曜日の午後は空いているので、エマは教会から帰ると自閉症センターへ行き、子どもたちの面倒を見ていた。その自閉症センターを運営しているのは、自身も十八歳の自閉症の子どもを抱える、献身的で愛情深く逞《たくま》しい女性だった。

　エマがデスクで仕事をはじめて三時間ほど経ったころ、訪問者が事務所に入ってきてドア枠のところに立っているのが目に留まった。まちがいなく白人《オブロニー》だ。彼の緑がかった目に惹かれた。背が高く、肌の色はとても明るく、カールした髪が少しだけ額から後退している。濃いひげにはわずかに白いものが交じっている。腹の肉が多少ベルトの上からはみ出しているとはいえ、さまになっている。

「おはようございます」その男が口を開き、エマに目を向けた。午前中、ベヴァリーは外出していた。

「おはようございます」エマは立ち上がった。「どういったご用件でしょうか？」

「ある人に会いに来たのですが」――手にした紙を見つめた――「イェモ・ソワーという人です。いらっしゃいますか？」

アメリカ人のようなしゃべり方だとエマは思った。

「はい」エマは彼に近づいた。「ですが、いまは面会中なので。ご予約は？」

彼は笑みを浮かべた。「していません」

ほかの調査員たちも興味を引かれて顔を上げた。

「どうぞおかけください」エマは待合室の椅子を指した。「あなたがいらしたことを伝えてきます。お名前は？」

「失礼しました――はじめに名乗るべきでした。デレク・ティルソンといいます」

エマはソワーのオフィスのドアをノックして開けた。ソワーは二人の依頼人と話をしていた。「失礼します、お話の途中で申しわけありません。デレク・ティルソンという方がお見えです」

ソワーは眉を吊り上げた。「デレク誰だって？」

「ティルソンです。予約はしていないそうです」

「わかった。あと二十分ほどで終わる」

エマが待合室に戻ると、訪問者はサイド・テーブルに置かれた今日の新聞をめくっていた。「ミスタ・ソワーはまもなくお会いになるそうです」

彼はさっと笑みを見せて頷いた。「ありがとうございます」

「お水でもいかがですか？」

デレクは断わった。

エマは自分のデスクからデレクの様子をうかがった。何をしに来たのだろうかと考えた。三十分後、ソワーが二人の依頼人とともにオフィスから出てきて、外まで見送った。エマは彼が戻ってくるのを待合室で待っていた。

「こちらがミスタ・デレク・ティルソンです」

二人の男は握手を交わした。「デレクと呼んでください」

「はじめまして」ソワーが言った。「どうぞ、こちらへ」

ソワーはティルソンをオフィスに案内し、ドアを閉めた。数分後、ドアからソワーが顔を出した。「エマ、入ってくれ。メモ帳をもって」

エマは急いでオフィスに入り、ソワーの向かい側に置かれたもう一脚の椅子に坐った。なぜ呼ばれたのか見当もつかなかった。

「エマ」ソワーが口を開いた。「ミスタ・ティルソンは、行方不明の父親を捜しているそうだ。きみにはメモを取ってもらいたい」ティルソンに目を向けた。

「三カ月まえ、あなたのお父さまはヘレナという女性に会うためにアクラにやって来た。その女性が本当に実在するかどうかはわからないが、存在しない可能性がきわめて高い、そういうことでしたね？」

「はい」ティルソンは答えた。「私は詐欺だと確信して、父にもそう言いました。口論になりました。父は、ヘレナは本当にいる、彼女に恋をしていると言って聞きませんでした。去年の十一月の終わりくらいから彼女とスカイプや電話で話をしていて、二月十四日――ヴァレンタイン・デーなんて、妙にぴったりな気もしますが――なんの予告もなしにガーナへ発ったんです。アクラに着いた父から、ヘレナと会って〝楽しんでいる〟というメールが届きました。でもその何日かあと、ヘレナなどいなかったと打ち明けてきました。落ちこんでいて、ばつが悪そうでしたが、怒り心頭といった感じでもありました。私は、さっさと帰ってくるように言いました。そのときは父もそうするつもりのようでしたが、何日か考えているうちに気が変わったらしく、ガーナに残ってバカンスを楽しむことにした、と言ってきたんです」

「お父さまの気が変わったことに、あなたは驚きましたか？」ソワーが訊いた。

「はい。考えを百八十度変えたのですから。詐欺の被害者だということを自覚した父は、アメリカに帰りたがっているようにしか思えなかったので」

「なるほど。とはいえ、その状況でもポジティブに考えてバカンスを楽しもうとするのは、お父さまらしくないと思いますか？　なんといっても、それなりのお金を払って来たわけですから――そう考えてもおかしくはないのでは？　それに、お父さまはずいぶんまえに平和部隊の任務でガーナに来たことがあるとおっしゃっていたので、いまのガーナを見てまわりたいと思ったのかもしれませんよ？」

「まさに父もそう言っていました。はじめは父の考えに賛成できませんでしたが、結局は納得することにしました。実を言うと、もしかしたら父は別の女性と出会って、そのことを言いたくないのかもしれない、一瞬だけそう思ったこともあります」

「そうですか」ソワーの口元に笑みが浮かびかけていた。その考えにはどこか滑稽なところがあり、デレクが笑いだすと、ソワーとエマもいっしょになって笑った。

「まあ、そんなわけはないでしょうね」デレクはまた真剣な顔つきになった。「話を戻しますが、三月が終わって、状況は落ち着いたように思えました。ところが四月の第一週に、家族の友人によって書かれたある記事を目にしたんです。そこには、詐欺に遭った父の体験談だけでなく、父がガーナに残ってその犯罪の調査をしているということまで書かれていました」

「ほう」ソワーは声を洩らした。「それは本当ですか？」

「私も目を疑いました。そこで、ミスタ・グッテンバーグ――その記事の著者に電話をしてみました。彼が言うには、二人で話し合った結果、父がガーナに残って自分をはめた相手を突き止めてもいいんじゃないか、ということになったそうです」

「あなたは、そんな話は聞かされていなかった」ソワーは言った。

「まさに寝耳に水でした。キャスパー・グッテンバーグは父の古い友人で、父は一目置いているんです、その理由は私にはわかりませんが。ミスタ・グッテンバーグが父のつらい体験をもとにして記事を書こうとしていること、そしてガーナに残るよう父を言いくるめたのも彼だということを、確信しています。それなら、父の妙な心変わりも説明がつく」

「確かに、そうかもしれません」ソワーは同意した。

「最後にお父さまから連絡があったのは、いつですか？」

「四月二日です。順を追って説明します。二月十五日にガーナに着いた父は、ケンピンスキー・ホテルにチェックインして二週間そこに泊まっていました。

そして三月一日ごろ、アクラにあるフラミンゴ・ロッジという朝食付きの宿に移りました。ホテルよりも家庭的なところに泊まりたいということで。しばらくは何日かおきに連絡がありました。そして三月二十七日に話したときには、アコソンボに行ってヴォルタ川沿いにあるリヴァーヴュー・コテージというところに一週間ほど泊まると言っていました。

四月二日にワッツアップで連絡があり、次の日にアクラへ戻るということでした。父から連絡があったのはそれが最後です。こちらから何度も連絡してみたのですが」デレクは首を振った。「その後はとくに何もなく、四月十日にフラミンゴ・ロッジのオウナーから電話があって、父が予定日になっても戻ってこない、どこにいるか知らないかと訊かれました。父は緊急連絡先として、私の電話番号を教えていたんです」

「日付はすべて書き留めたか、エマ?」ソワーが訊いた。「あとで時系列に沿った表を作ってくれ」

「わかりました」エマは気が張り詰めた。ソワーは日付やものごとの正確さにこだわるのだ。

「そのオウナーの名前は?」ソワーがデレクに訊いた。

「プム・ファン・ランデウィックです。オランダ人の女性ですが、ずっとガーナに住んでいると言ってもいいくらいです」デレクはスマートフォンを取り出してスクロールした。「彼女と話はしましたが、実際に会ったことはありません。これが彼女の連絡先です」彼は立ち上がり、エマが名前と電話番号を書き写せるように画面を見せた。デレクが着けているほのかな香水の香りが漂ってきた。

「どうも」エマは言った。

「アコソンボというのは」ソワーがデレクに言った。「お父さまが行きそうなところですか?」

デレクは笑みを浮かべた。「むかしから、父はあそこが大好きでした。私が子どものころ、何度か家族でガーナに来たことがあるんですが、来るたびにアコソンボで何日か過ごしました。湖へ行って魚釣りをしたり、アンカーを下ろして水の上でのんびりしたりするんです。だから、父がアコソンボへ行ってもおかしくはないと思います」

「なるほど。それで、携帯電話やパソコンへメールをしても返事が来なくなり、心配になったと」

デレクは頷いた。カールした髪が窓からの陽射しを受けて輝いたのが、エマの目に留まった。「なんとかしてアクラのアメリカ大使館に連絡を取りました」デレクはつづけた。「連絡を付けるのはひと苦労でした。とにかく、できるだけのことはすると言われましたが、こういった件は地元当局の管轄になるので、大使館にできることは限られています。残された道はひとつしかないと思いました。ガーナに行って、自分で父を捜すしかないと」

「ガーナにはいつ？」

「五月二日です。まずはケンピンスキー・ホテルへ行ってみました。父が三月二日にチェックアウトしたことは確認できました。父の滞在中にこれといった問題もなかったとのことです。その後、アコソンボのリヴァーヴュー・コテージへ行って、管理人に話を聞きました。父は四月三日にチェックアウトすると伝えていたそうです。でも、その日の朝に運転手が迎えに行ったところ、父の姿はどこにも見当たらず、荷物もなくなっていたということです。家宅侵入ではないかと思いました——強盗とか窃盗ではないかと。そこで、地元の警察署へ行ったのですが——なんの通報も受けていないということなので、私は届け出を出しました。それからここアクラの犯罪捜査局《CID》本部に行って、ドリスなんとかという警部にも話をしました——苗字は忘れてしまいましたが」

「ダンプティですか？」ソワーが訊いた。

「ええ、そうです」その声に怒りがこめられていることにエマは気づいた。「控えめに言っても、彼女はまるで無関心といった感じでした。詐欺に遭ったアメリカ人の捜索なんて重要ではないと思ったのかもしれません」

「彼女と最後に話をしたのは？」

「先週です。話せることは何もないとのことでした。手がかりをつかんだかどうかさえ、教えてくれないんです。レンガの壁と話している気分でした。ガーナに住むいとこに相談してみたんですが、何かやってもらいたいなら、はじめにダンプティにカネを渡すべきだった、と言われましたよ」

　ソワーは顔をしかめた。「残念ながら、それがこの国の現状です。名誉や務め、誠実さよりも、カネのほうが大事なんです」

　デレクは頷いた。「こちらの待合室で、まさしくそのモットーを目にしました——名誉、務め、それに誠実さ」

「それが私たちの信条なんです」ソワーは冷静に言った。「もしそれに従えないというなら、どうぞお引き取りください」

「いまのガーナでそんなことばを聞くと、安心します。ガーナはいつからこんなふうになってしまったんですか？　まえにここへ来たときは子どもだったので、小さすぎて気づかなかったのかもしれませんが、むかしは国も国民もこんなふうではなかった気がします」

「ええ、むかしはちがいました」ソワーも同意した。「私はあなたよりもずっと長くここで暮らしているので断言できますが、カネがすべてだと考えるガーナ人が増えています。何もかもがカネで動いているんです。正直者だろうと腐敗した者だろうと、関係ありません。おそらく、腐敗している最たる例が警察です」

デレクは意気消沈したようだった。「気が重くなりますね」

「まったくです」ソワーは言った。「どうしてこんなことに？　つまり、どうしてこんなに腐敗が蔓延しているんですか？」

一瞬、ソワーは視線をそらし、それから首を振った。「私たちの社会は、このがんに蝕《むしば》まれているんです」大きく息を吸い、荒々しく吐き出した。「いずれにせよ、カネを渡したところで、ダンプティはあなたの件を重要視しなかったかもしれません。警察は資金不足なうえに、むかしの未解決事件も山積みになっている。警察をかばっているわけではありません。ですが、エマも私もかつてはガーナ警察庁で働いていたので、どんな状況か知っているんです」

「そうだったんですか」デレクは興味深げにエマに目を向けた。

「先に訊いておくべきでしたが」ソワーがデレクに言った。「どうやってこの事務所のことを？」

「ダンプティ警部に話をしてもらちが明かないと思い、

力になってくれそうな私立探偵をインターネットで探していたところ、国際私立探偵協会のウェブサイトを見つけたんです。そこのリストに、あなたとこの事務所が載っていました。れっきとしたライセンスをもち、厳密に審査された探偵事務所というのはアクラには二つしかなく、そのうちのひとつということでした。それであなたのことを知ったんです」

　ソワーは笑みを見せた。「なるほど、そうでしたか。確かに、国際私立探偵協会《IAPA》に紹介されたという人たちがよく来ます。デレク、今回の謎が納得のいくハッピーエンドを迎えることを信じたい。ですが現実的になり、最善の結果を期待しながらも最悪の結末も覚悟しなければなりません」

　デレクは頷き、歯を食いしばって視線を落とした。デレクのために、エマは心のなかで彼の父親の無事を祈った。

31

五月十七日

　日曜日の午後、教会から戻ってきたエマは二台のトロトロを乗り継ぎ、バーンズ・ロードとウィリアム・タブマン・アヴェニューの交差点にある自閉症センターへ行った。彼女は機嫌が悪かった。というのも、トロトロのメイツがお釣りを渡すのにもたついていたのだ――エマにはわざとそうしているようにしか思えなかった。だが自閉症センターに着くと、アクラの交通の些細な問題などすっかり忘れてしまった。

　そこは慎ましい施設だが、国内のほかの自閉症患者用の施設と比べればはるかに充実していた。左側にある四角いレンガ造りの小さな建物は改装され、遊戯室や教室、そして会議室を兼ねた事務所兼スタッフ用のラウンジを備えていた。中庭には二連式ブランコや滑り台、遊具ネットがひとつずつあり、庭の両側にはサッカーのミニゴールが一組置かれている。空は雨雲に覆われて暗くなり、戸外には誰もいなかった。

この自閉症センターのオウナーであり代表でもある、"おばさん《アンティ》"とも呼ばれるローズ・クラークソンは直接現場に携わるタイプの女性で、週末に働くこともいとわなかった。日曜日に出勤するスタッフは、彼女のほかにはひとりしかいない。平日は大半の時間が言語聴覚セラピー、アートセラピー、音楽セラピーなどに費やされる。だが、常勤スタッフが休みでとくにやることの決まっていない日曜日こそ、アンティ・ローズはボランティアの助けをより必要としていた。

ローズの十八歳の息子のティモシーも自閉症だった。ティモシーが生まれたとき、ローズは夫とともにコネチカット州で暮らしていたが、その夫とはのちに離婚した。当時のローズは自閉症の子どもの育て方を学ぼうと必死だった。それは簡単なことではなかった。十年ほどまえに母親の世話をするためにガーナに戻らなければならなくなったローズは、ティモシーがアメリカで受けていたようなケアを提供してくれる施設がガーナにはひとつもないという厳しい現実を突きつけられた。そのうえ、自閉症の子どもの親——とりわけローズのような母子家庭の母親——に向けられる世間の目は冷たい。そんな苦しみを味わっている母親が自分だけではないことはわかっていた。彼女と同じくつらい思いをしている女性たちは、ほかにもいる。だからこそ、ローズはアクラ自閉症センターを設立したのだった。

「来てくれて助かるわ」エマが入ってくるとローズが言った。「コジョーをお願い」

エマと十三歳のコジョーは特別な絆で結ばれていた。コジョーは（ティモシーの次に）自閉症センターに正式に登録されたはじめての子どもだった。コジョーの母親のアベナはエマの親友で、エマは彼女を通じて自閉症やこのセンターのことを知ったのだった。それ以来、エマは定期的にボランティアをしている。その日の午後、コジョーはからだを揺らしたり、両手をひらひらさせたり、指を小刻みに動かしたり、顔をしかめたりしていた。つまり、やや苛々しているということだ。自閉症メルトダウンを起こす場合もあるし、起こさない場合もある。

　エマはさりげなくコジョーを隣のオフィスへ連れていき、うしろ足でドアを閉めて部屋の隅へ行った。エマがフロアに腰を下ろすと、コジョーも坐った。ここのほうが外よりも静かで暗く、視覚や聴覚への刺激を減らすことで落ち着いてくれるのではないかと考えたのだ。五分ほどするとコジョーの動きが治まってきて、からだをわずかに揺らす程度になった。とはいえ、いまだに視線は遠くを見据え、誰にも入ることのできない彼だけの世界に閉じこもっていた。

「気分はよくなった？」エマはそっと訊いた。

　ことばを返してくるとは期待していなかった。コジョーは口をきかず、不明瞭なうめき声しか発したことがないのだ。しばらく二人は静かに坐っていた。施設にいるコジョーやほかの自閉症スペクトラム障害《ASD》の子どもたちはこうした安全な場所で過ごすことができて恵まれているが、そういった恵まれた子どもというのは助けを必要としているASDのガーナ人のほんのひと握りにすぎない、エマはそんなことを考えていた。とはいえ、施設の運営資金はごくわずかで、ローズは寄付やボランティアに頼らざるを得ないのが現状だ。つねに閉鎖の危機に瀕しているように思えるが、いつもすんでのところで何か、あるいは誰かが手を差し伸べてくれるのだった。そういった救世主のひとりが、警察庁長官夫人のジョゼフィン・アクロフィだった。ミセス・アクロフィはセンターの最大の後援者なのだ。

　コジョーがずいぶん落ち着いたので、エマは彼を連れてアウタールームに戻った。

ローズが顔を上げてにっこりした。「あなたに任せれば大丈夫だと思っていたわ。その子、あなたが大好きだから」

コジョーがフロアに坐って絵本を開くと、エマは部屋の中央にあるテーブルのローズの隣に腰を下ろした。

「とっても素敵なお知らせがあるの」ローズが言った。「はっきりしてから言おうと思っていたんだけど、どうやら決まったみたいなのよ」

「本当ですか！　ぜひ聞かせてください」

「知っているとは思うけど、自閉症の子どものなかには、画像を使ったやりとりならうまくできる子たちがいるという研究報告があるの。賛否両論あるみたいだけど、口をきかない子どもでも、モバイルアプリ――たとえばタブレットのアプリを使えば、自分のしたいことを伝えられるんですって。しかも、自分の気持ちを表現できることで、ストレスもずいぶん減るそうよ」

エマは頷いた。「ええ、そんな記事を読んだことがあります」

「それでね」ローズはゆっくり言った。じらして楽しんでいるのだ。「子どもたちにタブレットを試してみたいから、一台買うのに力を貸してもらえないかとマダム・アクロフィに頼んでみたの。どうなったと思う？　一台どころじゃなくて、なんと四台も買ってくれたのよ」

「すごい！」エマは大きな声をあげ、手を叩いた。

「そうでしょ」ローズは大喜びしていた。「それで、今週のなかごろに贈呈式を行なうことになったの。その贈呈式でミセス・アクロフィからタブレットを寄贈していただくのよ。ミセス・アクロフィが新聞記者やテレビの報道陣に声をかけているから、このセンターのことを世間にアピールできるわ。これはセンターの宣伝になるだけじゃなくて、世間の人たちに自閉症について知ってもらういい機会にもなるはずよ」

「またとないチャンスじゃないですか。コジョーがタブレットでどんなことをするか、楽しみだわ」

「わたしもよ」そう言ってから、ローズは深刻な顔をした。「今年は、積極的に資金を集めなければいけないの。あと一年と二カ月でこの場所の賃貸契約が切れるんだけど、大家さんに賃貸料が払えなければ、ここを追い出されてしまうから」

それはエマとローズにとって、想像もできないほど怖ろしいことだった。アンティ・ローズの自閉症センターがなくなったら、コジョーやほかの子どもたちはどうなってしまうのだろう?

32

五月十八日

ソワーは指でデスクを叩きながら言った。「今回の依頼は、ゴートン・ティルソンを捜し出すことだ。では、さっそくはじめよう。まずはエマ、ケンピンスキー・ホテルからのゴードンの足取りをつかむ必要がある。これからケンピンスキーへ行ってくれ。支配人だけでなく、ミスタ・ティルソンを見かけた人や彼に会ったという人に話を聞くんだ。ホテルのレストランの従業員や警備員などにも。電話で報告してくれ。報告するまではホテルを出るな」

「わかりました」

「ウーバーの交通費をメモしておくように。戻ってきたら払う」

「ありがとうございます」

ケンピンスキー・ホテルの入り口にはゲートがあり、二人の警備員が立っていた。ホテルというよりは、砦のようだった。エマは歩行者用の入り口から入り、警備員に軽く頭を下げた。警備員たちが関心を示したのは、一瞬だけだった。エマはバックパックや不審物と見なされる怖れのあるものはもっていなかったのだ。ゲートの先にはY字型の広いドライヴウェイがあり、右側の道は広々とした駐車場に通じ、左側の道はホテルの前にある装飾的な噴水を取り囲んでいる。入り口の片側に、数台の黒いリムジンがきれいに一列に並んでいた。数人の制服警官が警察のマークが付いた二台のヴァンのまわりでたむろしているのを目にし、エマは眉を吊り上げた。ホテルの向かい側にあるドライヴウェイの突き当たりには、SWATチームのパンサー班が使用する武装車両が何台か駐められていた。屋上から黒装束のスナイパーが目を光らせていることにも気づいた。

エマは彼らから距離を置いて入り口へ向かったが、誰かに呼ばれて振り返った。一台の威圧的な車両の脇で、重武装したSWATの隊員が手を振っていた。

〝わたし？〟とエマが身振りで訊くと、その隊員は頷いた。エマは何かまずいことでもしたのだろうかと思い、その隊員の方へためらいがちに歩いていった。彼のそばには、同じような黒い衣装に身を包んだ二人の同僚が立っていた。三人とも見覚えはなかった。

「おれを知ってるかい？」その隊員が訊いた。

エマは目を細めて彼を見つめた。「知らないと思うけど」

「まずはそこからだな」彼は言った。おそらく三十代前半だろう、しかも信じられないくらいハンサムだ、エマは思った。そのまつ毛の長いくすんだ目で見つめられ、融けてしまわないように身を引き締めた。

「どうして？　わたしを知っているんですか？」エマは訊いた。

「まえに犯罪捜査局《CID》で見かけたことがある。おれはダズ・ヌノー。きみは？」

「エマ・ジャンです。でも、もう犯罪捜査局にはいません」

「そうか。辞めたのか？」

「はい。いまはソワー探偵事務所で働いています」

ダズは頷いた。「それはよかった。そこの仕事はどうだ？」

「気に入っています」

ダズはほかの二人を指した。「仲間を紹介するよ――エドウィンとカリッジだ」

エドウィンは背が高くて痩せこけ、にこりともしなかった。カリッジは大柄で陽気な感じだ。エウェ族にちがいない、カリッジ《勇気》という名前から、エマはそう思った。エウェ族というのは、グレイス《優雅》、チャリティ《思いやり》、マーヴェラス《素晴らしい》、ホープ《希望》、ピース《平和》などといった名前を好むのだ。カリッジの品定めをしてみた。見た目は悪くない。からだつきもしっかりしている。

「SWATに入ってどれくらい？」エマはダズに訊いた。

「三年くらいかな」

「今日は何かあるんですか？」エマはあたりを見まわして訊いた。「警察官だけじゃなくて、SWATまでいるなんて」

「国際会議か何かで、ガボンの大統領がやって来るんだ」ダズが答えた。「きみのほうこそ、どうしてここへ？」

「依頼を受けて――アメリカ人の男性が行方不明なんです」

「そうなのか」ダズは軽い興味を示した。「名前は？」

「ゴードン・ティルソン。聞いたことは？」

ダズは口角を下げて首を振った。カリッジとエドウィンに目をやったが、二人も同じ反応だった。

「息子さんのデレクが、アメリカから父親を捜しに来ているんです」エマはつづけた。「ガーナに着いたゴードンがはじめにチェックインしたのがケンピンスキーなので、ここに来たというわけです」

「そういうことか」ダズは頷いた。「何か耳にしたら、携帯にメールするよ」彼は携帯電話を取り出した。「きみの番号は？」

ダズは、エマが言った番号を携帯電話に親指で打ちこんだ。カリッジも自分の携帯電話を手にしてダズの画面を覗きこもうとした。だが、ダズは見られないように遠ざけた。「おい、なんだよ？　おまえには関係ないだろ」

「だけど、おれも何かわかったらメールしようと思って」カリッジは不機嫌そうに言った。「ガーナにいる警察官はおまえひとりじゃないだろ？　おれにも番号を教えてくれ」

「いいけど、ミス・ジャンに訊いてからだ」ダズはいたずらっぽい笑みを浮かべてエマにウィンクをした。

カリッジがエマに目を向けた。「おれにも教えてくれないか？」

エマは肩をすくめ、ダズを見やった。「あなたしだいよ」

カリッジに睨みつけられて観念したダズは、エマの番号を読み上げた。

「どこに住んでいるんだ？」カリッジがエマに訊いた。

「マディーナです」

それはアクラの中心部の北に広がる町で、ガーナ大学のすぐ先にある。

「こんなことを訊くのは失礼かもしれないけど、結婚は？」カリッジが訊いた。

「していません」

ダズが片方の眉を吊り上げた。「なんだってあれこれ訊くんだ？」

「おまえこそ、彼女の父親か何かか？」カリッジは言い返し、舌打ちをした。それからエマに向きなおった。「電話するよ。近いうちに」

「わかったわ」平静な声で言った。女性というのは、嬉しくてもあまり感情に出さないものなのだ。

「引き留めて悪かった、エマ」ダズが言った。「何かわかるといいな。また連絡する」

「じゃあな」カリッジはにんまりした。

　エマはホテルの入り口へ戻った。ほかの人たちと同じように、金属感知器を通らなければならなかった。ガボンの大統領にも通らせるのだろうかと思った。

　自動ドアを抜けてケンピンスキーのきらびやかなロビーに入った。壁には大きな絵画が並んでいる。ヴェルヴェットや革張りの椅子には黒っぽいスーツを着た男女が腰を下ろし、打ち合わせをしたり携帯電話にメッセージを打ちこんだりしていた。ケンピンスキー・ホテルの緋色の制服を着た背の高い曲線美の女性が、スティレット・ヒールを履いて颯爽《さっそう》と歩いていった。

　これが二十一世紀のガーナというわけね、エマはそう思い、その大きさと豪華さに圧倒されまいとした。背もたれの高い青いヴェルヴェットの椅子に腰を下ろし、みなと同じことをした。携帯電話をチェックし、偉そうに振る舞ったのだ。アップル・ストアで働いていたころに上品な服を何着か買っていたので、いまはそのうちの一着を着ていた。この雰囲気のなかで、自分がそれなりに洒落て見えることを願った。

　ロビーをざっと見渡しながら、自分が少し神経質になっていることを自覚していた。いままでこなしてきたどんな仕事よりも重大に思える案件に取りかかっているのだ。到着したばかりのデルタ航空の乗務員たちがフロントでチェックインをし、ベルボーイが荷物を預かっていた。正面入り口からドライヴウェイまで赤い絨毯を転がして敷いている人がいた。ガボン大統領の到着に備えているのだろう。先行隊と思われる役人の一団が、赤い制服姿の曲線美の女性と、担当の支配人と思しきレバノン人の男性と詳細な予定を話し合っていた。ガーナにいるレバノン人というのは、店を経営しているか所有しているかのどちらかなのだ。

ロビーの反対側には〈シーダー・ガーデン〉という屋外レストランがあった。その入り口に置かれたメニュースタンドのところに、チャコール・グレーの制服を着たきれいな若い案内係が立っていた。そのレストランでは、数人の客が早めのランチをとっていた。エマは立ち上がってそのレストランへ向かった。「おはようございます」エマは愛想よく声をかけた。

「おはようございます」案内係は、歯並びのいい真っ白な歯を見せた。名札にはゼネバと書かれている。

「メニューを見せていただけないかしら?」

「どうぞ」彼女はそう言ってエマにメニューを手渡した。

「ありがとう、ゼネバ」エマはメニューを眺めた。馴染みのある料理は野菜スープの一品しかなく、しかも三十六セディもする。アクラの食堂ではその六分の一の値段で食べられる。「ここで友だちと会うことになっているの」エマは気軽な口調で言った。「それで、どんなメニューがあるのかと思って」

「ここにいらしたことは?」ゼネバが訊いた。

「いいえ。実を言うと、はじめてなの」ホテルの入り口に目をやると、大統領の出迎えの準備が切迫してきているようだった。「友だちはもう来ているころだと思ったんだけど、いないからちょっと心配になって」

「お電話をしてみては?」ゼネバが言った。

「してみたけれど、出ないの」エマは携帯電話を取り出した。「わたし、遅れちゃったから、友だちが帰ってしまったのでなければいいんだけど」小さく笑い声をあげた。「アメリカ人ときたら、少しせっかちなところがあるから」

ゼネバは笑みを見せ、口には出さずに同意した。

「朝からずっといるのよね?」エマは訊いた。

「はい」

「もしかしたら、わたしの友だちを見ているかもしれないわ」エマはサムスンの携帯電話の画面にゴードンの写真――デレクから提供されたもの――を呼び出し、ゼネバに見せた。「この人なんだけど、ひょっとして見てないかしら?」

「まあ!」ゼネバは大きな声を出した。「ミスタ・ゴードンじゃないですか!」

「知っているの?」

「もちろんです。よく覚えています。三カ月まえにここにお泊まりでした。〈シーダー・ガーデン〉にもよくいらしていて。ここのフムスはいままで食べたなかでいちばんだとおっしゃってくださいました」

エマには、フムスというのがなんなのか見当もつかなかった。「さぞかし美味しいんでしょうね」

「とても気さくで親切なお客様というのは、いつまでも覚えているものなんです。ミスタ・ゴードンもそういったお客様でした。朝にはよくコーヒーを飲みにいらして、あのあたりに坐って新聞を読んでいらっしゃいました。とても紳士的な方でした。もっと長く滞在なさると思っていたのですが、予定より早くチェックアウトしなければならなくなったようです」

「そのわけを聞いている?」

ゼネバは口ごもった。「いいえ、聞いていませんが、急なことのようでした。ある晩、ミスタ・ゴードンがここで夕食を召し上がっているときに電話があったんです。ミスタ・ゴードンは〝どちら様ですか?〟と訊いていました。少ししてから立ち上がって、お料理を残したまま出ていってしまわれました。ミスタ・ゴードンを見たのは、それが最後です」

「わかったわ。もう一度、メールを送ってみる」エマは適当にメッセージを打ちこみ、しばらくしてから肩を落としてみせた。「残念だわ。今日は来られないんですって」

「それはお気の毒に」ゼネバは本当にがっかりしているようだった。

「でも、まったくの無駄足だったわけじゃないわ」エマは優しく微笑みかけた。「楽しいおしゃべりができたもの。ありがとう」

大統領の車列が爆音を響かせてゲートから入って来る直前に、エマはホテルを出た。電話でイェモ・ソワーに報告した。「ある晩、ミスタ・ティルソンに重要な電話がかかってきて、その後まもなくホテルを出たようです」エマはゼネバから聞いた話を伝えた。

「脅迫でも受けたのかもしれない。匿名か、匿名ではない脅迫を」ソワーは言った。「もしそうだとしたら、ティルソンを脅したのは誰だ？　そしてその理由は？」

33

五月十八日

勤務時間が終わりに近づいても、ドリス・ダンプティ警部が担当している事件の数々は、その日の朝と変わらず未解決のままだった。デスクに積まれた擦り切れたファイルの山は当分そのままなどころか、まちがいなくさらに積み重なっていくだろう。犯罪捜査局《CID》本部では、それがあたりまえだった。事件は解決されることなく、いつまでも残るのだ。

ダンプティは二年間、車両不正課に勤めていたが、犯罪捜査局の上司たちの命令により、新たに設置されたサイバー犯罪課《CCD》に異動になった。サイバー犯罪課というのは、警察庁長官がバンナーマン大統領とともに考え出したものだ。ダンプティは地上実行班《GED》の一員だった。その班の役割は、オンライン捜査によって判明した容疑者たちを実際に逮捕することだ。とはいえ、検挙数はそれほど多くはない。サイバー犯罪課が積極的に活動していると思っている者は、ひとりもいなかった。

ダンプティは、サイバー犯罪課から支給された処理速度の遅い旧型のノートパソコンで、二件の事務処理を終えたところだった。オフィスには彼女と上司のデスクがひとつずつあるだけで、ほかにはほとんど何もない。古いコピー機は卓上タイプのはずだが、部屋の隅の床に置かれていて、もう何年も使われていない。オランダかスイスから譲り受けたものだ。あるいはドイツだったかもしれない。とはいえ、そのがらくたが一度でも機能したところをダンプティは見たことがなかった。ときおり、白人の国々《オフロニー》は古くなった役に立たない機械を第三世界に放り投げていく。第三世界はへつらうような笑みを浮かべてそういった機械を受け取るのだが、数カ月後には動かなくなっていることに気づくのだった。

サイバー犯罪課には、とくに力を入れることになっている分野があった――クレジットカード詐欺、金《きん》や森林、石油の利権に関わる詐欺、恋愛詐欺などだ。だが、実際に起訴に至ることはまれだった。なぜなら、サイバー犯罪課には犯罪者たちの巨大なネットワークに対抗できるだけの資金や手段がなく、訓練も不足しているのだ。しかも、被害者の多くが国外にいるとなればなおさらだった。

バンナーマン政権はアメリカやヨーロッパと連携し、サイバー犯罪捜査の新たなパイプも作り上げていた。それは賢明な策だった。というのも、サイバー犯罪に対する研修コースの資金提供を受けられるからだ。ダンプティも、そういった研修コースをいくつか受けていた。彼女が行ったもっとも遠い研修地はコートジボワールのアビジャンだが、いつかドイツかイギリスのセミナーに参加したいと思っていた。

ダンプティは立ち上がり、ハンドバッグを手に取った。たいして仕事は片付いていないものの、帰る時間だ。オフィスの電気を消し、赤道直下の温かい夕暮れの空の下に出ていった。

ダンプティは、ンクルマ・サークルの食堂でニイ・クウェイと落ち合った。すでにニイは注文を二つしていた——自分にはフフとライト・スープ、そしてダンプティには茹でたヤムイモとンコントミレ（ホウレンソウのスープ）だ。

料理を待つあいだに話をしながら、ニイは着信があるたびに携帯電話をチェックしていた。「まったく、あんたもなの？」ダンプティは声を荒らげた。「一分でいいから、それを置いておけないの？」

ニイはにんまりした。「わかったよ、ママ」そう言って携帯電話をしまった。ニイは、多少の親愛の情をこめてからかうようにダンプティを〝ママ〟と呼んでいた。

「あんたがカネをだまし取っていたアメリカ人だけど——」ダンプティが切り出した。

「ミスタ・ゴードンのこと？」

「ええ、そいつよ。いま、息子がガーナに来てるわ」

料理が運ばれてきたので、二人は口を閉ざした。

「何しに来たんだ？」ニイは水の入ったボウルで手を洗いながら訊いた。

ダンプティも同じように手を洗った。「犯罪捜査局に来て、父親が行方不明だという届け出をしたわ。あたしが調書を書いたのよ」

ニイは頷き、手を使って料理を食べはじめた。「それで、どうするつもりなんだ、ママ？」

「心配しなくていいわ」彼を見据えて言った。「あいつがうんざりするまで捜査を遅らせるから。そしたらきっとアメリカに帰るわよ」

「なんでそんな目でおれを見るんだ？」

「クウェク・ポンスのところには、よく行くのよね？」

「ああ」ニイは警戒した。「なんで?」

「そのアメリカ人も、ポンスのところに行ってサカワ・ボーイズのことを訊いたらしいわ。そのあと何かがあって、行方不明になった」ニイのコメントを待っていたが、彼は無言だった。「何か知らない?」

「何かって?」

「白人がポンスに会いに行ったことについてよ。ポンスから聞いてない?」

ニイは首を振った。「聞いてない」

「本当に?」ダンプティは迫った。

「なんでそんなこと訊くんだよ?」

「あたしに守ってほしいんでしょ。だったら、あんたの知ってることを知っておいたほうがいいからね」

「ママ、何も知らないよ」

ダンプティも料理に手を付けた。「何か訊かれるかもしれないから、あたしも答えられるようにしておかないと。ミスタ・ゴードンをどうするか、ポンスと話をしたことは?」

「一度もない、本当だよ、ママ」

「あんたの友だち――ブルーノとは?」

「話してない。ブルーノはまだ見習いだ。あいつは何も知らない」

ダンプティはニイを見つめたまま、指を舐めた。

「ややこしいことになってきたわ。おかげで面倒が増えた」

ニイはうんざりしたとも、あきらめたとも取れる表情を浮かべた。「わかったよ、そういうことか。心配しなくても、カネは増やす」

ダンプティは顔をそらし、また視線を戻した。「倍よ」有無を言わせぬ口調だった。

34

午後五時過ぎにシュクラにあるクウェク・ポンスの敷地に着いたブルーノは、汗をかいていた。片手には、縛り上げられて鳴いている二羽のニワトリが入った袋をもっている。国際会議のための迂回や道路封鎖のせいで街中がいつもより渋滞し、時間に遅れていた。

ブルーノは細い路地に入っていった。途中で左へ曲がるとその先には中庭があり、三方それぞれにワンルームの家が建っていた。もう一方には柵で囲まれたぬかるみがあり、二頭の巨大なウシが飼われていた。あたりにはウシの糞の臭いが漂っている。一軒の家の前で男たちが椅子に坐り、ミント・ティーを飲んでいた。アラブの風習だ。まちがいなく、ガーナ北部の出身だろう。そこで暮らす多くのムスリムはむかしから放牧を生業《なりわい》としている——だからここにもウシがいるのだ。

ブルーノは、男のひとりになんの用か訊かれた。

「クウェク・ポンスに会いに来ました」

「いまはいない」

「いつ戻ってきますか?」

「さあな。ここで待っていてもいいぞ」男は立ち上がり、椅子をもう一脚もってきた。「電話してみたらどうだ?」男は言った。

「どうも」ブルーノは礼を言い、袋を下ろした。ニワトリが逃げようともがくたびに、袋が動いた。

ブルーノは椅子に坐ってポンスの番号を押してみたが、つながらなかった。しばらくインスタグラムやフェイスブックを眺めていた。そのうちバッテリーの残量が少なくなってきたので、携帯電話をオフにした。

宵闇が迫るなか、男たちはチェッカーをしていた。やがて、ひとりが玄関の裸電球のスイッチを入れた。もうすぐ午後六時二十分になる。ブルーノが帰ろうかと考えていると、ボードゲームをしている男の携帯電話に、もうすぐ着くというポンスからのメールが届いた。ガーナの時間では、それは一時間後ということもあり得るのだが、さいわいにもポンスが帰ってきたのはわずか三十分後だった。

実際のポンスは、ユーチューブで見るより小柄に思えた。足早に歩き、姿勢があまりにもまっすぐなため、背中が少しうしろへそっているように見えるほどだった。

敷地を見渡したポンスは、来客に目を留めた。「ブルーノか？」

ブルーノは立ち上がった。「そうです」

「ニワトリはもってきたか？」

ブルーノは袋を指差した。

「いいだろう。そこに置いておけ。いっしょに来なさい」ポンスが家のドアの鍵を開け、ブルーノはあとにつづいた。

「ちょっと待て。電気をつける」

裸電球で照らされたワンルームにはベッドと古いタンスがひとつずつ置かれ、隅には使い古された椅子があった。ポンスはその椅子を指して言った。「坐りなさい」

ポンスはブルーノと向かい合う格好で床に脚を組んで坐り、左側に積まれているものに手を伸ばした。

ポンスはそのひとつを掲げた。「何かわかるか？」

それはくすんだ黄褐色をしていて、短い柄の先に丸みを帯びたヘッドが付いたハンマーのような形をしていた。

「わかりません」ブルーノは言った。

「子どもの大腿骨だ。使い方はいろいろある」

ブルーノは口ごもった。「どうやって手に入れたんですか？　つまり、その骨を」

「病院の遺体安置所だ」ポンスの話し方は気だるげで、背筋のまっすぐな姿勢とは対照的だった。「そこに知り合いがいる。何か頼めば、もってきてくれるのだ」

ブルーノは頷いた。「なるほど」

次に、ポンスは別のものを見せた。使いこまれた鳥の頭蓋骨だということは、一目瞭然だった。

「生贄のニワトリの頭だ」ポンスは言った。「今日、おまえがもってきたようなやつだ」その骨を置いた。「ほかにも、特別なビーズやタカラガイの殻などもある。そういったものを何に使うかは、いずれわかるだろう」

「はい」

「おまえの友人のニイ・クウェイはよく知っている。ここに来たのはいいが、目的はなんだ？ 何が望みだ？」

ブルーノは咳払いをした。「力を手に入れて、インターネットで大金を稼ぎたいんです」

「インターネットで例の件はもうはじめたのか？」

「まだです。ニイに教わっているところです」

「よろしい」ポンスは品定めするようにブルーノを見つめた。「金持ちになりたいのか？」

「はい。レンジ・ローバーとかベントレー、それに家も三軒くらい欲しい」

ポンスは頷いた。「そのためには、かなり腕を磨かなければならない。固く信じ、強くならなければ。私にはいろいろなことができる。だが、もしおまえが気をつけなければ、手にした力を抑えられなくなり、呑みこまれてしまうだろう。たとえば、漁師にとって海は友人だが、海が荒れれば手に負えなくなるようなものだ。言っていることがわかるか？ 心の底から信じなければならない。怖れを抱けば――たとえほんのわずかな怖れでも――おまえはしくじる」

「わかりました」

「ではもう一度訊こう、望みはなんだ？」

「女です。たくさんの女を」

「それは、誰もが望むことだ。しかも、簡単にはいかない。そのために必要なのは、これだ」ポンスはからだを伸ばしてベッドの下に手を入れ、巨大な頭蓋骨を引っ張り出した。それを見て、ブルーノは身をすくめた。

「これは」ポンスは言った。「クロコダイルの頭だ。一カ月これを首から提げていれば、女たちが手に入る。それどころか、おまえは人気者になり、誰もがおまえといっしょにいたがるようになるだろう」

「すげえ」ブルーノは驚いていた。「どうやってこんなに大きなクロコダイルの頭を？」

「プラ川やアンコブラ川へ行って」ポンスはベッドの下に頭蓋骨を戻した。「卵から孵《かえ》った赤ん坊のクロコダイルを捕まえて、ここで育てるのだ」

「ここで育てる？」ブルーノはそう繰り返し、この部屋に生きたクロコダイルがいるのではないかと見まわした。

ポンスはにやりとした。「外に一頭いる。見てみたいか？」

ブルーノは恐怖心を抑えて首を縦に振った。怖れを抱いてはならないという、いま言われたばかりの忠告を思い出していた。ポンスのあとについて外に出るとウシの柵をまわりこみ、しっかりした造りの小さな小屋に入った。そこにはごみや鉄くずがあふれ、錆び付いたバスタブが置かれていた。ポンスがバスタブの上の長方形の厚板と金属製の鍋をどかすと、バスタブの縁に鉄格子が載っていた。ポンスが携帯電話のライトをつけ、なかにいる爬虫類を照らし出した。光沢のある皮膚で覆われた暗灰色のクロコダイルで、筋肉質の脚がバスタブとからだのあいだに挟まれている。狭すぎるのだ。黒い液体が染み出し、脚の一部が隠れている。クロコダイルは微動だにしなかったが、突然、鼻先を上げて鋭い歯が並んだ口を開き、威嚇してきた。ブルーノは総毛だったものの、一歩も退がらなかった。どんな反応をするか、ポンスに見られているのがわかっていたのだ。

「でけえ」ブルーノは言った。

「たいしたことはない」ポンスは自慢げに言った。「もっと大きくなる。こいつはフランキーと呼んでいる」

「それなら、もっと大きな入れ物を用意しないと。エサは何を?」

「ニワトリだ」

「なるほど」

「このクロコダイルと向き合えるか?」

「〝向き合う〟っていうのは、どういう意味ですか?」ポンスを見つめて訊いた。

「最高の力と成功を手に入れるためには、クロコダイルの頭蓋骨を身に着ける必要がある。だが、それは自分の手で殺したクロコダイルでなければならない。つまり、おまえがその手で殺さなければならないということだ」

ブルーノは不安になって唇を舐めた。「どうやって?」

「私が尻尾をつかんで地面に引っ張り出すから、合図したら船刀《カトラス》で首を切り落とすんだ。一撃でな」

ブルーノは頷いた。心臓がどきどきしていた。「わかりました」

ポンスは口の片側だけに笑みを浮かべた。「本当か? ニイ・クウェイはクロコダイルを見たとたん、逃げ出したぞ」

ブルーノはポンスといっしょになって笑った。その光景が目に浮かんだ。「ひとつ訊いてもいいですか、ミスタ・ポンス?」

「なんだ?」ポンスの携帯電話の光が弱くなってきたため、スイッチを切った。ほぼ真っ暗になった。

「たとえば」ブルーノは切り出した。「ミスタ・ポンスといっしょにクロコダイルを殺したとします」

「それで?」

「そうしたら、ゴッドファーザーに会えますか?」

ポンスは小さく息を呑み、携帯電話のライトをつけてブルーノの顔を照らした。「おい! そんなことを訊けと、誰に言われた?」ポンスはブルーノの顎をつかんだ。「誰に言われたんだ?」

ブルーノは首を振った。「誰にも言われてません」なんとかそう口にした。ポンスがブルーノを放した。

「ゴッドファーザーに会いたいのか?」

「はい」

ポンスは鼻を鳴らした。「おまえたちガキどもときたら、なんでも簡単にことが運ぶと思っているようだな。自分でクロコダイルを殺したとしても、会うのはまだ早い」

「それなら、いつ?」

「自らを証明することだ」ポンスは苛立っていた。「ゴッドファーザーに会うには、ほかの誰よりも優秀だということを示さなければならない。その資格があるサカワ・ボーイは、数えるほどしかいない。会えるのは、大金を稼ぐ者か、あらゆる儀式をやり遂げた者だけだ」

「それなら、おれもやってみせます」

ポンスはうなり声をあげて背を向けた。「たやすいと思っているようだが、そう簡単にはいかんぞ」

35

五月十九日

エマとデレクはウーバーの車に乗り、富裕層の多いラボーンにあるフラミンゴ・ロッジへ向かった。プム・ファン・ランデウィックと会うことになっているのだ。そのロッジは、インドセンダンとプルメリアが木陰を作る通りの突き当たりにあった。敷地は塀で囲まれ、その塀の上には電流の流れるフェンスが取り付けられていた。

ウーバーの運転手が二人をドライヴウェイで降ろした。正面ゲートの入り口の内側で、プムが二人を出迎えた。エマが出会った女性のなかでもひときわ背が高く、白髪交じりのブロンドの髪をアップにし、シンプルなパンツスーツを優雅に着こなしている。

「ようこそ」プムは笑みを浮かべて言った。「あなたがデレクですね」

「はじめまして、プム」二人は握手を交わした。「ようやく、直接会えましたね。こちらはエマ・ジャン、父を捜すために雇った私立探偵です」

「おはようございます、エマ」好意的な口調だった。

「ひとりで探偵を？」ヨーロッパ系ガーナ人のアクセントだ。

「ソワー探偵事務所で働いています」

「聞いたことがあるような気がするわ。どうぞ、お入りください。二、三日はお客様がいないので、なかでお話ししましょう」

そのロッジはまさにフラミンゴのような色だった。黒っぽい省エネ窓が、いっそうその色を引き立てている。プムにつづいてなかに入ったエマは、磨き上げられた木のフロアや柔らかい革張りのソファー、ひだ飾りの付いたブラインドに目を奪われていた。キッチンには大きなステンレスのコンロと、それにマッチした冷蔵庫があった。こんな家に住みたい、エマは思った。だがすぐに、〝隣人の家を欲しがる〟気持ちを抑えつけた。

「素敵なところですね、プム」デレクが言った。「父が選んだのも頷ける。父はどうやってここを？」

「グーグルです」プムは言った。「何かを探すときには、みんなそうしているんでしょう？　お二人とも、エスプレッソでもいかかですか？」

「ぜひ」デレクは言った。「今朝からコーヒーを飲んでないんです」

エマはエスプレッソが何かわからずに断わり、氷を入れた水をお願いした。コーヒーで大騒ぎする理由が理解できなかった。キッチン・カウンターでは、プムがシューッという音を立てている光沢のあるマシンを操作していた。エマはその様子を興味津々といった様子で眺めながら、いったい何をしているのだろうかと考えていた。

「うまい」ひと口飲んだデレクは、至福の表情で目を閉じた。「最高ですよ、プム」

　プムは笑みを浮かべ、長い脚を組んだ。「ありがとう」

「こちらこそ、会ってくださってありがとうございます。感謝しています」

　プムは手にしたカップを置いた。「それで、わたしに何ができるのかしら？　ぜひ力になりたいんです。お父さまはとても素敵なお客様だったので、行方不明と聞いて心配していたんです。だからあなたにお電話したんです。お父さまが緊急連絡先としてあなたの番号を書いておいてくれて、本当によかった」

「同感です」デレクは言った。「父がどんな目に遭ったのか、本人から聞きましたか？」

「ええ、ここに来て二日後くらいに――いわゆるヘレナという女性に会えると思ってガーナに来た、という話を。わたしは頭にきました――お父さまにではなくて、誰かは知らないけれど、お父さまをだました人に対して。近ごろはそういったことがどんどん増えているせいで、ガーナの名前が汚されているんです。お父さまに、アメリカ大使館に届け出たのかどうか訊くと、届け出たと言っていました。犯罪捜査局《CID》に伝えておくと言われたそうです」

　デレクはエマにちらっと目を向けた。「そういえば、ドリス・ダンプティという犯罪捜査局の刑事から連絡はありませんでしたか、プム？」

　プムは鼻にしわを寄せた。「確かそんな名前の人だったと思います。一度、その人から電話があって話をしたけれど、それっきりなんの連絡もないわ」

「そんなことだろうと思った」デレクは首を振った。

「それに残念ですけれど」プムはつづけた。「こういった外国人に対する犯罪の場合、大使館の一般的な対応は犯罪捜査局に通報することくらいなんです。大使館の人たちは、自分たちで調査をすることができないの――少なくとも、それが公式の方針なんです」

「ひょっとして、大使館で対応してくれた相手の名前を聞いていませんか？」

「あいにく、聞いていません」

「すみません」エマがデレクに声をかけた。「お父さまが大使館で話をした相手を突き止められれば、何かわかるかもしれません」

「私もそう思う。あとで大使館のウェブサイトに載っている番号に電話をしてみる。プム、日付を確認したいんですが、父がここに来たのは三月二日でしたか？」

「ちょっと待ってください」プムは、コーヒー・テーブルに置かれた携帯電話と眼鏡に手を伸ばした。

鼻のなかほどで眼鏡をかけ、iPhoneのカレンダーをスクロールした。「ええ、確かにその日でまちがいありません。前の晩に話をして、翌朝やって来たんです」

デレクはエマに目を向けた。「きみがケンピンスキー・ホテルで聞いた話と一致する」

プムが二人を交互に見やった。「どういうことですか？」

「エマがホテルへ行って――」デレクはことばを切った。「彼女に話してもらいましょう」

エマは、ある晩レストランで夕食をとっていたゴードンに電話があり、その後、慌てるようにチェックアウトした、という案内係のゼネバから聞いた話を繰り返した。

「そうだったんですか」プムは言った。

「あなたはここには住んでいないんですよね？」デレクが訊いた。

「はい。エアポート・レジデンシャルに住んでいます」

「ということは、誰か気になる人が父に会いに来ていたとしてもわからない、ということですね？」

「イエスとノーです。確かに隣に住んでいるわけではないけれど、ほぼ毎朝ここに来て、問題がないかチェックしているんです。それに、夜間警備員が勤務を終えるまえに、連絡をくれるんです。なのでお父さまに来客があれば、そう言っているはずです」

「三月二十七日かそのあたりに、父はアコソンボへ行った。そのことはご存じでしたか、プム？」

「ええ。その何日かまえに、サカワ・ボーイズのことを訊きにある人に会いに行くと言っていました。アコソンボの近くのアティンポックに住んでいる人で、その男の人のことを耳にしたことがあるかどうか訊かれました。耳にしたことはなかったけれど、怪しい人とは会わないほうがいいと強く反対しました」

エマが訊いた。「アティンポックで会うという男の名前を、ミスタ・ティルソンから聞いていませんか？」

「クウェク・パウンサーだか、クワメ・パウンサーだか、確かそんな名前だったと思います」

エマは指を鳴らした。「パウンサーではなく、〝ポンス〟と言ったんじゃないですか？　クウェク・ポンスと」

36

「クウェク・ポンスは羽振りを利かせている」イェモ・ソワーは言った。

エマとデレクは、プムと別れてオフィスに戻ってきていた。ゴードンがアコソンボへ行ったのはポンスに会うためだったのかもしれない。この新たな情報が意味するところは大きい。

「ポンスはカリスマ的な男だが、何かと物議をかもしている」ソワーはつづけた。「ことあるごとに保守的な聖職者やほかの伝統祭司を侮辱し、いわゆる〝奇跡コンテスト〟で勝負しようと挑発している。自分の力を彼らの力にぶつけるらしい。騒がしくて怒りに満ちたやつだ。やつに対しては、好き嫌いがはっきり分かれる。とはいえ、サカワの支持者たちには大人気だが」

「実際には、サカワの連中に何をするんですか？」デレクが訊いた。

「サカワ・ボーイズを成功に導くことに関しては、ほぼ百発百中という話です。そういうわけで、みんなやつに群がるんです。そのひとりひとりから受け取っているカネを合わせると、そうとうな額になるのはまちがいない」

デレクはうなり声を洩らした。「つまり、そういった詐欺に加担しているということですか？」

「詐欺師たちに力を与えているという点で言えば、イエスです。だが私の知るかぎり、本人は詐欺行為そのものには関わっていません」

デレクは当惑しているようだった。「どうやってポンスがサカワの連中の力になっているのか、いまだによくわからない。カネをだまし取るいい方法でも教えているんですか？」

「物質世界と精神世界のあいだを取りもつことができる、もっとも頼りになる霊能者、サカワ・ボーイズはそう言うだけでしょう。言うなれば、神から大いなる力を授かっているということです」

デレクは馬鹿にするように鼻を鳴らした。「いんちきとしか思えない」

「私たちにもそう思えます」ソワーは言った。「私たちの住む世界とはちがうので、理解しがたいですが」

「多少は信憑性があると言っているようにも聞こえま

すが」

「あるのかもしれません。だが、正当性はない」ソワーは応じた。「この二つはちがいます」

「確かに、そのとおりですね」いくらか腰の低い態度になった。

「肝心なのは」ソワーはつづけた。「ポンスを見つけ出し、話を聞かなければならないということです。やつは二つの祭祀所《さいしじょ》をもっている――ここ、アクラのシュクラにある小さなところと、やつの故郷のアティンポックにある大きな祭祀所です。やつはそこからはじめたんです」

「いつ話ができるでしょうか？」デレクが訊いた。

「明日の朝、エマと私でシュクラへ行ってみます。いまアティンポックにいるようなら、その足でそっちへ向かうつもりです」

「私も行きます」すかさずデレクは言った。

「それは許可できません」ソワーはきっぱり言った。「依頼人を守るというのも、仕事の一部なのです。お父さまがこの道を通ったことで危険にさらされたのだとすれば、あなたを同じ目に遭わせるわけにはいきません」

「わかりました」デレクはそう言ったものの、明らかにがっかりしていた。しばらく考えこみ、やがて誰ともなく言った。「どうして、父さん、どうしてなんだ？　どうしておれの言うことに耳を貸そうとしなかったんだ？」

ソワーはエマに目を向け、同情するようにデレクに視線を戻した。「こんなことになってしまって、本当に残念です、デレク。必ず答えを見つけてみせます。約束します」

「ありがとうございます、ミスタ・ソワー」

「どうか気になさらずに。ところで、ひとつ言ってもよろしいですか？」

デレクは顔を上げた。「なんでしょうか？」

「ホテルへ戻って、リラックスしてください――プールサイドでお酒でも飲んで、豪華なディナーを楽しむとか。とにかく、気を紛らわせてください。心配ごとは私たちに任せて。いかかですか？」

「悪くないですね」デレクは立ち上がり、笑みを浮かべた。わずかに元気が出たように見える。

デレクとソワーは握手をし、エマがデレクを入り口まで見送った。外に出ると、デレクはエマに面と向かって言った。「力になってくれて、感謝しています。本当にありがとうございます」

「とんでもありません」

「それじゃあ、さっき言われたようにお酒でも飲むことにします」デレクはステップを下りていったが、振り返っていたずらっぽい笑みを見せた。「ごいっしょにいかがですか？」

エマは吹き出した。「おやすみなさい、ミスタ・ティルソン」

「そんな言い方はやめてください。デレクでいいですよ」

エマは彼が歩き去るのを見届けてから事務所に戻った。スタッフ・ルームに入ったエマは、母親のアコスアに電話しなければならないことを思い出した。いつものように、どうしてめったに電話を寄こさないのか文句を言われるだろうと思っていたが、まさにそのとおりだった。

「おや！」アコスアは大声をあげた。「たったひとりの娘からじゃないか！　あんたから電話があるなんて、奇跡だわ。ずいぶん久しぶりね」

「一週間も経ってないわよ、お母さん」

「もっと長く感じるわ。それはともかく、元気にやってる？」

「元気よ。お母さんは？」

「神様のお恵みのおかげで、なんとかやってるわ。仕事はどう？」

自分のデスクに着いたエマは、チュイ語で母親といつもの会話をした。お金が足りないとか（二週間ごとにモバイル・マネーでエマが仕送りをしているにもかかわらずだ）、親戚の誰それが罪を犯したとか、そういったことだ。話を切り上げたときには、十五分も経っていた。そろそろ帰る時間だ。荷物をまとめていると、電話がかかってきた。すっかり忘れていたが、あのSWATの隊員、カリッジからだった。

37

五月二十日

エマは、水曜日の午前中の欠勤願いを出していた。自閉症センターで行なわれる、もっとも大切な後援者のミセス・ジョゼフィン・アクロフィを称える贈呈式に出席するためだ。エマは午前五時にセンターへ行き、掃除や飾りつけの手伝いをした。あちこち掃いたり、埃を払ったり、磨いたりしなければならなかった。アンティ・ローズは、当然のように誰よりも早くやって来ていた。何度も試行錯誤を繰り返し、エマとローズはほかのスタッフとともに中庭に歓迎の垂れ幕を掛けた。ゲストの座席や演壇の設置は、プロにやってもらった。それが終わると、今度は子どもたちを着飾らせる番だった。寄付された服と親が用意した服を絶妙に組み合わせるのだ。

その日の朝、コジョーは落ち着きがなく、ひっきりなしにからだを揺らしていた。新しい服を着たがらず、いつものミッキーマウスのTシャツしか着ようとしなかった。とはいえ、そのTシャツはかなり汚れていた。エマがあきらめかけていると、コジョーは赤と白のチェックのボタンダウン・シャツと黒のズボンを受け入れた。

「とっても格好いいわよ、お兄さん」エマは言い、コジョーの額にキスをした。するとコジョーが額を拭くので、エマは笑い声をあげた。コジョーは愛情表現を嫌がるが、誰もが愛情を示したくなってしまうのだ。コジョーの優しそうな大きな茶色の目と視線を合わせるだけでいい、まわりの人がそう思っていても、彼は絶対に目を合わせようとはしなかった。

センターの子どもたちの家族や友人、支援者たちが出席していた。十一時まえにジョゼフィン・アクロフィが到着したときには、ほとんどの人たちは席に着いていた。彼女は何人かのアシスタントと二人の警察官を引き連れていた――男性と女性の警察官だ。数人のメディア関係者も姿を見せた。アンティ・ローズは正面ゲートでそういった人たちを出迎え、ひとりひとりと握手をし、なかへ案内した。なかでは、エマやほかのボランティアたちがきれいに一列に並んで出迎えた。実際に見るミセス・アクロフィは、堂々としていた。長身で体格もよく、ウディンの緋色の衣装に身を包んだ彼女は、まさに炎をまとっているかのようだった。

前回、彼女がここを訪れたときにエマはいなかったため、アクロフィ夫妻と会うのはこれがはじめてだった。アンティ・ローズは夫妻にエマを紹介し、〝子どもの扱いがとてもうまい〟と褒めちぎった。

「素晴らしいわ、お嬢さん」ミセス・アクロフィはエマと目を合わせ、心をこめて言った。「わたしたちが求めているのは、まさにあなたみたいなひたむきで才能のある若者なのよ。わたしたちのケアを必要とする、こんなにかわいらしい子どもたちを怖れない人を求めているの。心から感謝するわ、ありがとう」

エマは胸が熱くなりながらも、いくらか気圧《けお》されていた。そんなふうに褒められるなどとは、思ってもいなかったのだ。

アンティ・ローズは、ゲストたちを連れて施設全体を隅から隅まで案内した。前回の訪問からどこが改善されたか、さらにどこを改善しなければならないか、そういったことをアクロフィ夫妻に説明した。ミセス・アクロフィが子どもたちひとりひとりを気にかけて接しているあいだも、二人の警察官は目立たないようにしてそばについていた。彼女はコジョーを見てひときわ大喜びした。なんといっても、コジョーはこのセンターに入った最初の子どもたちのひとりなのだ。

「こんなに大きくなったなんて」ミセス・アクロフィは言った。

「そうですね」ローズは応えた。

「学校のほうは？　普通クラスには入れてあげられた？」

「一日二時間くらいですが」

「それはすごいわ」ミセス・アクロフィはコジョーの顎を軽く上げて視線を合わせようとしたが、彼は目をそらした。「本当にかわいい子」

　エマは女性警官にちらっと目を向けた。犯罪捜査局《CID》で見かけたことがあるような気がした。背が低くてずんぐりしている——縦と横が同じくらいに見えるほどだ。スピーチや式がはじまると、エマは女性警官のところまで下がっていった。「こんにちは」

　女性警官はわずかに笑みを返しただけだった。「こんにちは。まえに犯罪捜査局本部にいなかった？」

「はい。以前そこで働いていました。エマ・ジャンといいます」

「やっぱり。あたしは警部のドリス・ダンプティよ。どうして辞めたの？」

「話せば長くなります」エマは気まずそうな笑みを浮かべ、慌てて話をつづけた。「ところで、今日は特別任務にあたっているんですか？」

「これは勤務外よ」ダンプティは言った。「犯罪捜査局とは直接の関係はないわ。知ってのとおり、警官のなかにはあちこちで副業をして生活費を稼いでいる人もいるのよ。暮らしは楽じゃないからね」

エマは、そうですね、と呟くように言った。そして口をつぐみ、演壇でスピーチをする落ち着き払ったミセス・アクロフィに目を向けた。「わたしたちの社会に根差している怖れや無知のせいで」出席者を見渡して語りかけていた。「自閉症は悪魔の仕業、呪い、あるいは神、またはその下におられる神々による天罰だと思われていいます。ですが、わたしたちは知っています。そうした子どもたちの誰もが、世界じゅうのほかの子どもたちと同じように神の子であるということを。理解できない人たちや怖れている人たちに真実を教えることこそが、わたしたちの務めなのです」

スピーチが終わり、ジョゼフィンが四台の新品のサムスンのタブレットをセンターに寄贈すると、熱狂的な拍手とカメラのシャッター音がいっせいに沸き起こった。それからアンティ・ローズがマイクを手に取り、感謝の気持ちを述べた。

「それで、いまはどこで働いているの？」ダンプティが、スピーチの最中でも聞こえるくらいの声で訊いた。

「ソワー探偵事務所です」

ダンプティは頷いた。「あそこならよく知ってる。ミスタ・ソワーは元気？」

「わたしなんかよりも、よっぽど元気です」エマがそう言い、二人は笑い声をあげた。ふとある考えが浮かんだが、口にするのをためらった。いまはそれを訊くのに相応しい状況だろうか？　おそらく相応しくはないだろうが、とりあえず訊いてみることにした。「ところで、ある男性を覚えていませんか？　その人の名前は——」

最後のことばは拍手でかき消されてしまった。ダンプティが、センターのゲートの外へ出ようと合図をした。この日の午前中は車の流れがスムーズで、タクシー運転手たちはホーンの上に寄りかかっていた。

「それで、なんの話？」ダンプティが訊いた。

「デレク・ティルソンという男の人を覚えていません

か？　本部で話をしたんじゃないかと思うんですが」

「あんたとなんの関係があるの？」ダンプティは表情を変えなかった。

「行方不明の父親の捜索を依頼されたんです」

「どうして？」刺々しい口調になった。

「どうしてって、何がですか？」

警部は明らかにむっとしている。「あたしたちが捜査をしてるっていうのに、どうしてあんたのところへ行ったの？」

ここは、焼けた炭を扱うように慎重に対応しなければならないところのようだ。「マダム・ドリス、彼には犯罪捜査局の予算や人員が限られていることがわかっているので、それでほかにも力を借りようとしただけだと思います」

「そうかもしれないわね」多少は態度を和らげたものの、完全には納得していないようだ。

「その人のことで、何かわかりましたか？　つまり、ゴードン・ティルソン――父親に関して。三月二十七日にアコソンボへ行ったことは確認が取れています。それで、もしかしたら警察のほうでその足取りを――」

「話せることは何もないわ」ダンプティが遮り、ファン・ミルク社のアイスキャンディのように冷たい態度になった。あたりに目をやり、エマにからだを寄せて声を潜めた。「女捜査官どうし、忠告してあげるわ。この件には首を突っこまないことね。ミスタ・ソワーには一目置いているけど、この件は警察に任せるべきだとあたしが言っていたと伝えてちょうだい。それでも調査をつづけるというなら、あんたはこの件から外してもらったほうがいいわ」

「どうしてですか？」

「知る必要はないわ」ダンプティは首を振った。「知っておくべきことは、関わらないほうがいいってことだけよ。もう戻らないと。そろそろアクロフィ夫妻が帰るころだから」ダンプティはなかに戻っていったが、歩を緩めて振り返った。「火遊びしてると、火傷するよ」

38

それと同じころ、自閉症センターから遠く離れたシュクラでは、ブルーノがポンスの家の中庭の端で待っていた。一定のリズムで顎を強張らせ、右手の親指を左手のひらに食いこませている。汗がしたたり、袖なしのTシャツに染みができていた。

「クロコダイルを殺せば」先週、サナ・サナにそう言った。「ゴッドファーザーに一歩近づけます」

サナは強く反対した。「クロコダイルを殺すだと？いや、だめだ、そんな危険なことはさせられない。生きたまま食われることになるぞ」

「ミスタ・ポンスが手伝ってくれます」ブルーノは言った。「二人でやるんです」

「だめだ」

「お願いします、サナ。簡単にはいかないと言ったのは、サナじゃないですか。ミスタ・ポンスは、ゴッドファーザーに会えるチャンスを与えてくれたんです。試されているんです。ここで引き下がれば、ポンスに腰抜けだと思われて、これまでの苦労が水の泡になってしまいます。お願いです、やってみせます。やらなきゃならないんです」

ブルーノは手短に鋭く訴えかけ、こんなチャンスを見逃すわけにはいかないとサナを説き伏せた。だが実際にそれを目前に控えると改めてその怖ろしさが湧き上がり、深い海の底にいる水恐怖症の男のように怯えていた。爬虫類の化け物と戦える怖れ知らずの若者のように振る舞っていたが、これから現実に戦わなければばならないのだ。

クウェク・ポンスは中庭の開けた側に鉄板で柵を作り、そのうしろにはこの戦いをひと目見ようと多くの人——ほとんどが少年や若い男——が集まっていた。何かを擦《こす》るようなリズミカルな音は、ポンスの部下がブルーノのために鉈を研いでいる音だ。

ポンスがブルーノに合図をし、クロコダイルのフランキーが入っている蓋で覆われたバスタブのところへ連れていった。そこでは二人のサポート役が待ち構え、バスタブを中庭の端へ移動する準備をしていた。ブルーノとポンスも手を貸し、一、二、三の掛け声で重いバスタブを数メートル動かした。フランキーに文句はないようだった。

ポンスはクロコダイルの尾の方で身構え、ブルーノにバスタブの右側に離れるように指示した。鉈を研いでいたしわだらけの老人がブルーノのところへやって来て、その武器を手渡した。「頑張れよ」老人はたいして感情をこめずに言った。ブルーノは無言で頷いた。脚の震えが止まらず、恐怖の冷たい波に呑みこまれていた。

ポンスは、二人の部下に蓋を少しだけ前方にずらすように言った。尻尾があらわになるとポンスは手を差し入れて大きな尻尾をつかみ、まっすぐ引っ張った。クロコダイルは威嚇したが、抵抗はしなかった。バスタブの前では、部下のひとりのイスフが引き結びにしたロープを手にして構えていた。

「ブルーノ、準備をしろ」ポンスが指示を出した。「蓋をどかしたとたん、逃げ出そうと暴れるだろう。そこでイスフが口にロープを掛ける。すると、クロコダイルは何度もからだを回転させる。腹が上を向いた瞬間、すかさず首を切り落とせ。そこが柔らかい部分だ。一撃で、すぱっと切り落とすんだ！　わかったか？」

「はい」

「準備はいいか?」

ブルーノは頷いた。口がからからだった。

「蓋を開けろ」ポンスは落ち着いて言った。

二人の部下がバスタブから鉄格子を外した。突然の陽射しを浴びたフランキーは頭を上げ、口を大きく開いた。イスフが輪になったロープをクロコダイルの上顎の上に垂らし、ポンスが尾を引っ張った。

「こっちだ、こっちへ来い!」ポンスがイスフに言った。「引け、引っ張るんだ!」

クロコダイルがバスタブから飛び出し、地響きとともに地面に落ちた。観客がいっせいに声をあげた。狭苦しいバスタブを出たクロコダイルのあまりの大きさに、ブルーノは震え上がった。しかも、クロコダイルは怒り狂っているように見える。うなり声をあげ、鱗で覆われた筋肉質のからだをU字型に曲げてイスフとポンスを睨みつけた。イスフは悲鳴をあげて逃げ出した。いつのまにかフランキーの顎からロープが外れ、フランキーは自由の身になっていた。ポンスは悪態をついて叫んだ。「ロープを掛けろ! さっさとやれ!」ポンスは素早く尻尾をつかみ、クロコダイルの動きに合わせて左に四分の一ほどまわった。フランキーが尻尾を振ってポンスがバランスを崩すと、観客から二人の男が駆け寄ってきていっしょに尻尾をつかんだ。

「口を押さえろ!」ポンスはイスフに怒鳴った。だがそれはあまりにも危険で、イスフにはできなかった。

フランキーは尻尾をつかんでいる男たちを振りほどき、鉄板の柵の方へ突進した。観客はあっという間に散り散りになった。フランキーは勢いよく鉄板に体当たりした。からだを起こし、ウシの柵の脇にある狭い隅へ向かった。そこで止まり、錆び付いたブリキの波型の屋根材の下に頭を突っこんだ。イスフがあとを追おうとしたが、ポンスに止められた。

「待て、待て!」声を荒らげた。「おまえのせいでめちゃくちゃだ。ロープを寄こせ、この愚か者め。やり方はわかっていると言っていたくせに、なんだこのありさまは！」

イスフはからだが大きくがっしりしているが、急に小さく握り潰されてしまったかのようになった。鉈を手にしたブルーノには、首を切り落とすチャンスは一瞬たりともなかった。これからどうなるんだ？　心臓が早鐘を打ち、全身が震えていた。

「こうしよう」ポンスが言った。「私が反対側から塀に登って顎にロープを掛ける。クロコダイルはバックするのが苦手だが、念のためにみんな用心してくれ」

ポンスは塀にまたがり、フランキーの頭の上から長方形の波型の鉄板を少しずつずらしていった。フランキーの凶暴な目は、次にどうなるか様子をうかがっているようだった。気の遠くなるようなゆっくりとした動きで、ポンスはフランキーの鼻先をあらわにした。慎重に輪縄を下げ、クロコダイルの皮膚に触れるか触れないかというぎりぎりのところで、鼻先から両顎に輪を通した。より力をこめられるように塀に沿ってゆっくり後退し、それからロープを引っ張った。

先ほどまでおとなしかったフランキーの態度が急変し、塀をよじ登ろうとするかのようにうしろ脚で立ち上がった。ポンスは悲鳴をあげ、足を引いてかわした。クロコダイルは大きな音を立てて仰向けに倒れた。鼻先は中庭の方を向いている。からだを起こし、威嚇しながら走りだした。ポンスはクロコダイルに引っ張られて塀から落ちたものの、ロープは放さなかった。

「そっちへ行ったぞ！」大声をあげた。「どけ！」

フランキーが中庭に姿を現わし、デスロールをはじめた——ロープを振りほどこうと何度もからだを回転させる。だが回転するたびに、顎に絡んだロープは逆に締まっていった。ポンスはロープを引きつづけた。ブルーノがどこにいるかわからず、声を張りあげて呼びかけた。

どこからともなく、ブルーノが鉈を振りかざして現われ、フランキーの回転とタイミングを合わせた。クロコダイルの青白い腹部がむき出しになった瞬間、ブルーノは鉈を叩きつけた。フランキーの喉がぱっくり裂け、薄ピンク色の肉があらわになった。

39

五月二十一日　ガーナ、アコソンボ

エマとソワーはクウェク・ポンスの敷地へ行ってみたが、ポンスは数時間まえにそこを離れていた。その日の朝早く、アティンポックへ向かったとのことだった。いつ戻ってくる？　まわりには多くのさまざまな人々がいたが、答えられる者はいなかった。

「次はどうしますか？」タクシーを拾おうと道路際に立ったエマが、ボスに訊いた。ソワーは渋滞の激しい街中で車を駐める場所を探すのに頭を悩ませずにすむよう、ふだんは自分の車を使わないようにしているのだ。

「あとを追って、アティンポックへ行くしかない」おんぼろのタクシーを呼び止めた。「いつアクラに帰ってくるかわからないからな。いったん事務所に戻って、私の車で向かおう」

二人はアコソンボ・ダムの南東八マイルのところにあるアティンポックを目指し、北上した。事務所を出る直前、ミスタ・ティルソンが消息を絶つまえに泊まっていたというリヴァーヴュー・コテージのオウナー、ミスタ・ラブラムと会う約束を取り付けた。

車のなかで、エマが口を開いた。「お話ししたいことがあります。昨日、自閉症センターの贈呈式で、ダンプティ警部に言われたんです」

「なんと？」

「わたしたちがミスタ・ティルソンの失踪事件を調査していると言うと、動揺しているようでした。この件から手を引くよう、丁寧にミスタ・ソワーに伝えるよう頼まれました」

ソワーは頭をそらして笑った。「それで、私が言うことを聞かなければ、どうなると？」

「それは言っていませんでした」

ソワーは舌打ちをした。「彼女のことは気にするな。口だけだ」

〝ボスが心配していないなら、わたしも心配するのはやめよう〟エマはそう思った。

二人は、木曜日の午前十一時過ぎにアティンポックに着いた。その交通の中心地は、トロトロやバス、タクシー、それに行商人たちでにぎわっていた。商人たちは入ってくる車に群がり、パンや水、冷たい飲み物、アボロー、そしてヴォルタ川で獲れた銀色のアンチョビをカリカリに揚げたワン・マン・サウザンドなどを売ろうとしている。

空腹だったエマとソワーは袋入りのビスケットとアルヴァロ・ソーダを買い、そこから一マイルほど先にあるリヴァーヴュー・コテージを目指した。そのコテージは、ヴォルタ川の右岸からさほど離れていない、景色がよくて木陰の多い斜面の下に建っていた。アコソンボ・ダムによって造られた湖は、この北にある。エマは、あたり一面のエメラルド・グリーンの景色に目を奪われた。渋滞や看板の煉獄《れんごく》とも言えるアクラに住んでいると、自然の素晴らしさを忘れてしまうのだ。都会ではどうしてもかき消されてしまう小鳥のさえずりに耳を傾けた。

ミスタ・ラブラムが二人を待っていた。四十代くらいの大柄な男性で、ベルトから腹の肉がはみ出している。

「ようこそいらっしゃいました」まずはソワーと握手を交わし、それからエマとも握手をした。「どうぞこちらからお入りください――家のなかを見てまわりたいということでしたね。宿泊客がおりますが、いまは外出中なので」

　木陰に覆われ、砂岩のタイルがはめこまれた歩道をラブラムについていった。青々とした木々の幹のあいだから川が覗き、そこからそよ風が吹いてくる。

「この事件を気にかけている人がいてよかった」ラブラムは言い、玄関の鍵を開けた。「ミスタ・ティルソンが滞在なさったのはほんの何日かですが、とても親切で礼儀正しい方でした。ミスタ・デレクともお会いしました。お父さまに何があったのか突き止めようと、ここにいらしたのです。ミスタ・デレクは国にお帰りになられたんですか？」

　ソワーが答えた。「いいえ、まだガーナにいます」

　ラブラムがソワー探偵事務所についていくつか質問をした。エマは、ソワーが控えめな態度で答えていることに気づいた。彼のことばからは、長年の経験で培《つちか》われた秘められた見識がうかがえた。いつか自分もあんなふうになりたい、エマは思った。

　ラブラムも感心したにちがいない。「たいしたものですね、ミスタ・ソワー」満足したように首を縦に振った。今度はラブラムが自己紹介をした。彼はアコソンボ・ダムの建設に携わった技術者で、ヴォルタ川開発公社から住居を無料で提供されることになった。このリヴァーヴュー・コテージは老後の住まいにする予定だが、それまでのあいだは宿泊サーヴィスのエアビーアンドビーを利用して収入を得ることにしたのだ。

「ミスタ・ティルソンに何があったのかわかるとよいのですが」ラブラムは言った。「そして願わくは、それが悪いことでなければ」

「犯罪捜査局《CID》から連絡はありませんでしたか？」エマが訊いた。できるだけ多くの質問をするようにソワーに言われていたのだ。ソワーに見守られるなか、エマは勇気を振り絞って期待に応えようとしていた。

「女性の刑事さんから連絡がありました」ラブラムは言った。「確か名前はダンプティ――ドロシーだったかドリスだったかは忘れましたが。その刑事さんから電話があり、ミスタ・ティルソンが来た日付と帰る予定だった日付を確かめていました。アコソンボ警察署から人をやって話を聞くと言われたのですが、いまのところ誰も来ていません」

「そうですか」ソワーはエマと視線を交わした。

その家はアクラにあるプムの家ほど豪華でも現代的でもないが、快適に過ごせるよう家具が備え付けられ、エアコンも効いていた。キッチンとダイニングがリヴィング・ルームとひとつづきになっている。短い廊下の先にはベッドルームが二部屋とバスルームがあった。

三人は部屋の反対側へ行った。そこにはテラスがあり、先ほどまでとはちがうヴォルタ川の景観が広がっていた。灰青色の穏やかで雄大な流れは力強く、深く感じられる。さざ波に陽の光が反射してあちこちできらめいている。力強さと相反する静けさというのは、まさにエマの好みだった。その水面では、ひとり、もしくは二人組の漁師が乗った数艘のカヌーが揺れていた。ふと、子どものころの記憶がよみがえってきた。よく父親に連れられてアシャンティ州にあるボスムトゥイ湖へ行き、泳ぎ方や潜り方を教わった。それはふつうのガーナ人の父親が娘に教えるようなことではなかった。だが息子に恵まれなかった父親にとって、おてんばなエマは息子代わりと言えた。エマはちっとも女の子らしい少女ではなかった。いまでも、エマの力強い泳ぎを目にすると、とりわけ男性は驚いていた。

南には、川に架かる美しいアーチ型のアドミ橋が見える。何時間もここに坐って景色を眺めていられる、エマはそう思った。が、意識を現実に引き戻した。

「ミスタ・ラブラム」ソワーが言った。「ミスタ・ティルソンがいなくなった日のことを詳しく聞かせてもらえませんか？　その日までに何か特別なことがなかったかどうかについても」

「喜んで」ラブラムは重心を移動し、彼の巨体を支えるには小さすぎる椅子の上で心地よい姿勢を取ろうとした。「ミスタ・ティルソンは、四月三日の火曜日にアクラへ戻る予定でした。日曜日――エイプリル・フールの日に電話があって、ここを発つ前日の月曜日に支払いをすませたいと言われました。私が月曜の午後五時に行くと、全額を支払ってくれました。しばらくおしゃべりをして、翌朝の七時に出発すると言っていました」

ソワーがエマに目をやり、質問する合図を送った。さいわい、エマは質問を用意していた。「ミスタ・ティルソンは、彼が抱えている問題について何か言っていませんでしたか？　ガーナに来た理由について」

ラブラムは口ごもった。「言っていました。ここに来て何日かしてから、ガーナに来たのはオンラインで恋に落ちた女性に会うためだったと。そしてガーナに来てみて、はめられたことに気づいた。詐欺師たちに何千ドルも渡してしまったと言っていました」ラブラムは嫌悪感もあらわに首を振った。「あいつらのせいで、この国の評判はがた落ちです」

エマは、彼の深い悲しみを感じ取った。

「ミスタ・ティルソンは、犯人を見つけ出すつもりだと言っていました」ラブラムはつづけた。「私はうまくいかないだろうと思い、少し気の毒になりました。それでも、犯人を見つけられるように祈っていました。そういう連中をもっと捕まえられれば、ほかのやつらも怖気づいてそういった犯罪を控えるようになるかもしれないですからね」

「ミスタ・ティルソンがここに来たのは、伝統祭司のクウェク・ポンスに会うためだったかもしれないんです」エマは言った。「そのことで、何か言っていませんでしたか？」

「言っていました。ポンスについて何か知らないかと訊かれました。ときどき生まれ故郷のアティンポックに帰ってくるということくらいしか知らない、と答えました。ですが、事情に詳しい人がいっしょでないかぎり、そんな人とは関わらないほうがいい、そうミスタ・ティルソンに忠告しました。彼は、運転手がよく知っているので手を貸してもらう、と言っていました」

「ミスタ・ティルソンがアクラから来るのに雇った運転手のことですか？」ソワーが訊いた。

「ええ、そうです」

「ひょっとして、その運転手の連絡先をご存じありませんか？」

「ヤヒアという名前です」携帯電話を取り出した。

「苗字までは聞いていませんが」運転手の電話番号を見つけ、ソワーに携帯電話を手渡した。ソワーはその番号を小さな手帳に書き写した。むかしながらのやり方だ。

「ミスタ・ティルソンがここにいるあいだ」ラブラムはつづけた。「ヤヒアはアティンポックのホテルに泊まっていました。彼が火曜日の朝七時まえに迎えに来てみると、ミスタ・ティルソンはいなかったということです。ヤヒアから私に電話があり、ミスタ・ティルソンがどこへ行ったか知らないか訊かれました。私も自宅から来てみたんですが、ミスタ・ティルソンがいないことに面食らいました。ヤヒアと私は、ミスタ・ティルソンが写真でも撮りに行ったのかもしれないと思い、アドミ橋の方へ捜しに行きました。アティンポックの人たちに、その日の朝早く、あるいはまえの晩に白人《オブロニー》を見かけていないかどうか訊いてまわったんですが、見かけた人はいませんでした」

「つまり、ミスタ・ティルソンは月曜日の午後五時から火曜日の午前七時のあいだに消息を絶った、ということですね」ソワーは言った。

「はい」

「ミスタ・ティルソンの荷物もなくなっていたとのことですが」エマが言った。「まちがいありませんか?」

「まちがいありません」ラブラムの眉間にしわが寄った。「それで、強盗にでも遭って怪我をしたのではないかと心配になりました。もしかしたら殺されてしまったのかもしれないと」

「そこが重要なところです」ソワーも同意した。「そのまえの晩、ふだんとはちがう音を耳にした人はいませんか? ここに使用人の部屋はないんですか?」

ラブラムは首を振った。「週に三日、掃除をしてもらっている家政婦がいるんですが、彼女はアティンポックに住んでいます。話が聞きたいのでしたら、ご案内しますが」

「ぜひ、お願いします」オウナーが協力的なことに、ソワーは笑みを浮かべた。私立探偵の仕事というのは、いつもこんなふうにスムーズにことが運ぶわけではない。「近所の人たちは?」

ラブラムは申しわけなさそうな顔つきになった。「ここは誰にも邪魔されずに過ごすには理想的なところです。だからこそ、都会の慌ただしい生活を忘れてのんびり休暇を楽しみたい人たちが大勢やって来るんです。残念ながら、それが今回は裏目に出たというわけです。隣の家は、ここから半マイルは離れています。しかも木やら草やらに囲まれているせいで、ほとんど何も聞こえません。静まり返った夜でさえ」

ソワーは頷いた。「ミスタ・ティルソンが泊まっていた部屋を見せていただけませんか?」

「もちろんです。どうぞ、こちらへ」

三人は、リヴィング・ルームの反対側にある廊下の方へ行った。

「家政婦が掃除をしてしまいましたが」ラブラムは右

側のドアを開けた。「あいにく、いまの宿泊客の荷物があるだけで、見るべきものはほとんどないと思います」

ベッドがきちんと整えられていた。デスクには、数枚の紙とブラッド出版の『ガーナの旅行ガイド』が置かれている。部屋の隅にはスピナー・スーツケースが立てられていた。

「いまの宿泊客が来たのはいつですか？」ソワーはラゲージ・タグをめくって訊いた。

「先週です。一組の夫婦です」

「その夫婦にミスタ・ティルソンと何らかの関わりがあるように思えるところは？」

「関わりですか？」ラブラムは驚いたような顔をした。「とくに思い当たりませんが」

ソワーは頷いた。期待はしておらず、本気で疑ったわけではない。

部屋を見まわしたエマは、スライド式のガラス・ドアの外に蚊帳の掛けられたポーチがあることに気づいた。「ミスタ・ラブラム」彼女は訊いた。「火曜日の朝、テラスやこのガラス・ドアから侵入された形跡がなかったのは確かですか？」

「まちがいありません」しばらく三人は無言で立ち尽くしていた。

「そのヤヒアという運転手ですが」やがてソワーが口を開いた。「どんな様子でしたか？」

「ミスタ・ティルソンが見つからずに、おろおろしていました。いまにも泣きだしそうでした。というのも、そういったレンタカー会社では、客に何かあった場合には運転手が責任を問われるんです。いまごろきっと、クビになっていると思います」

「アクラに戻ったら、連絡を取ってみます」ソワーが言った。「とりあえず、ここでお訊きしたいことは以上です。これから、その家政婦のところへ連れていっていただけませんか、ミスタ・ラブラム？」

「構いませんよ。では、さっそく私の車で行って、彼女に話を聞いてみましょう。彼女の名前はカフィといいます」

40

エマとソワーがアティンポックへ行っているあいだ、デレクのほうにも進展があった。アメリカ大使館の領事のひとり、レイチェル・ジョーンズとの面会を取り付けたのだ。四番サーキュラー・ロード二十四番地にあるその大使館は灰色の強固な要塞のような建物で、いたるところに写真撮影禁止の注意書きが貼られている。大使館の敷地内を警備するアメリカ海兵隊は、さらなる警告だ。デレクは、ここで写真を撮ったらどうなるのだろうと思った。

そんな場所では当然なのだが、デレクは入るまえに入り口で携帯電話を預け、金属感知器を通り、ボディチェックを受け、受付で署名をしなければならなかった。建物の中心はアメリカ人にとって心地よいくらいに冷やされていた。不意にデレクの胸に自国に対する誇りが湧き上がり、多少の気まずさを感じた。愛国心に満ちたアメリカ人にはなりたくなかったのだ。

警備員に待合室へ案内された。そこはありとあらゆる体型、肌の色、サイズの人々であふれていた。その多くが、誰もが望むアメリカ入国ビザを求めているのだろう。約二十分後、デレクは係員に名前を呼ばれた。係員について明るく照らされた廊下を進み、レイチェル・ジョーンズと記された光沢のある真鍮のプレートが付いたドアに案内された。係員はドアをノックし、デレクに入るように促して去っていった。五十代くらいの小柄な白人の女性がデスクのうしろから立ち上がり、手を差し出してきた。眼鏡を掛け、クリーム色のパンツスーツを着ている。

「ようこそ、ミスタ・ティルソン。レイチェル・ジョーンズです」彼女は脇にある二脚の椅子を指し、二人は向かい合って坐った。彼女はずんぐりした脚を組んだ。「お父さまに関することでしたね、ミスタ・ティルソン？」

「そうです。デレクで構いません」

彼女は笑みを見せた。「では、わたしのことはレイチェルと。あなたがガーナに来てから、お父さまの行方についてはなんの情報もない、ということでよろしいでしょうか？」

「まったく情報はありません」

「お気の毒です。あなたがアクラに着いたのは？」

「三週間くらいまえの、五月二日です。いまはアフリカン・リージェント・ホテルに泊まっています」

デレクは、警察に話をしてもらちが明かず、私立探偵事務所に相談することにした経緯を説明した。レイチェルの顔に懸念がよぎったことに気づいた。

「気をつけてください」彼女は忠告した。「ガーナの私立探偵事務所には、詐欺まがいのことをしているところもあるんです。大金を払っても、なんの成果も得られないということもあり得るので」

「そうですか」デレクは言った。「私が雇った探偵事務所は、国際私立探偵協会でしっかり審査されているところです。ですが、ご忠告には感謝します。私がここに来たのは、父が大使館でどんな話をしたのか気になったからです。父はなんのために大使館に？」

レイチェルは頷いた。「確かに、お父さまは二月下旬に大使館を訪れています。わたしがこのオフィスで話を聞き、詐欺についての届け出を受けました。深く傷ついていて、頭にきているようでした。あいにく、こういった残酷なオンライン詐欺というのは、珍しいことではありません。お父さまの期待に添えなかったことは、残念に思っています」

「というと？　父は何を期待していたんですか？」

「横行している詐欺への対策を講じてほしいと。つまり、そういった犯罪を厳しく取り締まるよう、警察やガーナ政府に圧力をかけてほしいということでした。わたしたちにそんなまねができないのは、あなたもご存じだと思います。わたしたちの仕事は、法の執行ではないのです――ガーナのような主権国家にゲストとして滞在している立場としては、なおのことです。さらに、お父さまはＦＢＩレガートに――」

「すみません、それはなんですか？」デレクは口を挟んだ。「そのＦＢＩなんとかというのは？」

「申しわけありません。つい国務省内で話しているようなことば遣いになってしまいました。ＦＢＩはいくつかの国に司法担当官オフィスをもっているんです。それがレガートです。たぶんミスタ・ティルソン――あなたのお父さまはレガートのことをどこかで読んで、レガートに彼の個人的な事件を捜査させるよう――こんな言い方はしたくはないのですが――要求したんです。それはレガートの役割ではないと説明しました。お父さま個人にとっては大変な災難だったかもしれませんが、国際問題というほどのレベルではないので」

「それでは、レガートの仕事とはなんなのですか？」

「アメリカと駐在国に共通の利害をもたらすような件をサポートするのが仕事です。たとえば、犯罪捜査局《CID》が高度な証拠収集や検査を必要としていれば、わたしたちも手を貸すことができます。ほかにも――本当にたとえばの話ですが――お父さまが人質にされたとして、犯罪捜査局の要請があればＦＢＩの人質交渉術を提供することもできます。つまり、そういったことなのです。それ以外の場合、わたしからお父さまに言えることといえば、地元の警察当局に任せるしかないということだけでした」

「ご存じだとは思いますが」デレクは顔をしかめて言った。「その地元警察というのは、何もしてくれません」

「必ずしもそうとはかぎりません。実際に、そういった詐欺師たちは起訴されているんです。注目を集めた裁判も何件かあります。たとえば、だまし取ったお金で手に入れた真っ赤なフェラーリをアクラで乗りまわしていた男の裁判などです。とはいえ、毎日のように行なわれているちょっとした詐欺が積み重なることによってとてつもない問題になり、ガーナ警察は対応しきれていないというのが現状です」

「それだけですか？　警察には腐敗が蔓延していて真面目に捜査していない、それが真実ではないんですか？」

「ガーナでは社会や政府のさまざまなレベルで腐敗がはびこっているというのは、まちがいありません」レイチェルはそれ以上何も言わなかった。

デレクは大きく息を吐いた。気力が失せ、どうすればいいのかわからなかった。そのとき、ふとある考えが浮かんだ。「もしかして、《ワシントン・オブザーヴァー》を読んでいませんか？」

「たまに。どうしてそんなことを？」

「キャスパー・グッテンバーグが書いた先月の記事を見ていないかと思いまして。ガーナやナイジェリアのインターネット詐欺師たちに関する記事で、父のことが例として取り上げられているんです」

レイチェルは首を振った。「その記事は読んでいません。正直に言うと、ここではみんな《ワシントン・ポスト》を読んでいるんです」

「別に構いません。興味があるなら、あとで探してメールで送ります。それはともかく、記事の最後にはこう書かれていました。父はこの国に残って」――デレクは両手の二本の指を動かして引用する仕草をした――「自分をはめた相手を調査している、と。そんなこと、私は聞かされていませんでした。真相を突き止めることに関して、父は何か言っていませんでしたか？」

「聞いていません」レイチェルはきっぱり言った。「もし聞かされていれば、そんな危ない橋を渡るようなまねはしないよう、強く忠告したでしょう。アメリカ人が首を突っこむべきことではありません――外国の地とあってはなおさらです」

「そのとおりだと思います」デレクは言った。「私はその記事を書いたキャスパー・グッテンバーグを知っているので、これは父と彼が二人で計画したことなのかと一度ならず問い詰めましたが、彼は否定しました」

「もう少し力になれればいいのですが」レイチェルは申しわけなさそうな笑みを見せた。キャスの関与を追及することに興味がないのは明らかだ。

デレクは立ち上がった。「ありがとうございました、レイチェル、お時間を取っていただいて」

建物の外に出たデレクは、虚《むな》しさに包まれた。いまの話で何がわかったというのだ？ 父親はレイチェル・ジョーンズと会って話をした、それだけだ。ゴードンの行方については、なんの手がかりもなかった。

41

エマとソワーは、ラブラムに連れられてアティンポックの中心部へ向かった。そこは道路を挟んで南北に延びる直線的な町だった。東側は川へと下り、西側は急な丘になっている。町が発展して広がっているのは明らかで、丘の斜面には建設中の新しい住宅が何軒も建ち並んでいる。

ラブラムの家政婦の家は町の東側にあり、数軒の隣人たちと敷地を共有していた。三人の女性がおしゃべりをしたり笑ったりしながら開けた場所で料理をし、さまざまな年齢の六人ほどの子どもたちが走りまわって――あるいは這いまわって――遊んでいた。数頭のヤギが、何を食べているのかはわからないが静かに何かを食《は》んでいた。エサを探すニワトリが音を立てて地面をついばみ、痩せこけた野良イヌたちが残りものでもあさろうと警戒しながら調理場へ近づこうとしている。どこかのラジオから、宗教的なハイライフの音楽が流れてくる。

　ラブラムがエウェ語で女性たちに挨拶をした。

　女性たちは声をそろえて挨拶を返し、そのうちのひとりが彼を見て驚きの声をあげた。手を止めて布きれで拭き、ラブラムと二人の連れがいるところへ駆け寄った。彼女はラブラムと握手をし、軽く頭を下げた。

「パパ！」彼女は輝かんばかりの笑みを見せて言った。

「ようこそいらっしゃいました《ウエッゾ》！」

　ラブラムはエマとソワーに彼女を紹介した。「うちの家政婦のカフィです」

　三人は挨拶を交わした。エマは、カフィが背負っている赤ん坊に目が釘付けになっていた。かわいらしい男の子で、まん丸の顔に大きな黒い目をしている。まつ毛は何かの道具でも使ったかのようにカールしている。〝わたしもこんな赤ちゃんが欲しい〟エマは思った。「赤ちゃんの名前は？」チュイ語でカフィに訊いた。

「ヤオといいます」カフィは振り返り、背中で安心して気持ちよさそうにしている赤ん坊に微笑みかけた。それから年上の子どもたちに声をかけ、木陰に椅子を四脚もってくるように言った。

「どうぞ、おかけください」カフィは訪問者たちに椅子を勧め、三人が坐ってから自分も腰を下ろした。

　八歳くらいの少女がトレイに飲料水のパックを三つ載せて現われ、ゲストたちに差し出した。

　ラブラムがここに来た目的を単刀直入に切り出すと失礼に当たるのと同じように、カフィもそれを訊く立場にはなかった。社会的な立場のちがいというのは明白だった。ラブラムは彼女の雇い主であり、しかもずっと年上なのだ。そこで、はじめの五分ほどは社交辞令の会話に徹し、ときおり沈黙が流れてもちっとも気まずさはなかった。

　ラブラムが飲料水のパックを飲み干すと、ようやくカフイに会いに来た理由を説明した。「三月末に、うちのコテージにアメリカ人の男性が泊まりに来たのを覚えているか？」

　カフイは記憶をたどった。「ミスタ・ゴードンのことですか？」

「そう、その人だ」

「ええ、とてもいい方でした」カフイは先ほどのような穏やかな笑みを浮かべた。「わたしが掃除に行って、挨拶やおしゃべりをしてくださった白人《オブロニー》は、あの方だけです」

　誰も彼もが――ほぼ誰も彼もが――ミスタ・ティルソンを気に入っていたようにエマには思えた。

「彼が出ていった日の朝に、きみは掃除をしにうちのコテージへ行った」ラブラムはつづけた。

　カフイは頷いた。「はい。朝の十時に行きました。そのころには、ミスタ・ゴードンはアクラに発っていました」

「カフイ」ソワーが口を開いた。「部屋にいつもとちがうところはなかったですか？」

　彼女は考えこんだ。明らかに、いまの質問に戸惑っている。「いいえ、ありませんでした」ラブラムに不安そうな目を向けた。「掃除の仕方がまずかったのですか？」

「そんなことはない、カフイ。きみに問題があるわけじゃないんだ。詳しいことは、ミスタ・ソワーが話してくださる」

　ソワーが話を継いだ。「カフイ、あの日の朝、きみがコテージへ掃除に行くまえ、七時くらいに運転手がミスタ・ゴードンを迎えに行った。だが、ミスタ・ゴードンの姿はなかった」

カフイは眉を吊り上げた。「姿がなかった？　どういうことですか？」

「それ以来、行方不明なんです」ソワーは言った。「誰も居場所を知らないし、電話も通じない。まえの晩に何かあったようなんです」

カフイは口元に手を当てた。「なんてこと！」

「アティンポックでミスタ・ゴードンを見かけたことは？」

カフイは首を振った。「ありません」

「彼がコテージに泊まっていたときはどうですか？」エマも加わった。「誰かが会いに来たことは？」

カフイの答えは、またもやノーだった。

「クウェク・ポンスという呪術師を知っていますか？」ソワーが訊いた。

「はい。その、聞いたことはあります」

「ミスタ・ゴードンはミスタ・ポンスに会おうとしていたようなんです。どこかで二人がいっしょにいるのを見かけたことはありませんか？　ここと、アコソンボのあいだのどこか、あるいは川沿いなどで？」

カフイは首を振った。ちっとも力になれずに心を痛めているようだ。「国に戻ったのかもしれませんよ」ためらいがちに言った。

「いいえ」エマが言った。「ミスタ・ティルソンが帰ってこないので、息子さんが心配してガーナに来たんです」

カフイは動揺していた。「何があったというんですか？」

ラブラムが言った。「誰かが家に押し入って、ミスタ・ティルソンをどこかへ連れ去ったのかもしれない」

そのとき、不意にカフイの顔つきが変わった。何か思い当たる節があり、雷にでも打たれたかのようなショックを受けているようだった。

「どうしたんだ？」ラブラムが訊いた。

カフイは視線を落とし、怖ろしい考えに襲われたように指先で唇を押さえた。「わたし、見たんです」

「見たって、何を？」ソワーが訊いた。「なんの話ですか？」

「あの日の夜中、午前二時くらいだったと思います」カフイは話しはじめた。「ヤオが寝付いてくれなくて、ヤオを抱いて道端を散歩していたんです。そのとき、SUVがアドミ橋の方に曲がっていくのが見えました。車は橋のなかほどで停まって、二人の男が降りてきました。二人はトランクを開けて、何かが入った長い袋を引きずり出しました。重そうに運んでいました。人が入っているようにも思えました。その袋を橋の縁へ運んでいって、川に投げ捨てたんです」

エマの背筋に冷たいものが走った。

「その袋の大きさは？」ソワーが訊いた。

「よくわかりません。たぶんそこから……そこくらい」カフイは壁の二点を指した。二メートルくらい離れている――かなり背の高い人の身長くらいだ。

「それは、あの家に掃除に行った日の早朝ということでまちがいありませんか？」ソワーが訊いた。「ミスタ・ティルソンがいなくなった日の早朝ということで？」

「まちがいありません」カフイは断言した。「火曜日でした。ヤオが生まれてちょうど四カ月になる日だったので覚えています。次の日に市場に行くつもりでした。月曜日にミスタ・ラブラムから電話があって、ミスタ・ゴードンの次のゲストを迎えるために、翌日にきれいに掃除をするよう言われていました」

エマはソワーと目を合わせた。これははじめての重要な手がかりだろうか？

「袋のなかに人が入っているかもしれないと思ったのは、どうしてですか？」エマはカフイに訊いた。

カフイの目が潤んだ。「動いたからです」

しばらくのあいだ、誰も口を開かなかった。カフイ

が鼻をすすり、ハンカチで目を押さえた。こらえきれなくなったのは明らかだ。エマは彼女のそばへ行き、両膝をついた。「大丈夫ですか？」

「どうかあの白人さんではありませんように」カフィの声は震えていた。彼女が口にしたのは、まさにその場の誰もが思っていることだった。

42

ニイ・クウェイは、ブルーノを含めた六人のサカワ・ボーイズの視線を一身に集め、新しいソフトウェアとハードウェアの使い方を説明していた。ソフトウェアはダウンロードしたもので、ハードウェアは友人がアメリカから飛行機でもってきてくれたものだった。アマゾン・プライムのクレジットカードのアカウントをハッキングし、オンラインで代金を支払っていた。

「これは」ニイは、熱心に耳を傾けている仲間に向かって言った。「フェイス2フェイスっていうやつだ。表情を読み取って、リアルタイムで別の顔の画像に転送できるソフトウェアだ」

「おい！」ティミ＝ティミという最年少の仲間が声をあげた。「ニイ、何言ってるのか、わかんねえよ！」

「そうだ」別の仲間も言った。「難しすぎる。おれたちにもわかるように説明してくれよ」

彼らに冷やかされてニイはにんまりしたが、すぐに真面目な顔つきになった。「いいか、黙ってよく聞いていろよ。いまはスカイプで偽の画像を使ってるよな。クリップコンバーターとかキープビッドを使って、ユーチューブから動画をダウンロードしてメディアファイルに変換したやつだ」

彼らはニイのうしろに集まり、ノートパソコンの画面を見つめた。「あのアメリカ人、ミスタ・ゴードンのときに使った、いかしたガーナの女の画像で説明する。これまでは、ファイルを変換してメニーカムに送っていた。スカイプでは、本来のカメラの代わりにこのメニーカムを使う。ここまではいいか？」

　生徒たちは頷いた。

「スカイプをしているアメリカ人に見えるのは」ニィはつづけた。「この女の画像だ。でも、この女を実際に会話させることはできないし、男の言っていることに対して女の表情がマッチしないこともある。つまり、男が面白いことを言ってないのに、女が笑う場合もあるってことだ。だから男には、ノートパソコンが古いとか、マイクが壊れてるとか、ネットワークが遅いとか言うわけさ。そのせいでチャットしかできないってな」

「それで、本人じゃないんじゃないかって怪しむやつが出てくる」ブルーノが言った。「で、逃げられる」

「そうだ」ニィは言った。「でも、この女をリアルタイムで男と会話させたり、笑顔にしたり、笑わせたりできるとしたら？」

「無理だよ」ティム＝ティムは、ニィの頭がおかしくなったのではないかというような顔つきをした。

「まあ見てろよ。いま説明するから。メニーカムにメディアファイルを送る代わりに、フェイス2フェイスを開いて美人のファイルを取りこむ。取りこんだら、三分くらい動画を再生して、ソフトウェアに彼女の表情を覚えさせる——笑顔とか、いろいろな」

　動画を再生しているあいだに、ニィはフェイス2フェイスのカメラが置かれた近くのテーブルへ行った。スイッチを入れて調整し、ノートパソコンの前に戻ってきた。「これからスカイプをはじめる。ノートパソコンのカメラの代わりに、フェイス2フェイスをクリックしてこっちのカメラを使う。これで、女の画像が映る」

　ニィはフェイス2フェイスのカメラの前へ行って坐り、画面に自分の顔が映るようにカメラの角度を調節した。「ブルーノ、アメリカ人の役を頼む。おれが電話するから、ネットにつないでくれ」

「わかった」ブルーノは言った。

電話が通じ、接続が完了すると、ノートパソコンの画面にきれいなガーナ人の女性の画像が映し出された。

「やあ、ハニー」ブルーノは、果敢にもアメリカ人の発音をまねようとした。

ニイは満面の笑みを浮かべ、目をぱちぱちさせた。すると、ブルーノの携帯電話の画面に映る女性も、その動きに合わせて同じ仕草をした。このソフトウェアの魔法のおかげで、それはニイの笑顔ではなく彼女の笑顔になり、しかも違和感もなかった。

「わたしは元気よ」ニイが言った。すると一瞬遅れて、ノートパソコンに映っている女性も同じことを言った。

ブルーノは飛び上がって口をぽかんと開けた。「おい！　魔法か何かかよ？」

「怖がらないで」女性はニイのことばを繰り返した。

仲間たちはことばも出ず、この魔術の産物を呆然と見つめていた。やがて、大騒ぎになった。ワールドカップでガーナが優勝したかのように、叫び声をあげて跳ねまわった。

「ちょっと待て！」興奮したブルーノがニイに言った。「おれにもやらせてくれよ」

ニイはブルーノにやらせ、ほかの仲間たちにも試させた。何度やっても、ノーパソコンの女性は動きをまねした。まさに魔法のようだった。

その後、ブルーノはニイのレンジ・ローバーに乗り、ニイが二人のサカワ・ボーイといっしょに住んでいる広々とした家に行った。二人はケンケ（発酵させたコーンミール）と魚にシトを付けて食べた。

「なあ、フェイス2フェイスで何もかも変わるぞ」ブルーノは言った。「大金が流れこむようになる」

ニイは頷き、心ゆくまで食事を味わっていた。「すごいことになるぞ」

「フェイス2フェイスのことは、どうやって知ったんだ？」

「アメリカにいる友だちから聞いた」

「そうか」

しばらく二人は絶品のケンケを堪能し、黙々と食べていた。

「ところで、あのアメリカ人、ミスタ・ゴードンはどうなったんだ？」ブルーノが訊いた。「詳しく聞かせてくれよ」

「あいつにはたっぷり稼がせてもらった。すごくいいやつみたいで、好感をもちはじめていたくらいだ」

「そうなのか？　それでも、カネをだまし取っていたんだろ」

ニイは肩をすくめた。「そういうものだからな。人のいい獲物《ムグ》っていうのは、最高のムグなのさ」

「確かにそうだな」

「知ってるか？　あいつ、ガーナにまでやって来たんだ」

「誰が？　ゴードンか？」

「ああ。あの女と会うためにな」ニイは面白がり、忍び笑いをした。「ガーナに着いた日に電話してきたから、着信拒否してSIMカードを変えた」

「電話に出ればよかったのに。女の兄弟のふりをして、どこかで会おうと言うんだ。そうすれば、カネやら携帯電話やら、何から何まで奪えたんだ」

ニイは眉をひそめた。「だめだ。警察を連れてきて、はめようとするかもしれないだろ。オンラインで話している相手とは、絶対に直接会うな、わかったか？　危険すぎる」

「わかった」ブルーノは指でケンケをちぎり、たっぷりシトを付けた。「それで、そのミスタ・ゴードンはアメリカに帰ったのか？」

ニイは首を振った。「行方不明になって、海外《アブロチーレ》から息子が捜しに来たって話だ」

「本当か？　何があったんだ？」

「さあな」

「船刀《カトラス》で切り刻まれて、埋められたのかも」

「そうかもな」

「そんなこと、おまえできるか？」

ニイは皿から顔を上げた。「そんなことって？」

「人を殺せるかってことだよ」

ニイは顔をしかめた。「場合によるな。おまえはできるのか？」

「家族を守るとか、そういうことのために殺さなきゃならないなら、殺す」

「そうだな」ニイも同意した。

「おれ、クウェク・ポンスのクロコダイルを殺したんだぜ」ブルーノは言った。

「何言ってんだ！」ニイは信じられずに声をあげた。

「嘘つけ」

「本当さ。これで、ゴッドファーザーに会えるチャンスに一歩近づいたって、ポンスに言われた」

ニイは、改めて感心した様子でブルーノを見つめた。

「ずいぶん頑張ったんだな。きっといいことがあるぞ。あのクロコダイルを目の前にしたら、おれなら小便を洩らしちまうよ」

二人は笑いすぎて息が苦しくなった。

43

カフイがヤオのおむつを替えに行っているあいだ、ソワー、エマ、ラブラムの三人は話し合っていた。

「カフイの話にはぞっとする」ソワーが言った。「ミスタ・ティルソンが消えた夜に、重そうな何か、もしくは誰かが入れられた大きな袋が川に投げ捨てられただと？　私は偶然の一致など信じていない。ラリア副総監に連絡して、人を潜らせてアドミ橋の周辺の川底を調べてほしいと頼んでみる。だがそのまえに、そのSUVが停まったと思われる場所まで、カフイに案内してもらいたい。エマ、カフイにいっしょに来てくれないかどうか、訊いてみてくれ」

カフイは同意した。ヤオをしっかり背中に結わえ付け、三人を連れてあの夜と同じ道をたどった。

「ここまで歩いてきました」緑色に塗られたアドミ・ホテルの脇まで来て言った。数メートル先には小さなロータリーがあり、南のアクラ、北のアコソンボ、そして東の橋へと向かう三つの出口がある。いまは車やトロトロ、トラック、人々などでにぎわっているが、あの夜にカフイが来たときにはもちろん静まり返っていた。

「ヤオを寝かしつけようと、ここで立っていました」カフイはつづけた。「そのとき、アコソンボの方からSUVが猛スピードでやって来たんです」

「どんなSUVだったかわかりますか?」エマはそう訊いたものの、自分にはどれも同じように見えると思った。

「わかりません」カフイは申しわけなさそうに言った。「じっくり見ている暇はなかったので」

「構いませんよ」ソワーが言った。「つづけてください」

「車は橋の真ん中あたりまで行きました」そう言ってカフイは指差した。

「それでは」ソワーは言った。「そこへ行ってみよう」

四人は南側——橋の右側の歩道を歩いた。アドミ橋——ガーナ唯一の吊り橋——はわずかにたわんでいて、車、とくに大量の荷物を積んだ十八輪トラックなどが通るとそのたわみが戻るようになっている。

橋のなかほどでカフイが立ち止まった。「このあたりです」

四人は灰青色の川を見下ろした。背後と頭上に雨雲が湧き上がってきて太陽を隠し、川はいっそう暗く、怖ろしく感じられた。それでも、漁師たちは川を行き来している。

「遺体を捨てるにはちょうどよさそうだな」川岸から反対側の川岸へと視線を移しながらソワーが言った。

「水深がいちばん深いのは、橋の真ん中あたりですよね、ミスタ・ラブラム？」

「はい。このあたりの水深は、二十フィートから二十五フィートくらいはあるでしょう」

「溺れるには充分な深さだ」ソワーは言った。

「ええ。ですが、直接の死因は水面に激突するときの衝撃です」ラブラムは言った。「ここから水面までは九十フィートから百フィートはあります。奇跡でも起きないかぎり、助かりません」

エマは身震いをした。

「そのときの様子を、カフイに再現してもらいたいんだが」ソワーは言った。「ことばだけでは伝わりにくいことに、気づけるかもしれない」

カフイは言われたとおりにした。その演技のなかでとくに目を引いたのは、欄干の上まで苦労して袋をもち上げる動きだった。袋の中身は、かなりの重量があるということだ。

「四月三日に投げこまれて、どのくらい下流まで流されていると思いますか？」ソワーが訊いた。

「それほど遠くまでは流されていないでしょう」ラブラムは答えた。「理由はいくつかあります。ひとつ目の理由は、遺体、あるいは遺体が入った袋は川底の岩に引っかかるかもしれないからです。二つ目の理由はあれです。水面のあちこちに浮いている小さな島のようなものが見えますか？　あれは本物の島ではないんです。実は、水草のかたまりなんです」

「水草ですって！」ソワーは驚きの声をあげた。

「ええ。いたるところで寄り集まって、ぶ厚く絡み合っているんです。漁師たちも非常に困っています。要するに、遺体が浮かび上がってきたとしても、水草のかたまりに絡まって隠れてしまっているかもしれないということです。そしてもうひとつの理由は、網です」

「網というと？」エマが訊いた。

「水面に浮いているプラスティックのボトルを見て、ごみだと思ったかもしれませんが」ラブラムは言った。「実は、漁師たちがひと晩かそこら網を仕掛けておいた場所の目印なんです。網を引き揚げるときに、どれが誰の網かわかるように」

「なるほど」ソワーは言った。「シンプルですが、よく考えられている。つまり、そのうち遺体が網にかかることも考えられるというわけですね」

「そのとおりです。だからこそ、漁師たちに事情を説明して、目を配るよう頼むべきだと思います。何か不審なものでも見かけたら、警察に通報して、あなたにも連絡するようにと。それで思い出したのですが、あとでアコソンボ警察署にも行ってみましょう。ミスタ・ティルソンが行方不明になったあと、警察は私の調書を取りましたし、警察と仲良くしておくのも悪くはないと思います。いつ警察の協力が必要になるか、わかりませんからね」

ソワーはその意見に賛成した。ガーナ人というのは、地元当局への〝挨拶〟というものを重要視するものなのだ。その当局というのは警察の場合もあるし、その地域に代々つづく族長の場合もある。「それはいい考えですね――ありがとうございます。でもそのまえに、クウェク・ポンスに会いに行ってみようと思います」

ラブラムに目をやった。「どこに住んでいるか、ご存じですか？」

「ほとんどの人が知っていますよ。丘のいちばん上にあるので、すぐにわかります」

カフィが、そろそろ戻らなければならないので帰ってもいいかと訊いた。

「もちろんです」ソワーは言った。「いろいろありがとう、カフィ」

ソワーがカフィに数セディを渡すと、彼女は大きな笑みを浮かべて足早に去っていった。残った三人はポンスの家へ向かった。家のあいだを抜けて丘を登っていく。通りの先で草を食べていたヤギやニワトリが道を空けた。近ごろ降った雨のせいで、香り立つ赤みがかった土は軟らかくなっていた。またひと雨来そうだった。

ラブラムは登り坂でいくらか息を切らしていた。ちがう方向へ向かう道に出ると坂が緩やかになり、彼はほっとしたにちがいない。その地点からだと、アティンポックを川まで見下ろすことができた。

歩きながら、ソワーがエマに目をやった。「カフィから話を聞くときに、きみがいてくれて助かった。きみは彼女とすぐに打ち解けていた。何度かカフィが憧れのまなざしできみを見ていたよ」

「恐れ入ります」エマは言った。

「こういうときこそ、女性のきめ細やかさが役に立つんだ」ソワーは言った。エマにとって、こんなに嬉しいことはなかった。

ポンスの家は、実際に丘の頂上にあった。エマが思い描いていたのとはちがい、高い塀や電流の流れるフェンスで囲まれてはいなかった。広大な敷地には簡単に入ることができ、ポンスの所有する三軒の独立した建物も丸見えだった。そのうちの二軒は平屋の細長い建物で、クリーム色と赤レンガ色で塗装されている。もう一軒は二階建てで建設中だった。建物の前の土地は荒れていて舗装されていない。ガーナ人というのは大きな家が大好きなのだが、家までの道が穴だらけだとしても気にしないのだ。

五台のSUVと一台のセダンが駐められているあたりに、小さな人だかりができていた。二人組の撮影班がカメラをまわし、車を見せびらかしているポンスにインタヴューをしていた。ポンスは刺繡の施された青緑色のローブをまとい、いくつものジュエリーを身に着けていた。いまポンスは、シルバーのキャデラック・エスカレードを自慢げに披露していた。

「これは」ポンスは馬の毛を束ねたはたきを振った。「直接、アメリカから取り寄せたものだ、わかるか？　パワーもそうとうなものだぞ！　エンジンを見てくれ」部下のひとりにフードを開けるように指示した。「わかるか？　V8エンジンを搭載していて、四百二十馬力。なんだと！　冗談などではない！

「この方は冗談なんか言ってない！」取り巻きのひとりが笑い声をあげて繰り返した。「これは子どものおもちゃとはわけがちがう」

「どうやってそんなお金を？」記者が訊いた。

「このカネか？」ポンスは自分の胸を叩いた。「このカネのことか？　報酬として受け取ったのだ！　人々は救済や治療、祝福を求めて私のところにやって来る。わかるか？ そういった人たちからの謝礼だ。それだけ効果があるのだからな」

「生贄を要求することもあるというのは、本当ですか？」

祭司は口角を下げて首を振った。「そんな要求など、したこともない！　そういうことを言うやつらは、妬みから私を破滅させようとしているだけだ」

「敵やライバルはどうですか？　そういう人たちを殺せと命じたことは？」

ポンスは気分を害した。「いま自分が話している相手が誰か、わかっているのか？　いま誰と話をしているかわかっているのか、そう言ったんだ。私は治療師であり、聖職者でもあるのだぞ」

「ですが、呪術も信じているのですよね？」

「神より授けられた力を信じている」ポンスはきっぱり言い、黒のフォードF‐250の方へ移動した。

エマは馬鹿にするように鼻を鳴らした。「とんだ道化だわ」声を潜めて言った。

ソワーが苦笑いを浮かべてエマに目を向けた。「まったくだ」そう言って腕時計を見やった。「いつまでつづくことやら」

「ついでに楽しませてもらおうじゃありませんか」ラブラムが言った。

実際のところ、たまたまなのか意図しているのかはわからないが、ポンスはユーモアたっぷりに振る舞っていた。とはいえ、エマと二人の連れにとって、彼の戯れに付き合うのは三十分が限界だった。また出なおそうかと考えていると、テレビの記者がインタヴューを終えて荷物を片付けだした。

「ポンスが別のことをはじめるまえに、話を聞きに行こう」ソワーが言った。

三人があえて人目を引くようにして歩いていくと、家でももち上げられそうな屈強な若者が近づいてきて用件を訊いた。

「十分ほどミスタ・ポンスとお話しする時間をいただきたいんですが」ソワーが若者に言った。

「ここでお待ちを」若者はポンスのところへ行って耳打ちした。祭司は、待っている三人に目を向けて頷いた。若者が戻ってきた。「十分お待ちください。それからお会いになられます」

「ありがとうございます」ソワーは言った。「あなたのお名前は？」

若者は無愛想な顔で答えた。「クリフォードです」

中央の建物からクリフォードと瓜二つの男が現われ、三人は面食らった。エマは二人の男のあいだで視線を行ったり来たりさせ、幻覚ではないことを確かめようとした。同じようにがっしりしたクリフォードの生き写しが、彼らのもとへやって来た。

「こいつはクレメントです」クリフォードが言った。「双子なんです」

見ればわかる、エマは思った。

クレメントは黙ったまま、無関心な様子で三人を見つめた。

クリフォードとクレメントに集会所のようなところへ案内されるまで、二十分近く待たされた。五十脚ほどの椅子が並び、正面に奇妙な玉座のようなものが置かれている。ポンスはできるだけ威厳があるように見せようと、面会場所や身に着けるローブなどにこだわっているようだ。クリフォードたち双子が横に立ち、まったく同じ姿勢で護衛についた。

「ようこそ」ポンスは三人と握手を交わしてから言った。「どうぞ、おかけください」

クリフォードが椅子を三脚もってきていた。ソワーは腰を下ろすと、自分と連れの二人を紹介した。

ポンスは頷いた。「それで、どんなご用件でしょうか?」

「ミスタ・ポンス」ソワーが切り出した。「ジャン調査員と私は、ティルソンというアメリカ人の男性の失踪事件について調べています。ゴードン・ティルソンという男性です。四月三日から消息不明で、失踪する四、五日まえにあなたに会いに来たかもしれないという情報を得たのです」

「お答えするまえに」ポンスははたきを手に取った。「まずはこちらの質問に答えていただきたい。その情報は誰から? それが知りたい」

「情報源はそれほど重要ではありません。私たちは――」

「失礼だが」ポンスが遮り、人差し指を上へ向けた。「言わせてもらえば、情報源はとても重要だ。その理由がわかるかね?」ソワーが答えないのでポンスはつづけた。「情報源が重要だと言ったのは、その情報がまちがっているからだ。私の言わんとしていることがおわかりだろう。つまり、その人物はあなたに嘘をついたということだ。その人物のところへ戻って、問いただすことだな」

ソワーはまた口を挟まれないよう、しばらく間《ま》を空けてからつづけた。「どうも説明が足りなかったようですね。私は、ミスタ・ティルソンがあなたに会いに来たかもしれないという情報を得た、と言ったのです」

ポンスはゆっくり長々と瞬きをした。〝自分はよほど頭が切れると思っているようだな？〟そう言っているようだった。「それで、その白人《オブロニー》が来たと言ったら？　どうするつもりかね？」

「私たちはミスタ・ティルソンの消息をつかむために、あらゆる手段を講じています、ミスタ・ポンス。ミスタ・ティルソンと接触した人たちに話を聞き、彼の足取りや居所に関する手がかりをつかもうとしているのです」

「なるほど」ポンスはそう言い、唇を結んだ。「ではお答えしよう。いま言ったような男がここに来たことはない」

「彼と会ったことがある、あるいは話したことがあるが、覚えていないということは？」

祭司は首を振った。「私はなんだって覚えている。仮にその男が私の留守中に来たとしても、クリフォードかクレメントがそう言うはずだ」ポンスは双子に向かって頷いた。

「わかりました」ソワーは言った。「ミスタ・ポンス、この行方不明のアメリカ人――ミスタ・ゴードン・ティルソンについて、何か耳にしたことはありませんか？」

ポンスは無表情でソワーを見つめた。「とくに何も」

「この男性は、恋愛詐欺の被害者なんです」ソワーはつづけた。「自分が恋に落ちたと思いこんでいた女性に会うためにガーナまでやって来たのですが、もちろん、そんな女性などいませんでした」

「かわいそうに」ポンスは本気で同情しているかのような素振りを見せた。「どうしてその男を捜しているのかね？　あなたとなんの関係が？」

「ミスタ・ティルソンを捜し出し、何があったのか突き止めてほしいという依頼を受けたのです」

「なるほど。誰の依頼で？」

「それを明かすわけにはいきません」

ポンスは手のひらを挙げたが、すぐに下ろした。

「まあ、いいだろう」

「そのほかに、ミスタ・ティルソンをはめた人物についても調査しています」ソワーはつづけた。「そこでお訊きしたいのですが、サカワ・ボーイズと関わったことは？」

ポンスはローブを整えた。「サカワ・ボーイズと関わったことがあるか、ですと？」笑いながら繰り返した。「どうしてそんなことを？」

「調査のいっかんです。答えたくないなら、答えなくても構いません。強制しているわけではないので」

「ミスタ・ソワー」ポンスは渋々、口を開いた。「サカワ・ボーイズは力を求めて私のところへやって来る──仕事を成功に導く力を求めて」

「彼らがしているのは違法なことだと知りながら、手を貸すのですか？」

「もちろんだ！」ポンスはにやりとした。「私は人を批判したりはしない、おわかりか？　人には誰しもやるべき務めがある、ちがうかね？　しかるべき生贄の動物とお金をもってきさえすれば、もちろん、私は手を貸す」

「そのサカワ・ボーイたちの口から、ゴードン・ティルソンという名前を聞いたことはないですか？」ソワーは別の角度から迫った。「あるいは、彼の写真を見せられたことは？」

祭司は首を振った。「一度もない」

気まずい沈黙が流れた。ソワーは咳払いをした。

「ご協力、感謝します。また連絡してもよろしいですか？」

「もちろんだ」ポンスは自分の電話番号を教えた。

「ありがとうございます。こちらの連絡先もお伝えします。この件と関連がありそうなことでも思い出したら、連絡してください」

「そちらこそ」ポンスは言った。「精神的、あるいは身体的な助けが必要なときには、いつでも連絡を。私のウェブサイトがあるので、そちらのポンスパワー・ドット・コムからでも」

〝死んでもあんたなんかに頼むものですか〟エマは思った。とはいえ、彼の電話番号を知っておいて損はない。また全員が握手を交わし、祭司に礼を言って出ていった。

ポンスの耳に届かないところまで行ってから、エマは口を開いた。「あの男の言ったこと、信じますか？」

「信じるものか」ソワーはきっぱり言った。「あの大言壮語は、ただのはったりだ」

「ですが、ポンスはああいったもの言いをすることで知られています」ラブラムが指摘した。「ポンスのユーチューブを見れば、あれが彼のやり方だというのがわかるはずです。あの男を信じると言っているわけではありませんが、ああいうしゃべり方をするからといって、嘘をついているとはかぎりません」

ラブラムの言うことにも一理あるとは認めつつも、ソワーは疑念を拭えなかった。

「それで、次はどうしますか？」エマが訊いた。

「ポンスから目を離すつもりはないが、別のアプローチが必要だ。やつに圧力をかける何らかの手段を見つけなければ。いまのままでは、ひたすら否定しつづけるだけだろう。つまり、やつに関する情報を集めなければならない。やつとつながりがありそうなものといえばなんだ？　もちろん、サカワ・ボーイズだ。私はサカワ・ボーイを何人か知っているし、彼らを知っている人たちにも心当たりがある。これから何日かかけて、そのあたりを調べる」

ブルーノのことを話さなければ、エマは思った。家族を調査に巻きこみたくはないが、選択の余地はない。義理の弟がサカワ・ボーイズと付き合っているということは、エマにもサカワ・ボーイズとのつながりがあるとも言える。ソワーに話すつもりではいるが、二人きりになるのを待つことにした。

ソワーが足を引きずっていることに気づいた。「どうかしたんですか？　足を痛めたんですか？」

ソワーはあきらめの表情を浮かべた。「いや、痛風なんだ。長い付き合いでね。二カ月おきくらいにやって来るのさ」

エマはその病気のことはあまり知らなかった──とにかく痛いということ以外は。「大丈夫ですか？　お薬はないんですか？」

「ああ、家にある。ここでの聞きこみがすんだら、すぐさまアクラに戻る。そのまえにヴォルタ川の漁師たちと話をしなければ」

「ミスタ・ソワー。家に帰って足をいたわってはどうですか？　今夜はわたしがここに泊まって、明日の早朝に漁師たちのところへ話をしに行きますから。どうせいまごろは、ほとんどの漁師は漁に出ています。捕まえた魚を載せて、朝に帰ってくるんです。それに、雨も降りだしそうですし」

「きみの言うことはもっともだ」ソワーは痛々しい顔をして言った。「ひとりで大丈夫か？」

「大丈夫です」心配してくれるのはありがたいものの、少しばかりむっとした。確かに彼女は新人だが、ひとりでは何もできないわけではない。

「川沿いにいくつか漁村があるので、案内します」ラブラムがエマに言った。

「ありがとうございます」ソワーが言った。「助かります。このあたりに彼女が泊まれるところはありますか？」

「ホテルが何軒かあるので、ご自分で気に入ったところを選んでください」

結局、エマはベンカム・ホテルに泊まることにした。ミスタ・ティルソンの運転手が泊まっていたホテルだ。最安値のホテルではないが、価格の割にはもっともサーヴィスが充実しているところだった。アドミ・ホテルは、あまりにもひどかった。

エマはソワーに、痛風という怪物を頑張って退治してくださいと言って別れた。次の日の早朝にミスタ・ラブラムが迎えに来て漁村へ案内してくれることになった。エマはソワーを尊敬し、憧れているとはいえ、そろそろ自分ひとりで調査をしてもいいころだろうと感じていた。モーテルのシンプルな部屋でひとりきりになったエマは、翌日が待ちきれなかった。

とはいえ、ベッドに入るまえに二件の電話をかけなければならなかった。相手はデレクとブルーノだが、まずはブルーノに電話をした。

「姉さん！」ブルーノは大声を出した。「いまどこにいるんだ？」

「アティンポックよ」

「本当かよ？　そんなところで、何してるんだ？」

「ちょっと調査しているだけよ。それより、訊きたいことがあるの。ニイ・クウェイかほかのサカワ・ボーイの誰かから、ゴードン・ティルソンっていうアメリカ人の男の人の話を聞いたことはない？」

「ないけど、なんで？」ブルーノはそう答えたが、エマは彼が一瞬だけ口ごもったことを逃さなかった。

「本当に？」

「なんでそんなこと訊くんだよ？」

エマはその質問を無視した。「でも、ゴードン・ティルソンという名前に聞き覚えはあるのよね？」

「まあ、あるような気はする」ブルーノはあいまいに答えた。

「詳しく聞かせて」

「姉さん、勘弁してくれよ」

「ブルーノ、教えて。いつだってあなたの味方をしてきたじゃない」

義理の弟はうめき声を洩らした。

「お父さんからあなたをかばってあげたのは誰？」エマは容赦なく迫った。

「姉さんだよ」ブルーノは力なく答えた。

「そうよね。だから、今度は姉さんを助けて。ティルソンについて、何を知っているの？」

「おれの口からは言えない。だけど、誰に訊けばいいかなら教えられる。ただし、ひとつだけ条件がある」

「なに？」

「おれから聞いたとは、絶対に言わないでくれ」

「いいわ、わかった。それで、誰に訊けばいいの？」

44

五月二十一日　ワシントンD.C.

キャスは自宅のアパートメントで両足を上げ、ブラックコーヒーを飲んでいた。コーヒーのおかげでリラックスしていたが、それでも不安が消えず、散弾銃を浴びた遺体のように全身に懸念が食いこんでいた。あれから数週間が経つというのに、いまだにゴードンからの連絡はない。友人が連絡を寄こさないのには筋の通った単純な理由があるにちがいない、そう考えていた時期もあるが、いまや状況は不穏なものになっていた。

ノートパソコンを開き、自分が書いた五月十日の《ワシントン・オブザーヴァー》の記事を読み返した。

アフリカより

インターネット詐欺で荒稼ぎをしているアフリカの裏世界に、あるひとりのアメリカ人が潜入する

キャスパー・グッテンバーグ

●後篇●

現代のオンライン恋愛詐欺のほとんどはガーナやナイジェリアといった国を拠点にしたもので、その周到に計画された犯罪はアメリカやカナダ、ヨーロッパじゅうの被害者たちから何百万ドル――ことによると何十億ドル――という大金を奪っている。逮捕や起訴されるケースはまれで、詐欺師たちはなんの心配もせずにパソコンの前に坐り、ソーシャル・ネットワークで獲物を物色している。

アメリカやカナダ、ヨーロッパで暮らすこういった犯罪の被害者(〝生存者〟という言い方を好む人たちもいる)が現地の国へ行き、直接、犯罪者と対峙することはめったにない。前篇で出会ったG・Tは、まさにそうする覚悟を決めた。ガーナの首都アクラへ向かい、〝ヘレナ〟という偽名を使って四千ドル近くをだまし取った犯人を見つけ出すことにしたのだ。

だがG・Tは、ガーナ警察当局の協力はあてにできないことを悟った。警察自体も汚職にまみれているのだ。そこで、G・Tは別の手段を求めるしかなかった。地元ガーナの事件記者サナ・サナの力を借り、インターネット詐欺(地元ではサカワと呼ばれている)が特権階級を含めたガーナの社会のあらゆる階層にまで浸透していることを突き止めた。その過程において、G・Tはさまざまな――ときには友好的ではない――人たちと出会

った。そのなかには、ヴードゥー教の祭司や警察機関のトップの夫人といった人たちもいた。

サイド・テーブルに置いてある携帯電話が鳴り、キャスはびくりとした。ガーナにいるデレクからだった。キャスは、いい知らせでありますようにと祈った。

「やあ、デレク。そっちの様子はどうだ？」

「あまりよくない」

キャスは気が重くなった。「何があった？」

「探偵事務所から連絡があって、父さんがいなくなった日の夜、橋の上からヴォルタ川に人のようなものが投げ捨てられるのを見たという証言を得たそうだ」

キャスは即座に反論した。「だけど、そんなのなんだってあり得るじゃないか。その目撃者っていうのが信頼できるかどうかも怪しい。目撃者の証言というのは、あてにならないことが多いからな」

「七週間だぞ、キャス——最後に父さんが目撃されてから、七週間も経っているんだ」

「確かに心配ではあるが」

「そういえば、キャスの記事の後篇を読んだよ」デレクは言った。「実際にガーナにいると、そっちで前篇を読んだときとは記事に対する見方が変わった気がする。あのときはあんな言い方をしてしまって、すまなかった」

「気にしないでくれ、デレク。不安だったんだから、仕方ないさ。おれに何かもっとできることでもあればいいんだが」

「ありがとう。調査の行方を見守るよりほかに、おれたちにできることはたいしてない」

「何かあったら連絡してくれ。いい知らせがあることを祈っているよ」

電話を終えたキャスは、じっと坐ったまま暖炉を見つめていたが、目には入っていなかった。なかば呆然とし、なかば恐怖に震えていた。

45

五月二十二日　ガーナ、アティンポック

ひと晩じゅう、雨が激しく降ったせいで、地面がぬかるんでいた。さいわい、エマはジーンズにスニーカーという格好だった。スカートなどはいている場合ではない。昨夜は雨のほかにも、激しく襲ってきたものがもうひとつあった。生理になり、激しい生理痛に襲われたのだ。男になりたいなどと思ったことは一度もないが、毎月この期間になると生理のない人生というものをいっときだけ想像するのだった。そんな人生は、あと数十年は待たなければならない。

コンビニエンス・ストアで買った洗面用具で身支度を整えたエマは、六時過ぎにミスタ・ラブラムが迎えに来たときには出かける準備ができていた。彼は4WDのトヨタ・プラドを通りに駐めていた。

「ここから川岸まで歩いていって、漁師たちと話をしてみましょう」ラブラムがエマに言った。

二人は通りを渡り、川の方へ下っていった。川べりから数メートルのところに、四軒のわらぶき屋根の小屋と一軒のレンガ造りの建物が寄り添うように建っていた。岸辺には、三艘の伝統的なカヌーと、船外モーターを付けた一艘の小型ボートが揚げられていた。

一キロメートルほど北には、美しい弧を描くアドミ橋がヴォルタ川に架かっている。エマは対岸を眺め、その川の広さに見とれた。雄大であると同時に、威圧的でもあった。遺体があるとしての話だが、こんな広大な川でどうやって捜せばいいのだろう？　川のどこにあってもおかしくはない。

上半身裸の十八歳くらいの若者が、カヌーに寄りかかって網を直していた。

「おはよう」ラブラムがエウェ語で話しかけた。

「おはようございます」若者が応えた。

ラブラムはエウェ語でエマと自分のことを紹介し、ここ来た理由を説明した。ソロモンという名のその若者は、戸惑った表情を浮かべた。

「ちょっと待っていてください。父さんを呼んできます」

エマは、ソロモンの話し方に特徴があることに気づいた――発音が子どもっぽいのだ。すぐに、軽い精神障害があるのかもしれないと思った。彼はレンガ造りの家に入り、数分後に父親を連れて戻ってきた。父親はザカリアという名で、ソロモンを四十代にしたような男だった。

いつもの社交辞令を交わし、ラブラムは自分がこのあたりでどんなことをしているか説明した。その後、いつどこで誰が暮らし働いていたかという長々とした会話をしているうちに、二人は親戚関係にあるかもしれない、という話になった。二人で大いに笑い声をあげたりハイタッチをしたりしたあと、ようやくラブラムは本題に入った。

「こちらのマダム・エマは、アクラで私立探偵をしている」ラブラムはエマにもわかるようにチュイ語に切り替え、ザカリアに言った。

「たいしたものですね」ザカリアはエマに目を向けた。

「どうぞよろしく」

「人を捜していて、手を貸してもらいたい」ラブラムが言った。

「何があったんですか?」ザカリアは興味を示した。

「今年の三月末に」エマが説明した。「あるアメリカ人の男性が、リヴァーヴュー・コテージに泊まりに来ました」

「それで?」

「四月三日に発つ予定だったのですが、アクラまで送ることになっていた運転手が迎えに来てみると、彼の姿はどこにもなかったんです」

ザカリアは眉をひそめた。「いまだに見つかっていないんですか？」

「はい」エマは言った。「その四月三日の午前二時ごろ、アドミ橋の上でSUVが停まり、二人の男が車のうしろから袋を降ろすのを、アティンポックに住む女性が目撃しています。その袋には人が入っているように見えたとのことです。二人組はその袋を橋の欄干から川に投げこんだそうです」

「まさか！」ザカリアは、熊手で目を突かれたかのようにうに頭をのけ反らせた。「まったく！　なんてやつらだ。よくそんなことができるものだ。投げこまれたのは、そのアメリカ人なんですか？」

「わかりません」エマは答えた。「それを調べているんです。もし川に投げ捨てられたのだとしたら、遺体を見つけないと。彼の息子さんがわざわざアメリカから父親を捜しに来ていて、わたしたちは力を貸しているんです」

「そういうことですか」ザカリアは言った。「川に捨てられたのがそのアメリカ人だとすれば、まちがいなく遺体は水面に浮かび上がってきます」

「袋に石が詰められていたとしても？」エマは訊いた。

「ええ」ザカリアはきっぱり言った。「浮かんできますよ。年々、雨の量が減ってきているせいで、川はむかしほど深くなっているんです。なので、川のなかに遺体があるなら、浅いところで止まるはずです。川底や水草に引っかかることもあり得るので、少し時間はかかるかもしれませんが」

「わかりました」エマは言った。「ところで、漁師をしてどのくらいになりますか？」

ザカリアは笑い声をあげた。「歩けるようになってからずっとですよ。父も祖父も漁師でした」

「素敵ですね」

「とはいえ、近ごろでは漁師の暮らしも厳しくてね」

暗い表情になった。「川の流れが緩やかになったせいで、水草が増えてきているんです」遠くを指差した。

「川の真ん中に、茂みがあるのが見えるでしょう。あれはみんな水草で、魚はあのなかに隠れてしまうんですよ。だから、いままでのようなやり方では魚が獲れなくなってしまって」

「それは大変ですね。暮らしが苦しいというのも頷けます」

ザカリアは険しい顔をした。「アクラに行って暮らそうと、妻に言われているくらいですよ」

エマは頭を左右に揺らした。「でもアクラも……あそこはあそこで問題がありますから」

三人は声をそろえて笑ったが、ソロモンの表情がほとんど変わらないことにエマは気づいた。

「ミスタ・ザカリア。仲間の漁師たちにもこのことを伝えてもらえませんか？　わたしが説明したようなものがないかどうか、気をつけておいてほしいと。遺体とか、何かが入った袋とか、とにかく見慣れないものに注意するようにと」

「もちろんです」ザカリアは力強く頷いた。「さっそく、水草のまわりやアドミ橋のあたりの川岸などを探してみます。何か見つけたり聞いたりしたら知らせるので、電話番号を教えてください。すぐに連絡します」

エマは番号を教え、ラブラムも自分の番号を教えた。

「物静かな息子さんですね」エマはソロモンに笑みを向けた。

「ええ」ザカリアは真面目な顔をした。「ちょっとした問題を抱えていて。コミュニケーションが苦手なんです」

「そうですか」

「でも、魚を獲るのはうまいんですよ」ザカリアは顔をほころばせた。

「それは頼もしいですね」エマはポケットに手を入れ、

数枚の札を取り出してザカリアに手渡した。この調子でお金を渡していくと、そのうち財布が空っぽになってしまうだろう。「ありがとうございます。協力してもらえると、とても助かります」

「いいんですよ。こちらこそありがとうございます。幸運を祈っています。何かわかったら、どんなに些細なことでも、必ずあなたかミスタ・ラブラムに連絡します」

46

五月二十二日　ガーナ、アクラ

非番の日の午後、ダズ・ヌノーはリング・ロードにある〈ビジー・インターネット〉という店で数時間ほど過ごし、プリンターを使っていた。少しでも家計の足しにしようとパートの仕事を探すことにしたダズは、履歴書を更新したのだ。一流の警備会社で仕事に就ければと思っていた。印刷を待つあいだ、ダズは大きな倉庫のような店内を見まわしていた。パソコンの端末が何列も並び、どの席も多種多様な人々で埋まっている。とはいえ、その大半は若い人たちだった——学生やそのほかの若者だ。〝そのほかの若者〟のうちの何人がサカワ・ボーイなのだろうか、ダズはそんなことを考えた。今日の海外の獲物《ムグ》は誰なのかひとりひとりに訊いてまわる自分の姿を想像し、苦笑いを浮かべた。

　履歴書のコピーを手にしたダズは、エアコンの効いた店内から午後の蒸し暑い空気へと足を踏み出した。北の空には重く暗い雲が立ちこめ、もうすぐ雨になるのはまちがいない。かたくなに傘をさそうとしない生粋のアクラの住人であるダズは、濡れるまえに家へ帰ろうと思った。リング・ロードの立体交差の手前にあるバスターミナルへと急ぎ、サムスン電器店の前を通り過ぎた。一度その店に入ったことがあるが、目の飛び出るような値段を見てすぐに出てきた。その店からSWATチームの仲間のカリッジが出てくるのを目にし、ダズは歩を緩めた。大きな長方形の箱をもった二人の店員を引き連れている。その箱の横には、〝五十二インチ・サムスン・スマート・テレビ〟という文字が派手に書かれていた。店員はカリッジのピックアップの荷台にその箱を載せ、ロープで固定した。〝すごいな、五十二インチのサムスンだと？〟ダズは思った。そうとう値が張るはずだ。

カリッジがダズに気づき、呼びかけてきた。「よう！ 何してるんだ？」二人は男らしいハグを交わした。

「なんだよ、これ！」ダズが言った。「薄型テレビを買ったのか？ すごいじゃないか！」

カリッジは嬉しそうに笑い、大きく口を開けて一本残らず歯を見せた。「そうだろ。薄いだけじゃなくて、スマートなんだぜ！」

二人は大笑いしてハイタッチをした。

「よかったな！」ダズは言った。「いつ家に招待してそのテレビを見せてくれるんだ？」

「いつでもいいぞ。今度の土曜日でも。いや、日曜日のほうがいいな。土曜はエマとデートなんだ」

ダズは口を開けて手を当て、わざとらしく驚いてみせた。「さっそくかよ！ ほんとに手が早いやつだな、まったく《コラ》！」

また大笑いしてからダズが釘を刺した。「彼女には優しくしろよ、いいな？ エマは尻の軽い女じゃないんだ。ベッドに連れこもうなんて考えるなよ、わかったな？ 恥をかくことになるぞ」

「心配するなって。おれは紳士なんだ」

「そうだよな」ダズは同僚の肩を叩いた。

「では、ボス、家に帰ってテレビを設置してもよろしいでしょうか？」

「もちろんだよ。明日は仕事か？」

「ああ」

「そうか、じゃあ、また明日」

カリッジを見送りながらダズは笑みを浮かべていたが、五十二インチのテレビを羨ましく思う気持ちは否定できなかった。

47

エマはアクラへ戻るまえに、最後にアコソンボ警察署へ寄った。ラブラムが署長にエマを紹介した。バワ警部は、四十代後半の背の低い男だった。

「はじめまして」バワはにっこりしてエマに言った。

「ミスタ・ラブラムとは長い付き合いでね」

「バワ、エマはアクラのイェモ・ソワー探偵事務所から来たんだ」ラブラムが言った。「例のアメリカ人の失踪事件を調査している」

「そうですか、そうですか」バワは熱のこもった口調で言った。「解決できることを願っています。あれは実に謎めいた事件です。残念ながら、お伝えできるような新たな情報はありません。あればいいのですが」

「ありがとうございます、警部」エマは言った。「漁師たちに、何か見つけたときには連絡するよう、声をかけてきたところです」

「いい考えですね。成果があることを祈っています。協力できることがあれば、ミスタ・ラブラムか私に連絡をしてください。力になるので」

ラブラムはトロトロの乗継地でエマを降ろした。エマはごった返した人ごみをかき分け、アクラの停留所へ向かうトロトロを見つけた。アクラに着くと、その足でソワーの事務所へ戻った。

「おかえり」ソワーが言った。「まずは坐ってから、話を聞かせてくれ」

エマは、ザカリアと会ったことを話した。「彼は信頼できると思います。川岸やほかのところを探してみると約束してくれました。遺体のようなものがないか注意して、見つけたら連絡をくれることになっています。アコソンボ警察署にも行って、バワ警部と話をしました」

「よくやった、エマ」

「恐れ入ります。ところで、足の具合はどうですか?」

「だいぶよくなったよ。先生に薬をもらった」

「安心しました」エマは一瞬ためらってからつづけた。「実は、お話ししなければならないことがあります。もっと早く話したかったのですが、その機会がなくて。わたしには、ブルーノという義理の弟がいます。父はブルーノが気に入らず、何年もまえに家から追い出してしまいました。それ以来、ブルーノはストリートで暮らしていて、トラブルを起こしたこともあります」

「そうか」ソワーはそう言ったものの、本題に入るのを待っているのは明らかだった。

「それでも」エマはつづけた。「ブルーノとわたしは強い絆で結ばれています。ブルーノが大好きなんです。問題はブルーノが安定した仕事に就けないということなんですが、そのうえ今度は、サカワ・ボーイズと付き合うようになったんです」

「そういうことか」言いたいことが読めたようだ。

「それで」エマはつづけた。「付き合っているサカワ・ボーイズからミスタ・ティルソンのことを聞いていないかと思って、確かめてみることにしました。昨夜、ブルーノに電話をすると、はじめは何も知らないと言っていましたが、最後には知っていると白状したんです。正確に何を知っているかは、自分の口からは言いたくないとのことでしたが。その代わり、ある人物に話を聞くよう言われました。その人物というのは、事件記者の――」

「サナ・サナか」彼女に代わってソワーが名前を口にした。

「そうです」

「面白い」ソワーはエマを見つめていたが、考えにふけっているようだった。「ということは、ブルーノはサナとつながりがあるということか？」

「たぶん。ですが、ブルーノは肯定も否定もしませんでした。〝サナに訊いてくれ。なんでも知っているから〟と言うだけで。ブルーノを問い詰めましょうか？」

ソワーは首を振った。「ブルーノに煙たがられるようなまねはしないほうがいいだろう。ブルーノのことは知らないが、きみたち二人は仲がいいようだし、いつでもブルーノとは話ができるようにしておきたい。いまはブルーノのことは気にせず、彼の情報に従ってただちに動くべきだろう。サナには会ったことがある。この件についてサナに訊いてみようと思わなかったとは、自分でもあきれてしまう。簡単には居所がつかめない男だが、見つけてみせる」

「わかりました」

「この二日間、実にいい仕事をしてくれた、エマ」ソワーは真剣な口調で言った。「よくやった」

エマの胸に誇りが満ちあふれた。「ありがとうございます。今日も何か指示はありますか？」

「ああ。例の運転手のヤヒアを調べてほしい。私たちの知るかぎり、ミスタ・ティルソンがいなくなって最初にリヴァーヴューへ行ったのは、あの運転手だ。じかに会って話を聞くのが重要だ。どこかで彼と会えないか、訊いてみてくれ。彼が何か気になるもの——たとえば、あの家から走り去っていく車や人などを見ていないかどうかだけでなく、彼の態度も知りたい。何か隠しているような様子はないか、そういったことを」

「わかりました。任せてください」

48

はじめは、ヤヒアはエマと会うことを拒んだ。「もう女の刑事さんに話を聞かれました」電話で手短にそう言った。

〝警察も多少は仕事をしたようね〟エマは思った。

「話を聞いたのは、ダンプティ警部ですか？」

「ええ、その人です」素っ気ない口調だった。「あの人と働いているんですか？」

「とんでもない」エマは、探偵事務所とガーナ警察庁のちがいを説明した。「どちらにお住まいですか？」

「マモビです」それはアクラのゾンゴ地区のひとつで、ハウサ語を話すムスリムが多く暮らす地域だ。

「アッパー・イースト州の出身ですか？」彼の警戒を解こうと、見当をつけて言ってみた。

「ボルガタンガの出身です」

「あそこはいいところですよね」そこへ行ったことはないものの、そう口にした。北部の街は南部の街よりもずっと貧しく、たいていは軽んじられていた。

「そう思いますか？」気になったらしく、声音が変わった。「いつ行ったんですか？」

「三年まえです」何も考えずに答えた。嘘が滑らかに口をついて出ることに、複雑な気持ちになった。「すみません、携帯のバッテリーが少ないんです。マモビのどこかで会って、お話しできませんか？　すぐ近くにいるんです」

ヤヒアはためらっていたが、小さくため息をついた。

「わかりました。マモビ総合病院はご存じですか？」

「もちろんです」

二時間後に、その病院の外で会うことになった。エマは幸運を祈って指を交差し、彼が来てくれることを願った。

病院の外には板根の発達した木があり、エマとヤヒアはその木陰で板根に腰をかけた。ヤヒアは真っ黒な肌をした三十代の小柄な男で、見るからに元気がなかった。

「クビになったんです」ヤヒアはエマに言った。

「なんですって！」エマは声をあげた。「お気の毒に。何があったんですか？」

ヤヒアは肩をすくめた。「あの白人が行方不明になったからです――私がアコソンボへお連れしたあの白人が。あの人の安全を守るのは私の役目だから、行方不明になったのは私のせいだと」

「ひどい！」エマは怒りで声を荒らげた。「どうしてあなたのせいになるんですか？」

「気にしないでください」いまではヤヒアも腹を立てていた。「私は同僚の運転手のひとりに嫌われていて、そいつはボスのボーイフレンドなんです。クビにする言いわけを探していたんですよ」

「そういうことですか。本当に残念ですね。新しい仕事を探しているんですか？」

ヤヒアは頷いた。「別の運転手の仕事を探しているところです。でも、この景気ではね。なかなか見つからなくて」

確かに、いまの景気は停滞しているように思える。社会にカネがまわっていない。より正確に言えば、カネが公平に行き渡っていないのだ。

「アクラに戻る予定のミスタ・ティルソンを迎えに行った日の朝、何があったんですか？」エマはヤヒアに訊いた。

「ミスタ・ティルソンには、七時に発ちたいと言われていました。そこで、六時五十分までに着くように迎えに行きました。外で待っていると携帯にメールをしたんですが、返事は来ませんでした。七時五分にドアをノックしても、やはり返事はありません。そこで電話をしてみたんですが、電話にも出ません。ドアノブをまわしてみたら鍵が開いていたので、なかに入ったんですが、誰もいませんでした。あの人の荷物も――何もありませんでした」

「バッグはいくつもってきていたんですか？」

「二つです。着替えが入った小さいバッグと、ノートパソコン用のバッグです」

「携帯電話とノートパソコンもなくなっていたんですね？」

「はい」

強盗が押し入ったものの計画どおりにことが運ばなかったのかもしれない、エマはその可能性も考えたが、本気でそう思ったわけではなかった。

「もしかしたら、別の送迎サーヴィスを利用することにしたのかもしれないと思いました」ヤヒアはつづけた。「でも、どうしてそんなことを？　ミスタ・ラブラムの番号を知っていたので電話をすると、コテージまで来てくれました。ミスタ・ラブラムに、〝ここへ着いたときにほかの車を見なかったか？〟と訊かれて、見ていないと答えました。私はボスに電話をして、ミスタ・ティルソンからクレームがなかったかとか、別の運転手を寄こすように頼まれていないかとか、そんなことを訊いてみました。でもボスは、そういったことは何も聞いていないと言っていました」ヤヒアは打ちひしがれて目を伏せ、汗ばんだ顔と剃り上げられた頭をぼろぼろのタオルで拭いた。

エマは、カファイがアドミ橋で見たというSUVのことを思い出した。「ミスタ・ティルソンを乗せていたのは、どんな車ですか？」

「4WDのトヨタです」

「色は？」

「黒です」

「わかりました」カファイが話してくれた車の特徴と一致する。

　ヤヒアは困り切った顔をして、目を上げた。「あの白人《オブロニー》がいなくなったことに、私は関係ありません。どうして私がそんなことをすると？　あの人は会社にお金を払っていたし、私の食費や宿泊費も毎日出してくれていたというのに。それなのに、あの人を殺して荷物を盗むとでも？　そんなことしません！　あのダンプティとかいう女刑事さんに、何度も何度もしつこく訊かれました。あの人から金目のものを奪って、殺してどこかに埋めたんじゃないか、と。とんでもない！そんなこと、できるわけないじゃないですか」ヤヒアは自分のからだを指した。「見てください！　あの大きなアメリカ人を殺せるような力が、このからだのどこにあるというんですか？」

「マダム・ドリスとは、じかに会って話をしたんですか？」

　ヤヒアは首を振った。「いいえ、電話で話を聞かれました。ミスタ・ラブラムが私の番号を教えたんです」

「以前から、ミスタ・ラブラムを知っていたんですか？」

「はい。よく知っています。ずいぶんまえから、あのリヴァーヴュー・コテージに観光客を連れていっているので」

　橋にいた二人組がラブラムとヤヒアだという可能性は、万がいちにもあり得るだろうか？　あのＳＵＶがラブラムの車、もしくはヤヒアのレンタカー会社の車という可能性は？　二人には誰にも邪魔されずに犯罪を遂行するチャンスがあったとはいえ、その動機は？生活を潤してくれる相手を切り捨てるようなまねなど、するわけがない。二人にとって、ミスタ・ティルソンはリピート客になり得たのだから。やはり、筋が通らない。

「クウェク・ポンスという人をご存じですか？」別の角度から探ってみようと、エマは訊いてみた。

「呪術師の？」

「ええ、そうです」

ヤヒアはぐるりと目をまわしそうになった。「ふざけた男です。虫唾《むしず》が走る。あいつの力は偽物です。本物の力をもっている人に会いたいなら、タマレかボルガタンガへ行くことですね」

エマは笑みを浮かべた。「実際にポンスを知っているんですか？」

ヤヒアは力いっぱい首を振った。「アティンポックのどこに住んでいるかは知っています。それだけです」

「ミスタ・ティルソンに、クウェク・ポンスについて訊かれたことは？」

ヤヒアは頷いた。「あります。はじめはサカワのことを訊かれました。私は知っていることを話しました――呪術的な力を使ってパソコンで儲けているとか、そういうことを。それから、クウェク・ポンスがどこに住んでいるか知らないか、と訊かれました。仕事の話をしたいから、彼の家まで連れていってほしい、と」

これは期待できそうだ。「それで？　連れていったんですか？」

「はい。向こうでもずっとそばについていました。お客様に目を配るのは、私の義務ですから」

「わかりました。それで、ミスタ・ティルソンはポンスと会ったんですか」

「はい」

「いつだったか覚えていますか？」

「三月三十日か三十一日です」

「向こうでは何があったんですか？」

「ポンスの手下のごつい双子に家のなかへ案内されて、ポンスと会いました。ミスタ・ティルソンはポンスにあれこれ訊いていました」

「どんなことを？」

「サカワ・ボーイズのことを。それと、あの偉そうな警察もサカワに一枚嚙んでいるのか、とも訊いていました」

面白いことになってきた。「それで、ポンスはなんと?」

ヤヒアは気に食わないような声を洩らした。「はじめは何も言いませんでした。そこでミスタ・ティルソンがお金を渡したんですが、それでも黙ったままで。ミスタ・ティルソンは頭にきて、誰も彼も嘘つきだと言いました。そしたらポンスが、自分を嘘つき呼ばわりするのか、と息巻いたんです。ミスタ・ティルソンも、おまえなんか怖くないと言い返しました。するとポンスは、〝私よりも怖い連中がたくさんいるぞ〟と言いました。ミスタ・ティルソンにはなんのことだかわからないようでしたが、ポンスは〝白人よ、いまにわかる〟とだけ言って笑っていました。私はミスタ・ティルソンに言いました。少し落ち着いてください、もう戻りましょう、気をつけないと面倒なことになって、あの双子にぶちのめされてしまいますよ、と。それでポンスの家を出たんですが、そのあとミスタ・ティルソンはずっと口を開きませんでした」

これは貴重な情報だ。「ほかに何かありませんか?」

「いいえ」彼はそう言ったが、なぜかわずかに視線をそらしたことにエマは気づいた。

「ミスタ・ヤヒア、ご協力ありがとうございました」

二人は同時に立ち上がり、握手をした。ヤヒアがいま苦しい状況にあることや協力してくれたことを考え、エマは彼に数セディ——財布に残っているほぼ全額——を渡した。ヤヒアと別れたエマは、ゴードン・ティルソンの失踪に彼は関わっていないだろうと確信した。しかも、ヤヒアは重要な情報を提供してくれた。確かにティルソンはポンスに会いに行き、一触即発の状態になった。そしてポンスは明らかに脅しともとれることを口にした。〝白人よ、いまにわかる〟と。

ヤヒアは〝善良な人〟だ、エマは思った。ただし、ひとつだけ気になったことがある。最後にかすかだが、確実にヤヒアの表情が変わったのだ。何か話していないことでもあるのだろうか？

49

五月二十二日　ガーナ、アクラ

金曜日の勤務時間も終わりに近づいていた。ラリア副総監が孫たちと過ごすのを楽しみにして心を弾ませていると、電話が鳴った。アンドー総監からだった。話があるという。しかも、いますぐに。

ラリアはできるだけ急いで階段を上がったが、若いころと比べると明らかに遅くなっていた。若かったころが、なんとむかしに思えることか。彼は総監のオフィスのドアをノックし、なかに入った。

「ラリア」アンドーはデスク脇の椅子を指して言った。「一時間ほどまえに、警察庁長官と会ってきたところだ。例のティルソン──あのアメリカ人の件を気にしておられた」

「その件なら知っております。担当しているのはダンプティ警部です──クアイノ警視正のもとで」

「ちょっと調べてもらいたい。あの二人は何をしているのだ？　あのアメリカ人が行方不明になってから、二カ月近く経つというのに。そうだろう？　どうなっているのだ？　月曜日に捜査の詳細な状況を報告させ、それ以降はきみが監督してくれ」

「わかりました。お任せください」

「面倒なことになってきた」アンドーは愚痴をこぼした。「サカワ・ボーイズやら何やらにカネをだまし取られたヨーロッパ人やアメリカ人の事件が増えつづけているせいで、ガーナの評判はがた落ちだ。ユーチューブにもたくさんの動画が投稿されている」

「おっしゃるとおりです」

「そこで」アンドーは言った。「バンナーマン大統領が警察庁長官に、インターネット詐欺を厳しく取り締まるよう指示を出された。計画ができしだい、トップ会談を開いて発表することになっている」

「わかりました。いい考えだと思います。うまくいけばいいのですが」

アンドーは頷いたが、心ここにあらずといった感じだった。しばらくしてから言った。「いままでさんざん見てきたような、お決まりのリップ・サーヴィスではないことを期待したい」

「本腰を入れて取り組まなければなりません」

「問題は、その計画を実行に移すにあたり、しかるべきところにしかるべき人物がいるかどうかということだ。リーダーシップがお粗末なら、お粗末な結果にしかならんからな」

ラリアにはアンドーが誰のことを言っているのかはっきりとはわからなかったが、訊く気にはなれなかった。

「お偉方のなかには、偽善者もいる、ラリア」その声は、驚くほどの敵意に満ちていた。「名指しするつもりはないが、本人たちも自覚しているはずだ。あいつらはただのイエスマン、大統領に言われたとおりに動く操り人形なんだ」

「そうですか」ラリアはそれ以上のコメントは避けた。

「話は以上だ。何か進展があったら知らせる。もちろんわかっているだろうが、この部屋での会話は、何もかも他言無用だ」

「わかっております」

「ところで、家族は元気か？」

「おかげさまで。お気遣い、ありがとうございます」

アンドーはにっこりした。「それはよかった。では、よい週末を」

オフィスに戻ったラリアは帰り支度をしながら、総監が怒りに任せてまくし立てていたのはなんのこと、あるいは誰のことだろうと考えていた。あいまいな言い方だったとはいえ、偽善者やイエスマン、上層部にいる操り人形、そんなことを言っていた。警察庁長官のことだろうか？　アンドーはミスタ・アクロフィに恨みでもあるのだろうか？

　ラリアはその考えを振り払った。自分には関係のないことだし、そんないざこざに巻きこまれるのはごめんだった。ただでさえ、犯罪捜査局《CID》には問題が山積みなのだ。

50

五月二十三日

　土曜日の夜、エマはカリッジとのデートに着ていく服選びで迷っていた。黒のスキニー・ジーンズにいちばん合うのはどれだろう？　エマはファッションに疎《うと》く、クロゼットもがらんとしていた――洗濯物がたまっているという容赦のない現実を別にしてもだ。隅に置かれた汚れた服の山は、目を覆いたくなるような光景だった。

　白のノースリーヴのブラウスか、明るい赤紫色の薄手の長袖シャツにすることにした。二着とも着てみて、姿見鏡の前でまわって自分の姿を見つめた。痩せているとはいえ、その衣装をなんとか着こなせた。だがもう少しからだにカーブを付けたり、二、三キロ増やしたりしてもよさそうだと思った。

　ノースリーヴに決めたところで電話が鳴った。ベッドの上に放置された選ばれなかった服の山をかき分け、携帯電話を見つけ出した。カリッジからのメールで、あと十分くらいで迎えに来るということだった。エマもほぼ準備はできていた。いまから外に出ているべきだろうか、それともカリッジが来るのを待つべきだろうか？　彼が来るのを待つことにし、着いたというメールが来てからドアを出た。

全身を黒で統一したカリッジが、道路脇に駐めた輝かんばかりの黒っぽいトヨタRAV4の横に立っていた。「とってもきれいだ」彼はそう言ってエマのために助手席側のドアを開けた。

「ありがとう。あなたも素敵よ」

「そう言ってもらえると嬉しい。ありがとう」

カリッジは、匂いは強いが香りのいい香水をつけていた。それを嗅いだエマは、自分が香水をつけ忘れたことに気づいた。

南の繁華街へ向かう車のなかで、カリッジの運転はタクシーの運転手並みに荒っぽいとエマは思った。

「どこへ行くの？」助手席のアームレストをつかんだまま訊いた。

「〈アフリキコ〉さ」エマに笑顔を向けた。「知ってる？」

「聞いたことはあるけど、行ったことはないわ」

「きっと気に入るよ。ダンスはできる？」

「ちっとも」

「大丈夫、おれが教えるから」

エマはダンスをするという期待に胸を膨らませたが、〝ぶざまに見える〟のではないかと不安でもあった。

「素敵な車ね」エマは言った。「新車の匂いがする」

「ありがとう。買ってまだ半年くらいなんだ」

「すごいわね」どこにそんなお金があるのだろう、エマは思った。

〈アフリキコ〉でラテン・ミュージックを耳にするとは予想もしていなかった。どうやら、土曜日はラテン・ナイトのようだ。ガーナにそんなものがあるなどと、誰が思うだろう？　エマはそういった音楽に馴染みがなかった——耳をつんざくような大音響となればなおさらだ。伝統的なガーナの音楽のハイライフ――最近のものではなく、祖父母が聴いていたようなもの――と似ているところがあるような気がした。少しだけ高くなっている木製のステージのまわりに椅子やテーブルが並べられ、そのステージではカップルたちが夢中で踊っていた。誰が常連客かは、一目瞭然だった。からだをくるくるとまわして華麗に舞い踊る姿に、エマは魅了された。エマとカリッジは二人ともノンアルコール飲料を注文した。一杯目を飲み終えたところで、カリッジが言った。「踊ろう」

エマは断わろうと口を開いたが、ことばが出るより先に立たされ、人ごみをかき分けてステージへ連れていかれた。空いているスペースを見つけると、カリッジがエマにタンゴを教えた。音楽に負けじと声を張りあげるカリッジの説明が、なんとか聞き取れた。

はじめはちっともうまく踊れず、不器用な自分に苛々した。カリッジは急かすことなくじっくり教えてくれた。ようやくはじめてターンができたときには、すっかり舞い上がってしまった。二曲目が終わるころには、懸命に踊っていたエマは汗まみれだったが、カリッジは汗ひとつかいていなかった。休憩してドリンクを飲み、カリッジが料理を注文した――自分にはヤギ肉のケバブ、エマにはタイ・チャーハンだ。カリッジの財布にぎっしり詰まった五十セディ紙幣が、嫌でも目に留まった。どうやってそんな大金を？　カネがあることをアピールしようとしているだけだろうか？

〈アフリキコ〉で二、三時間ほど楽しんだあと、カリッジはオス地区のオックスフォード・ストリートにあるアイスクリーム・ショップへエマを連れていった。二人は外のテラスで腰を下ろした。夜はまだ蒸し暑いとはいえ、多少は気温が下がっていた。通りの向かいにあるクラブから音楽が流れてくるが、ふつうの声では会話ができないほどの音ではない。〈アフリキコ〉の大音量のミュージックのせいで耳鳴りがしていたエマは、このどちらかといえば静かな状況にほっとしていた。

「どうしてボーイフレンドがいないんだ?」カリッジはそう訊き、ストロベリー・アイスのコーンの縁を舐めた。

エマは不意を突かれて咳きこんでしまった。「いまなんて?」

「聞こえただろ。きみみたいな魅力的な女性に――どうして男がいないんだ?」

「それほど魅力的だとは思わないけど」

「自分で思っているより、ずっとかわいいよ。それより、いまのはありがとうって言うところだよ。褒められたのを否定しようとするんじゃなくて」

「そうね。悪い癖だわ。ありがとう」

「当然のことを言ったまでさ」カリッジはにっこりした。「まだ答えを聞いてないけど」

エマは肩をすくめた。「はっきり言って、自分でもわからないわ」

「そうか」その答えに納得はしていないようだ。

「今度はわたしが訊く番よ」彼のやり口をまねて反撃した。「あなたのガールフレンドはどこにいるの?」

カリッジは笑い声をあげ、きれいな歯を披露した。

「元ガールフレンドだ――別れて一年以上になる。いまはときどきデートしているくらいだけど、そろそろ身を固めたいと思ってる」

エマはヴァニラ・アイスをスプーンですくった。

「それがいいわ」会話が弾むようなことを自分が言っていないことに気づいた。

「これから映画でも見ようよ」カリッジが誘った。

「うちに五十二インチのテレビがあるんだ」

〝五十二インチですって!〟「お金持ちか何かなの?」エマは訊いた。

カリッジは笑みを見せて首を振った。「自分の才能の活かし方を知っているだけさ」

「どういうこと？」

彼は謎めいた笑みを浮かべたままつづけた。「そのうち話すよ。たぶんね。それで、うちに来て映画を見ないか？」

「遠慮しておくわ。明日は教会があるの――早朝の礼拝だから」

「本当に？」疑いの目をエマに向けた。

「信じたくないなら、信じなくてもいいわ」エマは面白がっていた。

「わかった。じゃあ信じるよ」

エマは会話の流れを変えたかった。「わたしも訊きたいことがあるんだけど」

「なんだい？」

「ドリス・ダンプティ警部のこと、何か知らない？」

カリッジはがっかりしたようだった。「仕事の話をしなきゃいけないのか？」

「ごめんなさい。これだけ聞いたら、もう仕事の話はしないわ」

「ダンプティだって？」蔑《さげす》むように笑った。「アンドー総監に点数稼ぎをしようと、たまにサカワ・ボーイズのアジトの手入れをしている。それを別にすれば、おれが知ってるなかではいちばんだらけた女のひとりだよ」

「どうしてそれでお咎めなしなの？」

「犯罪捜査局《CID》には、怠けていても注意されないやつなんて山ほどいる」カリッジはにやけた笑みを浮かべた。「ダンプティの場合、上司のクアイノ警視正と寝てるから、ほぼなんでもやりたい放題さ。逆に何もしなくても、文句も言われない」

口に運ぼうとしていたスプーンが、途中で止まった。

「警視正と寝ているですって？　どうしてそんなことを知ってるの？」

「公然の秘密だから。みんな知ってるけど、何も言わないだけさ」

「総監も知っているのかしら？」

「知ってるかもな。でも、警察のトップの連中は、そんなくだらないことには関わりたくないのさ。あるいは、見て見ぬふりをしている」

　エマは首を振って身震いをした。それを見たカリッジは含み笑いを洩らした。「なんだって震えたりするんだ？」

「上司が部下と寝るなんて。そんなの絶対にだめよ。それに、クアイノ警視正は結婚しているでしょ」

「もちろんだよ！　ＳＷＡＴが警備を担当したイベントで、奥さんを見たことがある」

「つまり、二人は浮気をしているってことにもなるのね」

「よくあることさ。きみはそんな状況になったことがないんだろうけど、そうなった場合には自分ではどうすることもできないように感じるものなんだ、本当だよ」

　とたんにアンドー総監に襲われたときのことがよみがえり、気分が悪くなった。アイスを食べる気も失せてしまった。

「どうしたんだ？」エマの様子が変わったことに気づき、カリッジは訊いた。

「ごめんなさい」沈んだ声で答えた。「気分がよくないの」

　カリッジは心配そうな顔をした。「あのクラブで食べたものがよくなかった？」

　エマは首を振った。「いいえ、そうじゃないわ。もう帰りたいんだけど、いいかしら？」

「構わないよ」カリッジは椅子から跳び上がり、デートの相手に手を差し伸べた。

51

クアイノ警視正は、ダンプティ警部の大きくて圧倒的な肉体、むっちりした太腿、そして巨大な尻に夢中だった。とくに彼女のいとこがアムステルダムで買ってきたSMの女王様のコスチュームを着た姿には、気が狂いそうになった。今夜、バスルームから猛然と出てきた彼女は、赤いシースルーのホルターネック・ドレス、伸縮性のある細いハーネス・ガーターベルト、黒の網タイツ、スティレット・ヒール、そして甘美な蜜壺を覆う小さな黒い三角形のエナメルという格好をしていた。クアイノは目玉が飛び出そうになり、興奮して喉を鳴らした。クアイノは永遠とも思える長いあいだベッドに横たわり、彼女の絢爛《けんらん》たる姿が現われるのを待ちわびていたのだ。その日の夕方、二人はラバディ・ビーチ・ホテルにチェックインしていた。クアイノは三二一号室で、ダンプティは四一八号室だ。その後、彼女の部屋で落ち合った。それぞれの配偶者には、極秘の張りこみと言ってある。おそらく徹夜になるだろうから、待たなくていい、と。

しかも、ダンプティは黒い鞭《むち》を手にしていた。その鞭を目にしたとたん、クアイノの心臓は激しく脈打ち、胸から飛び出してしまうのではないかと思うほどだった。ボクサーパンツ一枚の姿のクアイノはベッドの上で両手両足を大きく広げ、ベッドのまわりを闊歩する彼女の一挙手一投足に目が吸いつけられていた。ダンプティのコスチュームは、いまにもはち切れそうだった――その張り裂けそうなコスチュームの下にあるのは曲線を描く肉体などではなく、ひとつの大きな肉のかたまりだった。それがクアイノにはたまらなかった。

ダンプティはベッド脇に立ち、鞭の柄の部分でクアイノの脇腹を小突いた。「話してもよろしい」

「かしこまりました、女王様」

「なんですって！」彼女は声を荒らげた。「呼び方を知らないようね。わたしをどう呼べばいいか、言ってごらん」

「女王様ではだめなのですか？」萎縮している。

「女王陛下よ！」彼女は怒鳴り声をあげた。

「はい、そうでした、女王陛下。申しわけありません。どうか罰だけはご勘弁を、女王陛下」

「罰を与えなければならないわね」あざけりの笑みを浮かべた。「罰を受けるのよ」

「お許しください、女王陛下！　お願いします」

「おまえの尻を鞭で打ちのめしてやるわ」

「ああ、やめてください。女王陛下。どうかご容赦を」

「うつ伏せになるのよ。さっさとしなさい！　うつ伏せと言ったのよ」

クアイノは情けない声を洩らして言われたとおりにした。

「パンツを下ろしなさい、この惨めな臣下め！」

クアイノは腰を揺らしてパンツを脱ぎ、丸々とした球根のような尻をむき出しにした。

「わたしをなんと呼ぶの？」がなりたてた。

「妃殿下」

「ちがうわ！」尻に鞭を振り下ろすと、彼は飛び上がって悲鳴をあげた。「なんて呼ぶの？」

「閣下」

ビシッ！

「女王様」

ビシッ！　ビシッ！

クアイノは得も言われぬ恍惚の声で叫んだ。「奥方様」

ダンプティは何度も何度も鞭を叩きつけた。クアイノはすすり泣きながら笑っている。「どうかお許しください、お許しを、お許しを」

「今度は仰向けよ」彼女は命令した。

「かしこまりました。女王陛下」

「何よこれ！」仰向けになったクアイノに声を張りあげた。「その醜い男性器をそそり立たせてもいいと言ったかしら？」
「いいえ」舌がもつれている。「おっしゃっていませ
ん、女王陛下」
「それなら、これは何？」その勃起したものをそっと
なでた。「お仕置きをしなければならないようね。ど
んなお仕置きがいいかしら？」
「女王陛下」囁くように言った。「女王陛下のお好き
なように」
ダンプティは鞭を手放し、ベッドに上がってクアイ
ノにまたがった。「こんなのはどう？」
「はい、女王陛下」喜びのあまり涙がこぼれそうだ。
「触らないで！」彼が手を伸ばそうとしたので、ぴし
ゃりと言った。ダンプティは前屈みになってクアイノ
の両手を頭の脇で押さえつけ、たるんだゴム・ボール
のようにからだを弾ませた。
「お仕置きされるのが好きなのよね、悪い子だわ。本
当に悪い子ね」
クアイノのからだが強張ってきた。「はい、お仕置きされたいんです、女王陛下」
「なかに出してはだめよ」ダンプティは釘を刺した。
「もう無理です」そう呟き、からだをびくびくさせた。すんでのところでなんとかペニスを抜いた。
クアイノは最後に大きくうめき声を洩らし、あっという間に眠ってしまった。
ダンプティは彼の上から降りて肘をつき、いびきをかいているクアイノを見つめた。「まったく」首を振って言った。「どうしようもないわね」
翌朝まだ暗いなか、クアイノは寝返りを打って目を開け、天井を眺めた。
「ダンプティ警部」クアイノが声をかけた。
彼女は頭を上げげた。「なんですか、ボス?」
「起きてくれ。話がある」
「わかりました」ベッドの上で急いでからだをまっすぐに起こした。

「少しばかりまずいことになった」クアイノは言った。

「どういうことですか？」

「昨日の帰り際にラリア副総監から電話があって、きみが担当している事件について訊かれた――あの行方不明のアメリカ人の件だ。アンドー総監からプレッシャーをかけられているとのことだ。総監自身も、警察庁長官から急かされているらしい。私たち二人とも、月曜日にラリア副総監のオフィスに来るよう言われた」

「まずいですね」これは大ごとだ。

「ああ。知ってのとおり、ラリアは冗談の通じない男だ。総監よりも怖ろしいと思っている」

「そうですね」

「しばらくあの件について話を聞いていないが」クアイノからは懸念の色がうかがえた。「誰か逮捕できそうか？」

「逮捕ですか？」顔が熱くなった。「いまのところはまだ」

「どうして？」

「いまも捜査中なので」

「何か手がかりが――容疑者が必要だ」クアイノは言った。「月曜の朝までに」

「誰かにつながるような証拠は、ひとつもありません」ダンプティはうろたえた。「あのアメリカ人がどこにいるのかすら、わからないんです」

　クアイノはうめき声を洩らし、しばらく二人は黙りこんでいた。するとクアイノがからだを起こした。

「証拠ならあるじゃないか！　ずっと目の前にあったというのに。さあ、服を着ろ。これから逮捕に行くぞ」

52

五月二十四日

日曜日の朝、エマは昨夜遅くまで起きていたせいでからだが重かったとはいえ、午前八時の礼拝に備えて早起きをした。礼拝は短めで、一時間ほどだ。午前十一時の礼拝は三時間近くかかり、そのあとさらに聖書の勉強会もある。

トロトロのなかで、エマは昨夜のことを思い返していた。あんなに楽しんだのはずいぶん久しぶりだった、確かにそれは認める。カリッジに対しては、まだ気持ちがはっきりしなかった。結論を出すには早すぎる。しばらく様子を見ることにし、真剣な交際をするかどうかはゆっくり考えるつもりだった。セックスに関して言えば、彼はきっぱりあきらめたほうがいい。

とにかく、今日は新しい一日のはじまりなのだから、昨夜のことをあれこれ考えたくはなかった。いまは早く自閉症センターへ行き、ミセス・アクロフィが寄付してくれた新品のサムスンのタブレットを試してみたくて仕方がなかった。エマが着くと、ボランティアのひとりのグレイスが外で四人の子どもたちに目を配っていた。

「おはよう、エマ」グレイスが声をかけてきた。「コジョーなら、なかでアンティ・ローズといっしょにいるわ」

なかではローズがコジョーに朝食を食べさせているところだった。時間がかかる大変な世話だ。というのも、コジョーは食事をするのが嫌いで、好きな食べ物も限られているのだ。

ローズはエマを見て顔をほころばせた。「おはよう、エマ、元気?」

「はい、アンティ。代わりましょうか?」

「お願いするわ」ローズはほっとして言った。「これから教会へ行くの」

「構いませんよ」エマは、からだを揺らしはじめたコジョーの隣に坐った。「コジョー。そんなにからだを揺らさないで」

二十分ほど根気よくつづけると、コジョーはシリアルとフルーツを平らげた。「えらいわ」エマは言った。「お口を拭かないと。覚えているわよね？」

コジョーは何度も手をひらひらさせた。

「はい、これ」エマは彼にナプキンを渡した。コジョーは口を拭いたが、さっと口元にナプキンを当てただけだった。

「いいわ」エマは笑った。「それでよしとしましょ」

エマはタブレットがしまってあるキャビネットの鍵を開けた。コジョーはフロアの真ん中に立ち、右手の親指でほかの指を一心不乱に擦《こす》っている。

どのタブレットにも、しっかりした厚めのカバーと保護フィルムが付けられている。子どもたちは、壊れやすいものをなんでもすぐに壊してしまうのだ——とくに、高価な電子機器といったものを。


「こっちへ来て、お兄さん」エマは言った。「ほら、隣に坐って」

エマがテーブルにすべてのタブレットを並べると、コジョーは何度か甲高い声をあげた。

「落ち着いて。じゃあ、ちょっと使ってみましょうか」

三台のタブレットは同じものだが、もう一台には直接スクリーンに絵を描けるタッチペンが付いていた。コジョーが紙や鉛筆を手にすることはほとんどないので、たいして関心を示さないだろうと思った。とはいえ、試してみる価値はあるかもしれない。

数年まえにガーナ人のグループによって作られた無料の自閉症支援アプリというものがあるのだが、どのタブレットにもダウンロードされていなかった。二台はバッテリーが切れそうだったので、エマは充電器につないでダウンロードをはじめた。あとの二台は、とりあえず充分にバッテリーが残っていた。そのうちの一台はタッチペンが付いたタブレットだ。そのタブレットをコジョーの手が届くところに置き、タッチペンを試してみた。滑らかなスクリーンにタッチペンで描くのは、はじめは違和感があった——紙にスケッチをするのとはまるでちがう。タブレットの画面の端にはいくつかのアイコンが並び、線の太さや質感を変えられるようになっている。警察庁長官夫人からのこれらの寄付をエマはありがたく思ったが、ここにいる子どもたちにはペンタブレットは少し難しいのではないかとも感じていた。数日もしないうちにタッチペンが壊されてしまうところが目に浮かんだ。

コジョーが声をあげてタッチペンに手を伸ばした。

「いいわよ、でも気をつけてね」エマは言った。

左利きのコジョーは何本か線を描き、夢中になってスクリーンを覗きこんでいた。

エマは充電中の二台をチェックしてみたが、ダウンロードはほとんど進んでいなかった。このセンターのWi-Fiはいまだに3Gにちがいない。コジョーがじっと坐ったまま、作業に没頭していることに気づいた。コジョーにしては珍しい。ときが経つにつれ、コジョーの手の動きを追っていたエマは、信じられない思いでいっぱいになっていった。

いつのまにか、コジョーは消しゴム機能の使い方まで把握していた。人の顔ができあがりつつあり、その下に女性のからだも描かれていった。

「誰を描いているの?」エマは小声で訊いた。

コジョーは色の付け方まで探り出していた。エマはそんな機能があることなど気づきもしなかった。彼女は息を呑み、ポケットから携帯電話を取り出した。コジョーが髪の毛や大きな目、にっこりした笑顔を描いていく様子を、録画しはじめた。それから三十分間、コジョーは絵を描きつづけ、エマはそれを録画していた。

「グレイス?」エマは呼びかけたが、声が上ずっていた。「グレイス！」

グレイスが外から走ってきた。「どうしたの？」

エマはタブレットを指差した。コジョーはタッチペンを置き、からだを揺らしている。

グレイスは二人がいる方へまわりこんだ。「なんとなく……アンティ・ローズみたいに見えるわ」エマに目をやり、それからコジョーに視線を向けた。「誰が描いたの？　あなた？」

「いいえ、コジョーが描いたのよ」エマは言った。

コジョーが描いた絵はアンティそっくりとまではいかないが、明らかに彼女だというのがわかるほどだった。しばらくのあいだ、エマとグレイスは無言でその絵を見つめていた。

「でも、いままでコジョーはこんなことしたことなかったわよね？」グレイスが言った。

「わたしの知るかぎりではね。アンティ・ローズが見たことがあれば、話してくれたと思うわ」

「アベナはどうかしら？」グレイスは言った。「彼女に訊いてみましょうよ。もしかしたら自宅で絵を描いているのを見たことがあるけれど、たいしたことだとは思わなかったのかもしれないわ」

「そんなことはないと思うけど」エマはテーブルから携帯電話を手に取った。「とりあえず、電話してみるわ。きっと彼女もびっくりするわよ」

53

クレオファス・ラリア副総監は、甥のダズ・ヌノー警部が大のお気に入りだった。ラリアにとって、ダズは息子も同然だった。ダズはおじがガーナ警察庁の上層部にいるということで恩恵を受けていたが、それはダズに知性や才能がないという意味ではない。昇任という川の流れのなかを導いてくれる上司がいるというのは、決して損なことではないのだ。つねにその流れに逆らって進まなければならないのだから。

日曜日は教会へ行ったあと、たいていダズはカントンメンツにあるおじの広々とした家に寄り、ランチをともにしていた。今日は、二人の妻たちはダズの幼い二人の娘を連れて出かけていた。おじと甥は涼しげな裏のポーチでのんびりとビールを飲んでいた。

ラリアには、甥に伝えることがあった。「バンナーマン大統領が汚職撲滅のために特別捜査班を編成することになったんだが、そこに加わるようアクロフィ警察庁長官に要請された」

「すごいじゃないですか！」ダズは言った。「よかったですね、アンクル・クレオ。長いことそんな任務を望んでいたんだから」

「汚職撲滅の委員会や特別捜査班というのは、作られてはすぐに消えていく」ラリアは上唇のビールの泡を拭った。「だが、これほど真剣に取り組んでいる大統領というのは、バンナーマンがはじめてかもしれない。いままでの大統領は、ただのリップ・サーヴィスで言っていただけだからな」

「今回はうまくいくことを祈りましょう。でも、バンナーマンが再選を逃したら？」

「再選はほぼまちがいない。野党の党首、エヴァンズ＝アイドゥは殺された。向こうの副大統領候補には、アイドゥのようなカリスマ性は欠片もない」

「確かにそうですね」

「パンサー班での待遇はどうだ？」ラリアは訊いた。

「なんの問題もありませんよ」

リヴィング・ルームのどこかで携帯電話が鳴り、ラリアは立ち上がった。しばらく探しまわり、新聞の束の下にあるのを見つけた。電話してきたのは、イェモ・ソワーだった。

「やあ、イェモ！」ラリアは言った。「おはよう！私は元気だ、そっちは？」

二人は互いの母語であるガ語で話をした。ラリアは話しながらポーチに戻り、腰を下ろした。二人は古い友人としてあれこれおしゃべりをした。

「そっちでエマ・ジャンがどうしているか、訊こうと思っていたんだ」必然的に仕事の話になり、ラリアが言った。毎回、仕事の話はしないようにしているのだが、しなかったためしがない。

「よくやっているよ」ソワーは言った。「紹介してくれて感謝している。とても助かっているよ」

「犯罪捜査局《CID》を辞めた本当の理由は聞いたか？」

「いや。私もあえて訊かなかった。おまえから、彼女が総監と面接をしたという話を聞いていたからな。アンドーと新人の若い女性にまつわる噂は、お互いに知っているだろ。エマがそういったつらい目に遭っていなければと、祈るばかりだ。彼女が話したいというなら、喜んで聞くつもりだ。そうでないなら、気まずくてこちらから訊くわけにはいかない」

「そうだな」ラリアも同意した。「最近は、どんな件を扱っているんだ？」

「アメリカ人の――ティルソンという男が行方不明になった事件は知っているか？」

「ああ、知っている。インターネットで出会ったという女性――あるいは女性だと思っていた相手に会うためにガーナに来たそうだな。どうしてその件を引き受けることになったんだ？　うちのダンプティ警部も捜査しているんだが」

「ティルソンの息子のデレクに依頼されたんだ。ダンプティの対応に不満ということで――ダンプティが対応しないことに、と言うべきかな」

「そうか。ダンプティ警部はものぐさなところがあるからな。どうなっているか報告を聞くことになっている。とりあえず、犯罪捜査局と共有できるような情報でもつかんだら、教えてもらえると助かる」

「もちろんだ。それについて、ひとつ情報がある。どうやらティルソンは消息を絶つ何日かまえに、呪術師のクウェク・ポンスに会いに行ったようなんだ。会いに行った理由はわからないが」

ラリアは眉をひそめた。「ポンスだと？　ティルソンとポンスにどんな関係が？」

「そこが謎なんだ。わかったら知らせる」最後に二人は、お互いにいい日曜日を過ごして有意義な一週間を迎えようと言って電話を切った。

「イェモ・ソワーからだ」ラリアはダズに言った。

「そうだろうと思った。いまの話だと、エマ・ジャンが犯罪捜査局を辞めてソワー探偵事務所に入ったことについて、何か知っているようですね」

「話せば長くなる」ラリアはことばを濁した。

おじがそれ以上は話すつもりがないことを察し、ダズは笑みを浮かべた。「何日かまえにケンピンスキー・ホテルでSWATの任務にあたっているときに、エマに会いましたよ。例のアメリカ人の事件を調べていました——ティルソンでしたっけ？　詳しいことは知らないんだけど、何があったんですか？」

「そこがわからないんだ。その男性はアメリカに住んでいるんだが、よくあるオンラインの恋愛詐欺に引っかかった。恋に落ちたという相手の女性に会いにガーナへ来たものの、そんな女性など存在しなかった。ティルソンはアメリカには戻らず、しばらくガーナに残ることにした。そして四月三日の時点で、消息を絶ったということだ」

ダズは眉を吊り上げた。「四月三日？　ずいぶんまえの話じゃないですか」

おじは首を縦に振った。「トラブルに巻きこまれたのかもしれない。電話でイェモから聞いたんだが、ティルソンはクウェク・ポンスに会うつもりだったらしい」

ダズは眉をひそめた。「ポンスに？　なんのために？」

「わからない。だが、ポンスがいわゆるサカワと呼ばれる詐欺グループと関わっていることを考えれば、ティルソンはそのことを訊きに行ってトラブルになったのかもしれない」

「ポンスを事情聴取してみるべきです」ダズは言った。「担当しているのは誰ですか？」

「ダンプティ警部だ」

ダズは自分の額を叩いた。「なんてことだ」

「ああ、その彼女だよ。直属の上司は、クアイノ警視正だ」

「それでどうにかなるとは思えないけど」ダズは鼻を鳴らした。「あの二人はどうなっているんですか？」

ラリアの顔が険しくなった。「考えたくもない。犯罪捜査局には役立たずが大勢いる——喜んでクビにしたいところだが、できない連中がな。いままで以上に、われわれには頭の切れる警察官が必要だ。犯罪捜査局では、徐々にだがそういった人材が増えてきている。以前よりも大学出が多くなったし、テクノロジーも発達したおかげで、検挙率が上がると信じている」

「ガーナはますます危険な国になっているんですか？」

「警察が犯罪統計をデジタル化しはじめたのはつい最近のことだ。だから一見《いっけん》すると、武装強盗やレイプ、それに殺人の件数は増えているように思えるかもしれない。だがそれは、記録方法が改善されたためとも考えられる。犯罪の傾向を調べるには、あと何年か待たなければならないだろう。私が懸念しているのは、手のこんだ犯罪が増えてきているということだ。たとえば、バーナード・エヴァンズ＝アイドゥの暗殺事件。あれはプロの狙撃手による、周到に計画された恐るべき襲撃だ」

「捜査を担当しているのは？」

「表向きには、犯罪捜査局が国家情報局《BNI》と連携して捜査していることになっている。とはいえ、国家情報局が仕切ろうとしているのはいつものことだがな」

「容疑者はいるんですか？」

「さあな。だが、バンナーマン大統領のライバルがスナイパーによって消されたんだ。そう考えると事態は深刻だ。これは小物がひとりでやったことではない。誰か上の人間が殺しを依頼したのだろう」

「でも、まさかスナイパーなんて。そんなやつが、いったいどこに？」

「密かに依頼を受けて殺しを請け負う連中が軍やSWATのなかにいる、そう国家情報局は睨んでいる」

ダズは顔をしかめた。「本当ですか？」

「ああ」ラリアは固く口を結んだ。「いまの話を心に留めておいてくれ。SWATの同僚たちを監視しろと言っているわけではない。ただ、注意してほしい」

「何か耳にしたら」ダズはことばを選んだ。「知らせます」そうは言ったものの、何も耳にしないことを願った。

「とはいえ、おまえを面倒な立場には置きたくない」甥の心を読んだかのように、ラリアは慌てて付け加えた。

「わかってますよ、アンクル・クレオ」この少しばかり気まずい沈黙を埋めようとして訊いた。「暗殺の報酬というのは、どのくらいなんでしょうね？」

「三千セディ以上だろう」

「そいつはすごいな」

「というわけで、おまえが高価なおもちゃをたくさん買っているのを目にしたら」ラリアはウィンクをした。「話を聞くことになるからな」

ダズは吹き出した。「心配しないでも、そんな仕事は絶対に受けないよ」

ラリアはにっこりした。「あたりまえだ。わかりきったことだし、おまえを信頼しているからな」

ダズも笑みを浮かべたが、あることを思い出して血が凍りついた。あの五十二インチのテレビを買ったカリッジは、まさにアンクル・クレオが言っていた容疑者像に当てはまる。高価なおもちゃを買うだけのカネがあるスナイパー、という容疑者像に。

54

五月二十五日

月曜日の午前中、ソワーがオフィスを飛び出してきてエマのデスクへやって来た。「行くぞ」彼は言った。「サナ・サナの居所をつかんだ。会ってくれるそうだ」

エマは勢いよく立ち上がり、ボスのあとについて建物を出た。ソワーの痛風は治まり、これまでにないくらいの速さで歩いている。

「どうやって見つけたんですか」エマは訊いた。

「片っ端から電話をしたわけではない。週末に活動しているストリートの連絡役のネットワークを利用したんだ」

「さすがです」エマはキアの助手席に乗りこんだ。いい車だが見た目は控えめだ。ソワーは派手なタイプではないのだ。「どこで会うんですか?」

「ンクルマ・サークルのどこかだ。正確な場所はわからない。着いたら車を駐めて、彼の部下に連絡する。そしてその男が別の場所へ案内してくれる。サナはいつも同じ場所で会うことはないし、ずっと同じところに住んでいるわけでもない。絶えず居場所を変えているんだ」

「信じられない」エマは首を振った。「そんな暮らし、想像もできません」

「私もだよ」ソワーは言った。「週末はどうだった?」

「楽しかったです」デートのことを話すつもりはなか

った。「実を言うと、特別な週末になりました」

エマは、新たに見つかったコジョーの才能について話して聞かせた。「コジョーは紙や鉛筆、クレヨンだって好きではなかったんです。でもスクリーンが付いているものには何にでも興味を示すので、ある意味では、タブレットのおかげで才能が解き放たれたのかもしれません」

「そうかもしれない。きみは子どもたちの世話をするのが大好きなんだな」

エマはにっこりした。「ときには苛々することもありますが、ちょっとしたご褒美があるだけで報われるんです。コジョーみたいに」

「その子のおかげで、辛抱強さを身に付けたようだな」

エマは頷いた。「確かに。それに、他人の頭のなかを覗く練習にもなります」

「だからこそ、きみは優秀な探偵になれると思う」

「ありがとうございます」

ソワーはンクルマ・サークルの北東側にあるアーネスト薬局のそばに車を駐めた。電話をかけ、相手に現在地を伝えた。五分後に男が現われた。十九歳くらいの痩せこけた男で、みすぼらしいサンダルを履いている。彼は「よう」と言っただけで、それ以外は口を開かなかった。二人は彼のあとについて人気《ひとけ》のない方へ向かい、危なげな土地の上に建てられた、粗末な家が隠れるように寄り集まっているところへ入っていった。しだいに狭くなっていく路地を進んでいくと、嘔吐物のような緑色をした小さな家の前に出た。ドアの外には、筋骨隆々のボディガードがひとり立っていた。その男はエマとソワーのボディチェックをしてから、ドアを開けて二人をなかへ通した。そこはかび臭く薄暗い部屋で、目が慣れるのに数秒かかった。

「やあ、ミスタ・ソワー」

はじめは、その声がどこから聞こえてきたのかわからなかった。だが、部屋の隅に黒い衣装をまとったサナ・サナが坐っていることに気づいた。

「やあ、サナ」ソワーは前に出て握手を交わした。

「久しぶりだな。彼女は私の助手のエマ・ジャンだ」

「よろしく」

サナは、つばの部分に目隠し用のビーズのカーテンを付けたトレードマークの帽子をかぶっていなかった。その代わり、人の顔を模したリアルなマスクを着けていた。彼は自分の目の前にある二脚のゲスト用の椅子を指した。ソワーとエマはその椅子に腰を下ろした。

「なかなか連絡が取れなかったようで申しわけない」サナが言った。「何日か出かけていたものでね」

「別に構わないさ。きみは忙しい男だからな」

「それで、用件は何かな?」

「ガーナで行方不明になったアメリカ人のことを調べている。ゴードン・ティルソンという男だ。彼は二月十五日にガーナにやって来て、アメリカの家族や知人たちと四月二日までは連絡を取っていた。その日を境に消息を絶ち、いまだになんの連絡もない。五月のはじめに彼の息子のデレクがガーナにやって来て、私たちは調査を依頼された。想像はつくだろうが、父親を見つけ出そうと必死になっている」

サナは頷いた。「当然のことだ」

「ここに来たのは、きみがつねにアンテナを張っていて、この国でいつ何が起こっているか把握しているからだ。ミスタ・ティルソンについて、そして彼の失踪に関して何か情報をもっていないかと思って訊きに来たというわけだ――どんな些細な情報でも構わない」

サナはしばらく間《ま》を空けてから口を開いた。「今日、あんたがここに来たことは実に興味深い。というのも、私もミスタ・ティルソンがどうなったのか気になっていたんだ。彼が行方不明になり、警察が捜査しているというのは聞いている。私がこの件を気にかけている理由は、ミスタ・ティルソンが私に会いに来たことがあるからだ」

ソワーもエマも、驚きを隠せなかった。「会いに来た？」ソワーは声を張りあげた。

「そうだ。フェイスブック・メッセンジャーを通して連絡があった。私に関する記事だけでなく、インターネット詐欺やサカワ・ボーイズにまつわる私が書いた報告書も読んだと言っていた。メッセージを送ってくる人すべてに返事をするわけではないが、彼の状況には興味を引かれた。というのも、詐欺の被害者たちが海外からやって来て自分をだました相手と対峙する、そんなケースの情報を集めているからだ。わざわざガーナにまでやって来る被害者というのは、多くはない。それがいま、私が取り組んでいることのひとつなんだ。もうひとつは、私が〝ビッグ・ワン〟と呼んでいることについてだ。つまり、密かにサカワ・ボーイズに手を貸して違法なカネ儲けの手段をあと押ししている、警察や政府の上層部の連中たちの実名をさらし、恥をさらし、法廷にさらすことだ。

ティルソンと私の、お互いの利害が一致しているのは明らかだった。そこで、確か三月五日あたりだったと思うが、どこかで会うことにした。だがそのまえにティルソンと電話で話をして、ケンピンスキー・ホテルを出るように忠告した」

「そういうことだったんですか」エマが口を開いた。「電話の相手は誰だろうと思っていたんです。でも、どうしてそんな忠告を？」

「ケンピンスキーは、厳重に警備された人目を引く場所だ。私は政治的ホテルと呼んでいる。なんの害もない観光客なら別だが、ジャーナリストや探偵、あるいは何かを調査している者なら誰であろうとあそこへ泊まることはお勧めしない。場合によっては、盗聴器が仕掛けられている部屋もあると思っている。そう思っているのは私だけかもしれないが」

「なるほど」ソワーが言った。

「そういうわけで、彼と会ったときには」サナはつづけた。「ゴードンの関心は自分をはめた相手を捕まえることだけだろうと考えていた。警察にも届け出をしていたようだし。驚いたのは、いわゆるサカワの大物たちの実名をさらし、恥をさらし、法廷にさらすという私の目的の力になれないか、と彼が協力を申し出てきたことだ」

「彼はどんな役割をしたいと?」ソワーが訊いた。

「つまり、彼に何ができるというんだ?」

「問題はそこだ。彼は入れこみすぎていた――スターティング・ブロックからフライングして飛び出す短距離選手のようにな。私には私なりのやり方があり、信頼できる仲間だけを使う。共同で調査する者など必要ない。私が知りたかったのはミスタ・ティルソンに何があったかということで、そこから調査をはじめたかっただけだ。ゴードンは、警察幹部の情報にアクセスできるかもしれないつてがあると言っていた。私は、上からはじめてもどこにもつながらない、と彼に言った。下から上へと調べていくべきだ、と。たとえば、私が彼に話した呪術師のクウェク・ポンスのような人物だ。やつはサカワ・ボーイズと有力者のどちらともつながっている。誰も認めようとはしないが、国会議員から警察署長、理事、CEOに至るまで、こぞってポンスのところへ行って霊的な助言を求めている。カネを稼いだり、昇進を手に入れたり、政敵を引きずり降ろしたりするために。ポンスは二つの世界を股にかけているんだ。なんとか気を引いて近づきたいプレイアーなんだが、そう簡単にはいかなくてね」

ソワーはエマと視線を交わした。「これで、ミスタ・ティルソンがどうやってポンスのことを知ったのかわかった。クウェク・ポンスの話をしたときの、彼の反応は?」

「最短の手段を取りたい、というようなことを言っていた。〝いつまでも〟ガーナにいるつもりはないと」

アメリカ人というのは気が短いからな。なんでもかんでも早くやろうとする。だからガーナに来ても、ものごとには時間がかかるということが理解できないんだ」

「ミスタ・ティルソンがポンスに会いにアティンポックへ行ったことは知っていたのか？」ソワーが訊いた。

「そのときは知らなかったが、あとで聞いた。〝だから言っただろ〟なんてことは口にしたくないが、ポンスには近づくなと忠告したんだ。それっきり、ゴードンと話したことはないし、連絡もない」

「ミスタ・ティルソンをアティンポックへ連れていった運転手の話では、ティルソンはポンスと激しい言い争いをしたそうだ」

「そうだろうな」

「ミスタ・ティルソンに何があったと思う？」

サナはゆっくり首を振った。「まだ生きているとは思えない」

「殺されたと？」

「仮に交通事故とかそういった目に遭ったのだとしたら、その情報が入ってきているはずだ。だからさしあたっての問題は、誰が殺し、どこに遺体があるか、ということだ。どこかに埋められたのか？ 崖から投げ捨てられたのか？ 私には見当もつかない」

「橋から投げ捨てられた、というのは？」ソワーが言った。「ゴードンがいなくなった日の夜に、人と思しきものがアドミ橋からヴォルタ川に放りこまれるのを見た、という目撃者がいる」

「本当か？」サナは背もたれに寄りかかった。マスクが表情を隠しているにもかかわらず、動揺がうかがえる。「なんてことだ。警察には通報したのか？」

「今朝、ラリア副総監に連絡して、川を捜索できないか訊いてみた。とはいえ、犯罪捜査局《CID》の動きはカタツムリ並みだから、すぐにどうこうなるとは思っていない。とりあえず地元の漁師たちに、漁へ出たときには目を配るよう頼んである」

「いい考えだ」

「ちょっと気になっていたんだが、ミスタ・サナ」ソワーが言った。「ティルソンの件で、警察に話を聞かれたことは？」

「いや、ないね。あんたと同じように、私たち二人のつながりに気づいていないんだろう。それにこの件に関しては、私をまるで伝染病扱いして、近づきたくはないのかもしれない。ティルソンの死に警察が関与しているとすればな」

ソワーは驚きの表情を見せた。「どういう意味だ？」

「考えてもみろ。実際にああいった詐欺に警察の上層部が関わっているとする。関わっているとみてまずまちがいないだろうが。そしてミスタ・ティルソンが、ポンスのところへ行って警察幹部について探りを入れようとする。そうした警察幹部のなかには、ポンスと頻繁に連絡を取っている者もいるだろう。となると、ティルソンの身に危険が及んだとしてもおかしくはない。言うまでもないだろうが、危険を承知で当局のお偉方にちょっかいを出すというなら、プロに任せるべきだ」

「誰か思い当たる人物、あるいは人物たちがいるのか？」

「まだ確証はない」サナは言った。「いま調べているところだ」

ソワーはエマに目をやった。「何か訊きたいことは？　私が訊き忘れていることはないか？」

エマはソワーにからだを寄せ、声を潜めて言った。

「当日、サナがどこにいたのか」

ソワーは頷き、立ち上がってサナに手を差し出した。

「これで失礼する。時間を作ってくれて感謝している。とても参考になった。最後にひとつだけ――」

「四月三日は」サナが遮った。「アメリカでＴＥＤトークの講演をしていた。ユーチューブにその動画があるから、日付は確認できる。知りたいのは、それだろう？」

「そうだ。ありがとう」

55

ラリア副総監は月曜日というのが好きではなかった。総監に約束したとおり、クアイノ警視正とダンプティ警部をオフィスに呼んだときも、すでに機嫌が悪かった。

二人はお仕置きされるのを覚悟したやましいことがある子どものような態度で、凍えそうなほどエアコンの効いたオフィスに入ってきた。直立不動で握り拳を裏にするという文官の敬礼をした。

「坐れ」ラリアはデスクに着いたまま素っ気なく言った。ラリアが話をはじめるまで、二人は目を伏せていた。「四月から例のアメリカ人が行方不明になっている。担当はきみだ、そうだな、ダンプティ警部？」

「はい」

「捜査の進捗状況を聞かせてもらおう」

「わかりました」ダンプティは言った。「五月のなかごろだったと思いますが、あの男の息子――ミスタ・ティルソンの息子のデレクが犯罪捜査局《CID》に父親の捜索願を提出しました。いくつかの手がかりを追って、懸命に捜査をし――」

「手がかりというのは？　具体的に説明しろ」

「その男性――ミスタ・ゴードンがここアクラやアコソンボで滞在していた場所に確認を取りました」

「それで？」

「はじめに泊まっていたホテルは、その――」

「ケンピンスキーです」クアイノが口を添えた。

「そう、ケンピンスキーです。その後、ヨーロッパ人の女性が経営する別の場所へ移りました。その女性に三月末のことを訊いたところ、ミスタ・ゴードン・ティルソンはアコソンボの誰かの家へ泊まりに行ったきり、戻ってこなかったということでした。そこで、その家のオウナーに連絡して話を聞きました。ミスタ・ゴードンが帰ることになっていた日の朝、部屋に彼の姿はなく、荷物も消えていたということです」

「部屋に争ったような形跡は？」

ダンプティは体重を移動させて気まずそうにし、口がきけなくなってしまったかのようだった。

クアイノ警視正が助け舟を出した。「交通手段の問題で、いまだにアコソンボの現場へ行くことができず――」

「なんだと？」ラリアは激しく瞬きをした。「犯行現場の可能性があるというのに、その目で確認していないというのか？」

「車を確保できず――」

ラリアが話を遮った。「そんな使い古された陳腐な言いわけはやめろ。私には通用しない。デレク・ティルソンはどうなんだ？　交通費を援助してくれるよう頼んでみたのか？」

クアイノは身を引き締めた。「頼みました。ですが、交通費を出してくれと言われて渋い顔をしていました。この国の警察の仕組みがわかっていないのです」

「仕組みだと？」ラリアは冷たく言い放った。「なんの仕組みだ？　デレク・ティルソンが渋い顔をするのも当然だ！　どうして彼が警察の交通費を出さなくてはならないんだ？　そんな仕組みはない。たんにおまえが怠けているというだけだ。それとも、私が副総監になったからといって、警察官が交通費を水増ししてお釣りをくすねているということを、忘れたとでも思っているのか？」

厳しく非難された二人は、微動だにせず黙っていた。魔法で自分たちの姿を消してしまいたいと思っていた。

ラリアはうんざりしてため息をつき、髪の毛をかきむしった。その髪の毛も、ますます薄くなってきている。「それで、いま捜査はどうなっているんだ？」

クアイノが話を引き継いだ。「当初から、ミスタ・ゴードンの運転手に目をつけていました」

「運転手だと、誰のことだ？」ラリアは眉をひそめた。

「失礼しました。説明不足だったようです。順を追って説明します」

「そうしてくれ」

「三月二十七日にミスタ・ゴードンはアコソンボへ行き、ヴォルタ川沿いのプライヴェート・ロッジに一週間ほど滞在することになっていました。そこで、ここアクラにあるエグゼクティヴ・フリーツというレンタカー会社で車を借り、ヤヒア・アジュレという運転手を付けてもらったのです。ミスタ・ゴードンがロッジに泊まっているあいだ、ヤヒアはアティンポックにある近くのホテルに泊まっていました。ヤヒアの話では、ミスタ・ゴードンがアクラに戻る四月三日の朝に迎えに行ったところ、メールをしても電話をしても返事がなかったということです。玄関の鍵が開いていたのでなかへ入ってみると、ミスタ・ゴードンも彼の荷物も見当たらなかったと」

ラリアは頷いた。説明というのはこうやってするものだ。「つづけろ」

「ミスタ・ヤヒアはロッジのオウナーのミスタ・ラブラムに連絡して来てもらい、ミスタ・ゴードンがいないだけでなく、鞄やノートパソコン、携帯電話などもなくなっていることを確認したそうです」

「そのミスタ・ラブラムとは直接、話をしたのか？」

「はい。電話でですが」

「それから？」

「アクラへ戻ったミスタ・ヤヒアは、会社をクビになりました。顧客の安全を守るのは、最終的には運転手の責任ということで。

ダンプティ警部と私はミスタ・ゴードンが利用した車を調べてみましたが、何も見つかりませんでした——血痕とかそういったものはありませんでした。ミスタ・ヤヒアから、シュクラにある彼の自宅を捜索する許可も得ていました。はじめはこれといって何もなかったのですが、ヤヒアの部屋でビニール袋に入ったダーク・ブラウンの上等なジャケットをダンプティ警部が見つけたのです。ヤヒアにそのジャケットのことを訊くと、アコソンボを発つ前日にミスタ・ゴードンが車に忘れていったもので、翌朝に渡すつもりで袋に入れていた、と言っていました。ですが翌朝には白人はいなくなっていたので、レンタカー会社のほかの従業員に盗まれないようにヤヒアが自分で預かっていたと」

「結局、ヤヒアはそのジャケットをどうするつもりだったんだ?」

「わからないと言っていました。とにかく、そのジャケットを証拠品として押収し、鑑識にまわして血痕がないかどうか調べてもらったのですが、血痕は見つかりませんでした。われわれは納得できず、数日後にもう一度ミスタ・ヤヒアに事情聴取をしました。すると彼の言い分が変わり、あのジャケットはミスタ・ゴードンからもらったものだと主張したんです。

　金曜日に副総監から電話があったあと、ダンプティ警部と事件を念入りに洗い直してみました。そして、ヤヒアの疑いが完全には晴れていないことに気づいたのです。土曜日の午前中にヤヒアに会いに行き、ミスタ・ゴードンのジャケットをもっている経緯と、彼がいないことに気づいたときの状況を、もう一度訊いてみました。小柄なヤヒアには大きすぎるジャケットを、どうしてミスタ・ゴードンがくれたのかと訊くと、彼はうろたえました。そこで窃盗容疑でヤヒアを逮捕し、尋問のために犯罪捜査局《CID》に連行したのです。

　土曜日の午後にヤヒアを尋問しました。最後には折れて、供述調書にサインをしました。彼の供述によると、四月三日の未明、ミスタ・ゴードンのもちものを残らず盗むつもりでロッジへ行ったそうです。その最中にミスタ・ゴードンに気づかれ、もみ合いになった。ヤヒアはゴードンを殴り倒し、鞄やノートパソコン、携帯電話など、所持品を何もかも奪った、ということです」

ラリアはオフィス・チェアに背中を預けた。「それで、盗んだものはどこにあるんだ？」

「ヤヒアが売り払ったと思われます。ジャケットは処分するのを忘れたか、取っておくことにしたのかのどちらかでしょう」

「なるほど。だが、それならミスタ・ゴードンはどこにいるんだ？」ラリアは首をひねった。

「そこがおかしなところなんです。ヤヒアはミスタ・ゴードンをねじ伏せて気絶させ、所持品を奪ったことは認めています。ですが、床に倒れたゴードンを放っておいてロッジを去ったと言うんです。気を失ったゴードンを残して午前三時ごろにロッジを出てから、四時間後にアクラへ送り届けるために迎えに行くまでのあいだに、ゴードンに何があったのかはわからないと。そんな話を信じてはいません。ヤヒアがアメリカ人を殺してどこかに遺体を捨てたと考えています。罪をすべて認めるのが怖いだけでしょう。ですが、いずれは何もかも白状すると確信しています」

ラリアは頬を膨らませて大きく息を吐いた。「運転手としてまっとうな仕事に就いているというのに、客から金品を奪って殺すというのか？　筋が通らない」

「ヤヒアは教養がなく、少しばかり頭が弱いところもあります」

ラリアはうなり声をあげ、考えこむように肘をついてこめかみに拳をあてがった。「ひとつだけ引っかかる。ヤヒアとミスタ・ゴードンがもみ合いになったのだとしたら、その形跡があるはずだ。家具が散乱していたとか、テーブル・ランプがひっくり返っていたとか。ミスタ・ラブラムは何か言っていなかったか？」

「言っていませんでした」

ラリアは納得していなかった。「ヤヒアがさらに自白をするか様子を見よう。とはいえ、残念だがおまえの言い分は説得力に欠ける、クアイノ。詳細があいまいだ。言っていることはわかるな？　根拠がまるでない」

「わかりました」

「動機もはっきりしない。ヤヒアと殺人を結びつける物的証拠がそのジャケットだけなら、法廷ではたいした証拠としては認められないだろう」

「ですが、やつは白状します」クアイノは自信たっぷりに言った。「確信があります」

56

四月三日　ガーナ、アコソンボ

ゴードン・ティルソンは、もう何十年もタバコを吸っていなかった。いまになってどうして急に吸いたくなったのか、見当もつかなかった。リヴァーヴュー・コテージの脇に立ち、その夜二本目のタバコを吸っていた。川の泡立つ音が耳に心地よく、ゴードンにはその安らぎが必要だった。午前一時になっても、まったく寝付けなかった。

アコソンボでは大きな出来事があったとはいえ、成果があったとは言えない。四日まえにクウェク・ポンスと会ったが、期待どおりにことは運ばなかった。クリフォードとクレメントの双子が目を光らせるなか、はじめのうちは気軽に話をしていた——ゴードンはアメリカのどこから来たのか、ガーナに来てどのくらい経つのか、アコソンボのどこに泊まっているのか、そういった話をしていた。

訪ねてきた理由をポンスに訊かれると、すかさずゴードンに代わってヤヒアが現地のことばで答え、ポンスはその答えに満足したようだった。ゴードンはガーナの伝統に関する本を書いている、というようなことを言ったのだ。

ゴードンは、ポンスとサカワ・ボーイズの関係やサカワの仕組みについて知りたかった。具体的には、サカワ・ボーイズはなんのためにポンスのところへやって来るのか？　ポンスに謝礼として何を払っているのか？　ポンスはどうやって神と会話をするのか？　そういったことを知りたかったのだ。

ポンスの答えはあいまいで、ちっとも参考にならなかった。まるで木片のように、ポンスはじっと坐っているだけだった。もっと口が滑らかになるように、ゴードンは新札で百ドルを渡してみた。

「ミスタ・ポンス、犯罪捜査局《CID》の局長、アレックス・アンドー総監をご存じですか？」

「いや、知りませんな」

「彼がサカワに関与しているかどうかについては？」

「見当もつかない」

「では、アクロフィ警察庁長官は？」

「何が訊きたいのだ？」

「ご存じなんですか？　彼もサカワに関わっているんですか？」

「本人に訊いてみては？」

ずっとそんな感じだった。ゴードンがいくら訊いても、ポンスは厳重に警備されたフォート・ノックス陸軍基地ばりに付け入る隙がない。ついに、ゴードンはカッとなった。苛立ち、頭にきた。ポンスは嘘をついている。国会議員や地域本部の警察本部長といった大物たちを知っているに決まっている。

「いずれ真実が明らかになる」それがポンスへの捨て台詞だった。「そうすれば、汚職の全貌もはっきりする」

　あと一分でもその場にとどまっていたら、ゴードンは屈強な双子につまみ出されていたかもしれない。だが危ういところでヤヒアに連れ出され、そんな目には遭わずにすんだ。ポンスと別れた当初は、ゴードンは落ちこみ、憤り、途方に暮れていた。自分はガーナで何をしているのだろう？　こんなことをして、なんの意味があるのだろう？　ワシントンD.C.へ帰りたかった。ガーナに来て六週間になる。もう充分だろう。

　だが先日のキャスとのやりとりで、揺らいでいた決意がまた固まってきた。ゴードンは絶対にあきらめる男ではない、そのことをキャスは思い出させてくれたのだ。確かにそのとおりだった。現にゴードンは冷静さを取り戻し、闘志も湧いてきていた。やり遂げなければならない使命がある、そう感じていた。

　タバコのおかげで蚊が寄ってこなかったが、そのタバコを吸い終えたいま、襲いかかってくる蚊の気配や羽音を感じた。コテージのなかに戻り、ベッドに入った。何度か寝返りを打ち、心地よい姿勢を探した。いつのまにか眠りに落ち、玄関のドアを軽く叩くような音がして目が覚めたときには、どのくらい眠っていたのかわからなかった。なんの音だろう？　誰かが来たのだろうか？

　ゴードンはベッドから出て、足音を忍ばせてドアのところへ行った。誰かがノックしているのはまちがいない。男の声がした。「ミスタ・ティルソン？」

「はい」警戒して答えた。「どなたですか？」

「ミスタ・ラブラムの使いの者です」

「何かあったんですか？」

「ちょっとした問題がありまして」

「問題？　わかりました」

　ゴードンがドアの鍵を開けて用心しながら外を覗くと、二人の男の人影が見えた。

　ひとりは棍棒をもっていた。その棍棒でゴードンの頭を力いっぱい殴りつけた。

57

五月二十八日　ガーナ、アコソンボ

　ザカリアと息子のソロモンは、上流へ向かって十六フィートのカヌーを漕いでいた。目の前にはアドミ橋が見える。午前十一時ということで陽射しは強いものの、まだピークには達していない。ソロモンが船尾で舵を取り、ザカリアが船首で網を投げていた。

　そこは川のなかほどで、近くにはがっちりと絡み合って岩のように見える水草のかたまりがあった。川のところどころに数艘のカヌーが浮いている――ひとりで乗っているカヌーもあれば、二人で乗っているカヌーもある。

　光が水面に反射して見えづらかったが、ソロモンには水草に灰色っぽいかたまりが引っかかっているのがわかった。

「パパ」ソロモンが声をかけた。

「どうした？」そう言ってザカリアが振り返った。

　ソロモンが指差し、父親もその指の先にあるかたまりに気づいた。

「ただのごみ《ボラ》だ」ザカリアにはそう見えた。

「ちがう」ソロモンはカヌーの向きを変え、その水草の方へ漕いでいった。

「まったく」ザカリアは苛立たしげに言った。「どこへ行く気だ？」

　ソロモンは無言でそのかたまりにカヌーを寄せた。棒で突いてみてもほとんど動かない。鼻を刺すような臭いがした。死んだ魚の入った袋？　だが、なぜそんなものが？

　ソロモンが身を乗り出してそれを引き寄せた。見た

目以上に大きくて重い。水面に出ているのはほんの一部で、水草に絡まっているようだ。

「岸まで引っ張っていくしかないな」ザカリアは川に飛びこんだ。

しばらく水に潜って絡まっている水草を外そうとしていたが、なかなかうまくいかなかった。ソロモンも手を貸し、二人がかりでなんとかそのかたまりに投網を巻き付けた。ザカリアがカヌーに戻り、カヌーを着けられそうな近くの岸辺まで二人で漕いでいった。ソロモンが飛び降りてカヌーを岸に押し上げた。臭いに顔をしかめながら、二人はそれを乾いた場所まで転がしていった。それはたっぷりと水を含んだ灰褐色の粗い生地の袋で、長さは三メートルほどあり、なかに何か入っているようで膨らんでいた。その形から、片方の端には石が詰められているのが見て取れる。それ以外の部分はひとつのかたまりらしく、硬くて曲がらないが弾力があった。

58

「あの白人だ」ザカリアは呟いた。苦労して引っ張り上げたせいで息が切れている。「川に投げ捨てられたと言っていた、あのアメリカ人だ」

ソロモンの視線は、引き揚げられた不穏な物体と父親のあいだを行ったり来たりしていた。ザカリアはしばらくその袋を見つめてから、フィッシング・ナイフを取り出した。袋のかさばっている方の端に長い切れこみを入れ、ちょっとなかを覗いてみた。あまりにも強烈な臭いに、槍で突かれたかのように思わずのけ反った。いずれにせよ、それ以上見る必要はなかった。

「携帯を」つねに父親の携帯電話を大切に預かっているソロモンに言った。携帯電話を渡されたザカリアは、画面に目を細めてエマの番号を探した。ようやく見つけ出すと、大きく深呼吸をして電話をかけた。

三月三日　ガーナ、アクラ

ゴードンは何度もジョゼフィンに電話をしようとしたものの、そのたびに思いとどまった。電話をするようキャスにせっつかれていたのだが、ジョゼフィンにどう思われるか不安だった。間抜けのお人好し。アフリカの女性に目がなく、そのせいで少年たちにまんまとだまされた頭のイカレた白人男性、そんなふうに思われるかもしれない。

とはいえ、プライドは捨てなければならない。キャスの言うように、ゴードンはガーナ警察のトップの夫人を知っているのだから、それを利用しない手はない。

口から心臓が飛び出しそうになりながら、彼女の番号にダイアルした。ジョゼフィンは電話に出なかったが、数分後に向こうからかけなおしてきた。

「もしもし？」ジョゼフィンは言った。「どちら様でしょうか？」

ゴードンが使っているのは現地の電話なので、彼女はその番号に心当たりがなく、ゴードンの連絡先としても登録されていないのだ。

「やあ、ジョゼフィン」明るい声で言った。「元気かい？　ゴードンだ」

一瞬、間《ま》が空き、それから彼女が言った。「驚いたわ、ゴードン！　ガーナにいるの？」

「ああ。アクラにいる」

「ようこそ、ガーナへ《アクワーバ》！　いつ来たの？」

「二週間くらいまえだ」

「いまはホテルに？」

「ケンピンスキーに泊まっていたんだけど、昨日、朝食付きの宿に移った。こっちのほうが人目を気にしなくてすむ。とても素敵なところだよ」

「それはよかったわ。それにしても、本当に嬉しい驚きよ」

「きみに会いたいと思っているんだけど」ゴードンは期待をこめて言った。

「わたしもよ。どこかで会いましょうよ。いまは予定があって忙しいんだけど、あとで会えないかしら？」

ジョゼフィンは、急成長を遂げているアクラの郊外のひとつのアチモタで五時ごろまで用事があるのだが、そのあとは空いているということだった。

「じゃあ、そのころにアチモタ・モールで会うのはどう？」彼女が提案した。「〈セカンド・カップ〉っていう、お気に入りのコーヒー・ショップがあるの」

「いいね。待ちきれないよ」

〈セカンド・カップ〉は、確かに素敵なコーヒー・ショップだった――人気があり、ガーナ人や外国からの移住者で満席状態だった。店内にはしゃべり声や音楽があふれ、話をするにはちょうどいい環境だ。ジョゼフィンより先に着いたゴードンは、テーブル席を確保した。十分後にジョゼフィンが姿を現わし、彼を探して店内を見まわした。ゴードンが手を振ると、ジョゼフィンは笑みを浮かべてテーブルまで足早にやって来た。からだにぴったりフィットした青緑色と黒のドレスを身にまとったジョゼフィンの砂時計のような体型は、まさに完璧としか言いようがなかった。ゴードンの欲望の燃料タンクには、まだまだたっぷり燃料が残っていた。

「また会えて嬉しいわ」軽くハグを交わしながらジョゼフィンが言った。「ようこそ、ガーナへ」

「私も会えて嬉しい」ゴードンは言った。「とっても素敵だよ」

「ありがとう」腰を下ろしたジョゼフィンは光り輝いていた。ショートにした髪を耳にかけ、一粒パールの耳飾りを見せつけている。

「話したいことがいろいろある」ゴードンは言った。「でもそのまえに、何か飲む？」

ジョゼフィンはモカチーノを頼み、ゴードンは無難なカフェ・オ・レを注文した。テーブルにそれぞれの飲み物が置かれると、二人は話しはじめた。

「どうしてわざわざ大西洋を横断してこっちへ来たのか、ぜひとも聞きたいわ」ジョゼフィンは知りたくてうずうずしていた。「今朝、電話をもらったときには、本当にびっくりしたわ」

「びっくりすると思ったよ。いまは、二、三週間のバカンスを楽しんでいるところさ」

「たったひとりで？」彼女は驚いていた。

「残念ながらね」ゴードンの気分はマイナス方向へと下がっていった。気が重くなった。

「急にガーナが恋しくなったの？」ジョゼフィンはにやりとしてウィンクをした。「もしかして、わたしのせい？」

二人はいっしょになって軽く笑い、それからゴードンが言った。「ある意味では、イエスだ。ガーナの女性といるとどんなに楽しいか、思い出したんだろうな」

ジョゼフィンは首を傾けた。「そう言われると嬉しいわ。楽しんでいる？　これまで、どこへ行ったの？」

「実は、アクラだけなんだ」

「そう」懸念の色が浮かんだ。「何かあったの？　まえに会ったときほど、幸せそうじゃないけど」

「ジョゼフィン、きみに会いたくてたまらなかった。でも、会うのを怖れてもいたんだ。あることを話さなければいけないから」

「どういうこと？」気にはなるが、心配もしているようだ。

「きみとワシントンD.C.で会ったころ、アクラに住んでいるヘレナというガーナの女性とオンラインで話をしていたんだ。妻や夫を亡くした人たちのためのフェイスブックのページを通じて彼女から連絡があって、去年の十一月から今年の二月にかけて、スカイプなどで何度も話をした。ヘレナは、あるいは私がヘレナだと思っていた人は目の覚めるような美人で、私は恋に落ちた。

ほかに言いようがない。それで、二月にはどうしても彼女に会いたくなった。そのころ彼女はつらい思いをしていた。大切な妹さんが、ハイウェイの事故で大怪我を負ったんだ。その治療費やら何やらでいろいろとお金がかかるということで、私はヘレナとその家族を金銭的に援助していた」

ジョゼフィンはゴードンを見据えたまま、モカチーノに口をつけた。いまは先入観をもたずに客観的な顔つきをしているが、それがいつまでつづくだろうか、ゴードンはそう思った。

「そしてとうとう、思い切ってガーナに行くことにした。二月十五日の土曜日に、コトカ国際空港に着いた。ヘレナが迎えに来ることになっていたんだが、ここから先は言わなくてもわかると思うけど、彼女は空港に来ないどころか、どこにも存在しなかったんだ」

ジョゼフィンはゴードンを見つめ、ゆっくり首を振った。〝まさか、インターネット詐欺のことを知らなかったとでも言うつもり？〟とあきれられることをゴードンは覚悟した。だが、彼女はこう言った。「そんなふうにあなたの優しさにつけこむなんて、許せないわ。あのサカワ・ボーイズときたら！　いくらだまし取られたの？」

「四千ドル近く」

ジョゼフィンは彼の手に触れて握り締めた。「心の底から同情するわ、ゴードン。ガーナの国民を代表して、わたしが謝りたいくらいよ」

ゴードンは笑みをこぼした。「そんなふうに感じることはないよ。何もかも、私が馬鹿だったたってことさ」

ジョゼフィンはそうは思わなかった。「そんなに自分を責めないで。インターネット詐欺師たちのやり口がどれだけ手がこんでいるかなんて、あなたにわかるはずないじゃない。警察には届けを出したの？」

「ああ。でも、警察はたいして動いていないようだ。まったく動いていない、と言ったほうがいいかもしれない」

「ガーナにはいつまでいるの？」

ゴードンはコーヒーをひと口飲んでから答えた。

「とりあえず、四月のなかごろまで。どの程度の進展があるか、にもよるかな」

「警察の捜査の進展ということ？」

「イエスとノーだ。警察にはたいして期待していないから」

ジョゼフィンは首を振った。「そんなの納得できないわ。ジェイムズと話をしてみる。夫は、犯罪捜査局《CID》のアンドー総監に圧力をかけられるから。もっと早く連絡をくれればよかったのに。でも、もう大丈夫。そのぶんの埋め合わせをするから」

「恩に着るよ、ジョゼフィン」

「ジョーでいいわ。友だちにはそう呼ばれているの」

「友だちと思ってもらえるなんて、嬉しいよ」ゴードンは言った。「その……あんなことがあったから」

ジョゼフィンは顔をそらした。「ワシントンD.C.でのことは……」

ゴードンは笑い声をあげた。「わかってる。心配しなくても、行儀よくするから」

「ならいいわ」

「ひとつ訊きたいことがあるんだ。知らないなら、あるいは答えたくないなら、答えなくてもいい」

「なんでも訊いて」

「警察を含めた役人の幹部のなかに、例のサカワ・ボーイズと手を組んでいる連中がいるという噂があるんだけど、それが本当なのかどうか知らないかな？　もしくは何か聞いたことは？」

「手を組んでいるって、どういう意味で?」

「詐欺の仕組みをサポートしていて、下の連中からカネを受け取っているという話だ」

「なんてこと。正直に言って、そういうことはよく知らないの」ジョゼフィンは笑みを崩さなかった。「ジェイムズと仕事の話はしないことにしているのよ。バンナーマン大統領のすぐそばにいて、機密事項を扱うような立場だから。夫が仕事とわたしの板挟みになるようなことはしたくないの。訊くな、言うなってやつよ」

「そうか」

「でも、どうしてそんなことを訊くの?」

「ちょっと気になっただけさ。オンラインである記事を――」

「読んだことを何もかも真に受けちゃだめよ」すかさず口を挟まれて驚いた。「とくにオンラインのものは。なかでもサナ・サナの書いた記事は絶対に信じないで――もしあの男の記事を読んでいるならね」

「実を言うと」ゴードンは打ち明けた。「読んでいるのはサナ・サナの記事なんだ」

「あの男は注目されることばかり考えていて、信用できないわ」ジョゼフィンの口調が刺々しくなった。「調査と称して、罪のない人たちを罠にはめているんだから」

ゴードンは必ずしもそうとはかぎらないと思ったが、この件に関して彼女と言い争いたくはなかった。「わかったよ」調子を合わせた。「話半分で読むことにする」

「ただ気をつけてほしくて、それだけよ」

二人は笑みを交わしたものの、ジョゼフィンの雰囲気が変わったことにゴードンは気づいた。彼は話題を変えて孫娘の話をし、携帯電話でシモーヌの写真を見せた。とはいえ、ゴードンは気まずさを感じていた。いまのジョゼフィンは、ワシントンD.C.で出会った女性ではなかった。だがもしかしたら、そういうことではないのかもしれない。彼女自身は変わっておらず、変わったように思えるのは状況がまるでちがうからかもしれない。いまゴードンがいるのはジョゼフィンの地元だ。ここでの彼女は上流階級の人間で、なんでも思いのままだ。ここは彼女の世界であり、この世界ではジェイムズの妻なのだ。それは、その仕草からも明らかだった。ロマンスなど存在しない。ガーナではゴードンと浮気するつもりなど、さらさらない。ゴードンは当然だと思いながらも、心の片隅では傷ついていた。

ジョゼフィンがサナ・サナを人間のくずだと見なしていることを、ゴードンは感じ取った。そこで、次の木曜日にサナ・サナと会うということは、あえて口にしないことにした。

戦闘準備は整った。キャスの視点――さらにいまはゴードンの視点――から考えてみても、これはとびきりのネタになる。

59

五月二十八日　ガーナ、アクラ

その日の夕方、アベナが息子のコジョーを自閉症センターへ迎えに行くまえ、アンティ・ローズから電話があった。「あなたが来るころ、大切なお客様がいらっしゃっていると思うわ。いまとても素晴らしいことを考えていて、あなたと相談したいの」

「そうなんですか？」アベナにはなんのことかさっぱり見当もつかなかったが、心が弾んだ。

「来ればわかるわ。だから急いでね！」

アベナが着いてみると、グレイスと二人のスタッフが外で子どもたちに図工を教えていた。

「こんにちは、アベナ」グレイスが声をかけた。「みんな、遊戯室でコジョーと待っているわ」

「やっと来たわね」部屋に入ったアベナに、アンティ・ローズが言った。「さあ、こっちへ」

コジョーの隣にはジョゼフィン・アクロフィが坐っていた。見たこともないくらい美しい薄ピンク色のドレスを着ている。以前、警察庁長官夫人がセンターを訪れたときに、アベナは彼女と顔を合わせたことがあった。

「こんにちは、奥様」アベナは言った。

「こんにちは、アベナ」ミセス・アクロフィは親しみをこめた笑みを見せた。「久しぶりね。元気にしてる？」

「おかげさまで。お気遣いありがとうございます」

コジョーは指を擦《こす》り合わせているが、それなりに落ち着いていた。

「坐って、アベナ」ローズが空いている二つの椅子のひとつを指差した。

アベナは、テーブルに置かれたサムスンのタブレットに気づいた。コジョーのために、ミセス・アクロフィがもってきてくれたものだろうか？

「アベナ」ローズが説明をはじめた。「今日はミセス・アクロフィをお招きして、今後のコジョーについての話に加わっていただくことにしたの」

「そうだったんですか」アベナは言った。「ありがとうございます、奥様」

「コジョーは特別な子よ」ミセス・アクロフィの声は愛情で満ちていた。「コジョーがタブレットにローズの絵を描いたときには、さぞかしびっくりすると同時に嬉しかったでしょうね。自閉症の子どもに――いいえ、どんな子どもであろうと――こんな才能があるなんて、驚きだわ」

アベナの顔が輝いた。

「そこでね」ミセス・アクロフィはつづけた。「できるだけたくさんのコジョーの絵を集めて、コジョーが絵を描いているところを録画したいの。まだ一枚しか描いていないけれど、もっとたくさん描くと確信しているわ。コジョーの才能を世界に伝えるのよ。そうすることで自閉症センターへの関心が高まって、資金も集まるわ。いまいちばん重要なのはそこ――このセンターを存続させることなのよ」

アベナは頷いた。「そうですね。とてもいい考えだと思います」

ローズは有頂天になっていた。「ええ、本当に素敵だわ。それでね、アベナ、コジョーのドキュメンタリーを作る許可をもらいたいの。来週、撮影スタッフが来てセンターとわたしたちの活動の様子を撮影することになっているんだけど、主役はコジョーなのよ」

「わかりました。構いません」

「それと」ミセス・アクロフィが付け加えた。「コジョーとあなたがいっしょのシーンを撮って、あなたとわたしの短い対談も入れたいの。わたしとの対談はうちで撮ることになるかもしれないけれど、決まったら連絡するわ」

アベナはうっすら涙ぐんでいた。突然、息子が特別な存在になったのだ。息子にはこれまでずっと秘められていた才能があり、それはアベナにとって喜び以外の何ものでもなかった。

60

マリワナを吸ってある程度リラックスしているとはいえ、ブルーノはうろたえだした。「どうしてですか？」彼はポンスに詰め寄った。「クロコダイルを殺したじゃないですか。死ぬような思いをしたのに。今度は何をしろと？」

アクラにあるクウェク・ポンスの敷地の中庭でブル

ーノの横に坐るニイ・クウェイは、警告するような目を向けた。〝口答えするな〟

二人と向かい合って坐っているポンスは口を歪めた。「クロコダイルを殺したくらいで、大物にでもなったつもりか？　どうすればゴッドファーザーに会えるか判断するのはおまえではない、この私だ。私はゴッドファーザーを知っているし、ゴッドファーザーも私を知っている。誰でも簡単にゴッドファーザーに会えるわけではない。会うためには、自分自身を証明しなければならないのだ。ニイ・クウェイは忠実なサカワだ。ほかの者たちとは比べものにならないくらいの大金を稼いでいる。だがおまえは、その足元にも及ばない。そこで忠誠を示すために、別のことをしなければならない。それが嫌だと言うなら、あきらめるんだな」

ブルーノは何度も歯を食いしばった。怒りと不信感の入り交じった目でポンスを見つめた。「これが最後の課題ですか？」

「そうだ。この最後の課題をやり遂げれば、ゴッドファーザーに会って特別なサカワになれる——ニイのようにな」

ブルーノは大きく息を吸って吐き出した。「わかりました」仕方なくそう言ったが、まだ納得してはいなかった。「それで、何をすればいいんですか？」

「悪魔の子どものシャツをもってくるんだ」

ブルーノは眉をひそめた。「なんのことですか？悪魔の子ども？」

「やつらは口がきけず、何を考えているかもわからない。だが、相手の心を支配する力を秘めている」

「聾唖《ろうあ》の連中のことですか？」ニイ・クウェイが訊いた。

「いや、聾唖ではない」ポンスは言った。「悪魔の子どもというのは耳は聞こえるが、ことばが理解できないのだ。それに、相手を見ようともしない。目をきょろきょろさせて、妙な声を出すだけだ」

「どんなやつのことか、わかるか？」ニイがブルーノに訊いた。

「たぶん。姉さんがどこかの施設でそんな子どもたちの面倒を見てる。なんとか症って言ってた」

「なら、姉さんに頼んで、ひとり連れてきてもらえよ」ニイが言った。

ブルーノはものすごい剣幕でニイを睨みつけ、ポンスに視線を戻した。「悪魔の子どものシャツなんか、どうするんですか？」

「まずはシャツをもってこい、そうすればわかる」

「ほかの課題はないんですか？」ブルーノはすがるように訊いた。「この課題には自信がなくて」

「愚か者《クワシア》め！」ポンスは声を荒らげた。「何もできないなら、わざわざここに来て私の時間を無駄にするな。なんなら、この課題を断わったらどうなるか、自分で確かめてみてもいいんだぞ。おまえには死が待っているがな」話はこれで終わりだと言わんばかりに、両手を擦《こす》り合わせた。「好きにしろ」

ポンスは立ち上がり、それ以上は何も言わずに家に入ってしまった。

ニイはブルーノを怒鳴りつけた。「まったく、あんなふうに断わったりしたらだめだろ！　どうしたっていうんだ？　あの人を刺激するな。おまえに災いをもたらす力をもっているんだぞ。なんでも言われたとおりにしますと、言ってこい」

ブルーノは立ち上がってポンスの家へ向かい、ドアをノックした。「すみませんでした。あの課題に不満はありません。やってみせます」

61

デレクがホテルの部屋のドアを開けると、エマとソワーが立っていた。

「どうも、デレク」ソワーが口を開いた。「入ってもいいですか？」

デレクは二人の表情に気づいたにちがいない。彼の顔が曇った。「どうぞ」

三人は互いに向かい合うように三角形に坐った。

「まえにお話ししましたが」エマがはじめた。「ヴォルタ川の漁師たちに、不審なものに目を配るようお願いしていました。そして今日、漁師のひとりから連絡があり、遺体が入った袋が浮いているのを見つけたそうです」

デレクは頷いた。その顔は無表情だった。「そうですか」

束の間の沈黙が流れ、エマは咳払いをした。「お父さまだと言っているわけではありません。それをはっきりさせるためにも、あなたに遺体を見てもらい、お父さまかどうか確認してもらわなければなりません。二時間後に遺体公示所へ行くことになっているのですが、いっしょに来てもらえませんか？」

「もちろんです」

ヴォルタ川開発公社病院は水力発電所ダムによる収益のおかげで比較的潤ってはいるものの、それでも資金が不足していた。遺体公示所の冷却キャビネットのひとつひとつには、遺体が二体以上入れられている。検視台も二つしかない。この病院で何十年も主席医務官を務めるドクタ・アヌム・ビニーが、正面入り口でエマとソワー、デレクを出迎えた。

ドクタ・ビニーは先端がカールした驚くほど真っ白な口ひげをたくわえ、頭も同じように真っ白だった。アコソンボ警察署の警察官に付き添われ、三人は長い平屋の病棟のベランダに沿ってドクタ・ビニーのあとについていった。雨が降りだし、病棟と遺体公示所のあいだの屋根のないエリアを横切った彼らはびしょ濡れになりかけた。

エマは遺体公示所の独特の臭いが苦手だった。人の腐臭が漂白剤やホルムアルデヒドと混ざり合った臭いだ。建物に足を踏み入れたエマは、その臭いに吐き気を催した。検視室に入るまえ、ビニーが立ち止まって口を開いた。穏やかなバリトンの声は、どんなに怖ろしい状況であろうと決して慌てることはない、そんな印象を与えた。

「遺体から泥などの付着物は洗い落としました。それでも、かなりひどい状態だと言わねばなりません——これまで私が見てきたなかでも、とくにひどいほうです。すでに気づいている方もいると思いますが、臭いも強烈で防ぎきれません。そこで、鼻の下にメンソレータムを塗ることをお勧めします。こちらで用意しておきました」

遺体公示所の職員が、鼻を突く臭いがする濃い軟膏の小さな瓶をもってきた。エマの母親が喘息の発作で苦しんでいるときによく使っていたようなものだ。その臭いを嗅ぎ、エマの心に嫌な思い出が押し寄せてきた。

「では」全員が軟膏を塗ると、ビニーが言った。「まいりましょう」

ビニーがドアを開け、彼らはなかに入っていった。検視台の遺体には、染みの付いた灰色のシーツが掛けられていた。メンソレータムでも臭いをごまかしきれない。エマは気分が悪くなったが、覚悟を決めた。これから目にするのは、見るに堪えないものなのだ。

職員がシーツをめくった。エマが想像していたよりも、はるかにひどい状態だった。頭と広げられた腕がなければ、人間だとは思えなかっただろう。眼球が飛び出した青緑色の顔はぬるぬるしていて膨れ上がり、ずれたマスクでもかぶっているかのように片側に歪んでいる。口が丸く開き、声にならない助けを求めているかのようだ。腕や胸の皮膚の一部が濃い紫色に変色し、ただれ落ちているところもあれば、いまにもただれ落ちそうなところもあった。

　エマはからだを震わせ、視線をそらした。デレクは吐きそうになって背を向け、部屋を飛び出した。ソワーがエマに目を向け、二人でデレクのあとを追った。デレクは雨のなか、建物の外で壁にもたれていた。

「すみません」彼は口を開いた。「耐えられなくて。あんなに気持ち悪いものは、見たことがない」

「そうですね」ソワーは静かに言った。彼の顔も、嫌悪感で歪んでいる。「こちらへ、雨に濡れてしまいます」

「でも、あれは父じゃない」雨を避けて廊下へ入るとデレクが言った。「よかった」

「ちがうんですね」エマはなかば訊くように、なかば確認するように言った。

「父のはずがない」デレクは首を振った。

「わかりました」だが、これではっきりしたとは思えなかった。「まちがいありませんか?」

　デレクは眉をひそめた。「もちろん、まちがいありません。あれが、あの夜に橋から投げこまれた人だというなら、父じゃないってことです」

　エマとソワーはしばらくデレクを見つめていた。デレクは息が荒く、視線を合わせようとしなかった。

「デレク」ソワーが言った。「お父さまは結婚指輪をしていましたか?」

「はい。母が亡くなってからも、外したことはありません。どうしてそんなことを?」

「その指輪は見ればわかりますか?」

「もちろんですよ。ホワイト・ゴールドの指輪で、ダイアモンドが三つはめこまれています。でも、どうして?」

「あの遺体の指には、結婚指輪がありました」

　エマはびっくりした。ほんの数秒しか見ていないというのに、ミスタ・ソワーはどうやって指輪に気づいたのだろう?

「その指輪の写真を撮ってお見せしたら」ソワーはつづけた。「お父さまのものかどうかわかりますか？」

デレクは肩をすくめた。「そうしたいならそうしてください。でも父の指輪じゃない、いまここで断言できます」

「わかりました。念のためにもう一度確認して、はっきりさせておきたいので」

ソワーは建物に戻っていった。エマはデレクの肩に手を置き、軽くさすった。「気を落とさないでください」エマの目に涙が浮かんだ。重くのしかかってくるさだめを感じ、気分が悪くなった。

デレクは弱々しく微笑み返した。「ありがとう」

ソワーが携帯電話を手にして戻ってきた。エマはこの瞬間を怖れていた。ソワーの険しく悲しげな顔を見て、ますます気が重くなった。エマと視線を交わしたソワーの目は、考え得る最悪の結末を迎えたことを告げていた。

ソワーがデレクの横に並んだ。「この写真を見てくれませんか？」

デレクはまるで興味がなさそうに結婚指輪の写真に目をやった。見なくてもわかっているが仕方がない、そんな感じだった。その指輪は長いこと水に浸かっていたわりには光沢があり、三つのダイアモンドがはめこまれていた。

デレクは鼻を鳴らした。「父と同じ指輪をしている人がいるなんて。おかしなこともあるもんだ」

彼は空を見上げた。「こんなの馬鹿げてる、何もかもめちゃくちゃだ」

「そうですね」エマは両手でデレクの手を握った。

デレクの脚が震えだした。ソワーが彼の腕をつかみ、壁際に寄りかかるようにして坐らせた。

エマも横に腰を下ろして注意深くデレクを見つめた。

「わからないのは」デレクの声は震えていた。「どうして父がこんなことをしなきゃならなかったのか、っってことです。ガーナにまでやって来て、自分をだました相手を見つけ出すなんて。そんなことする必要なんかないのに、そうじゃないですか？」

エマは頷いた。

「それに、父に言ったんです。〝父さん、帰ってきて。ちょっと揉めたかもしれないけど、それでも愛してる。いまでも愛してるから〟と。父がそのことばを信じてくれたかどうかはわからない。わからないけど、本当なんだ。父さん、愛しているよ」

「ええ」エマは言った。「心からお父さまを愛していたんですよね」

「あれは父なんですね？」顔を上げてエマに目をやった。エマは首を縦に振った。

デレクは肩を落として小さくなり、まるで自分自身のなかに消え入ろうとでもしているかのようだった。エマは両腕をまわしてデレクを抱き寄せた。嵐の海で打ち寄せる波のように、デレクは嗚咽《おえつ》を繰り返していた。

62

エマにとって、その日は長くてつらい、心身のすり減る一日だった。確かにゴードン・ティルソンは見つかったが、これはもっとも怖れていた結末だった。全身の筋肉の強張りや痛みをこらえて狭いベッドに潜りこんだエマは、暗く重い憂鬱感に襲われた。いったい誰がミスタ・ティルソンをこんな目に？　ある名前が何度も心に浮かんできた。クウェク・ポンス。

デレクのことを考えた。彼は心臓をえぐり出され、魂も粉々になっていた。検視台に載せられた父親の姿を記憶から消し去ることはできないだろう。腐敗しているだけでなく、長いこと水に浸かっていたために、醜く変わり果てた父親の姿を。ドクタ・ビニーが司法解剖を申し出たが、デレクは断わった。一刻も早く遺体をワシントンD.C.にもち帰り、そこで検視してもらうことを望んでいた。その気持ちはよくわかった。エマが彼の立場なら、同じことを希望しただろう。アメリカ大使館がゴードンの遺体を空輸する手はずを整えてくれることになっていた。

電話が鳴った――カリッジからだった。出るかどうか悩んだが、出ないほうがいいだろうと思いながらも、結局は電話を取った。

「心配で電話したんだ」こんなに優しげなカリッジの声ははじめてだった。「あのアメリカ人の遺体が見つかったって聞いた。しかも、かなりひどい状態で」

「あんなにぞっとするものは見たことがないわ」

「大丈夫かい？」

「ええ、大丈夫よ。その、時間が必要だけど。心配してくれてありがとう」

「つらいのはわかる」

彼が気を使ってくれるのは嬉しかった。

「誰かそばにいてほしいなら」カリッジが言った。「おれでよければそっちへ行くよ」

「別の機会に」あまり気乗りしないような声で言った。「またきみに会いたい」

エマは口をつぐんだ。

「会えない？」さらに押しを強める。

「カリッジ、わたしたち、うまくいかないと思うの」

「そうか」あまりにも打ちひしがれた声だったので、エマは思わず同情してしまった。「だけど、いっしょにいて楽しかったじゃないか」

「確かにそうだけど――」

「でも、なに？」

エマはため息をついた。「また今度にしない？　疲れているの」

「わかった。わずらわせて悪かった」

「そんなことないわ、気にしないで」

「おやすみ、エマ」

　ひと息つきたいと考えていると、また電話が鳴った。今度はソワーからだった。

「さらに悪い知らせを受けたところだ」ソワーが言った。「土曜日にヤヒア・アジュレが逮捕されて、ゴードン・ティルソン殺しの容疑をかけられた」


　翌日の午前九時、ソワーとエマは犯罪捜査局《CID》の建物の一階にある収容施設でヤヒアを探していた。ソワーは担当官に、ここに来た理由を説明した。担当官は不審に思っているようだが、ソワーの年長者としての威厳のある態度には大きな効果があった。担当官は声を張りあげ、囚人に出てくるよう呼びかけた。寄せ集められた逮捕者たちは、受付デスクのうしろの留置場に押しこめられていた。

　ヤヒアが出てきた。怯えていて、まえにエマと会ったときよりもさらに小さく見えた。エマを目にしたとたん、ヤヒアの顔が輝いた。釈放しに来たと思われているかもしれない、エマはそう考えて気が重くなった。

「おはようございます、ヤヒア」エマは声をかけた。

　エマはソワーを紹介した。

「気分はどうですか？」エマはそう訊いたが、訊くまでもなかった。意気消沈し、怯え、当惑している。

　ヤヒアは首を振った。「何がどうなっているのか、さっぱりわからなくて」

　留置場が騒がしいおかげで、会話を聞かれる心配はなさそうだった。それでも、ソワーはヤヒアをカウンターの端へ連れていき、できるだけ担当官のデスクから離れた。

「土曜日にあなたを逮捕したのは誰ですか？」ソワーがヤヒアに訊いた。

「クアイノという警察官と、あのダンプティという女の警察官です」

「何時ごろ？」

「朝の十時くらいです」

「逮捕されるとき、なんと言われた？」

「はじめは、ジャケットのことを訊かれました。二人に左右から挟まれて、大声であれこれ訊かれたんです。しかも、クアイノには叩かれました」

「叩かれた？」ソワーが繰り返した。

「はい。質問のたびに、ここを叩かれました」ヤヒアは頭の左側に触れた。

エマとソワーは視線を交わし、互いの考えを察した。二人ともヤヒアのことばを信じていたが、虐待されたというのが真実なら、彼が自白した内容はどれも疑わしいということになる。

「そのあと逮捕されて、ここの牢屋へ連れてこられたんです」ヤヒアはつづけた。「午後になると大きな建物のどこかの部屋へ連れていかれて、また同じことを訊かれました、怒鳴り声で」

打ちひしがれた哀れなヤヒアは、無言でカウンターを見つめた。エマはヤヒアが気の毒でならなかった。

「ミスタ・クアイノとマダム・ダンプティに、供述調書にサインをさせられたんですか？」ソワーが訊いた。

「土曜日の夜、供述調書にサインをすれば、判事も大目に見てくれてンサワム刑務所には送られずにすむ、そう言われたんです」

「その供述調書には何が書かれていましたか？」

「読ませてもらえませんでした」ヤヒアは不満そうに言った。「もしかしたら、読んだけど忘れてしまったのかもしれません。疲れていたので。熱があるような気もしたし」

「わかりました、ヤヒア。できるだけのことはします。あなたを逮捕した警官たちと話をして、またあとで来ます」

ヤヒアの目が期待で輝いた。「恩に着ます。本当に感謝しています」

エマとソワーは収容施設を出て、上階のクアイノ警視正のオフィスへ向かった。

擦り減った狭い階段を四階まで上がっていくあいだ、エマはすくんでいた。アンドー総監のオフィスとは距離的に離れているとはいえ、精神的、そして感情的には彼のオフィスにいるのも同然だった。総監の姿、臭い、そして声――何もかもがいまだにエマの心に鮮明に焼き付いていた。そういったことを思い出さないように、無理やり押しこめなければならなかった。

クアイノもダンプティもいなかった。ソワーとエマは一時間ほど待つことにした。一時間十五分が過ぎ、あきらめかけていると、二人が階段を上がってきた。

エマを目にしたダンプティは表情ひとつ変えなかったが、エマを思い出したということが一瞬だけ顔に現われた。会いたくないのは明らかで、エマに行く手を遮られなければそのまま通り過ぎていただろう。「おはようございます、マダム・ダンプティ。おはようございます、警視正」

「おはよう」ダンプティは無関心に応えた。「それで、何か用なの？」

エマは自分のすぐうしろに立つソワーを、二人の警察官に紹介した。

「まさか！」クアイノが声をあげた。「まえに犯罪《C》捜《I》査局《D》にいたミスタ・イェモ・ソワーですか？」

「そうです」

「感激です！　私はクリストファー・クアイノの息子です。いまはもう引退しましたが、父も犯罪捜査局にいました。父からよくあなたのことを聞かされました。たいした人だと」

「ああ！」ソワーは声をあげて笑った。「それはどうも。クリス・クアイノ――思い出した。何度かいっしょに捜査をしたことがある」

「はじめまして、ミスタ・ソワー」クアイノが言った。「お会いできて光栄です。ここはあなたにとって庭も同然なんですから、いつでも歓迎いたします」

その場が笑い声に包まれた。ダンプティでさえ忍び笑いをしていたが、嬉しそうではなかった。「探偵事務所を開いたとうかがいましたが、ちがいましたか?」クアイノが訊いた。

「ええ。ずいぶん長いことやっています」

「それは素晴らしい」

「どうも。ミス・ジャンと私はある件のことで話があって来たのですが、いま時間はありますか?」

「ええ、もちろんですとも。どうぞこちらへ」

二人はクアイノにつづいて彼のオフィスへ入った。そこはエアコンが効いていた――主任警部より上へ昇任した警察官に与えられる特典だ。

エマは、話はソワーに任せることにした。ソワーとクアイノには思わぬつながりがあることがわかり、エマたちにとっては好都合だった。二人はあっという間に打ち解けていた。だがエマの視界の端に映るダンプティ警部は、落ち着かない様子だった。

「そういうわけで、この件を調査しているんです」ソワーは、デレクが事務所にやって来た経緯やその後の出来事を説明してからそう言った。

「なるほど、そうでしたか」クアイノが言った。「お手数をおかけしました。ダンプティ警部は、こういった捜査には時間がかかるとミスタ・デレクに説明しようとしたんだと思います。あなたの手をわずらわせることになってしまい、申しわけありません、ミスタ・ソワー」

「構いませんよ」ソワーは受け流した。

「確かに、デレク・ティルソンとは密接に連絡を取っていました」ダンプティは調子を合わせた。「ですが、ティルソンは気が短くて」

エマは彼女のことばなどちっとも信じていなかった。エマから見るとダンプティは無能な警察官で、自分のお粗末な仕事ぶりをごまかすためなら大きな嘘も小さな嘘も平気でつくようなタイプに思えた。

「それで、ミスタ・ヤヒアという男性を逮捕したそうですね」ソワーが言った。

「ええ、そのとおりです」クアイノは自慢げに言った。

「そのアメリカ人から盗んだジャケットをもっていたんです。盗んだことも自白しました」

「ミスタ・ティルソンを殺したのも彼だと？」

「そう疑っています」

「ですが、ヤヒアとティルソンの死を結びつける物的証拠はあるんですか？」

「それはその、ジャケットが――」

「ジャケットはヤヒアとティルソンのつながりを示していますが、ティルソンの死とは結びつきません」ソワーは指摘した。

「あの男は自白します」クアイノはきっぱり言った。

「くれぐれも、自白を強要したりしないように」

「強要ですと？」

「威圧的に迫らないように、ということです。そういったことに、法は厳しいですから。おわかりですよね？」

「もちろんです。おっしゃるとおりです。ご忠告、感謝いたします」

「それならよかった」ソワーは両手を太腿に置き、エマに目を向けた。「何か訊きたいことは？」

「ありません」エマは答えた。「ミスタ・ソワーが何もかも訊いてくださったので」二人が立ち上がると、クアイノとダンプティも席を立った。

「ところで」あとから思いついたかのようにソワーが言った。「ラリア副総監はいらっしゃいますか？」

「わかりません」クアイノは言った。「今日は見かけていませんが」

「副総監は立派な人です」ソワーは言った。「当時は、あなたの父親だけでなく、副総監も同僚だったんです。オフィスへ寄って、挨拶でもしていこうかと」

「オフィスは五階です。ご案内しましょうか?」

「どうぞお構いなく、ミスタ・クアイノ。自分で探しますから。いろいろありがとうございました」

廊下に出たソワーは、誰にも聞かれる怖れがないところまで行ってから口を開いた。「とんでもない話だ」険しい顔で言った。「ヤヒアは手ごろな身代わりにされて、無理やり自白させられたんだ。これ以上、好き勝手にさせるわけにはいかない」

63

三月二十五日　ガーナ、アクラ

ジェイムズ・アクロフィは総監を呼び付けた。警察本部は犯罪捜査局《CID》の建物とは別にあり、その最上階にあるオフィスで、アクロフィはアンドーに一通のゆゆしき手紙を見せた。

アクラ、リング・ロード・イースト
警察庁長官
ジェイムズ・アクロフィ様

三月二十一日

ジェイムズ・アクロフィ様へ

今年の二月十四日、私はかねてから連絡を取り合っていた女性に会うつもりで、ガーナに来ました。ところがそんな女性など存在せず、インターネットの恋愛詐欺に引っかかって一月から二月にかけて数千ドルをだまし取られたということがわかったのです。そういった詐欺については、あなたもよくご存じだと思います。

私は犯罪捜査局に、事件の全容を詳しく記した被害届を提出しました。私の願いは、カネをだまし取った人たちが逮捕されることです。この事件を担当することになったのは、ダンプティという警部です。彼女の仕事ぶりには、がっかりしたどころではありません。あれから一カ月以上も経つというのに、捜査にはなんの進展もありません。〝捜査〟と呼べるのかどうかさえ、怪しいほどです。仮に進展があったとしても、知らされておりません。何度ダンプティ警部に電話をしても、はぐらかされたり、言い逃れをされたりするだけです。私の事件にはまるで興味がない、そんな印象を受けました。

私の一件など氷山の一角にすぎませんが、事件記者のサナ・サナといった人たちの話では、インターネット詐欺の捜査がまともに行なわれないのは、警察官自体が、しかも警察の上層部までもが連中と手を組んでいるからだろう、ということです。この件に関しては、いずれさらなる事実が明らかになるでしょう。〝実名をさらし、恥をさらし、法廷にさらす〟ということばが頭に浮かびます。あなたがバンナーマン大統領から汚職撲滅の特命を与えられた、とメディアで目にしました。まずはじめに手を付けるのが、ご自分の部署であることを心から願います。

私は何十年もまえに平和部隊の任務でガーナに来たことがあり、ことばにできないほど素晴らしく有意義な時間を過ごしました。妻になるガーナ人の女性と出会ったのもそのときです。この国が負の変化にとらわれ、欲望とカネのためならどんなこともいとわないような国になっていくのを目にするのは、私にとってはとてもつらいことです。私は《ワシントン・オブザーヴァー》紙の記者と協力し、自分の経験を詳細に書くつもりです。そしてもし可能なら、数カ月以内にミスタ・サナが暴露する名前もその記事に織り交ぜるつもりです。

敬具

ゴードン・ティルソン

アンドーはことばを失った。そもそも、組織のトップにじかに苦情を訴える人たちには、どこか信用できないところがあると思っていた。どうしてこの男は、まずはアンドーに話を通さなかったのだろう？　そしてショックを受けたもうひとつの理由は、その手紙が敵意をむき出しにしているからだ。

「これは……ふざけたことを」アンドーは言い、もう一度手紙に目をやった。「何様のつもりだ？　〝まずはじめに手を付けるのが、ご自分の部署であることを心から願います〟だと？　なんたる侮辱。サナ・サナと手を組んでいると言ってわれわれを脅し、どうするつもりでしょうか？　それに、記事を書くだと？　《ワシントン・オブザーヴァー》とかいう新聞に？」

とりあえずいまは、アクロフィはその点に関しては気にしないことにした。「ダンプティ警部による捜査のほうはどうなっている？」アクロフィは訊いた。

「彼女の上司のクアイノ警視正から最新の報告を聞かなければなりませんが、拘留中の者やストリートにいる者も含めて、複数のサカワ・ボーイズに聞き取りをして、そのアメリカ人と関わりがあるかどうか調べているところです。ダンプティはこの件に無関心だと言っていますが、それは事実ではありません」

「ティルソンはダンプティと反《そ》りが合わずに揉めたことでもあるのか？」

「いいえ、私の知るかぎりでは」

「そうか」アクロフィは穏やかな口調で言った。「このティルソンという男をなんとかしなければならない。自分を何様だと思っているかなど、どうでもいい。私が思うに、手っ取り早いのはこの男をきみのオフィスに呼んで丁重に話し合い、この件を最優先にすると伝えることだ。だがそのためには、この馬鹿げた言動をやめなければならない、と釘を刺してな。この男がしていることは、不適切極まりない。そんな態度を取りたいなら、アメリカへ帰って向こうで問題でも探せばいいのだ」

「おっしゃるとおりです。しかも、こんな面倒なことになったのは、すべて自分がまいた種だというのに。ですが気に入らないのは、サナ・サナと協力しているということです。こんな横柄な態度を取るようそそのかしているのも、おそらくサナではないかと」

アクロフィは腕時計に目をやった。「バンナーマン大統領と面会することになっている」そう言って立ち上がった。「いつものように、ここでの会話は他言無用だ」

「わかっております」

「肝心なのは、このティルソンをただちに止めることだ。速やかにな」

オフィスに戻ったアンドーは頭を悩ませた。ゴードン・ティルソンへの対応については、アクロフィと同意見だった。とはいえ、アンドーはつねに警察庁長官と意見が一致してきたわけではない。意見が合わないときには、感情を抑えて上司に従うしかなかった。それが警察だけでなく、ガーナ社会における階級制の仕組みなのだ。アンドーは、アクロフィをたいした男だとは思っていなかった。サイバー《C》犯罪《C》課《D》の件がいい例だ。深刻な資金不足にあえいでいるとアンドーがアクロフィに進言したのは、九カ月以上まえの話だ。それで、アクロフィは何をした？ 何もしなかった。それどころか、その後どうなったかアンドーに訊こうとさえしない。ただのひとことも。

アクロフィが有能だとは思っていないことに加え、巧妙に隠してはいるものの長年にわたる個人的な恨みも抱いていた。それは、動かすことができない粗いセメントのかたまりのように、彼の精神に断固として居坐っていた。だがアクロフィはその憤りにはまるで気づいておらず、その理由にいたってはまったく覚えがないのだった。

64

三月二十五日　アクラ

ジェイムズが仕事から帰ってくると、長々とした腹立たしい電話を終えたジョゼフィンがベッドルームで思い悩んでいた。

「どうしたんだ？」ベッドルームのドアのところで立ち止まって訊いた。

ジョゼフィンが顔を上げた。「クワメの介護施設の役員と話をしていたんだけど、より重度の介護施設に移ってもらいたいと言われたの」

「というと？」ジェイムズはベッドルームに入り、上着を脱いでネクタイを緩めた。「どういうことなんだ？」

「クワメが暴れるようになってきたんですって」沈んだ声で答えた。「その理由はわからないけれど、もう手に負えないということらしいの」

「クワメをどこへ移せと？」ジェイムズは彼女の横に坐った。

「いくつか紹介されて――ホームページのリンクを送ってくれることになっているから、あとで確かめられるわ」

「費用も上がるんだろうな？」

「あたりまえよ。安くなるなんてことがある？」

ジェイムズが彼女に両腕をまわし、二人はベッドで横になった。「きっと大丈夫さ」彼は言った。

「お金のことは？」恐る恐る訊いた。

「問題ない。心配しなくていい。なんとかなるから」

　ジョゼフィンは頷き、天井を見上げた。目じりから涙がこぼれ落ちた。「心からあの子を愛しているのよ。できるかぎりのことをしてあげたいわ」

「これからも最高のケアを受けられるさ」ジェイムズは彼女の涙を拭った。「何をそんなに心配しているんだ？」

「もしバンナーマン大統領が再選できなかったら、警察庁長官のあなたも辞任を求められる。そうなったら、いま手にしているあらゆる特権も失ってしまうのよ」

「そもそも」ジェイムズは言った。「バンナーマンは選挙で負けない。エヴァンズ＝アイドゥ亡きいま、バンナーマンも与党も世論調査の支持率では圧倒している。それにきみは、ある日突然、私たちが破産してしまうような言い方をしている。私は弁護士だ。個人弁護士に戻るだけだし、収入源はそれだけじゃない。だから大丈夫だよ」

　彼女の頬にキスをした。

「その件に関して、捜査は進んでいるの？」ジョゼフィンは訊いた。「つまり、エヴァンズ＝アイドゥを殺した犯人の手がかりはつかめた？」

「いや」ジェイムズはからだを起こした。「まだだ。仕切っているのは国家情報局《BNI》なんだが、私に言わせれば、あいつらは無能の集まりだ——ほんの二、三人を除いてはな」首を振り、ベッドを降りて服を脱いだ。「シャワーを浴びてくる」

「わかったわ。出てくるころには夕食を用意しておくわ」


　午後十一時、ベッドに坐って深夜のテレビのニュースを見終わったジョゼフィンとジェイムズは、互いのベッドサイド・ランプを消して毛布をかぶった。エアコンは、寝るのにちょうどいい温度に設定してある。

　ジェイムズはジョゼフィンより寝付きがよかった。

十中八九、数分もしないうちに軽いいびきをかきはじめ、ジョゼフィンを残してさっさと夢の世界へ行ってしまうのだった。彼が仰向けで眠るのに対し、ジョゼフィンは横になって寝る。彼女は窓から射しこむガーデン・ランプのかすかな明かりで影になったジェイムズの横顔を見つめた。眠りにつかずにはっきり目が覚めているのがわかった。

「どうしたの？」ジョゼフィンは声をかけた。

「えっ？」

「今度はわたしが訊く番よ。何が気がかりなの？　何か気になっているんでしょ」

ジェイムズはため息をついた。「今日、ガーナにいるアメリカ人から、わけのわからない手紙が送られてきたんだ」

ジョゼフィンは枕から少しだけ頭を上げた。「手紙ですって？　どんな手紙？」

「その男はガーナのインターネット詐欺の被害者で、ずっと話をしていたと思っていた女性に会いに来たらしい。だまされていたことに気づいたその男はカンカンになって、ああだこうだと偉そうなことを言ってきたんだ」

思わずジョゼフィンの筋肉が強張った。「その人の名前は？」

「ゴードン・ティルソンというんだ」

胃がひっくり返って重くなった。しばらく口が開けなかった。「それで……手紙にはなんて書いてあったの？」

ジェイムズは覚えているかぎりそのままのことばで彼女に話した。「明日、その手紙を見せるよ」最後にそう言った。

ジョゼフィンは微動だにせず、しばらくしてから口を開いた。「とんでもない話だわ」

ゴードンがその手紙を書いたということに、無性に苛立ちを覚えた。個人攻撃を受けたように感じた。いつも快適で安心な暮らしをしている彼女の城の壁に、大砲が撃ちこまれたかのようだった。だが同時に、この攻撃を食い止められたかもしれないということに気づいた。〈セカンド・カップ〉でゴードンと会ったとき、彼の一件をジェイムズに話してみると約束した。そうすれば犯罪捜査局《CID》も動くのではないかと期待したのだ。彼女が約束どおりにしていれば、こんな手紙は書かれなかったかもしれない。が、彼女は約束を守らなかった。〈セカンド・カップ〉であることが起こったのだ。警察の上層部がサカワ・ボーイズと手を組んでいるのではないかとゴードンに訊かれ、彼に対する同情心が消し飛んだのだ。サナ・サナの話を信じているということが、さらに追い打ちをかけた。感情的になりすぎたのだろうか？　そうかもしれない。いずれにせよ、いまさらゴードンを知っているなどとジェイムズに打ち明けることはできない。ワシントンでの逢引きの記憶が、罪悪感という暗雲となって頭上に垂れこめているとなればなおさらだ。

「この件について、アレックス・アンドーと話をした」ジェイムズがそう言い、ジョゼフィンはわれに返った。「ミスタ・ティルソンの件は彼に任せる」

もう一度、ジョゼフィンは彼の横顔に目をやった。

「どういうこと？」

「こういったことは、うまく立ちまわるのが肝心なんだ」

そのあとは？　ジョゼフィンは思った。

65

六月八日　ガーナ、アクラ

エマはパニックになり、喉が詰まりそうになっていた。もうすぐ午前九時になる。空港に間に合わず、デレクを見送れないのではないかと焦っていた。デレクはすでに第三ターミナルの乗客専用エリアに入ってしまっているだろう。エマは堂々とした態度で、入り口の警備員にソワー探偵事務所のバッジをさっと見せた。

「犯罪捜査局《CID》の刑事です」彼女は言った。「容疑者を逮捕しに来ました」

一瞬、警備員は困惑した。「え？　ちょっと！　待て！」

「時間がないんです」肩越しに言った。「搭乗するまえに捕まえないと」デレクを探してその先にあるチェックイン・エリアに目をやると、デルタ航空のカウンターにいるのを見つけた。

デレクを見逃さないようにゲートの入り口の方へ向かい、チェックインがすむのを待った。デレクは片手に渡航文書をもち、もう片方の手でスピナー・スーツケースを引いてやって来た。エマに気づき、顔が輝いた。「エマ！」

「デレク、もう行ってしまったのかと思ったわ」

二人はハグを交わした。

「いろいろありがとう」デレクが耳元で言った。「きみにはお世話になった」

二人はからだを離し、涙ぐんだ目で見つめ合った。

「こんなことになってしまって、本当に残念です」エマは言った。

デレクは頷いた。「わかっている。きみには感謝してもしきれない」

エマはデレクの手を握りしめた。「調査はつづけます。まだ終わってはいないので。ソワーと私で、必ずお父さまを殺した犯人を見つけ出してみせます」

「信じているよ」

「もう遺体は飛行機で？」

「ああ、昨日ワシントンD.C.に着いて、二、三日中に検視をすることになっている。結果が出たら、メールで送るよ」

「お願いします」エマは悲しげな笑みを見せた。「またガーナに来てくれますか？」

デレクはため息をついた。「わからない。心の傷が癒えるのに時間がかかると思う」

「そうですね。同じ立場なら、わたしもそう感じると思います。でも、これからも連絡を取り合うようにしましょう。もし戻ってくることがあれば、必ず会いに来てください」

「そうするよ」デレクはためらった。「エマ、父さんの遺体がアメリカに着いたことで、ＦＢＩが事件を捜査することになるかもしれない。それで何かわかったら、連絡する」

「わかりました。ありがとうございます。さようなら、デレク」

もう一度、二人は軽くハグをした。デレクがエスカレーターを上がってゲートへ向かい、姿が見えなくなるまでエマは見送っていた。目に浮かんだ涙を拭った。別の世界では、デレクは彼女の夫になっていたかもしれない。そんなことを考えても仕方がない。背を向けてターミナルの出口へ戻ると、彼女を止めようとした警備員が皮肉をこめて言った。「逮捕できたようだな」

エマは警備員に投げキッスを送った。

66

六月十日　ワシントンD.C.

デレクは家へ戻った二日後にキャスに会いに行った。自分の目が信じられなかった。キャスはもともと痩せこけていたとはいえ、いまでは骸骨のようになってしまっていた。ゴードンの死にショックを受けたのはまちがいないが、それだけではないのかもしれないとデレクは思った。キャスはずっと咳きこんでいた――痰が絡んだ嫌な感じの咳だ。

「救急救命室に連れていこうか？」デレクは言った。

キャスは首を振り、空咳の発作をやり過ごそうとした。「ただの風邪だ」なんとかそう口にした。「医者の言うことなんかわかっている。ゆっくり休んで、水をたくさん飲むように言われるだけさ」

「父さんの検視結果は、今週中にもわかるはずだ」キャスが一時的に咳を抑えこむと、デレクは言った。

デレクはリヴィング・ルームでキャスと向かい合って坐っていた。暦の上ではまだ夏ははじまっていないとはいえ、ワシントンD.C.の暑さと湿気はすでに耐えがたいほどだった。

キャスはティッシュをつかみ、目を押さえた。「友人を失うのはつらいもんだ」声が震えている。デレクを見つめ、弱々しく微笑んだ。「もちろん、父親を失うのもな」

「ああ、そうだな、キャス。おれたち二人とも、苦しい思いをしている」

「すまない、デレク。おれはとんでもないことをしてしまった」

「どういうこと？」

キャスはまた咳の発作を起こしてからだを二つ折りにした。あまりの激しさに、キャスは床に倒れた。

「キャス？」デレクは立ち上がった。「キャス、大丈夫か？」

キャスはからだを起こそうとした。「おれがあんなことを言ったばっかりに――」

これ以上、話をしようとしても無駄だった。発作がひどくなり、キャスはすすり泣くような声を洩らして前のめりに倒れこんだ。顔から血の気が失せ、唇も青ざめている。

「なんてことだ」デレクは言った。

メッドスター・ジョージタウン大学病院の救急救命室の待合室で、デレクは長いこと待っていた。九一一に電話し、病院へ着いたあとキャスとの関係を説明しなければならなかった。キャスに親族がいるかどうか訊かれた。

「私がそうです」デレクは言った。「キャスの奥さんは認知症で養護施設にいて、娘さんがひとりいますが三十年以上も口をきいていないんです。キャスも私も、その娘さんがどこにいるのかすら知りません。だから親族に関してどんな方針や手続きがあるのかは知りませんが、そこをなんとかしてください」

あれから二時間近く経つが、なかで何が行なわれているのかデレクには見当もつかなかった。病院のスタッフが出たり入ったりし、人々が呼ばれ、患者が運びこまれてきては、また運び出されていった。ずっと坐りっぱなしで尻が痛くなり、デレクは立ち上がって少し歩いた。惨めな気持ちになり、感覚が麻痺していた。父親が死に、今度は父親の友人が病で倒れた。その病がどんなものかは想像もできなかった。

ようやく、若い――とても若い――女性の医師がデレクのところへやって来た。自分が年を取ったということだろうか、それともこの医師は神童か何かなのだろうか？

「ミスタ・グッテンバーグに挿管処置をしなければなりませんでした」彼女が説明した。「低酸素呼吸状態になっていて、肺炎か肺がん、あるいはその両方の疑いがあります。ベッドの準備ができしだい、集中治療室に移します」

「助かるんですか？」デレクは訊いた。「つまりその、もうしばらくここにいたほうがいいですか？」

女性医師は小刻みに唇を動かした。「今後の見こみについてはなんとも言えませんが、いまはとりあえず落ち着いていると思います。家に帰って少し休んで、明日の朝また来てください。何かあったときには連絡しますが、いまのところあなたにできることはとくにありません」

デレクは頷いた。「ありがとうございます。では、明日また来ます」

家に向かって車を走らせながら、どうして人生はこんなにつらく残酷なものになってしまったのだろうかと考えていた。デレクが信心深ければ、神に罰を与えられているのか問うたかもしれない。ふと、この騒ぎで忘れてしまっていたあることを思い出した。咳の発作で動けなくなるまえ、キャスは何かを伝えようとしていた。「とんでもないことをしてしまった」そう言っていた。そのあと、〝あんなことを言ったばっかりに〟と口にしていたが、あんなこととはなんだろう?

67

六月十八日　ガーナ、アクラ

朝のミーティングのあと、エマはソワーのオフィスに呼ばれた。「坐ってくれ、エマ。ティルソンの件について、話がある」

「わかりました」

「息子さんの依頼どおり、ミスタ・ゴードン・ティルソンを発見した。これは、失踪事件が最悪の結末を迎える典型的な一件だ。ハッピーエンドを願っていたが、残念ながらそうはならなかった」

「はい、悲しい結末です」

「たとえそうだとしても、デレクに依頼された件は果たした。あとのこと、つまりゴードン・ティルソンを殺した犯人を見つけるのは、警察の役目だ」

ソワーが言おうとしていることに気づき、エマの心に落胆が広がった。「調査はこれまで、ということですか？」

「いまも言ったとおり、あとは犯罪捜査局《CID》の仕事だ。彼らに任せよう。私たちには調査をする義務はない。いまはラリア副総監がクアイノとダンプティをしっかり見ているしな。ラリアは真面目な男だから、彼に任せておけば大丈夫だろう」

「そうですか」エマはあきらめたように言った。

「どうしてそんなに気落ちしているんだ？」

「約束したんです……」

「どんな約束だ？」

「犯人を見つけると、デレクに約束したんです」

「見つけるさ。見つけるのはきみや私ではないかもしれないが、犯人は必ず捕まる」

「わかりました」

「がっかりしているようだな」ソワーはかすかに笑みを浮かべた。「ミスタ・ティルソンを殺した犯人を自分の手で捕らえたいという気持ちはわかるが、なるべく殺人犯のような連中とは関わり合いたくないんだ」

「わかっています。おっしゃるとおりです」

「とりあえず、きみには新しい調査を任せようと思っている」

自分のデスクに戻ったエマは、深い失望感に苛《さいな》まれていた。この事件の性質が変わったことは理解している。失踪事件はいまや殺人事件になったのだ。ボスは彼女が危険な男たちと遭遇しないように配慮しているとはいえ、エマはここで手を引くと思うと虚《むな》しくて満たされない気持ちになった。あれほど惨い殺され方をしたゴードンを発見したのだから、当然、次に取るべき行動はその犯人を突き止めることのように思えた。

エマの電話が鳴った。驚いたことに、ブルーノからだった。ブルーノから電話をかけてくることなど、めったにない。

「ブルーノ、あなたから電話があるなんて奇跡だわ」エマは冷ややかに言った。

「たまにはいいじゃないか」ブルーノは笑い声をあげ

た。「どうしてる、姉さん？」

「あいかわらずよ。あなたは？」

「元気だよ。いまは仕事中？」

「ええ。どうしたの？」

「訊きたいことがあるんだ」

「いいわよ。なに？」

「毎週日曜日にどこかへ行ってるだろ――なんてところだっけ？」

「自閉症センターよ」

「ああ、自閉症か。そういう子どもたちって、しゃべれないのか？」

「しゃべれる子もいれば、しゃべれない子もいるわ。わたしのお気に入りのコジョーっていう十三歳の子はしゃべれないけど、絵がとても上手なの。どうしてそんなことを？」

「そいつらは悪魔の子どもだって言うやつがいたから。本当なの？」

「そんなわけないじゃない。わたしたちガーナ人っていうのは、怖れたり理解できなかったりすることがあると、なんでもかんでも呪術だとか悪魔だとか呪いだとか言いだすのよ。本当はそうじゃないのに」

「そうか、わかった。その子の母親や父親は？」

「父親はどこにいるのかわからない。でも母親のアベナは、とってもいい人よ。よく日曜日の夜にうちに来るの。あなたも今度の日曜日にうちに来て、会ってみたら？」

「そうだな」少しためらってから言った。「じゃあ、そうするよ」

電話を終えたエマは、ブルーノがコジョーにめろめろになり、自閉症センターで手伝いをしたいと言いだすかもしれない、そんな楽しい妄想に浸った。とはいえ、なぜかそうはならないような気がした。

68

六月十九日

何度も交渉を繰り返したすえにようやくアップルへの裁判所命令が下り、アクラにあるアメリカ大使館のFBIレガートのオフィスは、ゴードン・ティルソンのiCloudに保存されたEメールにアクセスする許可を得た。これらのEメールがクラウドに保存されていなければ、FBIがティルソンの携帯電話にアクセスできるようどんなにアップルを説得したところで、これらのメッセージを目にすることはなかっただろう。

ゴードン・ティルソン
二月二十四日　午前八時五分
件名：　Re：ガーナ
宛先：　C・グッテンバーグ

やあ、キャス——さっき話したことについて考えてみたんだが、この件からは手を引いて、さっさと帰ったほうがいいんじゃないかと真剣に思っている。

キャスパー・グッテンバーグ
二月二十四日　午後十二時三十二分
件名：　Re：ガーナ
宛先：　G・ティルソン

わかったよ。気持ちはわかるが、がっかりした——おまえにがっかりしたというわけじゃない。そうじゃなくて、ときには社会に大きなインパクトを与えられる機会というのがやって来るものだが、おまえならその機会を逃さないと思ったんだ。

インターネット詐欺の生存者たちの多くがガーナに行って連中と対峙することで、自分の力を取り戻しているという傾向がある。このユーチュー

ブの動画を見てくれ。https://bit.ly/2CFEDi8
ヨーロッパの女性がガーナへ行って詐欺師を突き止めた動画だ。彼女は犯人を見つけ出し、その男は逮捕された。そいつの家も車もだまし取ったカネで手に入れたものだが、当局によって売り払われて、そのカネは彼女に返されたんだ。いい結果になっただろ。

ゴードン・ティルソン
二月二十四日　午前八時五十七分
件名：Re：ガーナ
宛先：C・グッテンバーグ
動画に映っていた詐欺師の豪華な家を見て頭にきた。外に駐められていたキャデラック・エスカレードにも。私をだましたやつは、どんな車に乗っているんだろう？

キャスパー・グッテンバーグ
二月二十四日　午後二時十六分
件名：Re：ガーナ
宛先：G・ティルソン
だまし取ったカネで贅沢な暮らしをしていると思うと、はらわたが煮えくり返る。おまえをだましたやつがどんな車に乗っているか、自分の目で確かめられるかもな！　ランボルギーニに乗っているやつもいるという噂だ。そんなことがあり得るのか？　例のサナ・サナにせめて連絡くらいは取ってみるべきだと、いまでも思っている。それに、ジョゼフィンにも。

ゴードン・ティルソン
二月二十七日　午前七時二十二分
件名：Re：ガーナ
宛先：C・グッテンバーグ

昨日、携帯にメールしたけど、見たか？　フェイスブックのページを通してサナ・サナと連絡を取った。返事が来てびっくりしたが、彼も関心があるそうだ。どうなるかはわからないが、来週の三月五日の木曜日に会いたいと言ってきた。

キャスパー・グッテンバーグ
二月二十七日　午後十二時七分
件名：Ｒｅ：ガーナ
宛先：Ｇ・ティルソン
　サナと会えるとはよかったじゃないか！　話すだけでも価値はあると思う。おれたちが思っている以上に、調査に必要なものはなんでも自由に使えるにちがいない。ジョゼフィンのほうはどうなった？　まだ迷っているのか？
ゴードン・ティルソン

三月一日　午後一時四十六分
件名：Ｒｅ：ガーナ
宛先：Ｃ・グッテンバーグ
　今日、サナから電話があって、ケンピンスキー・ホテルを出て、いわゆる〝人里離れたところ〟に移ったほうがいいと言われた。意識していようがいまいが、ケンピンスキーにいると〝人目に付きやすい〟そうだ。サナ（あるいはほかの誰であれ）が密かに私と会いたい場合、ケンピンスキーはまさにまずい場所だということだ。厳重な警備体制は言うまでもない――ホテルにふらっとやって来ては出ていく大物たちに備えて、そこらじゅうに警備員がいるんだ。ホテルを出入りする者は誰であろうと見逃さない。明日の朝、別の場所へ移るつもりだ。
ゴードン・ティルソン

三月二日 午前八時四十二分
件名：Re：ガーナ
宛先：C・グッテンバーグ
新しい宿泊先はフラミンゴ・ロッジという朝食付きの宿だ。ほとんどずっとガーナで暮らしているというオランダ人の女性が経営している。素敵な女性で、アメニティも充実している。料理はその場でシェフが作ってくれるし、最高のエスプレッソ・マシンもある。
それと、喜んでくれ。明日、ジョゼフィンと会うことになった。

ゴードン・ティルソン
三月三日 午後六時三十一分
件名：Re：ガーナ
宛先：C・グッテンバーグ
今日、ジョゼフィン・アクロフィと会ってきたんだが、なかなか面白い展開になった。午後遅くに会って、コーヒーを飲んだ。もちろん彼女は信じられないくらい美しかったが、ワシントンとは環境がちがうガーナでは、とても同じ女性とは思えなかった。状況によって見え方も変わるということだろう。ここでの彼女は何もかも思うがままで、自信に満ちあふれていて、有能で、そのうえ大金持ちだ。私を蔑《さげす》むどころか、ガーナの現状や横行しているインターネット詐欺を嘆き、私と同じような苦しみを味わっている人たちに同情していた。政府やそのほかの機関の高官たちが詐欺に関わっている可能性について遠まわしに訊いてみると、身構えるような態度になった。彼女はその流れでサナ・サナをけなした――さんざんこき下ろしていたよ。私が彼の名前を口にするまえから。数日後にサナと会うことになっているなんて、とてもじゃないが言えなかった。彼女を敵にまわしたくはないけど、彼女がどちらの側にいるかは明らかだ――彼女の夫、警察庁長官、そして〝体制〟の側だ。無理もないよな？　贅沢な暮らしをして、あらゆる特権やら何やらを楽しんでいるんだから。ほんのひと握りの上流階級とは、まさに彼女のことだ！

キャスパー・グッテンバーグ
三月四日　午前二時九分
件名：　Re：ガーナ
宛先：　G・ティルソン

　なかなか気になるところだ。もし彼女が〝身構えた〟理由が、オンライン詐欺に関わっている高官たちを知っているからだとしたら、面白いことになる。そいつらが彼女と近い関係なら、彼女は口を割ったりはしないだろう。どうやらおまえは絶好の運転席に坐っているようだな。うしろの席からあれこれ口出ししたくはないが、サナと会ったら、今回のジョゼフィンとのことを話したほうがいいと思う。もしかしたらジョゼフィンを通して〝内部情報〟をつかめるかもしれないと言うんだ。彼女を避けるのは得策ではない。たとえワシントンで会ったときと比べると距離を感じるとしてもな。

ゴードン・ティルソン
三月五日　午前十一時十一分
件名：　Re：ガーナ
宛先：　C・グッテンバーグ

　今日、町はずれの人里離れた森のなかで、いま評判の、あるいは評判の悪いサナと会ってきた。トレードマークの〝ビーズ付きの帽子〟をかぶっていて、はじめはそんな彼と話をするのは奇妙な感じがした。でもしばらくすると慣れてきて、それがふつうに思えるようにさえなった。私の話の詳細を何もかも書き留め、ワッツアップでの〝ヘレナ〟との会話を転送してくれと頼まれた。私がはめられたこの詐欺について、より大きな全体像、たとえば上層部のどこまでつながっているかということに関心があると言うと、少し驚いているようだった。ほとんどの白人は詐欺師を捕まえてカネを取り返し、さっさと出ていくことしか考えていない、そう言っていた。おそらく、私はガーナに思い入れがあるからだと思う。平和部隊の一員としてかけがえのない二年間を過ごしたところだし、妻と出会った場所でもあるのだから。ガーナには妻と何度も戻ってきているし、それに考えてみれば、デレクには半分はガーナ人の血が流れているんだ。だからこんなふざけた詐欺によってガーナがすさんでいくのを目にすると、ふつうの〝白人《オブロニー》〟よりもこの国のことが気になるんだと思う。

いまでは〝サカワ・ボーイズ〟のグループが地域ごとにまとまって組織化し、そこで地元警察だけでなく族長までコントロールしているというぞっとするような話を、サナから聞いた。政府や警察の上層部の人間がそういった組織を管理し、守ってやる見返りにカネを受け取っているとのことだ。噂では、その頂点に立つのが、いみじくも〝ゴッドファーザー〟と呼ばれる男らしい。でも、たんなる都市伝説かもしれない。

キャスパー・グッテンバーグ
三月七日　午後七時十一分
件名：Ｒｅ：ガーナ
宛先：Ｇ・ティルソン

すごい成果があったじゃないか、ゴードン。草稿を書くには充分な素材がそろったと思う。でかした。

ゴードン・ティルソン
三月二十二日　午前十一時三十六分
件名：　Re：ガーナ
宛先：　C・グッテンバーグ
　昨夜から下痢になった。何かにあたったんだろう。かなり体調が悪い。この先にある薬局で薬を買ってくるつもりだ。こっちの薬局は品ぞろえがいいからな。そろそろガーナでの調査に区切りをつけて帰りたくなってきた。これ以上、情報を集められるかどうかわからないし、二月に感じていたほどこの調査が重要なことだとは思えなくなった。

キャスパー・グッテンバーグ
三月二十二日　午後十二時四十五分
件名：　Re：ガーナ
宛先：　G・ティルソン
　腹を壊したそうだが、大丈夫か？　よくなるといいな。〝調査〟についてだが、好きなようにすればいい、ゴードン。でも、サナが言っていた祈禱師に会えれば、話がきれいにまとまると思う。サカワ・ボーイズの多くがその男に相談に行っているなら、おまえをはめたやつのことも知っているかもしれない。ちょっとカネを積めば、教えてくれるんじゃないか？　おまえをこんな目に遭わせたやつを捕まえられるかもしれないぞ！　疲れているのはわかるし、そろそろ帰ってきてもいいころだと思う。ただ、あきらめるのは少し早い気がする。前篇を書き上げたところだが、なかなかのものだぞ。マークが目を通したらそっちに送るから、気になるところがあれば修正や加筆をしてくれ。早く元気になれよ！

69

六月二十一日

日曜日の夜、いつものようにアベナとコジョーがエマを訪ねてきた。日課を繰り返すのはコジョーにとって大事なことで、エマの家に行くのはお気に入りの日課のひとつだった。

エマは二人を玄関で出迎えた。「いらっしゃい、さあ、入って。コジョー、元気？」コジョーは返事もしなければエマと目を合わせようともしなかったが、ちゃんとわかっているのがエマには直観的に感じられた。「ンコントミレのスープを作りはじめたところなの」キッチンに入るとアベナに言った。

エマは網戸だけを閉めて玄関のドアを開けたままにし、狭い家のなかを空気が流れてマッチ箱のように小さなキッチンから料理の匂いが出ていくようにした。アベナは隅のマットにコジョーを坐らせた。「おとなしくしているように、タブレットをもってきたの」

「自閉症センターのタブレット？」エマは訊いた。

「いいえ――ミセス・アクロフィが新しいのをくださったの」

「本当にいい人ね。いつあの人の家にコジョーを連れていって、動画を撮るの？」

「まだわからないわ。まずはセンターでコジョーを撮影したいそうよ。またコジョーが何か描くのを期待しているんでしょうけど、最初に一枚描いたきりで、あれからは何も描いてないの」

「気が向いたら、きっと描くわよ」エマは大きくて平らな石の上で新鮮なトウガラシを潰しはじめた。その鼻を突く新鮮な匂いに食欲がそそられた。「このまえ、弟のブルーノに自閉症のことを訊かれたから、今夜うちに来てコジョーに会ってみたらと言ったの。ブルーノが人のためになるようなことに興味をもってくれればいいんだけど――ボランティアで自閉症の子どもたちの世話をするとか」

「そうなれば素敵ね」アベナはそう言うと、マットで脚を組んで坐っている息子に目をやった。

「コジョーが生まれてから、ひと晩ぐっすり寝たことはあるの？」エマが訊いた。

アベナは顔をしかめた。「いいえ、ないと思うわ」

「コジョーが眠くなったら、私のベッドで寝かせてもいいわよ」


その日の午後遅く、ブルーノはマディーナのエマの家まで車で送ってくれないかとニイに頼んだ。

「今夜、アベナと子どもが来るらしい」ブルーノは言った。「その子のシャツを手に入れられるかもしれない」

「どうやって？」ニイが訊いた。

ブルーノは頬の内側を噛んだ。「わからない」

ブルーノは車のなかではほとんど口を開かず、ずっとそのことを考えていた。街からマディーナまでの道は、大渋滞だった。三七番ラウンドアバウトからアクラ・モール・インターチェンジまでは身動きが取れず、いつもの行商人たちが車のあいだを縫い歩き、食べ物や安物の品を窓にかざして手早くその場で売りつけようとしていた。通りの先で山積みの子供服を頭に載せた女性の行商人を気だるげに眺めていたブルーノは、ふとひらめいた。窓を下げて口笛を吹き、彼女に合図した。彼女が一目散に駆けつけてくるあいだも、頭に載せられた商品の山は微動だにしなかった。ブルーノは十三歳の子どもに合いそうなTシャツがないかどうか訊いた。コジョーのからだのサイズは見当もつかないが、このさい仕方がない。

車がゆっくり動きだし、ブルーノは明るい黄色のシャツを選んだ。「もう一枚ない？　同じサイズで」

彼女は車の横を小走りで駆けながら服の山をひっかきまわし、同じものを見つけ出した。ブルーノが代金を払うと、ようやく車の列がスムーズに動きはじめた。

マディーナに着くと七時近くになっていた。ニィは車を駐めたものの、降りるかどうか迷っているようだった。

「何してるんだよ？」ブルーノはニィに目を向けた。

「どうもおまえの姉さんが苦手なんだ」ニィは打ち明けた。

ブルーノは笑い声をあげて舌打ちした。「冗談だろ？　姉さんは何もしやしないよ。ほら、行こうぜ」

二人は住宅のあいだのでこぼこの道を進み、エマの家へ向かった。ブルーノがドアをノックして声を張りあげた。「よう！」

エマが顔を出した。「あら、ブルーノ！　やっぱり来たのね。来ないのかと思ったわ」

「遅くなってごめん、姉さん。道が混んでてさ。ニィに送ってもらったんだ」

「さあ、入って。こんばんは、ニィ。来てくれてありがとう」

「こんばんは」ニィは小声で言った。

「恥ずかしがってるのさ」ブルーノは声をあげて笑った。

ニィはブルーノを睨みつけ、ふざけて頭のうしろを叩いた。「うるせえな。そんなことない」

エマも笑った。「しょうがない子どもたちね。なかに入って、アベナとコジョーを紹介するわ」

料理のまっ最中のアベナは、ちゃんと握手をする代わりに手首だけ二人に差し出した。

「この子がコジョーよ」エマはコジョーの横で膝をついた。

ブルーノは彼女の合図でコジョーに声をかけた。

「やあ。ハイタッチしようぜ」

タブレットに釘付けのコジョーは、なんの反応も見せなかった。

エマはにっこりした。「まだあなたに慣れてないから」

「この子にプレゼントをもってきたんだ」ブルーノはアベナにそう言い、袋に入ったままの新品のTシャツを取り出した。

「まあ！」アベナは声をあげた。「ありがとう《メダーシ》！」

「優しいのね」エマがブルーノに言った。ブルーノの振る舞いに、心底驚いていた。こんなことをするとは思ってもいなかったのだ。

アベナは急いで手を洗って袋を開け、Tシャツを広げてコジョーに見せた。「見て。ブルーノおじさんからのプレゼントよ」

コジョーがシャツをつかんだ。明るい色に引かれたようだ。

「黄色はいちばん好きな色なの」アベナは嬉しそうに言った。

「着せてみて」エマが言った。

「サイズが合えばいいんだけど」ブルーノは携帯電話を取り出した。

「大丈夫だと思うわ」アベナはコジョーが着ているシャツを脱がした。そのシャツを脇に置いている隙に、ブルーノはこっそり上半身裸のコジョーの写真を撮った。

アベナはTシャツを放すようコジョーに言い聞かせ、母親らしい手慣れた様子で息子にそのシャツを着せた。「ぴったり」笑いながら言った。「ブルーノ、本当にありがとう」

「おれたち二人の写真を撮ってくれよ」ブルーノはエマに携帯電話を渡した。コジョーの脇に屈みこみ、指を格好よく見せてポーズを決めた。

「二人ともハンサムよ」エマは何枚か写真を撮った。

は、シャツを着るまえと着たあとのコジョーの写真を見せた。ポンスはうなり声をあげて頷いた。「いいだろう」納得したようだ。振り返って大声で呼びかけた。「アマ!」

若い女性が走ってきた。「なに、パパ?」

ポンスは彼女にTシャツを手渡した。「これを燃やして、その灰を粉にしてもってきてくれ」

「わかったわ、パパ」彼女はその場から立ち去った。

「娘のひとりだ」ポンスは誇らしげに言った。「実家からこっちへ来ている」

ブルーノとニイは当たり障りのないことばで彼女を褒め称えた。ポンスは失礼すると言い、建物の角を曲がってどこかへ行ってしまった。ずいぶん長いこと席を外していたように感じられたが、戻ってきたときには片方の手に黒い粉の入った古ぼけた欠けたボウルを、もう片方の手には飲料水のパックをもっていた。ポンスは腰を下ろし、黙ったまま黒い粉に水を注いでゆっくり混ぜてペースト状にした。「そうだろ」ブルーノはコジョーに目を向け、親しげに頭をなでた。コジョーは気にしていないようだった。

70

翌朝、ブルーノとニイはコジョーの黄色いTシャツをポンスのところへもっていく準備をしたが、ニイは落ち着きがなかった。

「気をつけろよ」ニイは忠告した。「ポンスには、あの子が実際にはそのシャツを着てないことがわかるかもしれない」

「そうか?」それからブルーノは首を振り、その考えをはねつけた。「わかるはずない。疑われたら、こっちだって言い返すさ。行こう」

とはいうものの、ポンスがそのシャツを調べているあいだ、二人は気が気ではなかった。そこでブルーノくりかき混ぜはじめた。

「それはあの少年のシャツの灰ですか？」ブルーノは訊いた。「燃やしたんですか？」

ポンスは首を縦に振り、念入りに灰を混ぜつづけた。ピンときたブルーノは、嫌悪感もあらわにニイに目を向けた。この先の展開が読めたのだ。

祭司はその黒い混合物を差し出した。「その少年のような狂人になることを怖れないというなら、これを飲むんだ」

ブルーノはためらった。ポンスは彼を限界の先まで押しやろうとしている。祭司の頭をぶん殴ってやりたくなった。とはいえ、そんなことをしてどうなるというのだ？　どうにもならない。ブルーノは祭司からその器を受け取り、大きく息を吸って飲み干した。ざらざらし、味気なく、それでいて苦みもあった。ブルーノは顔をしかめてボウルを返した。

「よろしい」ポンスはこれまでは見せなかったいくらか認めるような態度を示した。「これで、おまえは力を手に入れた。獲物《ムグ》はおまえをどうこうすることはできないが、おまえはムグを思いのままにできる。今日からは、カネを要求されたムグは頭が混乱し、いくら要求されようが必ずカネを送るようになる。たとえ家族にやめろと言われても、ムグはやめられなくなるのだ」

「すげえ」ブルーノは言った。「それで、ゴッドファーザーのことは？」

「今度ニイが会いに行くときに、いっしょに行くといい」

ブルーノは満面の笑みを浮かべた。「わかりました。ありがとうございます」

次にブルーノがサナ・サナと会ったとき、サナはひとりではなかった。二人のボディガードだけでなく、ほかにも四人の調査員がいた。それぞれが調査の進捗状況を報告し、次の指示を受けていた。

ブルーノが報告する番になると、ゴッドファーザーといつ会うことになりそうか、サナは知りたがった。

「まだわかりません。もうすぐだとは思うんですが、会うまえにニイから連絡が来ることになっています」

サナのいでたちのなかでも、ブーニー・ハットのつばから顔の前に垂れ下がっている金色のビーズにブルーノはひときわ目を引かれていた。サナが椅子から立ち上がり、ブルーノを手招きした。

「こっちへ来て坐ってくれ」

何かまずいことでもあったのかと不安に思ったブルーノは、恐る恐る腰を下ろした。

「これまでは」サナはブルーノに言った。「きみには素顔を見せなかった。信用できるかどうか確かめていたのだ。いま、そのときが来た。きみはまっとうな男で、よく働き、度胸もあり、そして何より信頼できる。今日からは、私の顔を知ることになる」

サナがビーズを片側に寄せてゆっくり帽子を脱ぐ姿に、ブルーノは釘付けになった。部屋にいるほかの者たちが笑いだした。サナはその下に人の顔を模したマスクをかぶっていたのだ。

「冗談はこれくらいにして」サナは含み笑いをした。「今度こそ素顔を見せよう」

サナがラテックスのマスクを剝がした。年齢は四十代前半といったところで、引き締まって角張った顔をし、左の頰には小さな部族のしるしがある。髪は短く、口ひげとヤギひげをたくわえていた。ブルーノは鋭く険しい目つきを想像していたのだが、サナの目はとても穏やかだった——優しげとさえ言えるほどだ。

「おぉ」思わずブルーノは声を洩らした。

「これでわかっただろ」サナは言った。「さて、そろそろ椅子を返してくれないか」

ブルーノは口ごもりながら椅子から跳び上がった。

「すみません」部屋のほかの者たちが大笑いした。

「これが、ゴッドファーザーを撮る隠しカメラだ」サナに腕時計を差し出され、ブルーノは慎重にそれを受け取った。

ブルーノは興味深そうにその装置を眺めた。厚みのあるがっしりした時計で、クロムメッキされた縁にはボタンが四つ付いている——右側に三つ、左側にひとつだ。文字盤は艶消し黒で、二つのクロノグラフも付いていた。

「これにカメラが?」ブルーノは驚いて訊いた。「どこに?」

「6のところだ」サナは答えた。

ブルーノは目を近づけた。「全然わからない」

「使い方を教えよう」

ブルーノが腕時計を返すと、サナは写真や動画を撮るためのボタンや充電ポートの位置を教えた。「腕に着けていろいろ試して、使い慣れてくれ。写真や動画を最高のアングルで撮れるようにな。たとえば、誰かと向かい合って坐っているときは、膝に腕を置いて手首を外側に向けるんだ」

ブルーノは頷いた。「わかりました」

「だが、くれぐれも取り扱いには注意してくれよ。高いんだからな」

ブルーノは慎重に時計を腕にはめた。「ありがとうございます、ボス」自分を誇らしく思った。

「ニイ・クウェイから連絡があったら、すぐ知らせてくれ」サナは言った。「もう一度会って、計画を詰める。ゴッドファーザーのところへもっていくドル紙幣も用意しておく。ムグからだまし取ったカネだと言うんだ。肝心なのは、ゴッドファーザーにそのカネを渡すところを動画で撮ることだ。これからもサカワが安泰であるように、ゴッドファーザーが法執行機関から守る代わりにカネを受け取るところを、世間に見せつけてやるんだ」

サナは部屋にいる者たちを見まわした。「きみたちはみな、信頼のおける私の戦士だ。私はリーダーで、きみたちの身を案じている。だからこそ、いまは危険と隣り合わせだと、口を酸っぱくして言っているんだ。この何カ月かのあいだ、私や撮影スタッフに対する殺害予告が増えている。昨日だけでも、フェイスブックのメッセンジャーにそんな脅迫が四件送られてきた。そのうちの一件はサカワのことに触れていて、調査をやめるように警告していた」サナは二人のボディガードに目をやった。「来週、報道の自由を訴えるユネスコ会議に出席することになっているが、気をつけなければならない。その会議が終わったら、世界じゅうにサカワの実態を公表する準備ができるまで、しばらく身を潜めるつもりだ」

71

六月二十七日

新たに設立された汚職対策センター《CACC》は、バンナーマン大統領が考え出したものだった。犯罪捜査局《CID》の建物の裏にその施設が完成した一カ月後、オープニング・セレモニーや夜会、資金集めの催しなどが盛大に行なわれていた。その柱廊のあるクリーム色の巨大な建物は投光器で照らされ、夜空を背景にして光り輝く古代建造物のようだった。その中庭には、髪をセットしてきれいに着飾った裕福なパーティ好きが何百人も集まっていた。アクラで名の知れた人は誰もが出席していた。そのほとんどが、大統領とことばを交わす機会をうかがっているのはまちがいない。とはいえ、大統領に近づくのは口で言うほど簡単ではない。大統領は親交の深い人たちに囲まれているだけでなく、武装した専属のボディガードにがっちり守られているのだ。

軍やSWATも召集されていて、警備は厳重だった。

ダズとエドウィンも警備にあたっていた。ダズは屋上から目を光らせ、エドウィンは地上をパトロールしていた。午前零時に、エドウィンは正面入り口でほかのメンバーと交代することになっていた。

バンナーマン大統領と親密な関係にあるジェイムズとジョゼフィンのアクロフィ夫妻は、大統領のそばにいられる幸運な参加者だった。アクロフィ夫妻はこの新しいセンターに多額の寄付をしているので、すでに二人の名前は後援者のリストを記した真鍮のプレートに刻まれていた。あちこちで会話が弾み、シャンパンの泡がはじけていた。小さなダンス・フロアが用意され、DJがレコードをかけている。午前零時をまわったころ、ジョゼフィンは車に用があるとジェイムズに耳打ちした。彼は黙って頷いた。

ジョゼフィンが正面入り口へ行くと、エドウィンが駐車場やそのまわりに目を光らせていた。

「奥様、どうかなさいましたか?」

「車までエスコートしていただけるかしら」

「喜んで」

エドウィンは彼女と並んで歩いていった。二人の足音が、アスファルトで不規則なリズムを奏でている。

「元気でやってる、エドウィン?」ジョゼフィンが静かに言った。

「ああ、元気だよ。母さんは?」

「わたしも元気よ。話をするのはずいぶん久しぶりね。もっと電話をくれてもいいのに」

「ごめん。これからはそうする。ところで、今夜はすごくきれいだよ」

「ありがとう」ジョゼフィンはエドウィンに笑みを向け、二人はきらめくSUVの列を通り過ぎていった。SUVはいまだに富裕層に人気の車なのだ。数人の運転手たちが、おしゃべりをして時間を潰していた。

「どこへ行くの?」ジョゼフィンが訊いた。

エドウィンは前方を指差した。「あそこだよ」

駐車場の端には、まだオープンしていない庭園があった。灌木や木陰を作る樹木が植えられ、テーブルと椅子が置かれた坐って休めるエリアがあり、センターの職員にソフト・ドリンクや軽食を提供するバーも準備中だった。そのあたりを照らしているのは、駐車場の街灯だけだった。エドウィンとジョゼフィンは影のなかに入っていった。

二人は並んで腰を下ろした。

「お父さんと話をすることはあるの？」ジョゼフィンが訊いた。

エドウィンはうめき声を洩らした。「父さんは、おれなんか気にもかけてない。犯罪捜査局にいるときでさえ、おれが目に入らないみたいに振る舞っている」

ジョゼフィンは彼の手を握りしめた。「気にしないで、ね？」

「ちっとも気にしてないさ」

「なら、いいわ」

「クワメは？　いまどうしてる？」

「新しい施設に移ってから、ずっと調子がいいみたい。まえの施設では手に負えなくなってしまって、そこを出なくてはいけなくなったの。新しい環境にもうまく馴染んでいるわ」

「よかった」エドウィンはにっこりした。「あの日のことは一生、忘れない。クワメをイギリスへ連れていくずっとまえ、まだ赤ちゃんだったあいつをおれに見せに来て、この腕に抱かせてくれた日のことを。いい思い出だよ」

ジョゼフィンはその日のことを思い返し、ゆっくり頷いた。「ええ、そうね。あのときのことを思い出すたびに、あの子がふつうの子だったらどうなっていたかと考えてしまうの」

「わかるよ」エドウィンも同じ気持ちだった。「でも神に感謝しないと、母さん。海外《アブロチーレ》でしっかり世話をしてもらっているんだから」

「そうね、神に感謝しないといけないわね」彼女は言った。「仕事のほうはどう？　お友だちの、カリッジやダズは？」

「二人とも元気だよ」エドウィンは間《ま》を空けた。「母さん、新しいところに引っ越そうと思っているんだけど」

「どこへ？」

「スピンテックス・ロードの、ベッドルームが二つあるところなんだ。二年分の家賃を前払いしないといけなくて」

それは違法だが、家主は誰もがやっていることだった。

「いくらなの？」ジョゼフィンは訊いた。

「全部で七万かかる」

「いいところなの？」

「すごくいいところだよ。ちょっと修理しなきゃいけない部分もあるけど、そういうのは得意だから。おれもいくらかは出せる――たぶん五千くらいなら」

「わかったわ。月曜日に、残りを口座に送金する」

屋上にいるダズは、エドウィンが警察庁長官夫人をエスコートしているのに気づいていた。汚職対策センターの敷地内は厳重に警備されているので、女性に付き添うのは実際には形だけの社交儀礼にすぎない。チップをもらえるチャンスでもあるのだが、ときにはそのチップが馬鹿にはできない額になることもあり、それがこういった勤務時間外のイベントの楽しみのひとつだった。ダズは、エドウィンとミセス・アクロフィを見かけてからどのくらい経ったのか、正確な時間は把握していなかった。暗視ゴーグルを着けたのも、二人の様子を〝確認する〟ためではなかった。敷地内をゆっくり見まわしていると、駐車場の向こう側の庭園エリアにいる二人の姿が目に留まり、視線を戻して二人に焦点を合わせた。一瞬、ダズは驚きのあまり頭をのけ反らせた。自分の目にまちがいがないことを確かめようと、もう一度、暗視ゴーグルを覗いた。やはりまちがいない、エドウィンとミセス・アクロフィが抱き合っていた。

72

三月二十三日　ガーナ、アクラ

ネットサーフィンをしていたゴードンは、〝サカワ・ボーイズ〟というタイトルのフェイスブックのページを見つけた。いくつかショート動画が掲載されていて、大金持ちと評判のインターネット詐欺師のひとりがアクラ郊外にあるウエスト・ヒルズ・モールの二階のバルコニーに立ち、下で大喜びしている買い物客たちに何百枚ものセディ紙幣をばらまいている動画もあった。やがてその騒ぎは危険な狂乱状態へと発展し、怪我をする人たちもいた。その動画の下に書きこまれたコメントは、〝恥さらし〟というものから、〝やらせか、もしくは売名行為だ〟というものまでさまざまだった。

その後者のコメントに対するスーザン・ハドリーという女性からの返答が目に留まった。彼女はこう書いていた。〝本当のことかもしれないわ！　そういったサカワのひとりに会ったことがあるけど、実際に彼らはそれくらいお金を稼いでいるの。ただし、みんなが思っているほど楽な人生ではないけれど〟

ゴードンはスーザン・ハドリーの名前をクリックし、彼女にダイレクト・メッセージを送った。〝どこに住んでいるのかは知りませんが、サカワについて話を聞かせてもらえませんか？　私はアメリカに住んでいますが、いまはアクラにいます。サカワのひとりにまんまとだまされて、その犯人を捜しに来たのです。サカワの世界について、何もかも知りたいのです〟

数時間後、スーザンから返事が来た。〝わたしもアクラにいます。サカワ・ボーイズと関わったことがあります。電話をください〟

電話番号が書かれていたので、ゴードンは電話をしてみた。彼女はガーナに短い休暇で来ているということだった。「インターネット詐欺に引っかかったんですね?」彼女は単刀直入に訊いてきた。

「そうです」ゴードンは言った。「その事実を受け入れて、真正面から向き合おうとしているところです」

「お話をうかがってみたいわ。いっしょにコーヒーでもいかがですか?」

「ええ、ぜひ」

スーザンが時間と場所を指定した。その日の夜、エアポート・レジデンシャル地区にある〈シ・グスタ!〉というコーヒーとサンドウィッチを出す店で会うことになった。

ゴードンとスーザンは、〈シ・グスタ!〉の店内で隅にあるぽつんとしたテーブル席を見つけた。装飾は色鮮やかな現代風で、明るい雰囲気の店だった。外のテラス席には雑多な客が坐り、ひっきりなしにタバコを吸っているレバノン人がとりわけ目を引いた。

ゴードンはピスタチオのアイスクリームを、スーザンはラズベリーのフローズン・ヨーグルトを注文した。ゴードンは素早く彼女を品定めし、年のせいで魅力が失われつつある、人生に疲れたブロンドだと判断した。

席に落ち着くと、スーザンが口を開いた。「さっそく話を聞かせてください」

ゴードンはこれまでのことを説明した。話が終わるまで、スーザンはひとことも口を挟まずに聞き入っていた。

「ひどい話ですね」彼女は言った。「残念ながら、珍しい話ではありませんが」

「それで、〝サカワ・ボーイズと関わったことがある〟というのは、具体的にはどういったことなんですか？」

「六年くらいまえ」スーザンははじめた。「わたしは物理学の客員教授として二年間教えるために、ガーナ大学に来ました。そのときに政治学を専攻している学生と出会い、交際するようになりました。ニィというのですが、当時の彼はとにかく貧乏でした。今年の一月に何年かぶりにガーナに戻って来てみると、ニィはすっかり変わっていました。高価な服を着て高級車を乗りまわし、家も豪邸のようなところなんです。信じられませんでした。まっとうなお金であるはずがありません。最初に訊いたときははぐらかされましたが、彼の頭がおかしくなるくらいしつこく訊くと、ようやく白状したんです。詐欺ボーイ、あるいはサカワ・ボーイだということを――呼び方はなんだって構いませんが」

「彼の得意な詐欺は？」

「なんでもやっているようです――あなたが被害に遭ったような恋愛詐欺も含めて。でも、いちばんカネになるのはゴールド詐欺だと言っていました。何千ドルも稼げると。ドルは高いので、現地のお金にするととんでもない額になるんです」

「その男――ニィに会えませんか？　まだ彼とは連絡を取っているんですか？」

「ある程度は」あいまいに答えた。「まえほどではありません。彼の生活スタイルややっていることに、ついていけなくて」

「どうして当局に通報しなかったんですか？」

　スーザンはまじまじと彼を見つめた。「冗談で言っているんですよね？」

　ゴードンは気まずそうな顔をした。「すみません、馬鹿なことを訊いてしまって。それはともかく、その男と会えませんか？」

「あなたが何を求めているかにもよります」

「その男なら、私をだましたやつを知っているかもしれないと思って」

スーザンは懐疑的だった。「ガーナにどれほどたくさんの詐欺師がいるかということ、そして彼らがお互いに告げ口をしようとしないということを考えると、犯人を特定できる可能性は低いと思います。でも、試しに訊いてみることくらいならできるかもしれません」

「警察や政府の役人の関わりについては？　話が聞けるでしょうか？」

スーザンは唇を結んだ。「聞けるかもしれませんが、それなりの額を示さないと」

ゴードンは頷いた。「はじめからそのつもりです。いくらくらいなら？」

「ガーナ人に具体的な金額を口にさせるのは難しいですが、三百五十くらいが妥当かと」

「三百五十セディですか？」

彼女は楽しそうな顔をした。「ドルですよ」

「そうですよね。何を考えていたのやら」

「ドルの手もちはありますか？」

「いくらかホテルに置いてあります」

「足りないなら、残りの分はセディでも大丈夫だと思います。いまニイにメールしてみましょうか？」

「そうしてもらえるとありがたい」

スーザンがメールを送ってから約十分後、携帯電話が鳴った。

「しばらくね、ニイ」とたんに甘い声になったスーザンに、ゴードンは感心していた。「元気？　ええ、わたしは元気よ。アメリカから友だちが来ていて、ぜひ会ってほしいの。彼、とても困っていて、力になれそうな人を知っていると言っちゃったの」

73

独立記念日（七月四日）　ワシントンD.C.

キャスのからだは、転移性の肺がんに蝕《むしば》まれていた。病院の救急救命室で呼吸不全で死にかけ、十日間は集中治療室に入れられていた。そんな経験をすれば、どんなに体力のある患者でもまいってしまう。悪性腫瘍に苦しんでいるとなればなおさらだ。キャスは回復期病棟に移されたころには、骨と皮だけになっていた。

デレクは彼の永続的委任状をもち、ほかに連絡の取れる家族がいないことから近親者とも見なされていた。キャスは体力が回復すれば、残りわずかな余生を介護施設で過ごすことになる。死にかけている男のベッド脇で、デレクは哀れに思うとともに惨めな怒りも感じていた。

「ゴードンの――おまえの親父さんの葬儀に参列できなくて、すまなかった」キャスは言った。目は閉じられ、声も弱々しく、鼻と口が非再呼吸式マスクで覆われているためにことばもくぐもっている。

「出られる状態じゃなかっただろ」

キャスは首を縦に振った。「死体検案書は見たのか？」

「ああ」その内容はデレクの頭に刻みこまれていた。「溺死ということだ。そのまえに左頭頂部を鈍器で殴られている。直接の死因は窒息だ。つまり、父さんを殺したやつははじめに頭を殴り、それから川に放り投げたということだ。父さんはそこで溺死した」

キャスの顔が苦しみで歪んだ。「なんてことだ」

「父さんの死に、キャスがどう関わっていたのか知っている」しばらくしてからデレクは言った。

キャスは瞬きをして目を開いた。「いまなんて？」

「ガーナに残るよう父さんを説き伏せた。この一件をもっと奥深くまで追及するように後押ししたと言うべきか、それともけしかけたと言うべきかはわからない。

確信しているわけじゃないけど、キャスが口を出していなければ、父さんは無事にアメリカに帰ってきていたんじゃないかと思う」

キャスは天井を見つめていた。天井は病院特有の白一色で塗られているだけで、とくに面白くもなんともない。やがて涙腺が決壊し、岩だらけの渓谷に水が注ぎこむように、やつれてくぼんだ頬に涙が流れた。

「どうしてわかったんだ?」彼は呟いた。

「キャスと父さんのEメールは、全部クラウドに保存されていた。渋々ながら、アップルはFBIにそれだけは見せたんだ。FBIがそれをかき集めて教えてくれた」

「デレク、ゴードンがこんなことになるなんて、思ってもいなかったんだ」

「でも、《オブザーヴァー》に記事を書くためなら、父さんを危険にさらしてもいいと思ったのか?」デレクは刺々しい声で言った。

「がんだということは知っていた。死が近いことがわかっていたんだ。死ぬまえに、もう一度だけ花を咲かせたかった。この世に最後の記事を残したかったんだ。おれが考えていたのは、それだけだ」

「おれが知りたいのは」デレクの声は震えていた。「父さんがどんなトラブルに巻きこまれることになるか考えなかったのか、ということだ。何も考えずに父さんを利用したのか?」

キャスはデレクの方に少しだけ顔を動かした。「二人の共同作業だと考えていた。無理強いさせているつもりはなかった。嫌ならいつでも断われた。おまえの親父さんはおれの力になろうとしてくれたんだ。ワシントンで書店を開くときにおれが力を貸したように」

デレクは口を歪めた。「つまり、父さんには貸しがある、そう言いたいのか?」

「ちがう」キャスの口からあえぐような奇妙な声が洩れた。むせび泣きながら何かを言おうとしているようだった。

デレクはからだを寄せた。「なんだって？」

「殺してくれ。頼む。酸素を止めれば、十分で死ぬから」

デレクは壁際の酸素メーターに目をやった。毎分十五リットルという高い数値に設定されている。

キャスはデレクの視線を追って頷いた。〝そう、それだ〟「スイッチを切ってくれ」

デレクは大きく息をし、首を振った。「そんなことはできないし、するつもりもない」

キャスの目が訴えかけた。「許してくれ」

デレクは何も言わなかった。いずれは許せるようになるかもしれない、そう思いながら立ち上がった。

「もう行かないと。仕方がないこととはいえ、おれはキャスの永続的委任状をもっているんだ。身辺整理はしておくから」

ドアの手前まで行ったデレクは、キャスが最後に何か言おうとしているのに気づいてなかば振り返った。

キャスは酸素マスクを片側にずらし、思いのほか力強い声で言った。「何もかも、おまえの親父さんに残してある。ゴードンがいないなら、すべておまえのものだ」

74

三月二十五日　ガーナ、アクラ

ニイ・クウェイは、スーザンのアメリカ人の友人のことはほとんど知らなかった。記事を書くためにいろいろ調べていて、サカワの仕組みについて知りたがっているということだった。その男に問題はないとスーザンが請け合ったので、ニイは心配してはいなかった。肝心なのは、現金が手に入るということなのだ。

午後七時半、リング・ロード・セントラルにある〈チャンプス・スポーツ・バー〉にやって来たニイは、ホワイト・ゴールドのアウディQ7を脇へ寄せた。駐車係に誘導されて車を駐め、この艶のある車にとくに目を光らせておくようチップを渡した。

店内は音楽や大声での会話、笑い声などで活気に満ちていた。ワイド・スクリーンのテレビでは、サッカーのプレミアリーグの試合が流されている。ニイは店内を見まわし、スーザンが手を振っているのに気づいた。スーザンと友人が坐っているテーブルへ向かった。スーザンは立ち上がってニイとハグをしてから、友人を紹介した。

「こちらは友人のゴードン。ゴードン、彼がニイよ」

二人は握手を交わした。ニイはゴードンに見覚えがあるような気がしたが、正直に言って白人はみな同じに見えるので、はじめはたいして気に留めなかった。その白人は、頭のてっぺんからつま先までニイを品定めしているようだった。

スーザンは白ワインをカラフェで注文し、二人の男性はそれぞれステラ・アルトワのビールを頼んだ。スーザンがうまくその場をなごませてはいたものの、ニイは気まずさを感じ、その白人も同じように感じていると思った。

「それでね、ニイ」スーザンが言った。「ゴードンはサカワについて記事を書いていて、あなたがその世界に詳しいってわたしが話したの」

ニイは笑みを浮かべただけだった。

「少しお訊きしても構いませんか？」ゴードンは丁寧に言った。

「なんでも訊いてくれ」ニイはそう答えたが、まるでマラリアにでもかかったかのように、冷たい悪寒にからだを貫かれた。すべてがつながった――信じがたいこととはいえ、否定はできない。この声、スカイプで目にした顔、そしてゴードンという名前。この男は自分の獲物《ムグ》のひとりだ。その男がいま、ガーナで面と向かって自分と話をしている。何が望みだ？　何を求めているんだ？

「いつからサカワに関わっているんですか？」白人は訊いた。

「二、三年まえから」

「儲かるそうですね？」

ニイは肩をすくめた。「まあ、それなりに」

スーザンが口を挟んだ。「ニイ、ときどきインターネットにサカワの暮らしぶりが書かれているけれど、実際にはそれほど楽ではないって、ゴードンに話していたの」

「確かにそのとおりだ。祭司やイスラム学者《マラーム》にとんでもない要求をされることもある――近親相姦をしろと言われたり、墓から棺を掘り起こして、二週間、毎晩そのなかで寝るように言われたりするんだ」

ゴードンは訝《いぶか》しげな顔をしつつ、嫌悪感もあらわにした。「なんてことだ」

「それだって」ニイはつづけた。「まだましなほうさ。毎月、サカワには新たな儀式が待っている。金持ちになるためには、最終的な儀式を受けなければならないんだ」

「どういうことですか？」ゴードンはビールを飲み干し、ウェイターを呼んだ。「スミノフをオン・ザ・ロックで」ニイに視線を戻した。「最終的な儀式というのは？」

「からだの重要な部分を切り取って、祭司に渡すんだ」ニイはあいまいに言った。

「性器とか、そういったところですね？」

「そうだ」

「そういった儀式をすれば、大金持ちになれると？　どのくらいのカネのことを言っているんですか？」スミノフが運ばれてきて、ゴードンはそれに口をつけた。

「それは人による。そいつがどこまでやるかということとにも」

「もし、その課題をやり遂げなければ？」

「ひどいことが起こる」

「たとえば？」

ニイはビールをひと口飲んだ。「妹と寝るように言われて断わったやつがいた。それから何日かすると、そいつのからだじゅうに腫れものができた」

ゴードンは鼻を鳴らし、スーザンに訝しむような目を向けた。スーザンは目を伏せたままテーブルを見つめている。

「記事を書いているって言ってたけど」ニイがゴードンに言った。

「そうです」グラスに口をつけた。

「どこの記事なんだ？」

ゴードンは話をそらした。「よくわからないんだが、どうしてそんな儀式をすれば、インターネット詐欺がうまくいくようになるんですか？」

「外にアウディが駐めてある」ニイは素っ気なく言った。「なんなら、見てきたら？」

「遠慮しておこう。サカワのことを何もかも理解しているわけではないかもしれないが、ひとつはっきり言えるのは、手に負えなくなっているということだ。社会の脅威になっている」

スミノフのせいで口が軽くなり、気持ちが昂《たかぶ》ってきた。スーザンが顔を上げ、抑えるように目配せをした。

どうなっているんだ、ニイは思った。ゴードンはニイの正体に気づいているのだろうか？「何かあったのか？」ゴードンに訊いた。「ずいぶん怒っているようだけど」

「怒ってるだって？私が？とんでもない。どうして怒ってないか、教えてやろう。なぜなら」——テーブルの上の携帯電話をつかみ、指を動かしてスクロールしていった——「なぜなら、私がガーナへ来たのは、この美しい女性に会うためだからだ。これが彼女だ。

ほら」ニィに携帯電話を突きつけた。「この自称ヘレナという女性は、存在さえしてない。だから、怒るわけないだろう？」

「ここでは、皮肉はあまり通用しないわ」スーザンは淡々とした口調で言った。

ゴードンは手をうしろへ振った。「わかったよ、確かに怒ってる。ただで手に入るカネなんてないんだ、ニィ。絶対にな。いまはいくらか、いや、もしかしたら大金をだまし取っているかもしれないが、いつか自分に返ってきてひどい目に遭うぞ。それにおまえたちみんな——サカワ・ボーイズも、警察も、政府のお偉いさんも、みんなぐるなんだろ？　世間に暴露されるのが待ちきれない。そのためなら、私はどんな役目だって果たしてみせる」

スーザンは頭を抱えた。「なんてことを、ゴードン」

ニィはゴードンを見つめた。「そんな言い方はよくないな。おれたちガーナ人は、ある程度は親切に対応するけど、それを過ぎたら貿易風のハルマッタンが吹いて干上がった川みたいに、親切心も底を突いてしまう」彼はそう言って立ち上がった。

「ニィ」スーザンもなかば腰を上げた。「お願い、行かないで。悪かったわ」

だが、ニィはうんざりして出ていった。自分はこんなことのために来たのか——この白人に罵られるために？　アウディに乗りこんで力任せにドアを閉め、バックしてエンジンをふかした。タイアをきしらせ、ドライヴウェイにゴムの跡を残して走り去った。

ゴードンに侮辱されてニィの防衛本能に火がつき、勢いよく燃え上がった。あんな男はだまされて当然だ。ニィはこれっぽっちも同情などしなかった。アウディに備え付けられた電話の音声ダイアル機能を使って電話をかけた。相手が電話に出ると、ニィは言った。

「例のティルソンという男がガーナに来ています。面倒なことになりそうです」

75

七月五日　ガーナ、アクラ

ラバディ・ビーチからさほど遠くない場所で行なわれる国際見本市の会場は、百二十エーカーの開けたところだった。その一部は一九六〇年代のンクルマ政権時代の名残りをとどめる歴史的な場所で、ほかの一部は結婚式から国際会議までさまざまな催しが開かれる現代的なイベント・スペースになっていた。そういうわけで、そこは劣化していくインフラと最新のデザインが奇妙に交ざり合っている場所だった。

そこにある三千人を収容できるアフリカ・パヴィリオンが、サナが演説をすることになっているユネスコ会議の会場だった。その日は会議の初日で、正面入り口に続々と到着する高官たちを、情報大臣やそのほかの政府関係者たちが出迎えていた。サナ・サナは、午前中の本会議で基調演説をすることになっていた。

イベントの警備は中程度で、入り口には武装した制服警官と軍人が、駐車場には最低限の装備をした警備員が配置についていた。カメラマンが集まっているのはいつものことだが、今回はふだんより緊張と興奮が高まっていた。サナ・サナが姿を現わす予定になっているからだ。

そこから五百メートルほど離れたところを塀が囲い、その先には葉が生い茂り、熟した実がたわわになる大きなマンゴーの木が一本生えていた。暗殺者にとって、その木は自分のからだと長距離ライフルを据えるにはうってつけとは言えないものの、この何もないだだっ広い土地で狙撃地点として利用できるのはその木だけだった。そこは開発の遅れた地域で、開発業者たちにとっては魅力的な場所だった。現に、複数の投資家たちがその土地に入札していた。

暗殺者は、夜明けまえからその木に登っていた。キャップを頭に載せ、標的を始末したらそれを目深にかぶって顔を隠すつもりだった。情報によると、会議の主催者の取り計らいで、サナはパヴィリオンの裏にある人目に付かない入り口を使うということだった。みなと同じように正面から入ってくると考えて待ち構えている記者たちをかわすためだ。

長いこと待っていた。木の形に合わせてがっちりからだを固定しているせいで、大腿四頭筋が張っていた。ライフルはY字型のしっかりした枝に載せているが、発砲するときには一ミリのからだのぶれも許されない。今回の標的は、エヴァンズ＝アイドゥよりもはるかにとらえどころのない相手なのだ。

暗殺者は神経を尖らせた。サナがよく使う黒のキャデラック・エスカレードが、アフリカ・パヴィリオンの入場道路から入ってきて裏口の方へ飛ばしていったのだ。車のウィンドウは、これ以上ないくらいに真っ黒だ。その車が裏口の前の駐車禁止ゾーンで急停止した。暗殺者は身構えた。サナはSUVからパヴィリオンへ素早く移動するはずだ。ボディガードのひとりが車から飛び降りてあたりを見まわし、車の後部ドアを開けた。しばらく何も起こらなかったが、やがてつばから黒っぽいビーズのカーテンを垂らした黒いフェドーラ帽をかぶったサナが降りてきた。先に降りたボディガードを従えて建物の方へ歩いていく。ボディガードがひとりしかいないのは意外だった。スコープを通して、暗殺者はサナの左こめかみをとらえた。

はじめにSUVを降りたのは、サナの替え玉だった。本物のサナは、もうひとりのボディガードとともに車に残っていた。運転手はエンジンをかけたままにしている。

その数秒後、鋭い銃声が響き渡るとほぼ同時に替え玉が倒れた。

「車を出せ！　行け！」ボディガードが大声で叫んだ。サナを抱き寄せて座席に伏せ、からだを張って守ろうとした。運転手がエンジンをふかすと、エスカレードは轟音《ごうおん》とともにタイアをきしらせて急発進した。ボディガードは会場から充分離れたことを確認してから、サナのからだを起こした。「大丈夫ですか、ボス？」

「ああ、大丈夫だ」サナは震える声で言った。

またもや彼は命を狙われ、どうにか生き延びた。命を狙われるのはこれがはじめてではないし、最後でもないだろう。

76

七月六日

サナが命拾いしたというニュースは、三十分もしないうちにあらゆるメディアで取り上げられた。ユネスコ会議は翌日に延期になった。ソワーのオフィスでは、誰も仕事が手につかなかった。エマと同僚たちは、携帯電話やラウンジのテレビに釘付けになっていた。どのラジオ局も、暗殺を企てたのは何者か、という話題でもちきりだった。サナの替え玉はおそらく頭を狙われたのだろうが、撃たれたのは背中だった。さいわい防弾チョッキを着ていたおかげで、命に別状はなかった。


エマの携帯電話が鳴った。アメリカからデレクがかけてきたということがわかり、胸が高鳴った。

「お元気ですか？」エマは言った。「声が聞けてよかった。まえよりも声に張りがあるみたい」

「だいぶ元気になったよ、おかげさまでね。きみは、エマ？　どうしてる？」

「とくに何も」

「実は、きみに話したいことがあって。いま大丈夫?」

「ええ、もちろんです。もう少し静かなところへ行くので、ちょっと待ってください」依頼人のいない待合室へ行った。「それで、話というのは?」

「父さんの事件を調べているFBI捜査官から、Eメールを見せてもらったんだ。父さんと友人のやりとりなんだけど、きみにも見てほしい。きみや警察、あるいはほかの誰かの役に立つ情報でもあるかもしれないと思って。そのEメールをきみに転送してもいいかな?」

「助かります、デレク。目を通したら、こちらからかけなおします」

約十五分後、Eメールが届いた。エマは自分のデスクに着いてパソコンの画面に集中し、ミスタ・ティルソンと友人のキャスのあいだで交わされたメールのやりとりを読んだ。デレクの言うとおりだった。キャスはそれとなく、だが確実にミスタ・ティルソンをけしかけていた。エマが驚いたのは、ゴードンがジョゼフィンを知っていたということだ。ワシントンで彼女と出会い——どんな関係だったのかは見当もつかない——三月三日にガーナで再会している。〝今日、ジョゼフィン・アクロフィと会ってきたんだが、なかなか面白い展開になった。午後遅くに会って、コーヒーを飲んだ〟

ガーナで再会したときは少し張り詰めた雰囲気になったかもしれない、エマは思った。ミスタ・ティルソンが、インターネット詐欺で甘い汁を吸っている疑いのある〝政府やそのほかの機関の高官たち〟のことを訊いたのだから。

さらに、別の驚愕の内容を目にした。

ゴードン・ティルソン

三月二十七日　午前九時三十六分
件名：　Re：ガーナ
宛先：　C・グッテンバーグ

　フェイスブックで見つけた例のアメリカ人、スーザンが、スポーツ・バーでニイ・クウェイというサカワ・ボーイと会う段取りをつけてくれた――〝ボーイ〟といっても、相手は大金を手にした立派な大人だが。作戦としては、私が雑誌かオンラインでインターネット詐欺に関する記事を書いている、ということにした。ある意味では、それは本当のことだしな。全般的なことしか訊かない、と伝えてあった。でもちょっと飲みすぎてついカッとなり、そのニイという男に私の話をぶちまけてしまった。しかも、関わっているガーナ人を残らず暴いてやる、などと偉そうなことまで口走ってしまった。要するに、うまくいかなかったってことだ。しくじった。

　ミスタ・ティルソンはニイ・クウェイと会っていた！　エマは詳しいことを知りたかった。それに、二人を会わせたスーザンという女性は、いったい誰なのだろう？　ミスタ・ティルソンが仕掛けた網は、エマが思っていたよりもはるかに大きなものだった。その網のなかには犯罪捜査局《CID》で話をした人たち――ダンプティ警部やそのほかの警察官だけでなく、クウェク・ポンスやジョゼフィン・アクロフィ（ということは、おそらくジェイムズ・アクロフィも含まれるだろう）、ニイ・クウェイ、さらにはサナまでいた。そのリストの人たちにとって、ミスタ・ティルソンはどれほどわずらわしい存在、あるいは危険な存在だったのだろう？

　当然、このEメールの情報をしかるべきところへ報告しなければならない。まずは、もっとも信頼のおける人――自分のボスに伝えるべきだ。とはいえ、ボスはいまオフィスにいないので、明日まで待たなければならない。とりあえず、ブルーノに話を聞きたかった。ブルーノは関係者全員と、そして関係していることすべてとつながっているように思えてきた。

数分後にブルーノに電話をしたエマは、次にいつニイ・クウェイと会うのか、そのときに自分もいっしょに行っていいかどうか訊いた。すかさずブルーノは意味ありげな声を出した。

「ちがうわよ」エマは素っ気なく言った。「そういう意味でニイに興味があるわけじゃないわ」

「本当に？　ニイも姉さんに気があると思う。しょっちゅう姉さんのこと訊いてくるんだ」

「いいから、わたしが訊いたことに答えて。いつニイと会うの？」

「たぶん、今夜にでも。ニイに電話するから、あとで連絡するよ」

「わたしもいっしょだってことは言わないで、いいわね？　驚かせたいの」

「ふうん。そういうことか」

「うるさいわね」エマはぴしゃりと言った。「ちがうって言ってるじゃない」

77

その夜、ニイはブルーノとエマを自宅に迎えて意気揚々としていた。新車のアウディと、上流中産階級が暮らす街、ジョウルで二人の男とシェアしている広々とした家を見せびらかすチャンスだった。

リヴィング・ルームだけでもエマのアパートメントの三倍の広さもあり、真っ赤な革張りの椅子と巨大なワイドスクリーン・テレビ――モールでしか見たことがないような代物――があった。どれだけ家が大きかろうと、所詮《しょせん》は男の子だ、エマは思った。趣味のいい装飾はひとつもなく、キッチンも広いとはいえシンクには汚れた食器がほったらかしにされ、ごみ箱からはごみがあふれている。その臭いから判断すると、もうごみを捨てるべきだ。

それでもエマはべた褒めし、ニイに驚きと称賛の表情を振りまいた。ニイは明らかに上機嫌で、嬉しそうだった。ニイは若い女性たち、しかもエマよりずっと魅力的な女性たちからもてはやされることに慣れている、そんな気がした。

ニイの同居人たちはテレビ・ゲームをしに書斎へ行ったので、リヴィング・ルームにいるのはエマとブルーノ、ニイの三人だけだった。ニイとブルーノは瓶ビールを、エマはフルーツ・ポンチを飲んだ。テレビでは夜のニュースが流れていた。

「エマ」ニイはにっこりして言った。「元気かい？いまもモールで仕事を？」

エマが探偵事務所で調査員をしているということを、ブルーノはニイに話していないようだ。エマも話すつもりはなかった。

「いいえ、もう辞めたわ。いまは代理店のようなところで働いているの」

「そうか。旅行代理店？」

「そんな感じのところ」

ニュースのスポーツ・コーナーでサッカーの映像が流された。そこからいつものようにアクラ・ハーツ・オブ・オークとクマシ・アサンテ・コトコの伝統の一戦の話題になり、次の大一番ではどちらが勝つかという話になった。

エマはしばらくブルーノとニイがからかい合うのを聞いていたが、唐突に口を挟んだ。「でも、審判員たちは買収されていて、八百長を仕組んでいるって、サナ・サナが暴露したじゃない。だから、どっちが勝つかなんて言い争っても、仕方がないと思うんだけど」

ニイが舌打ちをした。「サナのクソ野郎。あいつは死ぬ。命を狙われてるんだ。いつか殺されるさ」

「誰に狙われているの？」エマは訊いた。

ニイ・クウェイは肩をすくめた。「あいつの敵だよ。敵が多すぎて、数えきれないほどいるからな。サナはあちこち行っては、わざとカネを渡そうとするんだ。で、相手がカネを受け取ったら、そいつは汚職に手を染めてる、と言うわけさ」

「でも汚職に関わっていないなら、お金は受け取らないんじゃない？」

「もしかしたら、いままでは何も受け取ったことがないかもしれないじゃないか。その一瞬だけ魔が差して、誘惑に負けたのかもしれないだろ」ニイは言い返した。「一度カネを受け取ったからって、それまでもずっとそうだったとはかぎらない。それに、審判員がカネをもらったことで試合結果が左右されたというはっきりした証拠を、サナはいまだに示せてない。だから、あいつの調査は失敗だったんだ。問題は、あいつがあまりにも傲慢で失敗を認めようとしないってことさ」ニイはブルーノに目をやった。「どう思う？」

ブルーノは肩をすくめるだけで、何も言わなかった。ニイはエマにウィンクをした。「ブルーノはきみと言い争いたくないから、黙っているんだ。でも、サナを嫌ってることは知ってる」

「でも、サナがサカワに関する新しい調査報告を発表したら、どんな影響があるか不安じゃないの？」

「調査報告って？」ニイの顔つきと声音が変わった。

「知らないふりしなくてもいいのよ」エマは優しい口調で言った。「ガーナウェブ・ドット・コムに書いてあるわ。サナが、サカワから甘い汁を吸っている警察官や政府の役人たちをひとり残らず暴き出そうとしているって」

ニイは首を振った。「なんの証拠もつかめないさ」

エマは彼を見つめた。「本当に？　それなら、あなたにも影響はないってこと？」

「あるもんか。ひとりか二人くらいなら暴けるかもしれないけど、そんなことしたって何も変わらない」

「よかった」さもほっとしたような顔をしてみせた。

「あなたとそのサカワのことを心配していたの」

「そうだったのか」ニイの目つきが和らぎ、好意的な顔になった。「心配してくれてありがとう」

「ところで、サカワ・ガールズっていうのはいないの?」エマは訊いた。

「もちろんいる。そんなに多くはないけど。でも、どんどん増えてきている。おれたち男にとっては、女はもっとたくさんいるほうがいい。獲物《ムグ》を引きつけるには、女の協力が必要だから」

「ムグっていうのは何?」ブルーノに見つめられていることは気づいていた。なんだって急にサカワに興味をもつようになったんだ? そう思っているにちがいない。

「ヨーロッパとかアメリカとか、あちこちにいるカネをだまし取る標的のことだよ」ニイはエマの質問に答えた。

「たとえばわたしがサカワ・ガールだとして」エマは言った。「ムグをだますために、わたしにどんなことをさせるの?」

「どうして? やってみたいの?」

エマは首を縦に振った。「わたしだって、みんなみたいにちょっとしたお小遣いを稼ぎたいのよ」

ニイは椅子にもたれかかり、もったいぶった態度をとった。「たとえば恋愛詐欺なら、きみの写真を使ったり、ムグから電話やスカイプで連絡が来たときにはきみに出てもらったりする」

「なるほどね」エマは思い切り大きく目を見開いた。

「まえにも、そういう役割をしてくれる女の子がいたの?」

「ああ」さらりと答えた。「何人もいた」

「それで、たくさんお金を稼いだの?」

「まあ、それなりに」ニイはことばを濁した。

「それで、いつ手伝わせてくれる？」

ニイはブルーノにウィンクをした。「おまえの姉さんは、いいサカワ・ガールになれると思うか？」

ブルーノは頷いた。「あたりまえだ。姉さんは信用できるし、ムグは姉さんに夢中になる。おれたち三人で、会社を創ろう」

「そうだな」すぐにニイの頭のなかでその考えが膨らみはじめた。「ブルーノの言うとおりだ」エマに目をやった。「どう思う？」

「のったわ。会社の名前はどうする？」

「おれたちのイニシャルを取って、NBEというのは？」ニイが提案した。

「いまいちね。NEBはどう？」エマが言った。「もしくはBEN。BENカンパニー」

ニイは満足げに頷いた。「いいね。三人で握手をして決まりだ」

そのちょっとした儀式を終え、BENというサカワのグループが結成された。

78

ニイと別れたあと、エマとブルーノは最寄りのトロトロの停留所へ向かって無言で歩いていた。未舗装の歩道を歩く二人の足音が、一定のリズムで響いていた。どこかのナイト・クラブから騒々しい音楽が流れてくる。

やがて、ブルーノが口を開いた。「ミスタ・ソワーの仕事で何か調べてるのか？　サカワ・ガールになる気なんてないのはわかってる。何か探り出そうとしてるんだろ。いったいなんだよ？」

エマはブルーノに目を向け、地面に視線を落としてから答えた。「あなたの言うとおりよ。四月に殺されたアメリカ人、ゴードン・ティルソンの死について、ニイが何か知っているかどうか探っているの。三月に、ニイはスポーツ・バーでティルソンと会っているのよ」

「本当かよ？　それは知らなかった。この件にずいぶん熱心なんだな」

「実を言うと」エマは打ち明けた。「ミスタ・ソワーにはこの件を忘れるように言われたの。ティルソンの遺体が見つかって調査は終わったから」

「なら、なんで言われたとおりにしないんだ？」

　エマは頬を膨らませて息を吐いた。「わからない。ただ、このままにはしておけなくて」

「姉さんは頑固だからな」お見通しだというような口調で言った。「何か気になると、放っておけないんだ。むかしからそうだった」

「子どものころは、よくあなたを苛々させたわよね」エマは笑い声をあげた。

「ほんとだよ！」いかにも大変だったと言わんばかりの声音だ。「苛々なんてもんじゃない。でも、まあいいさ。おれの姉さんなんだから。ちょっと坐ろう」

　二人はスタンビック銀行を囲む低い塀に腰を下ろしたが、そのまえに敷地内を巡回する夜間警備員への挨拶を忘れなかった。警備員というのは、無視されるのを快く思わないものなのだ。通りを車が行き交っている。どこからかケレウェレ（熟した料理用バナナにスパイスをまぶして揚げたもの）の香りが漂ってきて、エマは今日一日ほとんど何も食べていないことを思い出した。

「わたしがニイやサカワのことを調べると、あなたに迷惑がかかるかもしれないってことはわかっているわ」エマは言った。

　ブルーノはじっと前を見据えていた。「そうでもない」

「どういうこと？」

「誰にも言わないって、約束できるよね？」

「もちろんよ」

「実は、サナ・サナの下で働いてるんだ」

エマはびっくりして立ち上がった。「なんですって？」

「本当だよ。だから、ニイがサナの話をしてるとき、何も言わなかったんだ」

「嘘でしょ、ブルーノ？　本当なの？」

「ああ」

「いつから？」

「二年くらいまえから」

「驚いた」エマは首を振りながら二、三歩離れ、それからブルーノのところへ戻った。「教えてくれればよかったのに」

「何度か話そうと思ったんだけど、知ってる人は少ないほうがいいから。おれにとってだけじゃなくて、ほかの人たちにとっても」

「ということは、ニイと付き合っているのも、サナの指示でサカワを調べるためなの？」

「そうだよ。それで、ミスタ・ティルソンをだましたのがニイだってこともわかったんだ」

「ちょっと待って。だましたのはニイなの？」エマにとっては、新たな衝撃の事実だった。「それなら、スポーツ・バーで二人が会ったのは――ティルソンがニイを問い詰めるため？　もしかしたら、自分をはめたのがニイだというのを突き止めたのかもしれないわ」

「そうかもしれない。でも、どうやってティルソンはそれを探り出したんだ？」

「わからない」エマはあることを思い出した。「スーザンというアメリカ人の女性がいるんだけど、二人が会うお膳立てをしたようなの。彼女のこと、何か知らない？」

「ニイが付き合ってた女性だと思う。ニイからあれこれ教わってるときに、何度かその名前を聞いたことがある」

「彼女のこと、もっとニィから聞き出せない？　それと、スポーツ・バーでのことも」

「次に会ったら訊いてみる。またすぐに会うから。ニィと二人で、ゴッドファーザーに会いに行くことになっているんだ。このサカワ帝国のてっぺんに立つ男さ。おれたちからカネを受け取るところをこっそり録画して、そいつの正体を暴いてやるんだ」

「そうだったの」エマは不安になった。「でも危険だわ。本当にそんなことをする気なの？」

「おれにやる気があるかどうかじゃない。やらなきゃいけないんだ」

エマはちっとも安心できなかった。「なら、くれぐれも気をつけてね。わたしに言えるのはそれだけよ」

「わかってくれて、嬉しい」

ふと、エマの心にある考えが浮かんだ。「ところで、そのアメリカ人、ミスタ・ティルソンに会ったことはある？」

ブルーノは首を振った。「おれはないけど、ミスタ・ティルソンが相談に来たとサナが言ってた。ティルソンと言い争いになって、別々の道を行くことにしたって」

ある推理が頭の脇から入ってきた。ティルソンとジャーナリストのいさかいがあまりにも激しくなり、サナがティルソンを消そうとした、そんな可能性はあるだろうか？　とりあえず、その考えはうしろポケットにしまっておくことにした。

「クウェク・ポンスについては？」エマはブルーノに訊いた。「何かわかった？」

「おれがどんなにあいつを嫌ってるかってことのほかに？　あいつはたくさんのサカワ・ボーイズだけじゃなくて、国会議員や警察幹部なんかの運命まで握っている。バンナーマン大統領もあいつに相談しに行って、選挙に勝てるように儀式に参加した、なんて言ってるやつもいる」

「本当なの？」それを信じるべきかどうかわからなかった。「真相はどうあれ、エヴァンズ＝アイドゥが撃たれたということは、バンナーマンの再選はまちがいなさそうね」

　エマとブルーノは見つめ合い、互いに同じことを考えているのがわかった。大統領、あるいはその腹心による暗殺計画というのは、想像しがたいシナリオではなかった。

　そのとき、エマの心にあることがよぎった。「ブルーノ、本気でサカワをやろうとしたことはない？　正直に言って」

「ないよ」きっぱり言った。「なんでかわかる？　サカワに手を出すと、抜けられなくなるんだ。詐欺がうまくいかなくてやめようと思っても、そう簡単にはやめられない。へまをやらかしたり、よくないことが起こったり、呪術師と揉めたりすると、とんでもない目に遭いかねない。霊的な力に頼って暮らしていると、その力のせいで死ぬこともあるんだ。だから、答えはノーだ――サナ・サナの下で働いていなかったとしても、関わる気はない」

　エマは頷いた。「サカワをやってほしくないから訊いたの」

　ブルーノはエマの肩に手を置いた。「わかってるよ」

　ブルーノの携帯電話が鳴った。「ニィ、どうしたんだ？」しばらく耳を傾けていた。「木曜だな？　わかった、大丈夫だ」電話を終えてエマに目をやった。「明日の夜、ニィと二人でゴッドファーザーに会うことになった」

79

　木曜日の朝、ニィはいわゆるBEN協定を結ぶのは早急すぎたのではないかと考えていた。エマの魅力の虜になって冷静さを失ったのかもしれない。厳密に言えば、ポンスにエマのことを相談し、彼女を信頼できるかどうか霊的な方法で確かめるべきだった。ポンスにエマの写真を見せなければならないが、さいわい、エマとブルーノの三人で撮った自撮り写真がある。とはいえ、今夜は重大なゴッドファーザーとの面会が控えているので、エマのことは何日かあとまわしにしてもいいだろう。

アクラにある大手ホテルの例に洩れず、ブルーノとニイがゴッドファーザーと会うことになっているモーヴェンピック・アンバサダー・ホテルも、週末のパーティや結婚式、会議などに向けていまから活気づいていた。

高い天井と艶のある大理石のフロアのロビーには、派手な服装をしたきらびやかな人々があふれていた。バンドのライヴ演奏が、笑い声やシャンパン・グラスの合わさる音と交ざり合っている。ブルーノはナイフのように鋭い羨望のまなざしでそういった光景を見まわした。〝人生を楽しんでいるあいつらを見てみろ〟

「行くぞ」ニイが言った。「エレヴェータはこっちだ」

二人はゴッドファーザーのスイートがある最上階へ上がった。部屋の前では、ひとりの武装した警察官が警備にあたっていた。

「どうも、ボス」ニイはその警察官に挨拶した。

「身分証を」警察官は無表情で言った。

二人の身分証を見つめ、ニイたちに視線を戻してから身分証を返した。「バックパックを下ろせ。そこに立って、両手を挙げて脚を開け」

二人のボディチェックをし、バックパックを調べ、問題ないと判断した警官は携帯電話を手に取った。

「もしもし、ミスタ・ブルーノとミスタ・ニイが来ました。はい、わかりました」

警官がドアを開けた。ブルーノは不安を抑えられず、こっそり素早く腕時計をチェックした。録画中を示す小さなLEDライトが光っている。ブルーノとニイの背後でドアが閉まり、二人は部屋を見まわした。広々とした部屋にはバーやダイニング、リヴィング・ルームなどが備わっていた。フロアや家具が輝いている。ブルーノはこんなところは見たこともなく、あまりにも豪華で圧倒された。

黒っぽいスーツ姿の童顔の男がやって来た。「ようこそ」男はリヴィング・ルームのソファーを指した。「そこに坐ってくれ。まもなくボスから話がある」

ブルーノとニイはおとなしく腰を下ろし、身じろぎひとつしようとはしなかった。部屋の隅で動きがあり、二人は視線を向けた。背が高くがっしりし、腹のあたりがたるんだ男が姿を現わした。眼鏡をかけ、紺青色のシルクのカフタンにクリーム色のズボンという格好だ。これがゴッドファーザー？　ブルーノはこの男に見覚えはなかった。ブルーノとニイは立ち上がった。

男は無言で二人の向かい側に坐った。スーツ姿の男に向かって手を挙げ、席を外すよう合図した。入り口のドアが音もなく閉まると、ゴッドファーザーは二人の若者に目を向けた。

「よく来たな、二人とも」

「恐れ入ります」二人は声をそろえて言った。ブルーノは汗ばみ、いまだに神経が昂《たかぶ》っていた。何気なく左前腕を膝に置き、腕時計をゴッドファーザーの方へ向けた。

「元気かね、ニイ？」ゴッドファーザーが言った。

「見習いを連れてきたようだな」

「はい。ブルーノといいます」

「ミスタ・ポンスが褒めていたよ」ゴッドファーザーは見習いに言った。「とても熱心で、儀式ではずいぶん度胸があるところを見せたとか」

「ありがとうございます」ブルーノは言った。

「だが、わかっているとは思うが、これはゴールではなく、はじまりなのだ。霊的な力で守られたいま、ポンス祭司と先輩のニイの指導のもと、その力を使って富を得るのだ。わかるかね?」

「はい」

「ニイ・クウェイを見習うことだ。ニイは毎日、毎週、毎年のように、大金を稼いでいる。クウェク・ポンスを通じて、きみの仕事ぶりをチェックすることにしよう。ミスタ・ポンスの言うことをよく聞き、課された儀式をすべてこなせば、幸運が降り注ぎ、素晴らしい暮らしを送ることができる。

きみには期待している。失敗すれば、怖ろしいことになるぞ。ニイに訊いてみるといい」

「わかりました」

「最後にひとつ言っておく。わかっているとは思うが、ここでのことは誰にも話してはならない。私のことを話すのも、口にするのも、説明するのもだめだ。もしこの約束を破れば、後悔することになるぞ。私の部下はいたるところにいるのだ。わかったか?」

ブルーノの心臓は早鐘を打っていた。気分も悪くなってきた。「わかりました」

「よろしい」ゴッドファーザーは言った。「ところで、私に渡すものがあるのではないか?」

二人の若者はバックパックに手を入れ、それぞれ札束を取り出した。どちらが先にゴッドファーザーにカネを渡すか、一瞬、戸惑った。ブルーノがとっさの判断でニイに自分の札束を渡すと、ニイは二人分の現金をゴッドファーザーに差し出した。こうすれば、ブルーノはカネの受け渡しをはっきり録画できる。その動画から何枚ものスチル写真も作れるだろう。

ゴッドファーザーは首を縦に振り、脇のテーブルに札束を置いた。「二人ともこっちへ。ここにひざまずくんだ」二人がゴッドファーザーの前で膝をつくと、彼は二人の頭に触れた。「これで、きみたち二人は私の息子になった。神の祝福があらんことを。では、帰りなさい」

ブルーノとニィは黙ったまま部屋を出てドアを閉めた。警察官とスーツ姿の男が目を向けてきた。

「おれたちにも、喉を潤す水がいる」スーツの男が当てつけるように言った。

「もちろんですよ」ニィは財布を取り出し、二人にそれぞれ五十セディ紙幣を手渡した。

80

金曜日の朝、ニィはゴッドファーザーとの面会がうまくいった余韻に浸りながら、ポンスの携帯電話にメールを送って首尾よく運んだことを報告した。それから数時間後、メールを打つのが世界一速いわけではない祭司から連絡があり、週末はアティンポックへ行くので、そのまえに今日の午後にでも会いに来るよう言われた。

「わかりました、パパ」ニィは言った。

いつものように、ポンスは敷地内でニィを延々と待たせた。葬儀に出ていたポンスは、輝かんばかりの深紅色と黒の衣装をまとっていた。ニィはあとについて家に入ったが、ポンスはいつになくもの思いにふけっているようだった。

「坐りなさい」ポンスは言い、買ったばかりのエアコンのリモコンを探した。いくら探しても見つからず、腹を立てたポンスはベッドに腰を下ろした。「ゴッドファーザーのことを聞かせてくれ。元気だったか？」

「はい。おれたちに会えて嬉しそうでした」

ポンスは服を腰まで下ろし、少しでも暑さをしのごうとした。「ブルーノは？ゴッドファーザーはブルーについて何か言っていたか？」

「ブルーノを褒めていました。とても機嫌がよさそうでした。それに、おれたち二人を祝福してくれたんです」

「そうか、それはよかった。これで、ブルーノもカネを稼ぐようになる」

「そうですね」ニィは言った。「パパ、一昨日うちに来た女性のことで意見を聞きたいんですが――」

「ガールフレンドのひとりか？」

ニィは小さく笑い声をあげた。「ちがいます。ただの友だちです。ブルーノの姉さんです」

「そうか。それで？」

「サカワをやりたいと」

「そうなのか？　ブルーノは信頼しているのか？」

「はい」

「名前は？」

「エマです」

「写真はあるか？」

「はい」ニィは最近撮った写真を探した。「これです」

ポンスは携帯電話を受け取り、写真を見つめた。

「見覚えがあるような気がする」

「霊的に、ということですか？」

「ちがう。まえにどこかで会ったことがある」

「そうですか」

ポンスは額を揉んだ。「ちょっと待て。思い出してきた」勢いよく顔を上げた。「この女は探偵だ」

ニィのからだが硬直した。「いまなんて？　探偵？　どういう探偵なんですか？」

「私立探偵事務所で助手のようなことをしている――イェモ・ソワーとかいう男の助手だ。五月に二人でここに来て、あの白人、おまえの獲物《ムグ》のことを訊いていた。サカワになりたいというのは、この女なのか？」

ニィは頭が混乱していた。「まちがいなく同じ女性ですか？」

もう一度ポンスは写真に目をやり、ニィに携帯電話を返した。「ああ、まちがいない。その女に何を話した？」

「ブルーノが信用できると言うから、おれたちの仲間になっても構わない、やり方を教える、と言いました」

ポンスは目を細めた。「ほかには？」

「ムグからカネをだまし取るのに女を使ったことがあるかと訊かれて、あると答えました」

ポンスは身を乗り出し、力いっぱいニイを引っ叩いた。「この愚か者《クワシア》め！」

ニイはショックを受けた。叩かれた痛みにではなく、ポンスに手を上げられたということ自体に驚いたのだ。いままで一度も殴られたことなどなく、目に涙が浮かぶのを感じた。

「もっとよく考えろ。この女はおまえを探っているんだ、わからないのか？　この女の美しさに惑わされたのだ。こういうことは、まず私に相談することになっているはずだぞ」

精神的に傷つき、ニイはいまにも泣きだしそうだった。「嘘じゃないと思います。探偵だとしても、きっとサカワをやりたいんですよ」

ポンスはその可能性もあるかもしれないとなかば考慮しているようだったが、やはり最初の考えに戻った。「その女とは二度と話をするな。ブルーノは信頼できるのか？　どうしてその女が探偵だということを、おまえに言わなかったんだ？」

「ブルーノは、彼女がどんな仕事をしているのか知らないんだと思います。しょっちゅう会ってるわけではないので」

ポンスは訝《いぶか》しんでいた。「その女のことを探れ、いいな？」

「はい、わかりました」

「それでいい」ポンスは口調を和らげた。「叩いたりしてすまなかった」

「大丈夫です」ニィはなんとか笑みを見せた。

「これからは気をつけるんだぞ」

「はい」

「それと、今日はカネをもってきているはずだ」

　ニイ・クウェイはいつもの場所でダンプティ警部と会った。そしていつものように、ダンプティに大量の食事をごちそうした。今回は、フフとピーナッツ・スープだ。彼女の食欲は底なしで、しかも料理を堪能していた。

「訊きたいことがあるんだ、アンティ」ニィは切り出した。

「なに？」

　ニイは、エマとブルーノが写った自撮り写真を見せた。「この女を知ってる？」

　ダンプティは指を舐めた。「エマ・ジャン。まえは犯罪捜査局《CID》にいたわ」

「いまは何をしてるんだ？」

「私立探偵よ。イェモ・ソワーのところで。やたらと首を突っこみたがるの。気に食わないったらありゃしない」

「いまでも私立探偵をしてるのは、まちがいない？」

「ええ、いまそう言わなかった？　あたしを疑ってるの？」

　ニイはにんまりした。「アンティみたいに素晴らしい女の人を、疑ったりしないさ」

「やめてよ」ダンプティは目をぐるりとまわした。

「それで、エマがどうかしたの？」

「一昨日うちに来て、どうすればサカワ・ガールになれるか訊いていたから。クウェク・ポンスは、彼女がおれのことを調べてると思ってるようだけど」

「ポンスの言うとおりよ！」ダンプティは熱くなった。

「あの女がサカワですって？　信用しちゃだめよ！　ソワーと彼女は、ヴォルタ川で溺れ死んだあの白人に何があったのか調べていたのよ。ソワーはあたしのボスに、遺体が見つかったからこの件からは手を引くって言っていたわ。なのに、どうしてあの女はいまだに調査しているの？　それにブルーノだって——あの女と何をしているの？」

「さあな。ブルーノは信用できると思ったんだけど、よくわからなくなった。これからどうする？」

「あの女のことをラリア副総監に報告するわ。あとは副総監に任せる」ダンプティは指を舐め、舌なめずりをした。

「ブルーノについては、あの女に協力しているのかどうか探り出して、もしそうならやめるように警告したほうがいいわね」

翌朝、ラリア副総監は街を出ていたので話ができなかった。ダンプティは途方に暮れ、クアイノ警視正に相談した。だが、クアイノは関わり合いたくなかった。

「ミスタ・ソワーは父の友人だ」クアイノは言った。「ミスタ・ソワーに部下の苦情など言ったりしたら、どうなると思う？　失礼にあたるだろ」

「わかりました」ダンプティは言った。昼食後、署内のトップに話をすることにし、テルマ巡査部長にアンドー総監との面会を申しこんだ。数時間後、ダンプティはアンドー総監のオフィスに呼ばれた。エマ・ジャンが余計なことに首を突っこんでいるとダンプティが説明しているあいだ、アンドーは黙って聞いていた。

「どうしてラリア副総監に報告しなかったのかね？」

アンドーは訊いた。

「副総監が不在だったもので。週末はお戻りにならないかと」

総監は不快感もあらわにダンプティを見つめた。

「副総監が戻ってくる月曜日まで、待てなかったのか？」

「上司のどなたかのお耳には入れておくべきではない

かと思いまして」

　アンドーは彼女を睨みつけ、ため息をついた。「月曜日に副総監が戻ったら彼に報告しろ。こんな些細なことで私をわずらわせるな。以上だ」

　オフィスを出たダンプティは、虚《むな》しさと恥ずかしさに打ちのめされていた。いま思えば、確かに総監に報告するほどのことではない。だが、彼女にとっては重大なことだった。ダンプティはエマ・ジャンに我慢がならなかった。あの女を黙らせる必要がある。


　アンドーはオフィスから警察庁長官に電話をした。

「おはようございます。はい、ありがとうございます。サカワの捜査の状況を報告しようと思いまして。いいえ、とくに進展があったわけではありませんが、ソワー探偵事務所の女調査員がいまだに調査をつづけているようです。はい、エマ・ジャンです。私の知るかぎり、この件に関してはわれわれ警察に任せると、彼女のボスがラリア副総監に伝えたはずです。はい、そのとおりです。ソワーが嘘をついているのか、気が変わったのか、それとも彼女がひとりで動いているのかは定かではありません……はい、わかりました。ありがとうございます。お任せください」

81

　金曜日、エマは仕事へ向かう途中でブルーノに電話をした。ゴッドファーザーとの面会で何があったのか訊きたかったのだ。一刻も早く知りたかった。ブルーノは電話に出なかったが、エマがトロトロの停留所で降りたころにかけなおしてきた。

「ああ、ゴッドファーザーと会った」ブルーノは言った。「ばっちり録画できたと思う。でも見たことない男だったから、誰かはわからない」

「ニイも知らないの？」

「ニイは〝ゴッドファーザー〟としか言わない。これからサナに動画を見せるから、サナならすぐに誰かわかると思う」

「そうね、それならあとで電話して」

エマは自分のデスクに着いたとたん、ベヴァリーに声をかけられた。

「外線二番に電話よ、エマ。名前を訊いたんだけど、言おうとしないの」

「ありがとう」エマは点滅している二番のボタンを押した。「エマ・ジャンです」

相手の声は、ブリキの缶から発せられているような声だった。男か女かもわからない。その声の主が言った。「これ以上、ミスタ・ティルソンの件を調べるな、サカワも調べるな、さもないと命はないぞ」

「もしもし？」

電話が切れた。エマは冷たい波に呑みこまれ、受話器を置いて思った。結局はこうなるわけだ。殺すという脅迫に。

ブルーノはサナに腕時計を届けた。サナはチームとともに別の場所へ移動する準備をしていた。暗殺未遂事件のあとということもあって、誰もが神経質になっていた。しばらくのあいだ、サナは頻繁に場所を変えることになるだろう。

ブルーノは、ゴッドファーザーと会ったときのことを事細かに報告した。

「ありがとう」サナは言った。「よくやってくれた。上出来だ。アチモタ・フォレストのそばにある新しい場所へ移ることになったので、いまは荷物をまとめているところだ。明日の朝には向こうで準備を整えられるだろうから、そうしたらきみに連絡して指示を出す。そのころには、きみやほかの調査員が撮った動画のダウンロードが終わっているはずだ。今回の計画は大成功を収めそうだ」

「わかりました。ありがとうございます、サナ」

サナは現金の入ったしわひとつない封筒をブルーノに手渡した。ブルーノはにんまりし、今週末は楽しめそうだと思った。モーヴェンピック・アンバサダー・ホテルに行くのもいいかもしれない。


ココポッドの自分の家に戻ったブルーノは、気が張って疲れていたので横になって少し寝ることにした。携帯電話が鳴って目が覚めたが、どのくらい寝ていたのかわからなかった。

「よう、ニイ・クウェイ」ブルーノはぼそりと言った。

「何か用か?」

しばらくニイが返事をしなかったので、ブルーノは電話が切れたのかと思った。すると、ニイが口を開いた。

「なあ、どうなってるんだ?」

「別に何も。ちょっと寝てただけさ」

「おまえの姉さんのエマのことだけど、イェモ・ソワー探偵事務所で働いてるって、今日知ったよ」

ブルーノの胃がずしりと重くなった。「実を言うと、どこで働いてるか聞いてなかったんだ」

「今日、エマと話をしたか?」

「いや、してない」ブルーノは嘘をついた。「なあ、何かあったのか?」

「おまえの姉さんは探偵で、一昨日はあんなにあれこれ訊いてきた。それなのに、〝何かあったのか〟だと?」

「ニイ、心配するなよ。何かまずいことを調べてるわけじゃない。姉さんがどこで働いてるか知らないけど、サカワ・ガールになりたいっていうのはまちがいないから」

またニイは黙りこんだ。「気をつけろよ、ブルーノ。用心するんだな」

電話が切れた。しばらくブルーノは携帯電話の画面を見つめていた。見つめていれば、いまの話がなんだったのかわかるとでもいうように。それからエマに電話をし、いま起こったことを話した。

「二、三時間まえにオフィスに電話があって、電話に出たら切れてしまったの」エマは言った。「きっとニイにちがいないわ」

ブルーノは不安になった。「姉さん、あのアメリカ人の件だけど、これ以上は何もしちゃだめだ。何かするなら、必ずおれに知らせてからにしてくれ、いいかい？　明日、サナがゴッドファーザーの動画を確認するから、それで、これからどうすればいいかわかる」

エマは戸惑った。「いいわ。じゃあ、またあとで」

電話を切ったブルーノは、もう午後六時半だということに気づいて驚いた。空腹で死にそうだった。そこでサンダル《チャレ・ウォーテ》を履き、騒々しくて活気に満ちた町に繰り出した。腹を空かした大勢の人々の胃袋を満たそうと、多くの屋台がひしめいていた。美味しそうな料理の匂いが、車の排気ガスと交ざり合っている。食堂から流れる音楽が、人々の気を引こうと町の喧騒《けんそう》と張り合っていた。ブルーノはケンケと魚のフライに強烈なシトをたっぷり付けて食べたくなり、荒れた未舗装の歩道の先にあるお気に入りの屋台へ向かった。もう何年も同じ場所に店を出しているとはいえ、ブルーノが子どものころと比べると、最近では量は少なくなっているのに値段は倍近くになっていた。それでも、湯気の立ち昇るケンケの丸いかたまりから漂ってくる香りに唾液腺が刺激され、ブルーノは早く食事にありつきたくて急いで家に帰った。

ドアの鍵を開けようとしたブルーノは、何かがおかしいと感じた。振り向こうとしたが、うしろまで首をまわせなかった。後頭部に何かがぶつかり、頭が割れたかと思うほどの衝撃を受けたのだ。ブルーノは前のめりに倒れてドア枠に激突し、その反動で仰向けにひっくり返った。うつ伏せになって起き上がろうとした瞬間、二人の逞しい男の輪郭が視界に入った。ブルーノはなかば引きずられるように、なかば抱え上げられるようにして小屋の裏へ連れていかれた。

「おまえのしていることはお見通しだ」二人は声をそろえてチュイ語で言い、何度もブルーノの顔を殴りつけた。鼻が折れ、口のなかに血の味が広がった。仰向けに倒れ、頭と腹を蹴られた。「やめないと、次は殺すぞ」

ブルーノはさらなる攻撃に身構えたが、何も起こらなかった。不意にひとりになっていた。立ち上がるんだ、そう自分に言い聞かせたもののからだが言うことを聞かず、意識を失った。

82

土曜日の午前中、エマはマディーナ・マーケットへ行って一週間分の買い物をした。土曜日の熱狂的なにぎわいはいつものことで、ポットや鍋から、解体されたばかりのヤギ肉、ワイドスクリーン・テレビ、電子レンジに至るまで、ありとあらゆるものが売られている。ある生地専門店で、エマはうっとりするほど美しいハンドバッグに目を奪われた。赤い革のバッグで、片側が鮮やかな白黒模様のケンテの生地で縁取られている。店主としつこく交渉し、なんとか希望の値段まで値切った。重い買い物袋を抱えて家に戻ったエマは、いつブルーノから電話があるだろうかと考えていた。極秘に撮影した動画をサナ・サナと見たあとで、午後にでもかけてくるかもしれない。

食料品をしまってから、ブルーノの携帯電話にメールを送った。二十分ほど待っても返事が来ないので、音声通話とヴィデオ通話を試してみた。やはり応答がない。料理をはじめたものの、義理の弟から連絡がないことが気になった。もう一度電話をし、心に決めた。ブルーノを探しにココボッドへ行くことにした。

エマはブルーノの家のドアをノックしたが、返事はなかった。あたりを探し、マリワナ常用者がたむろしている場所へも行ってみた。ブルーノの姿はどこにもなかった。彼の家へ戻り、思い切りドアを叩いた。

「ブルーノを探しているのかい？」

振り向くと、四十代なかばくらいの男が立っていた。その男に見覚えがあり、近所の住人だということを思い出した。「ええ。どこにいるかご存じありませんか？」

彼は心を痛めているような顔をした。「言いづらいんだが、今朝、家の裏でブルーノが倒れていたんだ。病院へ運ばれたよ。昨夜、誰かにこっぴどくやられたらしい」

エマは息を呑んだ。「なんてこと《アウラーデ》」

「ミリタリー病院に運ばれたと思う」

「でも、その、ブルーノは大丈夫なんですか？」

「詳しいことはわからない。いくらか口はきけたけど、顔はひどいありさまだった」

エマは気分が悪くなった。「教えてくれてありがとうございます。いまから行ってみます」

ミリタリー病院に着いたエマは、おそらくブルーノは外傷救急病棟にいるだろうと言われた。そこの集団病棟は騒然としていた。さまざまな苦痛を抱えた患者たちがベッドに寝かされている。丈の長い白衣や短い白衣を着た若い医師たちが、上級医師とともに患者たちを診ていた。エマは看護師に、待合室へ戻るように言われた。

「弟を探していて――」

「出ていってください！　ここにいてはいけません、わからないんですか？」

病棟を出たエマは受付を見つけ、ブルーノのことを訊いた。

「ここにはいません」受付係はにべもなく言った。

「どこにいるかわかりませんか？」

「一般病棟へ運ばれました。そちらへ行ってみてください」

一般病棟を探すのに手間取ったが、なんとかエマはそこへ行き着いてフロントでブルーノのことを訊いた。「向こうにいます」受付係はエマのうしろを指してから付け加えた。「ですが面会時間を過ぎているので、いまは会えません」

エマは受付係のことばを無視して探しに行った。引きずり出されでもしないかぎり、出ていく気はない。三つある集団病棟を覗き、三つ目の病棟の奥でブルーノらしき人物を見つけた。とはいえ、確信はない。こわごわ近づき、ベッドの足元のプレートに書かれた名前に目をやった。確かにブルーノだった。シャツを脱がされ、仰向けに寝かされている。顔は腫れあがり、見分けがつかないほどだ。片目は完全にふさがり、縫い合わされた傷口が何カ所もある。上半身も黒や青の痣《あざ》だらけだった。エマはショックのあまりことばを失った。

ブルーノがふさがっていないほうの目を開けた。エマに気づき、笑みを浮かべようとした。「エマ」か細い声で言った。

エマは涙を流しながら、そっとブルーノの手を取った。下手をしたら折れてしまうのではないか、そんな触れ方だった。「大丈夫？」声が詰まった。

「泣くなよ。見た目ほどひどくはないから」

エマを安心させようとしたのだが、逆に彼女のショック、悲しみ、苦痛を大きくしただけだった。エマはベッド脇に腰を下ろし、からだを寄せた。「誰にやられたの？」耳元で囁いた。「顔を見た？」

「よく見えなかった」腫れあがった唇を開いて言った。

「でも、二人だったと思う。すごい力だった。ケンケを買いに行って、帰ってきたところを待ち伏せされた。家の裏へ引きずられて、そこでやられたんだ」

「何か言ってた？」

「いまやってることをやめろ、さもないと次は命はない、と」

「いまやっていることをやめろ？　極秘の潜入調査のこと？」

「そうだろうな」恐る恐る自分の顔に触れて表情を歪めた。「ニィは姉さんが探偵事務所で働いていることを知って、おれが手を貸していると思ったにちがいない」

エマも同感だった。「それでポンスに報告したんだわ。ポンスはあのごつい男たちを使ってあなたを脅し、手を引かせようとした。タフな二人組って言っていたわよね？　ポンスのボディガードをしている双子、クリフォードとクレメントに会ったことは？」

「いや、ない」

「その双子は、あなたを襲った二人組と特徴が一致するわ。もしその双子なら、まちがいなくポンスの仕業よ」

ブルーノはわずかに首を縦に振った。少し動いただけでも痛みが走るのだ。「ニィがおれたちと自撮り写真を撮っただろ？　きっとそれをポンスに見せたんだ」

エマは顔をしかめた。「そうにちがいないわ。うかつだったわ」

「めしを買いに行ったとき、携帯電話を家に置いていったんだ。取ってきてくれないか？　家の鍵はポケットに入ってる」

エマは鍵を取り出した。「わかった、取ってくるわ。とりあえず、からだのほうは大丈夫？」

「ああ。でも、ちょっとだけ横を向きたいかな」

ブルーノが体勢を変えるのを手伝っていると、看護師がやって来て何をしているのか訊かれた。面会時間は夕方からだということを知らないのか、と。

「いま帰るところです」エマは言った。「ブルーノ、あとでね」

「気をつけろよ」

病棟を離れたエマの心に、義理の弟が重傷を負わされたことに対する激しい怒りがこみ上げてきた。彼女は決意を固めた。この一件の真相を突き止め、ブルーノをこんな目に遭わせた相手にその代償を払わせる。いま、二人の人物が頭に浮かんだ。ひとりはミスタ・ポンスだが、とりあえずいまは避けておく。もうひとりはニイ・クウェイだ。一刻も早く彼と話がしたかった。

83

エマが病院へ戻ったころには、面会時間になっていた。彼女はベッドの脇に坐った。ブルーノは携帯電話のメールをスクロールし、見えるほうの目でチェックしていった。その日にブルーノと会うことになっていたサナからのメールが二通あり、いまどこにいるのか訊いていた。ブルーノはサナの番号にかけてみたが応答がないので、すぐに連絡をくれるようショート・メッセージを送った。

ブルーノとエマはおしゃべりをすることもあれば、黙っていることもあった。楽しい雰囲気にはなりづらい場所ではあるものの、ブルーノのいたずらっぽいユーモアが多少は戻ってきていることが嬉しかった。多くのガーナの病院と同じく、ここも集団病棟になっているのでプライヴァシーはないに等しかった。つまり、ほかの患者たちの痛みや苦しみが丸見えだということだ。ブルーノの向かい側のベッドには胸に管を挿入された女性が寝ていて、呼吸をするたびに苦しそうにあえいでいた。別のベッドのまわりにはエホバの証人の信者たちが集まり、手術を終えた患者の早期の回復を祈っている。ときおり聖歌も歌っていた。

エマはブルーノに意識を戻した。すでに顔の腫れが引きはじめている。ブルーノはようやくCTスキャンを受け、鼻が折れているほかにも、軽い脳挫傷を負っていることがわかった。とはいえ、医師の話ではそれほど問題はないだろうとのことだった。

「わたしがいるうちにサナから電話があるといいんだけど」エマは言った。「サナと話がしたいの」

やがて面会時間の終わりを告げるベルが鳴ったが、サナから連絡はなかった。エマは帰る支度をした。

「明日も来る?」ブルーノは期待をこめて訊いた。

「もちろんよ。教会のあとで来るわ。着替えでももってきてほしい?」

「ああ、頼むよ。ありがとう、エマ」

ニイの二度目の電話で、エマとつながった。

「電話しようと思っていたの」彼女は言った。

「ブルーノのことで?」

「ええ。それじゃあ、知ってるのね?」

「ほんの二、三分まえにココボッドの近所の人から電話があって、ブルーノが入院したって聞かされた。半殺しにされたって。ブルーノに電話したけど出ないから、きみに連絡してみたんだ」

「ちょうどお見舞いに行ってきたところよ。ミリタリー病院に入院しているわ」

「大丈夫なのか?」

「たぶんね」

「よかった」

「話があるの」

「おれもだ」声が少し震えていた。ニイは気を静めようとした。「ブルーノがあんな目に遭ったってことは、かなりまずい状況になったってことだ。いろいろ話があるから、いまからうちに来られる？」

「ええ、ここからそんなに遠くはないから。タクシーを拾うわ」

「じゃあ、またあとで」ニイは電話を置き、三人の訪問者、ポンス、クリフォード、クレメントの方を向いた。「いまから来ます」ニイは言った。

ポンスはにやりとした。「よくやった。どうした？ 震えているぞ。落ち着け」

双子が笑い声をあげたが、ニイには面白くもなんともなかった。この三十分間、面白いことなどひとつもなかった。クリフォードとクレメントに手荒なまねをされて痛めつけられているあいだ、ポンスは陰湿な笑みを浮かべてその様子を眺めていた。その程度ですんで、ニイはほっとしていた。双子はニワトリの首をひねるように、ニイの首をへし折ることもできたのだ。

ニイの家に着いたエマは携帯電話にメールをし、来たことを知らせた。

「ちょっと待って、いま行く」ニイはいくつもの鍵を開けてドアを開いた。エマが家に入ると、また鍵を閉めなおした。

「よく来てくれたね」リヴィング・ルームでニイが言った。同居人は見当たらないがマリワナの臭いがするので、どこかでマリワナを吸っているのだろうとエマは思った。

エマは、赤いソファーのニイの隣に坐った。

「ブルーノの容態は？」ニイが訊いた。

「よくはなっているみたい」エマは答えた。「それで、何がどうなっているの？ わたしに話があるって、なに？」

「そのまえに、きみが何を調べているのか聞かせてくれ。ミスタ・ソワーのところで働いてるのは知っている」

「昨日、事務所に電話して、わたしがいるかどうか確かめたのはあなた？」

「ああ」ニイは素直に認めた。

「いろいろ調べているわ。ひとつは、ミスタ・ティルソンを殺したのは誰かということ。もうひとつは、ブルーノを襲ったのは誰かということ。どうしてあなたは、昨日ブルーノに電話をして警告したの？」

「ブルーノが心配だったんだ。ブルーノときみの三人で撮った自撮り写真をある人に見せたら、その人がきみを知っていた。きみがイェモ・ソワー探偵事務所で働いていると言っていた」

「ある人っていうのは誰？　クウェク・ポンス？」

ニイは答えなかった。ひどくびくびくしていて、気が張り詰めているように見える。マリワナのほかにも何かやっているのではないか、一瞬エマはそう思った。

「ねえ、いつもポンスと連絡を取っているのは知っているわ。だから、とぼけても無駄よ。ブルーノに警告するように言ったのは、ポンスなの？」

ニイは首を振った。「ちがう。おれが勝手にしたことだ。ブルーノがこっそりきみに手を貸しているみたいで腹が立ったけど、ブルーノに何かあったらと思うと、気が気じゃなかったんだ」

「つまり、ポンスはブルーノを襲うというような話はしていなかった、ということ？」

「ああ、そんな話はしてなかった」

一瞬、ニイがエマの背後に視線を向け、彼女は反射的に振り返った。誰もいない。彼女はニイの方へ向きなおった。「でも、ポンスが双子に指示を出したのかもしれないわ」

「その可能性はある。あの二人は、ポンスに言われたことならなんだってやるから。ポンスに睨まれてあの双子をけしかけられたら、まずいことになる」

「それなら、ゴードン・ティルソンもまずいことになったにちがいないわ」

「誰のこと？」

「ゴードン・ティルソンよ。知っているでしょ。嘘をついたところで、わかっているのよ。インターネットでだました相手、そしてスポーツ・バーで会った人――たぶん〈チャンプス〉かしら。〈チャンプス〉なら誰だって知っているから。そして、スーザンという女性もその場にいた」

ニイは動揺しているようだった。「誰に聞いたんだ？」

「やっぱりそうなのね？　その後、何かがあってミスタ・ティルソンはヴォルタ川で殺されるはめになった」

ニイは歯を食いしばった。「溺れたって聞いたけど、それ以外のことは何も知らない、本当だ」

「どうしてそのバーでミスタ・ティルソンと会うことになったの？」

「スーザンの友だちだと言うから。スーザンとは、大学のころからの付き合いなんだ」

「ミスタ・ティルソンは、自分をだましたのがあなただということを知っていたの？」

「いや、知らなかった。おれもはじめは気づかなかった。サカワのことが知りたいって言うから、話をした。〈チャンプス〉で話をしているうちに、あいつが誰かわかったんだ」

「でも、話はこじれた」

「こじらせたのはあいつだ」ニイは怒りをあらわにした。「サカワ・ボーイズだけじゃなくて、ぐるになってる大物たちも暴露してやると言いだしたんだ。ふざけたこと言うから、頭にきた」ニイは舌打ちをした。

「それでポンスに連絡して、何もかも話したのね？」

「そのときのことを口にはした」

この状況で、〝口にした〟という言い方をするのは面白いと思った。「ポンスは、ティルソンをどうするつもりだと言っていた？」

「何も言っていなかった」

「本当に？」

「まちがいない」

「あなたの力が必要なの、ニィ」エマは声を和らげた。

「でも、あなたは渋っている。どうして？」

「きみにはわからない」惨めな顔つきになった。

「わかっているわ。危ない目に遭いたくないのよね。でも、クウェク・ポンスが罪を犯したのなら――ミスタ・ティルソンに対してであれ、ブルーノに対してであれ――その責任を取らなければならないわ」

ニィは拳と拳を何度も打ち合わせていた。ニィを説得できるかもしれない、エマはそう思ったが、まちがっていた。

「首を突っこむな」重苦しい口調だった。「いっさい関わるな。きみはたいした女性だよ。でも頼むから、きみもブルーノも――手を引いてくれ。それがいちばんなんだ」

しばらく二人は黙りこんでいた。エマは、ニィが何を考えているのか見抜こうとした。あれこれ頭をめぐらせたすえ、彼女は口を開いた。「今日、ポンスから連絡はあった？　いまポンスはどこにいるの？」

「さあな」ニィは目を合わせようとしなかった。

「あなたが苦しんでいるのは、ミスタ・ポンスへの忠誠心のせいね。でも、ブルーノとわたしはあなたの友だちでもあるのよ。わたしたちに手を貸して。いっしょに真相を突き止めましょう」

ニィはフロアを見つめ、顎を動かしていた。

エマは立ち上がった。「考えてみて。ひと晩考えて、明日連絡をちょうだい」

ニィはドアまでエマを見送った。外にはまばゆいアウディが駐められている。

ふと、エマの心にある考えが浮かんだ。「もう一台SUVをもってる？　黒か、黒っぽいやつを？」

「いや。どうして？」

「とくに理由はないわ」とはいえ、あの四月三日の夜にカフイが見たという車のことを考えていた。

するとニイが素早くうしろに目をやり、唇に人差し指を当ててエマにからだを寄せた。「あいつら、ここにいる」ニイは耳打ちした。「走れ！」

そのとき、ニイの背後に大きな人影が現われるのが見えた。あの双子のひとりだ。エマは振り向きざまに駆けだしたが、待ち構えていたもうひとりの双子に激突した。平手で側頭部を殴られ、解体用の鉄球でも食らったかのような衝撃を受けた。エマはその場でくずおれた。

84

地面に倒れてピクリともしないエマを見て、ニイは血の気が引いた。息をしているのだろうか？　エマのそばへ行こうとしたが、クレメントに突き飛ばされた。

「なんだって思い切り殴ったんだ？」ニイは叫んだ。

彼らはニイを無視した。「車を取ってこい」ポンスがクレメントに言った。「クリフォード、女を縛れ」

ポンスのSUVは家の裏に駐めてあった。クレメントが家の前に車をまわし、トランクを開けた。

「どこへ連れていくんですか？」ニイは強い口調で迫った。

「おまえには関係ない」ポンスは言った。「どちらにせよ、知らないほうがいい」

外のベランダの明かりを頼りに、クリフォードはエマの手首と足首を縛り上げた。ポンスがトランクから布きれを取り出してクレメントに渡した。クレメントはエマの口を開け、その布きれを喉の奥まで押しこんだ。

ニイは尻ごみし、双子がエマをヤギの死体のように抱え上げてトランクに放りこむのを、なす術《すべ》もなく眺めていた。

ポンスがニイを睨みつけた。「もし誰かにしゃべったりしたら、必ずおまえを捕らえに来るからな。一度でも口を開いたことを後悔させてやる」

クリフォードがポンスのために車の後部ドアを開け、それから運転席に乗りこんだ。クレメントが助手席に乗り、車は砂埃をまき散らして走り去っていった。

ニイは、テール・ランプが見えなくなるまで車を目で追っていた。それから振り返って家に戻ったが、気分が重かった。マリワナでハイになっている同居人のひとりに、何があったのか訊かれた。

「なんでもない」ニイはぼそりと言った。「部屋に戻ってろ」

同居人は肩をすくめた。どうせ部屋に戻るつもりだったのだ。

ニイはリヴィング・ルームを歩きまわった。絶望に打ちのめされ、腰を下ろして頭を擦《こす》った。どうしたらいいのかわからなかった。確かにエマがミスタ・ポンスのことを嗅ぎまわっていたのは気に入らないが、だからといってあんなまねをしていいわけがない。とはいえ、警察に助けを求めることはできなかった。アンティ・ドリスにも話せない。エマを嫌っているドリスに助けを求めたところで、指一本動かそうとはしないだろう。

ニイは携帯電話を取り出した。バッテリーの残量表示が赤くなっているので、充電器を探した。充電器はたくさんもっているというのに、どうして肝心なときに見つからないのだ？　ソファーのクッションのあいだに挟まっている充電器を見つけ、携帯電話をつないでブルーノに電話した。頼むから出てくれ、そう祈った。ブルーノが電話に出た。

「ニイ、どうしたんだ？　おれが入院してるのは知ってるよな？」

「すまない。おまえにあんなことをするなんて思わなかったんだ、本当だ」

「ポンスの手下のことか?」

「ああ。しかも、エマまでさらっていった」

「なんだって? いつ?」

「たったいま。話があると言ってエマをうちに呼ぶように脅されたんだ。あいつら、隠れてエマの話を聞いていた。それで知られすぎたと思ったあいつらは、エマを殴って縛り上げたんだ」

「姉さんをどこへ連れていったんだ?」

「わからない」動揺のあまり声が震えている。「きっとアドミ橋だ」

「クソッ」ブルーノは思わず口走った。「あとでかけなおす」


エマは目を覚ましたものの、真っ暗で何も見えなかった。動いているようだが、前へ進んでいるのか、あるいはまわっているのかさえはっきりしなかった。頭が痛む。手首をうしろで縛られ、皮膚に縄が食いこんでいる。両足首も縛られ、口にはガソリンの味がする布きれが詰めこまれていた。

意識が朦朧《もうろう》とし、どれくらい時間が経ったのかも、いまどこにいるのかもわからなかった。頭のなかで低音が響いているように思えた。やがてそれが車の音で、自分が車に閉じこめられていることに気づいた。右側を下にして横になっていて、身動きひとつ取れない。どこかからかすかに人の声がし、何かを打ちつけるようなシャーという雑音も聞こえる。その雑音が激しい雨音だということがわかった。エマが閉じこめられているのは、大きな車かSUVのようだった。車がほんの少し跳ねるだけでも、ずきずきするエマの頭には響いた。吐き気がし、目眩《めまい》もした。

エマは何があったのか懸命に思い出そうとしたが、記憶があいまいだった。ニイ・クウェイの家に行ったことは覚えている。だが、そのあとは? 息苦しくなってきたように感じ、パニックに襲われた。〝落ち着いて、落ち着くのよ〟

車が速度を落として停まり、二人の男が話をはじめた。土砂降《どしゃぶ》りの雨のせいで二人の声はくぐもって聞こえづらく、エマには会話の断片しか聞き取れなかった。車のドアを叩きつける音がした。カチッという音がしてトランクがわずかに開いた。男たちに手を触れられたとたん、エマは暴れだした。二人はうなり声をあげて悪態をつき、エマを引きずり出した。エマがからだをひねったりくねらせたりするので、二人は彼女を抱えこむのに苦労していた。エマの足首には、重しとして石の入った袋が結びつけられていた。それも当然だ。というのも、エマは自分がどこにいるか気づいたのだ——そこはアドミ橋だった。二人組はエマを川に投げこもうとしているのだ。

雨が歩道の街灯に照らされ、まるで斜めに降り注ぐ無数の銀の短剣のようだった。二人組の顔も見えた——あの双子だ。エマは橋の縁へ運ばれ、欄干にぶつかった。下からは波立つ川の音が、上からは降りしきる雨の音が聞こえる。ゴードン・ティルソンはここで最期を迎えたのだ。そして今度は、エマが殺される番だった。もうすぐエマは水面に激突し、その衝撃で内臓が破裂し、背骨も砕け散ることになる。不意に、全身から抵抗する力が抜け、エマは観念した。クリフォードとクレメントが、彼女を欄干の上に抱え上げた。

85

警察車両のサイレンが鳴り響き、クリフォードとクレメントがヘッドライトに照らし出された。二人はエマを放して逃げ出した。エマは欄干の上でからだを二つ折りにするような格好になった。頭は歩道側にあるが、両足は下の川の方を向いている。脚をばたつかせて安全な歩道側へ転がりこもうとしたものの、足首に石が結わえ付けられているせいでちっともからだが前に進まない。逆にじわじわ川の方へずり落ちていき、やがて滑りはじめた。

はるか下まで落ちていくことを覚悟して目を閉じた。が、空中で止まったように感じた。引っ張り上げられていく。〝どうなっているの？〟からだがまわっているのだろうか？　平らな表面に勢いよくぶつかったが、水面のはずはない。

「ミス・ジャン？　大丈夫ですか？」

エマは目を開けた。そこは橋の上で、逞しい警察官の上に倒れこんでいた。その警察官は両腕でしっかりエマを抱きかかえ、エマと同じくらい息が乱れている。エマが顔を上げると、ほかにもびしょ濡れの警察官が二人立っていた。

「大丈夫ですか？」警察官たちは繰り返した。

自分でもよくわからなかった。

警察官のひとりが言った。「縄をほどけ」

エマの手足が自由になると警察官はからだを起こしたが、エマは彼にしがみついて離そうとしなかった。そして、赤ん坊のように泣きだした。

「大丈夫なようですね」その警察官は言った。「泣かないでください。もう心配いりません。立てますか？」

エマは彼に支えられて立ち上がった。足元がふらつく。いまだに目眩《めまい》がし、激しい頭痛も治まってはいない。

「私の首に腕をまわしてください」その警察官が言った。まるで羽毛でももち上げるかのように軽々とエマを抱え上げ、パトロールカーへ運んでいった。

車のなかは暖かかったが、エマは震えていた。危機一髪のところでエマを引っ張り上げた警察官は、後部座席の彼女の隣に黙って坐った。ほかの二人は前の席に坐っている。助手席の警察官が振り返った。エマはその顔に見覚えがあった。

「バワ警部!」

「マダム・ジャン。ぎりぎり間に合った」

「でも、どうして?」エマは混乱していた。「どうしてあなたが助けに?」

「サナ・サナから連絡があったんです」バワは言った。「信頼できる筋からの情報で、あなたの命が危ないと言っていました。しかも、その手口はティルソンの一件と同じだろうと。連絡を受けたときには、もう手遅れかもしれないと焦りましたよ」

無線機が鳴り、しばらく耳を傾けてからエマに向きなおった。

「部下たちが、橋の向こう側であの双子を捕らえたそうです」バワは含み笑いを洩らした。「逃げ道は限られていたからな」

「よかった」エマは心底そう思った。「ミスタ・ポンスは?」

「まだアクラにいると思います。やつの家に誰かを向かわせることになるでしょう。署で調書を取るまえに、病院へ行きますか?」

「わたしなら大丈夫です」正直に言えば大丈夫ではないが、病院へ行っても仕方がないだろうと思った。

「なんてお礼を言ったらいいのか、警部。それとあなたにも、巡査さん」エマは彼女にとっての新たなヒーローに目を向け、手を握った。巡査はエマとたいして年が変わらず、もはやレスキュー・モードではなくなり照れていた。

「それなら」バワが運転手に言った。「署へ戻ろう」

警察署でエマが詳しい供述書を書いていると、もうひとり馴染みのある人がやって来た。ミスタ・ラブラムだ。

「どうしてわたしがここにいると?」エマはびっくりして訊いた。

「ここでは、情報が伝わるのは早いんですよ。バワ警部から連絡があって、何があったのか知らせてくれたんです。無事でよかった。ここでの用がすんだら、今夜はうちに泊まってゆっくり休むようにと、妻からのことづてです」

86

翌日の朝、ラブラムの家のゲスト・ルームのドアが軽くノックされ、エマは目を覚ました。からだを起こしたものの、一瞬、自分がどこにいるのかわからなかった。

「おはよう、エマ」ドアの外から聞こえたのは、ミセス・ラブラムの声だった。

「おはようございます」

「起こしてしまってごめんなさい。でも、あなたに会いに来た人がいるの」

「わかりました、ありがとうございます、いま行きます」

エマは携帯電話に目をやった。なんということだろう、もうすぐ十時だ。他人の家でこんなに寝たということは、よほど疲れていたにちがいない。起き上がったエマは、昨夜の雨で濡れた服が洗濯され、アイロンまでかけられていることに気づいた。きれいにたたまれてベッド脇の椅子に置かれている。なんていい人たちだろう。バスルームへ行って手早く顔を洗った。顔と頭の左側が、クリフォード（もしくはクレメント）に殴られたせいでまだ腫れぼったい。手首と足首は擦り剝け、触れると痛みが走った。

リヴィング・ルームへ向かったエマは、会いに来たのが誰なのか見当もつかなかった。ブルーノだとは夢にも思わなかったが、ラブラム夫妻とおしゃべりをしているのはまさしくブルーノだった。ブルーノの顔もいまだに腫れてはいるが、ずいぶんよくなっていた。

エマを目にしたブルーノは、笑みを浮かべて立ち上がった。

「よう、エマ！　よかった、会えて」

二人は抱きしめ合った。ブルーノが一歩下がり、エマの側頭部に目をやった。「痛そう。でもこれで、おれたちますます似てきたな」そんな冗談を言った。

エマはくすくす笑った。「馬鹿な子ね」

二人は並んで腰を下ろし、ミセス・ラブラムが用意したクッキーとフルーツ・ポンチをいただいた。エマの昨夜の記憶は、いまだにあいまいだった。

「ニイ・クウェイから電話があって、姉さんがポンスと双子にさらわれたと言ってきたんだ」ブルーノはこれまでのことを話した。「あの状況ですぐに対応できるのは、この世にひとりしかいない。サナだけだ。だからサナに電話した。問題は、サナが電話に出なかったってことだ。気が気じゃなかった。しばらくしてようやくサナが電話をかけなおしてきて、おれは事情を説明した。それで、サナがアコソンボ警察に連絡した。サナはたくさんの人に嫌われているかもしれないけど、何かまずいことが起こっているとサナが言えば、誰だって深刻にとらえる。だから警察もすぐに動いたんだ」

「ありがとう、ブルーノ。命の恩人だわ」

「気にするなよ。でも考えてみると、それはニイじゃないか？　もしニイが電話してこなければ、いまごろ姉さんはヴォルタ川の底に沈んでいたんだから」

「言われてみればそうね」一瞬、エマはそのシナリオを思い浮かべ、ぞっとした。「今朝はどうやってここに来たの、ブルーノ？」

「姉さんの無事を確かめたくて」ブルーノは言った。「朝早く病院を抜け出して、アティンポック行きのトロトロに乗ったんだ。どうなったのか訊こうと思って、その足でアコソンボ警察署に行った。そこで会ったバワ警部が、姉さんが無事に救け出されてラブラム夫妻のところに泊まっていると教えてくれたというわけさ」

「偉いわ、ブルーノ」ミセス・ラブラムが言った。「あなたがしたことは、とても立派よ――あなた自身も病院にいたというのに」

ブルーノは恥ずかしそうに笑みを浮かべた。「どうも」

「さすがはわたしの弟ね」エマは誇らしげに言い、ブルーノの手を取って握り締めた。とはいえ、昨夜の神経の昂《たかぶ》りや生きていることへの喜びが収まってくると、おかしなことだが、その反動で気分が沈んでいった。だがエマはその気持ちをラブラム夫妻には見せないようにし、ブルーノと二人で笑顔で礼を言って別れを告げたのだった。

ブルーノとエマは、トロトロの停留所からタクシーでニイの家へ向かった。日曜日ということもあり、さいわい交通量は少なめだった。同居人たちはいたが、ニイはいなかった。

「どこへ行くか言ってなかったか？」ブルーノが訊いた。

「聞いてない。今朝、起きたらもういなかったんだ。電話してみたんだけど、電源を切ってるみたいで」

エマもブルーノもニイの番号にかけてみたが、どちらの電話もつながらなかった。ネットワークによると、ニイの携帯電話は電源が切られているということだった。

「もしかしたら、ブコムの実家に行ったのかもしれない」同居人のジョージが言った。ブコムはアクラでもっとも古い地区のひとつで、ガ族の故郷でもあった。ニイ・クウェイは生粋のガ族なのだ。

「そうかもしれないわ」エマの顔が明るくなった。

「実家がどこか知ってる？」

「まあ、それなりに」

「〝まあ、それなりに〟ってどういう意味？」エマはジョージに眉をひそめた。「ブコムの実家を知ってるの、知らないの？」

「一度、連れてってもらったことがある」ジョージはあいまいに答えた。「行きたいなら、いっしょに行って探してやるよ」

エマがブルーノに目をやると、ブルーノは頷いた。

「じゃあ、行くわよ」

87

その日曜日の午後、アベナはコジョーとともにジョゼフィン・アクロフィの家にいた。コジョーのドキュメンタリーの撮影は難航していた。撮影スタッフはセンターでのシーンは撮り終えたのだが、ジョゼフィンがコジョーと交流するシーンには頭を抱えていた。この二日間、コジョーは落ち着きがなく、なかなか言うことを聞いてくれなかった。手をひらひらさせたり、指を擦《こす》ったり、甲高い叫び声をあげたりして何度も撮影が中断した。アベナとアンティ・ローズには根気があったが、ミセス・アクロフィの我慢は限界に近づいていた。ジョゼフィンが考えていたのは、彼女の自宅で静かにタブレットを操作するコジョーを撮影することだった。そこへ彼女が登場して少年の横に坐り、コジョーやセンターのほかの子どもたちを気軽に自宅に招待している（正確には事実とは異なるが）、とカメラに向かって話すことになっていた。その目的は〝国際的なアピール〟をすることによって、センターの新しいウェブサイトやクラウドファンディングへの支援を呼びかけることだった。富裕層というのは動画で〝自分たちのような人〟を目にすれば——つまり尊い目的のために貢献している裕福でお洒落な女性に〝自分を重ね合わせる〟ことができれば、寄付をする可能性が高くなる、というのがジョゼフィンの持論だった。「難民キャンプにいる、お腹が膨れて顔にハエがたかっている栄養失調のアフリカの子どもたちを見せるのとは、正反対の作戦よ」彼女は論理的に考えた。「西洋の人たちは、そういったイメージには飽き飽きしているの。同情疲れや援助疲れをしているのよ。これからは、慈善事業への寄付にちょっとした華やかさを加えるべきだわ」

とはいうものの、何をやっても撮影はうまくいかなかった。土曜日も、その前日も、監督とカメラマンたちはアクロフィの家で撮影を試みていたが、使えそうな映像は撮れていなかった。今朝も家にやって来て、さっさといいシーンを撮ってしまいたいと願っていたのだが、月曜日まで長引きそうだった。誰もがあきらめと苛立ちを隠せなくなってきていた。それは、注目の対象、コジョーにしても同様だった。アベナとローズは話し合い、コジョーがこれ以上の刺激には耐えられないだろうと判断した。

「家まで送るわ、アベナ」ローズが言った。

「もっといい考えがあるわ」ジョゼフィンが言った。「アベナ、今夜は使用人の部屋に泊まっていって。空いている部屋があるの。そうすれば、明日は朝早くから撮影がはじめられるわ──遅くても七時くらいには。明日の夜には夫が帰ってくるから、それまでにすべて終わらせておきたいの。夫は家で私生活を邪魔されるのが好きではないから」

その場にいる全員が賛成した。アベナはコジョーを連れて家の脇にある使用人の部屋へ行った。ミセス・アクロフィが食事を容器に入れて用意させ、アベナはそれをもって部屋へ戻った。アベナはコジョーを風呂に入れ、夕食を食べさせ、ベッドに寝かしつけた。コジョーは先ほどまでのような反復行動をすることなく、落ち着いていた。ようやくアベナはひと息ついて静かに食事をすることができた。ミセス・アクロフィのメイドのアラバが用意してくれたのは、豪勢なバンクーとオクラのシチューだった。

食事のあと、アベナは手早くシャワーを浴びた。コジョーはあと二時間は目を覚まさないだろう。エマに電話をしてみたがつながらなかった。アベナはもう寝ようと横になり、ミセス・アクロフィのこの企画が早く終わることを祈った。その目的を理解していたし、支持もしていたが、コジョーと彼女にはストレスがかかり、二人とも精神的にまいってきていた。

使用人の部屋の裏手から声が聞こえ、アベナは目を覚ました。いま何時だろう？　携帯電話に目をやると、零時十分まえだった。部屋に二つある窓のひとつから外を覗いた。数メートル先にあるハイビスカスの庭は、塀に沿って備え付けられた防犯ライトによって煌々《こうこう》と照らされていた――設備の充実した家にはたいていそういった防犯ライトが付けられているのだ。その庭で、部屋着姿のミセス・アクロフィが男の人と話をしているのが見えた。彼女は腹を立てているようだった。顎を突き出し、声の高さも大きさも激しく上下させ、そのうえ手ぶりまで交えている。二人ともチュイ語で話しているが、アベナが立っているところからではたいして聞き取れなかった。

男の顔には奇妙な傷があった。ミセス・アクロフィと言い争う男の手ぶりから、男が弁解して苛立っているのがうかがえる。十分近くもつづいた話が終わるころには、男はうなだれて意気消沈しているようだった。ミセス・アクロフィは背を向けて家に戻り、男はひとりで帰っていった。

あの男は誰だろう、そして何を激しく言い争っていたのだろう、アベナは思った。とはいえ、長いこと考えはしなかった。自分には関係のないことだ。アベナはベッドに戻って眠りについた。

88

月曜日、アクラの犯罪捜査局《CID》本部にアコソンボ警察署からクリフォードとクレメントが移送されてきた。アコソンボ警察署には、これ以上二人を拘束しておける留置場がなかったのだ。その双子が強い絆で結ばれていることから、アンドー総監は二人を別々にすることで揺さぶりをかけ、尋問で口を割らせやすくするように策を講じた。

クリフォードが総監オフィスに連れてこられた。巡査が手錠をかけられた逞しい男の横に立ち、目を光らせている。クリフォードは無愛想な顔をしているが、不安そうだった。総監は、おまえの言うことは記録され、法廷で証拠として使われる可能性がある、とチュイ語で言った。「わかったか？」

「ああ」クリフォードはそう言ったものの、戸惑っているようだった。彼の理解を超えているのだ。カネのある人物なら、弁護士がいなければ質問には答えない、そう言ったかもしれない。だがクリフォードには、そんなことなど知る由《よし》もなかった。

「年齢は、クリフォード？」アンドーは訊いた。

「二十四だ」

「学校はどこへ？」

クリフォードは学校名を口にしたが、クレメントも自分も高校を卒業していないと言った。

「いつもいっしょにいるな、クレメントとおまえは」

「ああ」

「二人はひとり――あるいはお互いの一部と感じているようだな」

「ああ」

「なんとかおまえたち二人をいっしょにしてやりたいところだが」アンドーは言った。「そのためには、正直に話してもらわなければならない。私の時間を無駄にされては困るのでな。わかったか？　要するに、クレメントとおまえが本当のことを話せば、何もかもうまくいって、またいっしょにいられる、ということだ。さもなければ、二人を別々にしたまま、尋問をつづけなければならない」

「わかった」

「クリフォード、先週の土曜日の夜のことを訊きたい。クレメントとおまえはどこにいた？」

「クウェク・ポンスの家にいた」

「どっちの家だ？　アクラか、それともアティンポックの家か？」

「アクラの家だ」

「土曜日の夜、ニイ・クウェイという男の家に行ったこともわかっている」

クリフォードは床を見つめ、黙っていた。

「クレメントを傷つけたくはないが、部下のなかには私ほど優しくない者もいる。もしかしたら殴ったりするようなこともあるかもしれない。だがおまえが何もかも話してくれれば、クレメントを殴ったり傷つけたりしないように命令しよう」

自分のせいでクレメントが痛めつけられるかもしれないと思ったクリフォードは、つらそうに顔を歪めてからだをすくませた。「ああ、ニイ・クウェイの家にも行った」彼は認めた。

「おまえとクレメント、ほかには？」

「ミスタ・ポンスだ」

「おまえたち三人は、そこで何をするつもりだった？」

クリフォードはアンドーの顔を見つめたまま、何を言えばいいのかわからないようだった。

「私はおまえを助けたいのだ」総監は穏やかに押しを強めた。「クレメントとおまえがいい人間だということはわかっている。いつもボスに言われたとおりにしているということも。だから、ボスの命令に従ったからといって、誰もおまえたちを責めたりはしない。もしかしたら怒鳴り散らされて、言うことが聞けないなら給料を払わないと言われたのかもしれないしな。ポンスが何もかもおまえたちのせいにするとは思わないのか？　きっとそうするぞ！　だから、やつが捕まってでたらめを言うまえに、本当のことを話したほうが身のためだ」

クリフォードは混乱し、自分の後頭部を揉んだ。

「水でも飲むか？」アンドーが言った。「巡査、水をもってきてくれ」

「了解しました」そう言って巡査は出ていった。

「落ち着け、いいな？」総監はクリフォードに笑いかけた。「水が来るのを待とう」

クリフォードは水をほぼ飲み干した。「どうも」

「気にするな」アンドーは言った。「それで、おまえたち兄弟とミスタ・ポンスはニイ・クウェイの家に行ったと言っていたが、そこで何があった？」

クリフォードは咳払いをした。「ミスタ・ポンスがニイに、あの女、エマ・ジャンに電話して家に呼ぶように言った。はじめ、ニイは嫌がっていた」

「どうやって言うことを聞かせた？」

「力ずくでもやってもらう、とミスタ・ポンスが言ったんだ」

「ニイを殴って従わせたのか？」

クリフォードは身をもだえた。「ちょっと荒っぽくしただけだ」

「小突きまわしたり？　そうやって脅したのか？」

「そうだ」

「それから？」

「ニイが女に電話して、女が家に来てニイと話をした」

「そのとき、おまえとクレメント、ミスタ・ポンスはどこにいた？」

「クレメントとミスタ・ポンスはキッチンに隠れて、

女の話を聞いていた。おれは外で待機していた。エマが出ていくとき、おれたちがいることをニィがこっそり教えたんだと思う。女は走りだしたが、おれが待ち構えていた」

「それからどうなった？」

またクリフォードは咳払いをした。「ここを殴った」自分のこめかみに触れた。「両手と両足を縛って、まずはクウェク・ポンスの家に行って――」

「アクラの？」

「ああ。ミスタ・ポンスは家に残ると言った。それから、石を入れた袋を女の足に括《くく》りつけた」

「なんのために？」

「ミスタ・ポンスに、女をヴォルタ川に沈めるように言われたんだ」

「アドミ橋から投げ捨てようとしたんだな？」

クリフォードはうなだれたまま答えた。「そうだ」

二階下の副総監のオフィスでは、ラリアがもうひとりの双子を尋問していた。

「クレメント、四月三日に、ミスタ・ティルソンという白人の男性がアドミ橋から川へ投げこまれた。ミスタ・ポンスの指示でおまえたちがやったことなのか？　昨夜、あの女性を川に放りこもうとしたように？」

クレメントは両肘をついて何度も拳を打ち合わせ、クリフォードならどう言うだろうかと考えていた。心のなかで、クリフォードの声が聞こえた。嘘をついても仕方がない、そんなことをすれば一生離れ離れにされるだけだ、そう言っていた。クレメントには、クリフォードと引き離されることなど耐えられなかった。

「あの夜、白人の家へ行くようにポンスに言われた」

クレメントは口を開いた。

「それは何時ごろ？」

クレメントは思い返した。「二時か三時くらいだ。夜中の。あいつのところに行って、あの家の持ち主のミスタ・ラブラムの使いのふりをするように言われた。そうすれば白人がドアを開けるだろうから、痛めつけて橋へ運んでいけと」

「そして川に放りこめ、と？」

「ああ」

「それで、そうしたというわけだな」

「そうだ」

「そのとき、ミスタ・ポンスはどこにいた？」

「自宅にいた。アティンポックの」

「その白人を川に投げ捨てたあと、おまえたちはどうした？」

「家に帰って、何もかも言われたとおりにした、とミスタ・ポンスに報告した」

「それから？」

「寝た」

89

月曜日の朝のミーティングでは、エマはおとなしくし、びくびくしていた。ミスタ・ソワーと面と向かい合い、何もかも話さなければならないのだ。彼の指示に逆らい、ミスタ・ティルソンの事件の調査をつづけていたということを。とはいえ、すでにソワーが知っているような気がした。ダズがラリアから話を聞いて知っていたので、ソワーも聞いているとみてまちがいないだろう。

ミーティングが終わると、いっしょにオフィスへ来るようにソワーに呼ばれた。エマは、処刑台へ向かうような気分だった。

二人は並んでソワーに腰を下ろした。

「まずは」ソワーが口を開いた。「気分はどうだ？大丈夫か？」

「はい。大丈夫です。つまり、ご存じということですね?」

「ラリア副総監からだいたいのことは聞いているが、はじめからすべて話してもらうぞ。包み隠さずな」

エマはこれまでのことを打ち明けることで、心が軽くなった気がした。流砂に足を取られて呑みこまれてしまったのは、デレクから送られてきたゴードン・ティルソンのEメールを目にした日だった。ニィ・クウェイがゴードンと会っていたということを知り、気になったエマはニィに会えないかどうかブルーノに訊いた。そのときはまだ、Eメールのことをミスタ・ソワーに話すつもりでいた。だが、義理の弟が実際にしていること——サナ・サナのもとで潜入調査をしているということ——を知ってしまった。それを誰かに洩らす気にはなれなかった。たとえミスタ・ソワーであっても。弟の正体がばれることを心配したのだ。そして、彼女が怖れていたとおりのことが起こってしまった。ブルーノが袋叩きにされたのだ。あの双子の仕業に思え た。そこから事態は急展開を見せた——夜にニィの自宅へ行き、双子に襲われ、アドミ橋へ連れていかれ、危うく殺されかけた。そしていま、ここにいるというわけだ。からだはぼろぼろだが、それでも生きている。

「昨日、ブルーノとわたしは、ニィの同居人といっしょにブコムへ行ってみました」エマは付け加えた。

「でも、ニィは見つかりませんでした。ニィが心配なんです。ポンスに捕らえられていないという保証はないので」

ソワーは頷いた。「確かにその可能性はある。ポンスの行方もつかめていないからな。インターポールがトーゴとベナンの警察に連絡を入れた。どうやらトーゴに渡ったようなのだ。いずれは捕まるだろう。さて、重要なのはここからだ。ゴードン・ティルソンの事件の調査を打ち切るよう私がはっきり言ったにもかかわらず、きみはブルーノと協力して独自に調査をつづけた」

エマは頷いた。「そのとおりです。わたしがまちがっていました。指示に従わず、申しわけありませんでした。弁解のしようもありません」

ソワーがエマを見据えた。かすかに笑っているように見えるのは、気のせいだろうか？「私があいった指示を出すときには、それなりの理由がある。ティルソンの件にこれ以上は関わるなと言ったのは、川に投げこまれるような目に遭ってほしくなかったからだ」

「わかっています」

「とはいうものの」ソワーはうしろへもたれてため息をついた。「きみの行動によって、ミスタ・ティルソンの死に関わった三人のうちの二人を逮捕できた。そういうわけで、お手柄だと言うと同時に、釘も刺しているというわけだ」

「はい。結局、わたしは自らを危険にさらし、いまここにいられるのは神のご加護のおかげだと思っています」

「アーメン」

「いますぐ辞表を出せとおっしゃるなら、そうします」

ソワーは笑みを浮かべた。「細事にこだわって大事を逸する気はない」

「どういうことですか？」

「ただの言いまわしだ。要するに、今回の一度きりとはいえ、私の言うことを聞かなかったのが気に入らないというだけできみをクビにしたら、有能で、勇気があり、分別をわきまえ、なんでもこなせる優れた調査員を失うことになるかもしれない――いや、失うことになる。そんなことをして、何になる？」

エマは満面に笑みを浮かべた。「ありがとうございます、ミスタ・ソワー。本当に感謝しています」

90

月曜日の夜、ダズとカリッジはエドウィンの荷作りを手伝った。ダンサマン郊外の家から、スピンテックス・ロードに引っ越すことになったのだ。まちがいなくステップアップだ。スピンテックス・ロードは経済活動が活発な地域で、毎日のように新しい家やショッピング・モールが建てられている。残念ながら、道路の舗装工事は建物の建設ほど進んではいない。エドウィンの新居にピックアップで向かったが、まるで車のサスペンションの耐久テストをしているかのようだった。

まだその家を目にしていなかったカリッジとダズは、感嘆の声を洩らした。家具の置かれていないリヴィング・ルームには、まだまだ椅子やソファーを置ける余裕がある。二つあるベッドルームにはそれぞれモダンなバスルームが備え付けられ、キッチンはエドウィンのつたない料理の腕前にはもったいないほど充実している。しかも、裏庭は盛大なパーティを開けるくらい広々していた。

「すごいな！」ダズは、目を見張るような空間へ案内されるたびに大声をあげていた。

「いいところじゃないか」カリッジも感心していた。

「よかったな」

荷物を運びこんだあと、三人はケレウェレを買いに交差点にある店まで歩いていった。家に戻ってその絶品料理を貪り食い、ビールで流しこんだ。エドウィンがすでにテレビをつなげていたのでミュージック・ヴィデオを見て、しばらくしてからテレビを消した。

「ここ、本当に気に入ったよ」カリッジが言った。

「おまえの家にはかなわないけどな、ミスタ・ビル・ゲイツ」エドウィンはからかった。

「そんなことないさ。こっちのほうが広い」

ダズが口を開いた。「おれは何をまちがえているんだ？　おまえたちはいい家に住んでるっていうのに、おれは小さな部屋が二つしかない家から抜け出せないなんて」

「なあ、ダズ」カリッジが言った。「おまえのおじさんは副総監で、しかも一ペセワ（〇・〇一セディ）たりともごまかさないような正直な人だ。だけど、おまえはもっと自分のことを考えて、おじさんにどう思われるかなんて気にしないほうがいいと思う。上の連中からは、大臣とか大使とか、そういったところからのプライヴェートな仕事は受けてはならないと言われてるけど、みんなやってるんだから、おまえもやればいいのさ。ガーナ警察庁だけじゃカネにならない。よっぽど上のほう——地域警察本部の本部長とかにでもならないかぎりはな。しかもそういう連中でさえ、副業をして儲けているくらいなんだから」

「そうさ」エドウィンが素っ気なく言った。「たとえばサカワとかをやっているんだ。でも、カリッジの言うとおりだと思う」

ダズは身を乗り出した。「エドウィン、おまえはどうなんだ？」

エドウィンは眉をひそめた。「どういう意味だ？」

「汚職対策センターのパーティで、マダム・アクロフィといっしょにいるところを見たんだ。カリッジにもその話をした」

「なんの話だ？」言いわけがましい口調になった。

「車まで送っただけさ」

「いや、ちがう」ダズは言った。「おまえたちは抱き合っていた。駐車場脇の庭園で」

「〝援助してくれるママ〟ってわけか、エドウィン？」カリッジはウィンクをした。「いつからだ？　それに、どうやって知り合ったんだ？」

エドウィンは無言で二人の友人を見つめた。

「とやかく言うつもりはない」ダズが言った。「本当のことが知りたいんだ」

「彼女をファックする代わりに何かをもらうのは、別に悪いことじゃないだろう？」カリッジは肩をすくめて言った。

「黙れ」エドウィンの顔色が曇った。「自分が何を言っているのか、わかってもいないくせに」

「それなら、どういうことなんだ？」ダズが訊いた。

「ミセス・アクロフィは、おまえが言うような〝援助してくれるママ〟なんかじゃない。本当の母親、生みの母なんだ」

「なんだって？」ダズとカリッジは声をそろえて言った。

「本当だ」

「本気で言っているのか？」ダズが訊いた。

「ああ、本気だよ」

「そんなこと、はじめて聞いたぞ」カリッジは訝《いぶか》しんでいた。「どこか田舎の小さな村に住んでいる、平凡な母親とはわけがちがう。街の大物だ。警察庁長官夫人なんだぞ！」

「おれが話さなかったのは」エドウィンは言った。「母さんが話さないからだ。そして母さんが話さないのは、旦那と出会うまえに子どもを産んだことを、旦那が知らないからだ。ずっと旦那から隠してきたんだ」

「でも、そんなにやましいことなのか」カリッジが訊いた。

「おまえにとってはなんてことないかもしれないが、母さんの母親にとってはやましいことだった。おれは罪深い欲望から生まれた、祖母はそう言っていた。だからおれは、ブロング゠アハフォ州のテチマンに住むおば――母さんの姉さんのところで育てられたんだ。そうすれば、視界からも頭からもおれを消せるからな。アクラに戻ってきたのは、大人になってからだ。そのころには、祖母も亡くなっていたしな。でも母さんは、おばに育てられているあいだもずっとおれを支えてくれた。学費も出してくれたし、郵便局のおれの私書箱にカネも送ってくれた。意地汚い郵便局員に現金を盗まれたこともある。モバイル・マネーが普及してからは、母さんはその方法で送金してくれた。この家の家賃の大半を出してくれたのも、確かに母さんだ。おれを愛しているから。でも本当の理由は、おれをよそへやったことがうしろめたくて、その埋め合わせをしようとしているんだと思う」

「なあ、エドウィン」カリッジが言った。「悪かった……あんなこと言って」

エドウィンは受け流した。「別に構わないさ」何かほかに気になっていることがあるようだった。「母さんは複雑な人だ。母さんの人生そのものが複雑なんだ。おれには父親のちがうクワメという弟がいるんだが、弟は自閉症で、いまはイギリスの施設にいる。クワメをイギリスへやるまえ、母さんは弟をどこかの呪術師のところへ連れていって、治せないかどうか訊いたこともある。ミスタ・アクロフィと母さんが何人もの医者にクワメを診てもらって、どうしたらいいかわからないと言われたあとの話だがな」

ダズとカリッジは押し黙り、エドウィンの話を受け止めようとしていた。受け止めるには、あまりにも衝撃的な内容だった。

「それなら、父親は誰なんだ？」ダズが訊いた。

エドウィンは乾いた笑いを洩らした。「訊かれると思ったよ。でも、言っていいものかどうか。今夜はもう充分びっくりしただろ。覚悟はいいか？」

二人は首を縦に振った。

「おれの父さんは、二人もよく知っている人だ」エドウィンは言った。「アンドー総監だよ」

二人は唖然としてことばを失った。やがてカリッジが口を開いた。「まったく、おまえの言うとおりだ。おまえにはつくづく驚かされる」

「ことばも出ない」ダズも呟いた。

「母さんが父さんと付き合っていたのは、ミスタ・アクロフィと出会うまえだった」エドウィンはつづけた。「身も蓋もない言い方をすれば、おれは事故だったんだ。総監は結婚したがっていたが、そのころには母さんはミスタ・アクロフィに恋をしていた。これで、おれが父さんにどう扱われているか、想像がつくだろ」

「いい扱いは受けてないだろうな」ダズが言った。「手に入らなかった女性を思い出させるんだから」

「まあ、そんなところだ」エドウィンの声からは、かすかに憎しみが感じられた。「父さんはミスタ・アクロフィを恨んでいるけど、たぶん警察庁長官はそんなこと知りもしないだろうな。おれはどうかって？ いつか父さんに認めてもらえる日が来るのを、長いこと待っていた。警察官になったのも、それが理由だ。だけど、もうあきらめた。父さんなんて、どうでもいい」

ダズとカリッジは完全に理解したわけではないが、ある程度は納得した目でエドウィンを見つめた。エドウィンが不機嫌になったり、もの思いにふけったりすることがある理由が、これでわかった。

「おれたちはちっとも気にしてないからな、エドウィン」ダズが言った。「いままでどおり、おまえはいい友人で仲間だ。逆に、友情が深まった気がする」

「そうだな」カリッジが言った。「ビールでも飲んで、友情に乾杯しよう」

91

エドウィンは引っ越しをした週の土曜日に、引っ越しパーティを開いた。そのおかげでカリッジにはエマを誘う理由ができ、エマもその誘いを受けた。カリッジは話していいとは言われていないものの、エドウィンの秘密をまえもってエマに明かしていた。ごく一部の人しか知らない彼の両親のことや、人格形成期に養子のようにして育てられたことを。

「すごい話ね」エマはそう言ったが、あとになって考えてみると、正直に言ってそれほど特別な話とも思えなかった。ガーナにおける〝家族〟という考え方は、移ろいやすいものなのだ。経済的な問題や悲劇的な事故、あるいはそのほかの理由により、子どもたちがおばやおじ、祖父母、または遠い親戚のもとへ預けられるというのはよくある話だ。それはふつうのことだった。〝兄弟〟、〝姉妹〟、〝母親〟、〝父親〟ということばは、かなり大ざっぱに使われている。

　エドウィンのパーティには、三十人ほどの人たちが集まっていた。裏庭をメインにしたパーティだが、ゲストたちはリヴィング・ルームやキッチンにもあふれていた。犯罪捜査局《CID》で見かけたことがある人が数人いるとはいえ、主催者とカリッジ、ダズを除けば、エマの知っている人はほとんどいなかった。エドウィンにジンジャーという女性を紹介された。エドウィンより年上の魅力的なその女性は、彼のガールフレンドのようだった――その夜だけのガールフレンドかもしれないが。

　惜しげなく用意された仕出し料理や飲み物が並べられ、プレイリストからは大音響のヒップライフが流れている。エマはカリッジのそばでおしゃべりをしていた。カリッジはエマを束縛しようとはせず、かといってほったらかしというわけでもなかった。その中間といったところだ。エマはそれでいっこうに構わなかった。

　あちこちから会話の断片が耳に入ってきた。この家を絶賛する声もあれば、〝エドウィンはそんなに稼いでいるのか？〟といった声もある。そしてやはりというべきか、〝援助してくれるママ〟というフレーズが聞こえてきた。エマにとっては、〝援助してくれるパパ〟よりも嫌悪していることばだった。いずれにせよ、エドウィンはそういった囁き声を耳にしていたとしても、気にしていないようだった。彼は楽しんでいた。エドウィンは〝女性を引きつける磁石のような男〟だが、ジンジャーが嫌な顔ひとつしていないことに、エマは気づいた。〝真剣に交際している〟ガールフレンドではないということだろう。

みんな噂話やくだらないジョークで盛り上がり、大いにパーティを楽しんでいた。とはいえ、ある共通の話題でもちきりだった。それは、いつものように日曜日の夜に放送されることになっている、サナ・サナの番組で暴露される新たな驚愕のスキャンダルとは何か、ということだった。さまざまな憶測が飛び交い、悪名高い〝ゴッドファーザー〟の正体について口々に好き勝手なことを言っていた。その一方で、そのショウにはそこまでのインパクトはないだろうと軽視している者もいた。とくに、サナをよく思っていない人たちはそう考えていた。サナを嫌っている人は大勢いるのだ。

先ほどから、エマはバーにいる妙に腰の低そうな男に見つめられていた。居心地が悪くなったエマは背を向けて男の視界から隠れ、やがてその男のことなど忘れてしまった。

「トイレに行ってくるわ」カリッジに言うと、彼は頷いた。

一階のトイレは使用中だったので、二階のゲスト用のトイレへ行った。トイレを出てパーティへ戻ろうとしたエマは、踊り場の反対側にある部屋から声がするのに気づいた。好奇心に駆られてそっとドアへ近づいた。ドアはわずかに開いていた。その隙間から、エドウィンとあの腰の低そうな男がベッドの上の何かに目をやりながら声を潜めて話をしているのが見えた。エマが覗く角度を変えると、二人が見つめているものの一部が目に入った。それは大きなプレカット・ケースで、ライフルと拳銃が一挺ずつとさまざまな付属品がきれいに収められていた。

「カネはドルしか受け取らないと言っていたな？」腰の低い男が言った。

「ああ」エドウィンが答えた。「セディでは取引しない」

「ライフルもほかのものも、ちゃんと使えるんだろうな？」

「まったく問題ない」

「なら、どうして処分するんだ？」

エドウィンは肩をすくめた。「もう必要ないからさ」

「書類は？」

「書類ってなんのことだ？　書類なんてない！　これが欲しいなら、ドルさえもってきてくれればあんたのものだ。たったそれだけの話だよ」

「わかった」男はむっとした様子で言った。「あとで連絡する」

もう戻らなければ、エマは思った。階段へ向かいながらも、エドウィンが男に見せていた身の毛がよだつような武器のことを考えていた。

一階に戻ったエマにカリッジが声をかけてきた。

「捜していたんだ」

「二階のトイレに行っていたの」

「楽しんでるかい？」

「ええ」

「何か気になることでも？　上の空みたいだけど」

エマは首を振った。「なんでもない。大丈夫よ」

「きみには少し不思議なところがあるよね、自分で気づいてる？」

「わかってるわ」

カリッジがエマに腕をまわした。「さあ、踊ろう」

92

以前から、サナの暴露報道は日曜日の午後八時に放送されていた。エマはブルーノを自宅に招き、いっしょに見ることにした。いつものように、アベナも日曜日の夕食を食べに来ていた。コジョーを寝かしつけ、八時になると三人はテレビの前に坐り、サナ・サナの最新の超大作〝サカワ・ストーリー：権力、汚職、欺瞞〟に胸を膨らませた。ブルーノは、最後に明かされる警察庁長官の衝撃の事実を知っていたが、エマやアベナには話していなかった。

その番組で流されたのは、カネを受け取る人たちの映像だけではなかった。ますます世界的な規模になっているサナの調査が、改めて視聴者に紹介された。

〝実名をさらし、恥をさらし、法廷にさらす〟というお決まりのスローガンが、何度も繰り返された。サカワの歴史も解説された。それはナイジェリアで誕生し、ナイジェリアの刑法四一九条に抵触する犯罪であることから、〝四一九〟と呼ばれていた。そのはじまりは多くの人が考えているよりもずっと古く、一九二〇年にまでさかのぼる。いまではナイジェリアの〝王子〟を名乗る悪名高い四一九詐欺はすっかり廃れ、より効果的なインターネット詐欺に取って代わられていた。何十年というときを経て、オンライン詐欺は不格好で頼りにならないトロトロから、パワフルなベントレーへと変貌を遂げたのだ。

いまのサカワが何百万ドルという大金をもたらしているということ、そして政治家や汚職警察官にとってそれがいかにうまい話でノーと言えないかということを、サナは説明した。ガーナ社会では汚職に不可欠なインフラがすでにできあがっていて、サカワを受け入れる準備が整っていたのだ。それは予備の車線が余っているハイウェイのようなものだった。

イスラム学者や伝統祭司がどのように、そしてなぜインターネット詐欺に関わっているのか？　そういった人たちは、インターネット詐欺師にカネが舞いこむように呪術的な力を授けているのだ。ドキュメンタリーでは、クウェク・ポンスがサカワの儀式を行なっているシーンも流された。あるシーンでは、儀式用の衣装を身にまとい、頭からつま先まで白い粉で覆われたポンスが何百回とまわりつづけていた。

そしていよいよ番組の目玉がはじまり、有力者たちが次々と暴露されていった。とどめの一撃は、モーヴェンピック・アンバサダー・ホテルのペントハウスでブルーノが撮った映像だ。ついに〝ゴッドファーザー〟が姿を現わしたのだ。そのときはその正体を知らなかったブルーノも、いまではわかっている。ゴッドファーザーは、ほかならぬジェイムズ・アクロフィ警察庁長官その人だったのだ。アベナはショックのあまり椅子から跳び上がった。エマはというと、ことばを失った。いまや顔の怪我もほぼ完治したブルーノは、密かに誇らしげな笑みを浮かべていた。なんといっても、世界に衝撃を与えるこの映像を撮ったのは、ブルーノなのだ。とはいえ、ブルーノとエマは話し合い、そのことをアベナには明かさないことにした。知っている人は少ないほうがいい。

番組が終わると、話すことが山ほどあった。三人は疲れ果てるまで激論を交わした。

「でも、ひとつ面白いことに気づいたの」アベナが言った。「映像に映っていたあの男の人——あの呪術師はなんて名前だったかしら？　クウェク・ボンス？」

「ポンスだよ」ブルーノが言った。「あいつがどうしたんだ？」

「どこかで見たことがあるような気がしたんだけど、いま思い出したわ。先週、わたしがマダム・ジョゼフィンの使用人の部屋に泊まったとき、あの男が彼女と会っているのを見たのよ」

「本当に？」エマが言った。「どうしてポンスが彼女と？」

「わからない。彼女は怒っていて、ポンスに怒鳴っていたわ。何を言っているのかは聞こえなかったけど」

エマは「そうだったの」と言ってブルーノに目を向けた。「彼女がクウェク・ポンスと面識があったなんて知らなかったわ」

「おれもだよ」ブルーノが言った。

「そんなこと考えもしなかったわ」エマは呟いた。「どうして気づかなかったのかしら？」

93

日曜日の夜にサナの超大作が放送されるまえ、大統領官邸では試写が行なわれた。詐欺師やサカワのネットワークを利用して大金を手にしていたゴッドファーザーが警察庁長官のジェイムズ・アクロフィだということが明るみになった瞬間、バンナーマン大統領はからだが硬直し、しばらく口がきけなくなった。首席補佐官は黙って待機していた。やがてバンナーマンが顔を上げて静かに言った。「官邸にアンドー総監を呼んでくれ」

ジェイムズは、妻がキッチンで忙しそうにしているあいだ、ディナーのまえのビールを楽しんでいた。ジョゼフィンは、数時間後に放送されるサナの番組を見る気はない、そう宣言していた。サナを嫌悪している彼女は、サナのくだらない番組を見てやるつもりなどなかった。

ドアがノックされ、ジェイムズは立ち上がった。ドアステップに立つアンドー総監を見てびっくりした。敬意を表するように胸に制帽を当てている。

「アレックス！」ジェイムズは声をあげた。「驚いたな。何かあったのか？」

「こんばんは、長官。とくに問題はありません」

「まあ、入って坐ってくれ。何か飲むか？」

「いえ、結構です。長居はしませんので。あなたをジュビリー・ハウスにお連れするよう、バンナーマン大統領から仰せつかってきました」

警察庁長官は首をひねった。「緊急会議か何かか？どうして知らされていないんだ？」

「急を要する事態が起こったのです。ご同行いただけますか？　ここでお待ちしています」

「ああ、もちろんだ」ジェイムズは当惑していた。「ちょっと待っていてくれ。着替えてくる」


バンナーマン大統領の魂は、石の床に叩きつけられたクリスタルのように粉々に砕け散っていた。誰にも邪魔されることのない大統領執務室にジェイムズ・アクロフィとアンドー総監を呼び、サナのドキュメンタリーを再生した。そこには、名の知れたサカワ・ボーイのニイ・クウェイからカネを受け取るアクロフィの姿があった。


「ここに映っていたのは、きみだ」バンナーマンはジェイムズに向かって言った。「そうだな？」

警察庁長官はその場で動けなくなった。大統領を見つめ、何か言おうと口を開いたが、何も出てこなかった。

バンナーマンは見るからにつらそうだった。「だが、どうして、ジェイムズ？　なぜなんだ？　信じていたんだぞ。これはとんでもない裏切りだ。私たちは友人であり、同僚であり、パートナーだったというのに……」声が消え入り、ことばが出なくなった。

「お恥ずかしいかぎりです」ジェイムズはか細い声で言った。「ずっとそんなうしろめたさを感じておりました」

「だが、それでもつづけていたのなら、そのうしろめたさになんの意味があるというのだ？」

ジェイムズは頭を下げた。「申しわけありませんでした、大統領。いまこの場で断言いたします――誓ってもいい——自分の地位を利用して、我が国の社会や近隣諸国に蔓延するサカワのシステムを支えるようなまねは、今後いっさいしないと。どうかお許しください」

バンナーマンは震えていた。「許さん！」声を張りあげた。「許すわけにはいかない、ジェイムズ。それがどれほど道義に反することか、わからないのか？　国民になんと言われると思う？　一部の人間は法に縛られない。私の親族や友人たちは、私が宣教師のように必死に撲滅を訴えている汚職に手を染めても罪を問われない、そんなことを言われるのだぞ。だからジェイムズ、それだけはできない。私個人の、そして政権の真摯な姿勢を示すためにも、正しいことをしなければならない。アンドー総監、あとは任せる」

ジェイムズはアンドーに目を向けた。「逮捕されるのか？」

アンドーは警察庁長官の肩に軽く手を置いた。「そのとおりです、長官」

94

サナの衝撃の映像が公開された翌朝、どの新聞の一面も悪名高い〝ゴッドファーザー〟の正体を大々的に取り上げていた。なんといっても、警察庁長官その人だったのだ。〝サカワ司令官〟〝詐欺師の親玉〟〝警察貪欲長官〟などといった汚名を与えている新聞もあり、そういった汚名は挙げればきりがなかった。

エマが出勤すると、スタッフ・ルームはサナのテレビの話で盛り上がっていた。ちなみに、その番組は最高視聴率の記録を塗り替えていた。暴露された腐敗した役人の数は信じられないほどだが、警察庁長官自身がオンライン詐欺で甘い汁を吸っていたという事実に勝《まさ》るスキャンダルはなかった。噂では、長官はとある秘密の場所に監禁されているということだった。ミスタ・ソワーがスタッフ・ルームに入ってきて話に加わった。だが、彼には報告することもあった。

「ラリア副総監から電話があって、トーゴとの国境でミスタ・ポンスを捕らえたそうだ。こっそりガーナに戻ろうとしていたらしい」

エマを含めた全員が手を叩いた。

「ということは、これでティルソン事件はかたが付いたということですか？」調査員のひとりが訊いた。

「いろいろあったが、そういうことだ」ソワーは楽しそうな、それでいて困ったような顔をエマに向けた。エマは恥ずかしそうに笑みを浮かべた。「肝心なのは」彼はつづけた。「あの双子から確固とした証言を個別に引き出し、それが互いの証言を裏付けているということだ。ポンスには逃れるチャンスはないだろう。どうやらポンスは、真実に迫ろうとしたゴードン・ティルソンとわれらのエマがわずらわしくなり、二人を始末しようとしたようだ。さいわい、エマは無事だったが」

エマが口を挟むより先に、調査員たちは立ち上がって喝采を送った。

オフィスにいる誰もが、なかなか仕事に戻れずにいた。その日は、いま起こっていることについてあれこれ噂話をして過ごす、そんな一日のように感じられた。

エマの電話が鳴った。見覚えのある番号ではなかった。

「もしもし？」

「エマ、おれだ、ニイ・クウェイだ」

「驚いたわ。どこにいるの？」

「アクラだ」はっきりとは答えなかった。「きみがどうしてるか気になって、電話したんだ」

「わたしなら大丈夫よ、あなたのおかげで。ブルーノがサナに電話してくれたんですってね。それでブルーノがサナに連絡したの。あなたにお礼を言いたくて。あなたこそ、いまどうしているの？」

「元気にやってるさ。ポンスと双子が捕まったって聞いた」

ダンプティ警部からその話を聞いたのだろう。「ええ。ミスタ・ティルソンを殺したのは彼らよ」

「自分のしたことを後悔している」ニイ・クウェイは言った。「アウディを売って、ミスタ・ティルソンのカネを息子に返そうと思ってる」

「いいことだわ。ありがとう」

「じゃあ、またあとで」

ニイは唐突に電話を切った。なんて奇妙な状況だろうとエマは振り返った。ニイ・クウェイは犯罪者だが、エマの命が助かったのは彼の活躍によるところが大きい。ニイがどこにいるか言わなくてよかったと思った。エマの心が板挟みにならずにすむからだ。ニイ・クウェイの居場所を知らないかと訊かれたとしても、知らないと正直に答えられる。

エマは事件のことを考えていた。何かが引っかかっているのだが、それが何かわからなかった。

その日の仕事が終わるころ、エマは運転手のヤヒアに電話をした。彼は電話をもらって嬉しそうだった。

「久しぶりですね！」ヤヒアは笑いながら言った。

「お元気ですか？」

「ええ、ヤヒア、あなたは？」

「おかげさまで」

「新しい仕事は見つかりましたか？」

「はい。いまは住宅公社の所長の運転手をしています」

「それはすごい。よかったですね」

「ありがとうございます。とても満足しています。ところで、あの白人さんの事件はどうなりましたか？」

「なんとかなりそうです。そのことで、訊きたいことがあるんです。大きな手がかりになるかもしれないので」

「なんでも訊いてください」

「まえに話をしたとき、ミスタ・ゴードンをミスタ・ポンスのところへ連れていったと言っていましたね？」

「はい」

「そのとき、ミスタ・ポンスがアメリカ人に、誰かに注意するんだなというようなことを言っていた、と。正確なことばは覚えていませんが」

「ええ、はっきり覚えていますよ。白人さんがミスタ・ポンスに〝おまえなんか怖くない〟と言うと、ポンスが〝私なんかより怖い連中がいるぞ〟と言い返したんです」

「そうでしたか。それから？」

「白人さんが〝どういうことだ？〟と訊くと、ミスタ・ポンスはただ笑って〝いまにわかる〟と言いました。それで私たちは帰りました。それだけです」

「わかりました。ありがとうございます」

「おやすいご用です。では失礼します」

ヤヒアとの電話を終えたエマは廊下の先のミスタ・ソワーのオフィスへ行ったが、ベヴァリーしかいなかった。プリンターに紙を補給しているところだった。

「ミスタ・ソワーなら、今日はもう帰ったわ」ベヴァリーにそう言われた。

エマはしばらく考えてから、ダズに電話をした。

95

その夜の十時半ごろ、エドウィンの自宅の窓からは明かりが洩れていた。エドウィンは家にいるようだ。エマがダズに電話をしたあと、ダズのおじに連絡を取るのに時間がかかった。ラリアはうっかり携帯電話の電源を切ってしまっていたのだ。

ドアを開けたエドウィンは、ラリアとダズ、エマを見て驚いた。

「やあ、エドウィン」副総監が口を開いた。「入ってもいいかな?」

「もちろんです」エドウィンは脇に避けて三人を通した。「何かあったんですか?」

「とりあえず、腰を下ろして話をしよう」ラリアは言った。

四人はリヴィング・ルームへ行き、互いに向かい合うような形で四方に坐った。エドウィンは気が張り詰め、訝《いぶか》しんでいるように見える。

「いったいどういうことですか?」エドウィンがラリアに訊いた。

「こんな夜遅くに邪魔してすまない」副総監は言った。「きみが所持している銃器のことで話を聞きたい」

エドウィンは混乱しているようだった。「銃器? どの銃器のことですか?」

すでに売ってしまったのかもしれない、エマはそう考えて絶望的になった。もう見つからないだろう。

「土曜日の夜、きみがパーティの客のひとりに長距離ライフルを売ろうとしているのを見た者がいる」ラリアは言った。「きみとその男は二階のベッドルームにいて、ベッドの上には武器の入ったケースが開いて置かれていたそうだ」

「誰にその話を?」

「それはいま重要ではない」

「そうですね、失礼しました。ですが、何か誤解があったにちがいありません」

ラリアは頷いた。「それなら、きみのベッドルームを調べても構わないな?」

エドウィンの両目が引きつった。「どういう理由で? こんなことを言うのもなんですが、捜査令状が必要なのでは?」

副総監は笑みを浮かべた。「その必要はない、エドウィン。ガーナ警察の捜査マニュアルの二-一-一と二-一-二にはこう書かれている――〝警視よりも上位の階級の警察官は、盗まれたものや違法に取得したもの、または犯罪行為に使用された、あるいは使用されている、あるいは使用される怖れのあるものを対象が隠しもっている疑いがあると判断した場合、令状がなくても捜査を行なうことができる〟と」

エドウィンがパニックになっているのがエマにはわかったが、それでも彼はうまく隠していた。

「わかりました」エドウィンは速やかに作戦を変えた。「確かにライフルはもっていますが、合法的に手に入れたもので、内務省で発行された使用許可証もあります」

「なぜすぐにそう言わなかった？」ラリアはエドウィンに目を向け、眉をひそめた。「合法的に取得したものなら、何を心配していたんだ？」

「申しわけありませんでした」エドウィンは口ごもった。「すみません、ちょっと頭が混乱してしまって」

副総監が立ち上がった。「では、それを見せてもらおうか」

四人は一列になって無言で階段を上がり、エドウィンとあの男が武器の取引の交渉をしているのをエマが目撃したベッドルームへ向かった。エマには、あれが合法的なものとは思えなかった。銃を購入するまえに、購入者は警察当局に銃の所持許可を申請しなければならないことになっている。ガーナで流通している二百万挺近い銃器のなかで、正式に登録されたものは半数程度しかない。

エドウィンはベッドルームのクロゼットのひとつを開け、ケースを取り出してベッドに置いた。

「開けてくれ」ラリアが言った。

エドウィンはケースの側面の留め金を外し、蓋を開けた。間近で見るその武器に、エマは背筋が冷たくなった。ラリアはしばらくケースの中身を調べていた。「拳銃が収まるところが空《から》だが」彼は言った。「どこにある？」

「もともと拳銃は入っていませんでした」すかさずエドウィンは答えた。

ラリアはうなり声を洩らし、ケースを閉じて留め金を掛けなおした。「エドウィン、きみの供述の信憑性を確かめるためにも、入っていなかったという拳銃を捜してみなければならない。まずはこの部屋からだ」

エドウィンはその場に立ったまま、ダズとラリアが引き出しやクロゼットを調べるのを見つめていた。そういったところを調べるのは大変ではなかった。というのも、エドウィンは引っ越しの荷ほどきをまだ終えていなかったのだ。苦労したのはそちらの作業だった。ベッドルームやリヴィング・ルーム、ガレージにある木箱や段ボール箱を念入りに調べるのに、一時間以上かかった。確認を終えたラリアとダズは、この家に拳銃はないと納得した。

「次はなんですか？」エドウィンが副総監に訊いた。

「合法的なものかどうかチェックするあいだ、その武器を押収することになる。明日、結果を知らせるので、何も問題がなければ、そっくりそのままきみに返す」

「わかりました。ありがとうございます」

96

翌朝の午前十一時、エマはダズやカリッジとともに、犯罪捜査局《CID》の刑事部屋でエドウィンの銃が登録されたものかどうかという結果が出るのを待っていた。三人の雰囲気は重苦しく、エマには二人の気持ちがよくわかった。エドウィンは彼らの同僚なのだ。その同僚が銃の不法所持の疑いで調査されているというのは、つらいことだった。二人は自分をどう思っているのだろうか、エマはそんなことを考えた。エドウィンがライフルをもっていること、そしてそれを売ろうとしていることをダズに知らせたのはエマなのだ。そして、ダズはそのことをおじに報告した。きっと二人は複雑な感情を抱いているにちがいない。とはいえ、二人には彼女を責める理由はなかった。法は法、犯罪行為は犯罪行為だということを、二人は理解している。

ダズの携帯電話が鳴った。しばらく耳を傾け、カリッジとエマに顔を向けた。「副総監から話があるそうだ」

三人は不安な面持ちで副総監のオフィスに入った。オフィスには、ラリアのほかにもダンプティとクアイノもいた。

「今朝、エドウィンと話をしたか?」ラリアがダズに訊いた。

「いいえ」ダズは答えた。「どういうことですか?」

ラリアは険しい顔をしている。「あの銃は違法なものだった。朝からずっとダンプティ警部に内務省で調べてもらっていたんだが、あんな長距離ライフルは登録されていなかった」

エマはダンプティにちらっと目を向けて思った。〝驚いたわ、あなたでも役に立つことがあるのね〟

「通関手続きをうまくすり抜けて密輸したものだろう」ラリアは部屋の隅にあるキャビネットのところへ行き、防弾チョッキを手に取った。「ダズ、カリッジ、装備を準備しろ。エドウィンを捕らえに行く。見つからなかったあの拳銃をもっている怖れがある」ラリアはエマに予備の防弾チョキを差し出した。「これはきみの分だ」

ラリアとダズ、カリッジ、エマはエドウィンの家に行ったが、彼はいないようだった。ガレージに車はなく、何度ノックをしても返事がない。破壊槌を手にした巡査も同行しているとはいえ、副総監はまだそこまでのことはしたくなかった。

「もう一度、電話をしてみろ」ラリアがダズに言った。

ダズは電話をかけ、首を振った。「電源を切ってる」そして、エマに目を向けた。

「母親のところ」エマは言った。「きっとミセス・アクロフィの家よ」

エドウィンの母親がジョゼフィンだということは、もはや副総監にとってはニュースではなかった。それまでは知らなかったが、先ほどダズから聞かされたのだ。

ラリアは頷いた。「そうにちがいない。行くぞ」

アクロフィ家のドライヴウェイに、エドウィンの車が駐められていた。

「ここにいる」カリッジが言った。

彼らは車から飛び出し、玄関のドアをノックした。ドアが開き、若い女性が顔を出した。すでに怯えている様子で、武装した警察官を目にし、見る見るうちに彼女の恐怖心が増していった。

「きみは？」ラリアが訊いた。

「アラバといいます」彼女は小声で言った。「ここのメイドです」

「家に入れてくれないか、アラバ」

アラバはドアを大きく開き、脇へ下がって彼らを通した。

「どうしたんだ？」ラリアが彼女に訊いた。「震えているじゃないか。きみに危害を加えるつもりはない。私たちが怖いのか？」

「いいえ」消え入りそうな声で答えた。「ただ、エドウィンという男の人がやって来たんです。しかも銃をもっていて。奥様がベッドルームに連れていかれました」

「あの拳銃だ」ダズは呟き、エマに目をやった。エマの気持ちが急降下した。

「二人がいるベッドルームに案内してくれ」ラリアはぞんざいに言った。

彼らがアラバのあとについて階段を上がると、彼女は突き当たりの部屋を指差した。「あそこです」

ラリアは声を潜めた。「ありがとう、アラバ。下の安全なところへ戻るんだ。使用人の部屋はあるかい？」

「はい」

「ならそこへ行って、私たちがいいと言うまで出てこないように。エマ、とりあえず安全のために階段の下へ」

エマは言われたとおりにしたが、完全には従わなかった。状況を把握できるように階段のなかほどで立ち止まったのだ。まずはラリアとダズがベッドルームのドアのところへ行き、カリッジと巡査はその場で待機した。

「エドウィン！」ダズがドアに向かって呼びかけた。「なあ、どうした？　何してるんだ？」

沈黙。

「おまえが大丈夫かどうか確かめたいだけなんだ」

エドウィンが返事をしたが、エマの位置からでは何を言ったのか聞き取れなかった。

「ミセス・アクロフィもいっしょなのか？」ダズが訊いた。

今度は、エドウィンは大声で答えた。「いっしょにいる。入ってくるなよ。銃をもってるんだ」

沈黙。

「いまの状況について話がしたいだけだ」

ラリアがダズに合図をし、二人はカリッジと巡査のところまで下がった。

「長いはしごがないかアラバに訊いてきてくれ。窓からなかの様子を覗けるかもしれない」

カリッジが急いで階段を下りていき、ダズとラリアはドアのところに戻った。エマは危険を承知で階段の上までこっそり引き返した。現場に近づきたかったのだ。とはいえ、身を低くして伏せていた。

「鍵は開いている」エドウィンが言った。

ラリアがダズに耳打ちすると、ダズは副総監にオートマティック拳銃を預けた。副総監は視界から隠れるように、ベッドルームのドアから数メートル離れたところにある小さなアルコーヴに身を潜めた。外から戻ってきたカリッジが首を振り、はしごがないことを身振りで伝えた。カリッジはエマの横に並び、二、三段下がるように言い張った。

「武器はもってない、エドウィン」ダズはベッドルームに向かって言った。「これからドアを開ける、いいな？」

ダズが手短に祈りを捧げるかのように、数秒、目を閉じるのがエマには見えた。ドア・ハンドルを押し下げ、ゆっくりドアを開けた。

97

「エドウィン」もう一度、ダズが呼びかけた。「ドアの鍵はかかっているのか？　ドアを開けて入ってもいいか？　おれたちだって面倒ごとはごめんだ。ただ、おまえと話がしたいだけなんだ。頼む」ダズは返事を待ったが、なんの応答もなかった。エドウィンは決めかねていて、選択肢を考えているのだろう。「なあ、友だちだろう？」ダズはつづけた。「いろいろつらいことがあったのは知っているが、おまえはいいやつだ。苦労して頑張ってきて、署内でも指折りの優秀な警察官になったじゃないか。おれはこの目でそんなおまえの姿を見てきたんだ。頼む、エドウィン」

ダズがラリアに目をやると、ラリアはつづけるように合図した。さらにプレッシャーをかけろと。

「エドウィン」ダズはつづけた。「なあ、今回のことは丸く収められる。誰にとってもいい結果になって、誰も傷つかないですむようにできるんだ。何か言ってくれ。どうしたっていうんだ？　何を悩んでいる？」

エドウィンはソファーに腰かけ、すぐ横にジョゼフィンを坐らせていた。左腕を彼女の腰に軽くまわしている。右手にはセミオートマティックの拳銃が握られていた。普段着にヘッドスカーフ姿のジョゼフィンは、からだを強張らせて怯えていた。

「よう、ダズ」エドウィンが言った。

ダズは両手をはっきり見せるようにして立っていた。

「よう、エドウィン。元気か?」

エドウィンは鼻を鳴らした。「おかしなことを訊くんだな。来ると思っていたよ」

「そうなのか?」

「あのライフルは無許可だ、わかっている。この拳銃もそうだ」

「銃を置いて、話をしよう」

エドウィンは笑い声をあげた。「おれがSWATだってことを忘れたのか? 交渉テクニックだって知っている。銃を捨てさせて、それから逮捕するんだ。おれはどこへも連れていかれる気はないし、母さんもどこへも行かない」

「エドウィン」ジョゼフィンが囁いた。「あの人の話を聞いて。お願い。きっとなんとかなるわ。わたしも力になるから」

「どうやって?」その声には蔑《さげす》みがこめられていた。「母さんの旦那、お偉い長官様はもういない。母さんもおれも、アンドー総監に憎まれている。しかも、母さんもこの件の関係者だ。それで、どうやって力になるというんだ? それとも、おれをだまそうとしているのか? 解放されたとたん、裏切って何もかもおれのせいにしようっていうのか?」

「何を言っているんだ?」カリッジがエマに耳打ちした。

エマには見当がついたが、確信はなかったので答えなかった。

「おまえのせいにするって、なんの話だ？」ダズがエドウィンに訊いた。

エドウィンは母親を見つめた。「教えてやれよ、母さん。おれに何をさせたのか、教えてやれよ」ジョゼフィンの首に銃口を押し付けると、彼女は恐怖で震えだした。

「エドウィン」ダズが言った。「エドウィン、こっちを見てくれ。銃を置くんだ。よく考えてみろ。こんなことをして、何になる？」

「すべては、旦那を警察庁長官の座に居坐らせて、贅沢な暮らしをつづけられるようにするためだ」エドウィンは首に銃口を突きつけたまま、ジョゼフィンに言った。「弾道検査をしたらどうなるか、教えてやれよ、母さん」

「これまでずっと、あなたを支えてきたじゃない」ジョゼフィンは泣きだした。

「カネをくれるのは、愛しているからじゃない」声が上ずっている。「うしろめたいからだ。ばあさんに言われるがままに、おれをテチマンのおばのところへやったうしろめたさ。おれを家族の一員として呼び戻そうとしなかったうしろめたさ。自閉症のクワメだって家族として受け入れられているっていうのに、おれはだめってわけか？　おれに感じているのは、恥ずかしさだけだからな」エドウィンも涙を流していた。エマは、このままでは手に負えなくなるような気がした。エドウィンは冷静になるどころか、神経が昂《たかぶ》ってきている。

「エドウィン」もう一度、ダズは呼びかけた。「おまえにもわかっているだろ。この状況を収める手段はいくらでもあるんだ。おまえにはたくさんの味方がいる
——おれ、カリッジ、それに同僚のみんなだって」

「いくら言っても無駄だ。わからないとでも思っているのか？　おれが刑務所にぶちこまれたとたん、背を向けるくせに」

「おれたちがそんなことをするとでも？」ダズの声がかすかに震えていることに、エマは気づいた。冷静沈着でいなければならないところだが、ダズがどこまでもちこたえられるかエマにはわからなかった。

「友だちなのに、そんなことをするとでも思っているのか？」ダズは繰り返した。

エドウィンは、母親の首に押し付けていた銃を下ろした。エマは祈った。〝どうか神様、銃を捨ててあきらめますように〟

「どうすればいいんだ？」エドウィンは途方に暮れた小さな子どものようだった。「どこにも逃げられないし、誰も信じられない」

「だから、おれたちが力になるって言っているんだ」ダズは切羽詰まった声で言った。「頼む、エドウィン。いっしょになんとかしよう」

「どうすればいいんだ？」エドウィンは繰り返し、またジョゼフィンの首に銃を向けた。

「やめろ――」ダズが言った。

あっという間のことで目では追えなかった。銃声が鳴り響き、派手に血が噴き出した。ジョゼフィンが悲鳴をあげてソファーから床にくずおれ、エドウィンのからだがのけ反った。ダズの喉から恐怖の叫び声が洩れ、カリッジと副総監は廊下へ飛び出してベッドルームへ走っていった。エマもカリッジのあとにつづいた。カリッジは銃を抜いて構えている。部屋の入り口では、ダズが呆然と立ち尽くしていた。

ジョゼフィンは叫び声をあげながらからだのあちこちに手を当て、撃たれたところがないかどうか確かめていた。だが、どこも撃たれてはいなかった。そのとき、ソファーにもたれてぐったりした息子の姿が目に入った。口が開き、目は虚空《こくう》を見つめ、うしろの壁に頭の中身が飛び散っている。「いやーっ！」金切り声をあげ、慌ててエドウィンのもとへ向かおうとした。

「だめです」ダズが彼女に飛びついた。「離れてください。こっちへ」

部屋から連れ出されるあいだも、ジョゼフィンは泣きながら抵抗していた。倒れそうになったところを、エマが抱き止めた。

「あとは任せて」エマはダズに言った。「あなたはやるべきことをやって。彼女はわたしが見ているから」

エマはジョゼフィンを支え、下へ連れていった。メイクやきれいな衣装を身に着けていない警察庁長官夫人を見るのは、これがはじめてだった。いまの彼女は平凡で、いまにも壊れてしまいそうなうえに、想像もできないほど取り乱している。

「こちらへ、マダム・ジョゼフィン。坐りましょう」

エマはミセス・アクロフィを抱えて腰を下ろした。ジョゼフィンはすすり泣きつづけ、しまいには泣き疲れてしまった。おとなしくなり、放心状態になって魂が抜けてしまったかのようにさえ思える。やがて、涙で頬を濡らしたアラバがやって来て雇い主の隣に坐り、彼女を慰めようとした。一時間もしないうちに、科学捜査班が到着した。この世のものとは思えない格好をし、見るも無残な現場を処理するために階段を行ったり来たりしていた。

エマはこの耐えがたい悲しみ、そしてこの先に待ち受けるつらい現実のことを考えた。これでわかった。何もかもはっきりした。

98

疲れ果てたジョゼフィンは、ジェイムズの書斎のカウチで少しばかり眠っていた。しばらくしてからだを起こしたが、まだふらついていて目も充血している。彼女はドアのところに立つエマに気づいた。

「よほど疲れていたようですね」エマは彼女に笑みを向けた。

「ええ」ジョゼフィンは言った。それから息を呑み、頭を抱えた。先ほどの記憶がよみがえり、大量の石が降ってきたかのような衝撃を受けたにちがいない。

「エドウィンが亡くなってしまって、本当に残念ですとしか言いようがありません」

「ありがとう」ぎこちない声で応えた。

「お部屋から出ませんか？　アラバに何かもってきてもらいましょうか？」

「お水だけでいいわ」

書斎を出たジョゼフィンは、リヴィング・ルームにラリア副総監がいるのを目にして驚いた。「あら、いらしていたのね、ミスタ・ラリア」

「どうも、奥様」ラリアは椅子から立ち上がった。

「少しは落ち着きましたか？」

「ええ、ありがとう」急に何十年も年を取ってしまったかのように、ゆっくり腰を下ろした。「実を言うと、まだ頭がぼうっとしているの」

アラバがやって来てジョゼフィンに水を差し出し、部屋を出ていった。エマはラリアの右側の椅子に坐った。

「今回のことは、心からお悔やみ申し上げます」ラリアは言った。「彼は優秀なＳＷＡＴ隊員でした」

「ええ」ジョゼフィンは床を見つめたまま言った。水には手を付けていない。「どうして自分で命を？　わからないわ」つらそうな表情でエマを見つめた。「エドウィンを知っていたのよね？　何か言っていなかった？　悩みごとでもあったの？　何か知っているなら、教えて」

「ミセス・アクロフィ。非常に言いづらいのですが、エドウィンはとても苦しんでいました」

ジョゼフィンは驚いた顔をした。「苦しんでいた？　いったい何を？　どうして？」

「はじまりは、子どものころにテチマンのおばのところへ預けられたことです」

ジョゼフィンはすかさず言い返した。「でも、それはわたしが決めたことじゃないわ」

「マダム・ジョゼフィン」エマは温かい笑みを向けた。「あなたを責めているわけでも、批判しているわけでもありません。いまはエドウィンの話をしているんです。彼は死の瞬間まで、もっともな理由があるかどうかは別として、追い出されて見捨てられたと感じていたんです。あなたからも、父親からも」

「でも、わたしはあの子を支えてきたわ」ジョゼフィンは声を荒らげた。「定期的にお金を送っていたのよ」

「エドウィンがあなたに求めていたのは」エマはつづけた。「お金よりも愛情です。今日、命を絶つまえに言っていたことを思い出してください。お金を送るのは、愛しているからだとは思っていませんでした。うしろめたいからだとエドウィンは感じていたんです。テチマンのお姉さんのところに預けたことへのうしろめたさ、家族の一員として呼び戻さなかったことへのうしろめたさ。心のなかでは、金銭的な支援によって遠ざけられていると思っていたんです。あなたは未婚で子どもを産むのは恥だという意識をお母さまに植え付けられ、その恥ずかしさを消し去ることができなかった」

「ちっとも恥ずかしくなんかないわ」ジョゼフィンは否定した。「これっぽっちもね。いつだってエドウィンを受け入れてきたんだから」

事実を認めようとしない、エマは思った。

「マダム・アクロフィ」ラリアが口を挟んだ。「われわれが銃を捨てさせようと説得しているとき、エドウィンはあなたに何かをさせられた、というようなことを口にしていました。何か心当たりは？」

「わたしがあの子に何かをさせたですって？」ジョゼフィンは明らかに戸惑っていた。「そんなことを言っていた？　悪いけど、覚えていないわ。記憶があいまいで。ひどくあいまいなの」涙が頬を流れ落ちた。

エマは中央のテーブルに置かれた箱からティッシュを数枚つかみ取り、警察庁長官夫人に渡して隣に坐った。

「これからどうしたらいいの？」ジョゼフィンは独り言のように呟いた。「夫はいないし、息子も死んでしまった。わたしの世界が壊れてしまったわ」

「必死にその世界をつなぎとめようとしていたんですよね」エマが言った。「ミスタ・アクロフィをあの高い地位にとどめ、ご主人の秘密を守ろうとした。息子さんのクワメに会うために、年に何度もイギリスへ行ける身分を保とうとした。そしてその安定した生活が脅《おびや》かされたとき、あなたは動かざるを得なくなった」

ジョゼフィンは涙を拭う手を止めた。「何を言っているのか、よくわからないわ」

「バンナーマン大統領の再選に、バーナード・エヴァンズ＝アイドゥが大きく立ちはだかった」エマはつづけた。「もしバンナーマン大統領が負ければ、あなたのご主人もいまの地位にはいられなくなり、警察庁長官という身分にともなう多くの特典や特権を夫婦そろって失うことになる。なかでも出張手当は大きい。そのおかげでヨーロッパやアメリカ、そして自閉症の息子さんに会うためにイギリスへも頻繁に飛行機で行けるのだから」

「どうしてそんな話を？」ジョゼフィンは眉をひそめた。

「エドウィンが〝弾道検査をしたらどうなるか、教えてやれよ、母さん〟と言っていましたが、あれは自宅で見つかったライフルのことを指していたんです。彼がエヴァンズ＝アイドゥを殺すのに使ったライフルです」

ジョゼフィンはからだを引いた。「なんですって？エドウィンは誰も殺してなんかいないわ」

「バンナーマン大統領の再選を確実なものにし、ご主人の警察庁長官としての地位を維持するためには、エヴァンズ＝アイドゥを消さなければならなかった。そこであなたはエドウィンに暗殺を迫った。母親のためなのだから当然だ、と訴えかけることで。母親の頼みを断われる息子なんて、そうはいませんから」

ジョゼフィンはうろたえているようだった。ラリアに目を向けた。「何を言っているのか、さっぱりわからないわ。あなたにはわかる？」

「サナ・サナを暗殺しようとしたのも、エドウィンですね？」ラリアが言った。「サナ・サナは真実に近づきすぎた。だからあなたは、サナを始末するようエドウィンに頼んだ。さいわい、今回は失敗しましたが」

警察庁長官夫人は背筋をまっすぐに伸ばし、わずかにエマから離れた。「どうして二人してそんなふうにわたしを責めるの？」

「あなたが重大な罪を犯したからです」ラリアが言った。

「それはちがいます」エマはジョゼフィンの注意を引きつけた。「副総監はあなたを責めているかもしれませんが、わたしは責めてなんかいません。あなたには自分の人生とご主人を守るという神に与えられた権利があります。その意味では、わたしはあなたの味方です」

ラリアが言った。「ミス・ジャン、出ていきたまえ、いますぐに。いずれにせよ、きみはここにいるべきではない」

「マダム・アクロフィは立派な女性です」エマはラリアに向かって言った。「自閉症センターがここまでうまくやってこられたのは、何もかも彼女のおかげなんです。イギリスにいる息子さんのクワメと同じくらいに、センターの子どもたちひとりひとりにも愛情を注いでいるんです。そうですよね？」エマは彼女の肩に軽く触れた。「あなたにとってクワメがどんなに大切か、よくわかっています」

ジョゼフィンは頷いて何か言おうとしたが、ことばに詰まった。

ラリアが椅子から立ち上がり、威圧的な態度で二人の女性が坐るソファーの方へ迫った。「ミス・ジャン」静かに言った。「ここから出ていかずに私の邪魔をするようなら、いまこの場で逮捕することになるぞ」

エマは勢いよく立ち上がり、これ以上は一歩たりともジョゼフィンに近寄らせないと言わんばかりに、副総監の前に立ちふさがった。「待ってください、お願いします。母親はいつでも会いたいときに自分の自閉症の子どもに会えるわけではない、そうおっしゃっているんですか？　クワメをイギリスに置き去りにしなければならなかったミセス・アクロフィがどんなにつらい思いをしたか、わからないんですか？」

ジョゼフィンが息を詰まらせたような声を洩らし、すすり泣きはじめた。苦しそうにあえぐたびに、胸や背中が震えている。「置き去りにしたわけじゃない」なんとかそう口にした。「そんな言い方をしてわたしを責めるなんて、ひどいわ」

エマは慌てて彼女のもとへ戻った。「ちがいます。そんなつもりじゃありません。気を悪くなされたのなら、許してください。あなたのクワメへの気持ちはよくわかります。わたしも自閉症センターにいるコジョーに、同じような深い愛情を感じているので。自分の息子ですらないというのに。もしわたしがあなたの立場だとしたら、コジョーのためならなんだってすると思います。あなたには、クワメの幸せのためにご主人の地位を利用する当然の権利があるんです。それを奪うことなど、誰にもできません」エマはジョゼフィンにティッシュをもうひとつかみ渡した。「それに、あなたのご主人を引きずり降ろそうなんて、もってのほかです。たとえサナであろうと、ミスタ・ティルソンであろうと」

「ミスタ・ティルソン?」ジョゼフィンはぼんやり言った。「どういうこと?」

「ミスタ・ティルソンはあれこれ嗅ぎまわっていた、そうですよね? ご主人を含めた警察の上層部がサカワ・ボーイズと手を組み、インターネット詐欺に関わったり支援したりしているのではないかと、あちこち訊いてまわっていた。ミスタ・ティルソンがミスタ・アクロフィに宛てた不愉快な脅迫めいた手紙のことも、ミスタ・ラリアから聞きました。あなたが脅されるのを快く思っていないことは知っています。あなた個人への脅しも、家族への脅しも」

ジョゼフィンはかすかに笑みを見せた。「ええ、そのとおりよ」

「しかもミスタ・ティルソンはクウェク・ポンスのところへ行って、自分には関係のないことまで訊こうとした。奥様は、むかしからクウェク・ポンスを知っていたんですよね? わたしはヴォルタ川の底に沈められることになっていたのですが、それが失敗した次の日の夜、ポンスとあなたが言い争っているのを、アベナが見たんです。当然、あなたはポンスに腹を立てていた。わたしを消し損ねたんですから」

ジョゼフィンはエマを見つめた。「頭がどうかしてしまったの?」

「ポンスとあなたに面識があったなんて、思ってもいませんでした。わたしはその場にはいませんでしたが、ダズとカリッジがエドウィンから話を聞いていたんです。あなたは息子さんの自閉症を治してもらおうと、幼いクワメを伝統祭司のところへ連れていったことがある、と。その相談した祭司というのが、ミスタ・ポンスだった。ちがいますか?」

「藁にもすがる思いだった」憤っているかのような口調だった。「何かせずにはいられなかったの。ポンスはクワメを治せると言ったけれど、結局は治せなかったわ」

「さぞかしショックだったでしょうね。ポンスを恨んだのですか？」

「恨んだわけではないわ」涙を拭ったティッシュをひねりながら言った。「できるだけのことはしてくれたのだから」

「それからずっと、ミスタ・ポンスとつながりがあったんですか？」

「ときどき連絡を取っていたくらいよ」

「アティンポックにあるポンスの祭祀所《さいしじょ》へ行ったミスタ・ティルソンは、ポンスと口論になった。そのときポンスが警告したんです。〝私よりも怖い連中がたくさんいる〟と。ポンスが言っていたのは、あなたのような権力と特権をもった人たちのことだったんです。ミスタ・ティルソンが帰ったあと、ポンスはあなたに連絡して、そのアメリカ人が言ったことを何もかも話して聞かせたにちがいありません。そうではないですか、ミセス・アクロフィ？」


ジョゼフィンは口を固く閉ざし、顔をそらして黙っていた。

エマは体勢を変え、ジョゼフィンの視線の先で床に膝をついた。「とやかく言うつもりはありません。ただ事実を述べているだけです。あなたはわたしなんかよりよっぽど賢明な方です。真実を語ることで解放される、そんなことは言われなくてもおわかりだと思います。いまあなたが抱えている重荷――ご主人の逮捕や息子さんの自殺は、それだけでも耐えがたいものです。これ以上の重荷をしょいこまないでください」

ジョゼフィンは表情を変えなかったが、動揺して落ち着かない様子だった。

「ミセス・アクロフィ？」エマは促した。「いっしょにこの件を終わりにしましょう。どうですか？」

部屋は静まり返っていた。ずいぶん長いこと時間が経ったように感じられたが、やがてジョゼフィンは肩をすくめ、低くかすれた声で語りだした。「あの人は敵になったの」

「ミスタ・ティルソンのことですか？」エマはジョゼフィンの顔をまっすぐ見つめて言った。

ジョゼフィンは頷いた。「ええ、ゴードンのことよ。あの人は変わってしまった。別人になってしまったの。ワシントンにいるときはいっしょにいて楽しかったけれど、ガーナに来た彼と話をして、虫唾《むしず》が走ったわ。彼はまるで雑草がはびこる庭のようだった。詐欺に遭ったせいで憎しみにとらわれ、復讐に燃えていた。わたしに言わせれば、何もかも自分で招いたことだというのに。しかもよりによって、あのサナ・サナと手を組むなんて」

「それは許せないことだった」エマは口裏を合わせた。

「それに、夫を脅すなんてまねは、誰にもさせないわ」ジョゼフィンは付け加えた。「誰にもね」

「なるほど。それで、ゴードンが脅そうとしたり力ずくで探り出そうとしたりしていることをポンスから聞かされたあなたは、堪忍袋の緒が切れたと？」

あきらめ、疲れ果てたようにジョゼフィンは言った。

「ええ」

「そして、行動を起こしたというわけですね」

「そこまで来たら、できることはひとつしかないでしょう？　ゴードンを始末するようにポンスに言ったわ。やり方なんてどうでもよかった。ただ、あのアメリカ人に消えてほしかったの」

ジョゼフィンはぐったりした。下唇が震え、目に涙があふれてきた。

ラリアが彼女のそばへ行き、そっと肩に手を置いた。

「ジョゼフィン・アクロフィ、殺人と殺人未遂の共謀、および殺人幇助の容疑であなたを逮捕します。これ以上は話す必要はありませんが、あなたの言うことは記録され、法廷であなたに不利な証拠として用いられることがあります」

ジョゼフィンは両手で顔を覆い、声を殺してすすり泣いた。

泣いた。

　ラリアがエマに向かって頷くと、エマはドアのところへ行って開けた。ダズが待機していた。

「もういいわ」エマは言った。

　ダズが部屋に入り、ジョゼフィンに手を貸して立ち上がらせた。「こちらへ、奥様」優しく言った。

　ジョゼフィンはダズに連れていかれた。

　ラリアがエマに目を向けた。「なかなかの演技だった」勝ち誇ったような声音ではなかった。「礼を言う」

「副総監も」エマは応えた。「見事な演技でした」

99

　ミセス・アクロフィが逮捕されたあと、エマはタクシーで犯罪捜査局《CID》へ向かった。テルマ・ブライト巡査部長にアンドー総監との面会を取り付けてもらっていたのだ。犯罪捜査局までの道は予想どおり渋滞していたので、エマには話したくて仕方がない人に電話をする時間がたっぷりあった。三回目の呼び出し音で、デレクが電話に出た。「エマ！　声が聞けて嬉しいよ。元気かい？」

「ええ、元気です。いま時間はありますか？」

「きみのためなら、いつだって時間を作るさ」

　エマはにっこりした。「そう言ってもらえると嬉しいです。実は、お知らせすることがあって」

「いい知らせかい？」

「ええ、いい知らせだと思います。お父さまがキャスパーへのEメールに書いていた、ジョゼフィンという女性を覚えていますか？」

「ああ、父さんがここ、ワシントンD.C.で会った女性だ」

「ええ、そっちでは友人だったけれど、ガーナに来たお父さまは、ジョゼフィンにとって危険な存在になったんです。お父さまが、サカワ詐欺の鎖がどこまでつながっているかという実態に迫りつつあったから。そこで、ジョゼフィンは自分の夫がサカワの黒幕であるとばれるのではないかと怖れた。もしばれれば、二人が慣れ親しんできた暮らしそのものが脅《おびや》かされることになってしまう。彼女には、そんなことは受け入れられなかったんです」

「つまり……父さんを殺すように仕組んだのは、彼女だと?」

「ええ」

「なんてことだ」

「彼女がクウェク・ポンスに指示を出して、ポンスのボディガードがお父さまを襲って川に投げ捨てたんです」

デレクは無言だったが、しばらくして口を開いた。

「なんて悲しくて、なんて哀れなんだ。おれには理解できない」

「ミセス・アクロフィは、ほかにも危険だと感じた人を二人襲わせています。ひとりは暗殺されました――大統領候補のエヴァンズ＝アイドゥです。もうひとりはサナ・サナで、彼は難を逃れました。デレク、もう一度言わせてください。あなたとお父さまがこんな目に遭ってしまって、本当に残念です」

「きみはどうなんだ?　危うく川に投げこまれるところだったって言ってたけど。それも、ミセス・アクロフィの仕業なのか?」

「いいえ。わたしが目障りになったミスタ・ポンスが、すべて自分ひとりで勝手にやったことよ」

「すべて自分ひとりで勝手にやった?」デレクは鼻を鳴らした。「おかしな言い方をするんだな」

またデレクは黙りこんだ。エマはあえて間を空けてから訊いた。「いまの気持ちは?」

「いろいろな感情がこみ上げてくると思う。いまはその人たちが捕まって満足しているけど、悲しみと虚《むな》しさも感じている。でも何より、きみが約束を守ってくれて、しかも自分の命を危険にさらしてまで真相を突き止めてくれて、感謝している。この恩は一生忘れない。ありがとう、エマ」

「気にしないでください。この件をうちの事務所に任せてくれて、こちらこそありがとうございました」

テルマは総監オフィスのドアを開け、エマを通した。アンドーはデスクの椅子に坐って電話をしていた。しばらく話をつづけ、ようやく電話を切って目の前の二人の女性に視線を向けた。「なんだね？」

「わたしを覚えていますか、総監？」エマが訊いた。

アンドーは眉をひそめた。「いや、覚えていない。誰だったかな？」

「エマ・ジャンといいます。坐ってもよろしいですか？」

アンドーはデスクの向かい側にある椅子を指した。だがエマは腰を下ろさず、その椅子をもって彼の隣に行き、それから坐った。

アンドーはエマから離れた。「なんのつもりだ？」

「今年の一月、ここでからだを寄せ合って坐り、わたしの太腿に手を置いたことを覚えていませんか？」

アンドーはテルマに目を向けた。「どうなっているんだ？　無礼にもほどがある」

「それから」エマは立ち上がった。「こっちへ来るように言われました」私室のドアの方へ歩いていった。「なかに入ると、部屋の真ん中にある椅子に坐らされ、レイプされそうになりました」

「馬鹿なことを」アンドーは声を荒らげ、テルマに目をやった。「この女をつまみ出せ」

「ですが、彼女の話は本当です」テルマが言った。「長年、総監の下で働き、多くのことを教えていただきました。ですが心から総監を尊敬できなかったのは、若い新人女性警官の扱い――彼女たちに総監が何をしているかということに、ある疑念を抱いていたからです。総監がミス・ジャンをレイプしようとしたあの一月の夜、ようやくその証拠をつかみました。忘れ物を取りにオフィスへ戻ると、話し声とエマの悲鳴が聞こえました。エマが飛び出してきたのでデスクの陰に屈みこみ、トイレまであとを追ってドア越しに話をしました。だから、エマの話が事実だということはわかっているんです」

アンドーはことばを失い、二人を見つめた。

「テルマとわたしは、ソーシャル・メディアやテレビ、ラジオなどでこのことを広めるつもりです」エマが言った。

アンドーは訝《いぶか》しみながらも傲慢な態度に出た。「そんな話、誰が信じると？」

「信じてくれる人はたくさんいます」エマは言った。「とくに女性たちは。それにいまのバンナーマン大統領の心境を考えると、大統領も信じると思います」

「何が望みだ？」アンドーは迫った。「カネか？ カネならくれてやる」

「ちがいます。おおやけの場で告白し、あなたが手にかけてきた女性たちに謝罪してもらいたいだけです」

アンドーは鼻を鳴らした。「ふざけるな。そんな脅しに屈するとでも思っているのか？」

エマは携帯電話を取り出し、自分のフェイスブックのページを開いた。「これが見えますか？」携帯電話の画面をアンドーに向けた。「いますぐにでも、この情報を発信できます」アンドーの写真を撮った。「テルマも投稿してくれます。そうなれば、総監に襲われた多くの女性たちが名乗り出るのも時間の問題です。明日までに決めてください。明日になってもテルマに連絡がなければ、わたしたち二人であちこちにこの警告を投稿します」

突然、アンドーが立ち上がり、エグゼクティヴ・チェアがひっくり返った。「出ていけ」

「ありがとうございました」エマは言った。「明日、おおやけの場での告白と謝罪を期待しています。テレビへの出演は、テルマが段取りをつけてくれるはずです。では、失礼します」

謝　辞

ガーナのアクラで私立探偵をしている友人のヤヒア・アジュレに感謝します。この本の核となるサカワについて調べるのに、力になってくれました。伝統祭司やサカワ・ボーイズへの取材を、苦労して取り付けてくれました。その点において、イスラム学者《マラーム》サリス・ラジとムサ・ヤヒアの協力には、大いに感謝しています。

ロサンゼルスの私立探偵、ランディ・トーガーソンは、ガーナで調査した経験を快く話してくれました。

最後に、ソーホー出版の素晴らしい編集者――ジュリエット・グレイムズとレイチェル・コワル――そしてジュリエットがいないあいだ彼女の代わりを務めてくれたベン・リーロイに。新たなアフリカ系女性探偵を生み出すことができたのは、三人の導きと協力のおかげです。

訳者あとがき

本書『ガーナに消えた男』（原題：*The Missing American*）は西アフリカのガーナを舞台に、新米女性私立探偵エマ・ジャンが消えたアメリカ人を捜索するミステリです。ガーナにはあまり馴染みがないという人も多いかもしれません。恥ずかしながらかくいうぼくも、ガーナといって思い浮かぶものといえばカカオ、そしてプロボクシングの名王者A・ネルソンやI・クォーティくらいでした。本作はガーナについて詳しく描写されています。とくに名前を聞いただけではわからないような庶民の食べ物が数多く出てきます。参考までに簡単な注釈を付けているので、どんな料理か想像しながら読むのも面白いかもしれません。そのほかにもガーナの生活習慣、社会、文化、自然なども描かれているので、ミステリとして楽しめるだけでなく、ガーナという国を知るいい機会になるのではないでしょうか。

著者のクワイ・クァーティはアフリカ系アメリカ人の母親とガーナ人の父親をもち、ガーナのアクラで生まれました。両親ともにガーナ大学の教授ということもあり、幼いころから本に囲まれて育ち、

八、九歳のころにははじめて自分で物語を書いたとのことです。ティーンエイジャーになると医学の道を志すようになり、ガーナ大学の医学部へと進みます。ですが在学中に父親が亡くなり、母親とともにアメリカへ移り住み、ワシントンD.C.にあるハワード大学の医学部に編入します。卒業後はカリフォルニア大学ロサンゼルス校のクリエイティブ・ライティング・コースで学び、二十年以上、医師として働きながら執筆活動をつづけてきましたが、二〇一八年に作家に専念することにしました。現在はカリフォルニア州パサデナで暮らしています。デビュー作の*Wife of the Gods*は、二〇〇九年のロサンゼルス・タイムズのベストセラー・リストに載りました。二〇一〇年には、G.O.G.ナショナル・ブック・クラブの最優秀男性作家賞に選ばれています。本作は二〇二一年のシェイマス賞新人賞を受賞し、アメリカ探偵作家クラブ賞最優秀長篇賞にもノミネートされました（惜しくも受賞は逃しましたが）。彼の作品はどれもアフリカのガーナを舞台にしたもので、他の作品に、*Wife of the Gods*の主人公ダーコ・ドーソン警部シリーズとして、*Children of the Street*（二〇一一）、*Murder at Cape Three Points*（二〇一四）、*Gold of Our Father*（二〇一六）、*Death by His Grace*（二〇一七）のほか、*Death at the Voyager Hotel*（二〇一四）があり、二〇二一年にはエマ・ジャンを主人公にした本作の続篇、*Sleep Well, My Lady*を発表しています。さらに二〇二三年にはエマ・ジャン・シリーズ第三作*Last Seen in Lapaz*が控えています。アフリカを舞台にした犯罪小説を書く代表的な作家のひとりで、現代の西アフリカを題材にしたミステリで世界的な大手出版社から出版されているのは彼の作品だけだということです。さらに彼は、アフリカ系アメリカ人の作家やアフリカ文学、アフリカ・

ミステリ小説などを盛り上げようと熱心に活動しています。

本作の物語は、あるアメリカ人の男性がフェイスブックで知り合った女性に会うためにガーナへ行くのですが、その後、行方不明になってしまいます。そこで、ガーナで有名な私立探偵事務所がその男性の捜索の依頼を受けます。次期大統領選挙を控えたこの西アフリカの国で起こった失踪事件には、ガーナに蔓延する汚職、さらに地元の信仰と深く結びついたサカワと呼ばれる国際的詐欺といった社会問題が大きく関わっていて、詐欺師だけでなく、警察や事件記者、伝統祭司といったさまざまな人物の思惑が絡んでいるのです。

主人公のエマ・ジャンは決してタフなヒロインというわけではありません。自閉症の子どもたちの世話をボランティアでする心優しい女性で、傷つきやすくか弱いところもある人間味あふれるキャラクターです。そんな彼女が逞しく成長し、最後にある人物と向き合うシーンは凜々《りり》しく、爽快です。

本作には個性的なキャラクターが登場しますが、そのなかでもとりわけ印象的で謎めいたキャラクターのサナ・サナには、どうやらモデルとなった人物がいるようです。それはガーナで数々の社会問題を暴露してきた、アナス・アレメヤウ・アナスという潜入調査を得意とするジャーナリストです。彼は〝実名をさらし、恥をさらし、法廷にさらす〟というモットーを掲げ、命の危険があるという理由から常に人前ではビーズや紐などを垂らした帽子をかぶり、素顔をさらしません。TEDトークで講演する彼の動画が配信されているので、実際にそんな帽子をかぶった姿を見ることができます。その動画では、複雑に絡み合った紅白の紐のかたまりのようなものを帽子の前に垂らしています。本当にこんな人物がいるのかと思うほどのインパクトがあります。サナ・サナはいかにも小説や映画を面白くするために作られた誇張されたキャラクターかと思いきや、そんな人物が実在するとなると、真実は小説よりも奇なりといったところでしょうか。もし興味があれば、「アナス・アレメヤウ・アナス」で検索してみてください。サナ・サナのイメージがつかめると思います。本作を読んだときに、紐やビーズくらいで顔が隠れるのだろうか、といささか疑問に思ったのですが、その動画を見て〝なるほど、これなら素顔はわからない〟と納得しました。深刻な社会の闇を暴くのは、それほど命がけということなのでしょう。

ガーナを拠点にしたインターネット詐欺というと意外に思う人もいるかもしれませんが、実際にガーナやナイジェリアではそういった詐欺が横行していて、ここに登場するサカワというのも実在する国際的詐欺集団です。ガーナはイギリス連邦加盟国ということでイギリスとの関係性が強く、アフリカ諸国のなかでもITの分野が発達しています。そして若年層での失業率が高いことから、生活のためにサカワに手を出す若者も少なくありません。その一方で、作中で語られているように、かつての白人の仕打ちに恨みを抱き、白人から奪い返すことをなんとも思っていない人たちもいるとのことです。一時期、ガーナではサカワが大人気になり、サカワを題材にした多くの映画まで作られていたほどです。

ガーナでは呪術の力を信じる人も多く、サカワ・ボーイズはインターネット詐欺で成功するための霊的な力を求めて呪術師のもとを訪れ、さまざまな儀式を課せられるという話です。本作で触れられているような棺桶で眠るなどといった儀式も現実に行なわれているらしく、拒んだ場合には災いが降りかかると怖れられてもいるようです。効果があるかどうかは別として、やっている本人たちはその力を信じているようです。一見、呪術とインターネットというとミスマッチにも思えますが、呪術の在り方も時代の流れに適応して変化しているということなのかもしれません。

本作を訳すにあたりいろいろ調べていると、こういったガーナなどを拠点にした国際的詐欺の被害は欧米だけでなく、日本でも報告されているという記事を目にしました。日本で問題になっている振り込め詐欺のようなものが、世界じゅうで行なわれているということなのでしょう。

このように本作はたんなるミステリというだけでなく、ガーナというあまり馴染みがない国の暮らしや文化、社会問題などにも触れることのできる作品になっています。

HAYAKAWA POCKET MYSTERY BOOKS No. 1978

渡《わた》 辺《なべ》 義《よし》 久《ひさ》

1973年生，パデュー大学卒，翻訳家
訳書
『アベル VS ホイト』『老いた男』トマス・ペリー
『追跡不能』セルゲイ・レベジェフ
（以上早川書房刊）

この本の型は、縦18.4センチ、横10.6センチのポケット・ブック判です。

〔ガーナに消《き》えた男《おとこ》〕

2022年4月10日印刷　　2022年4月15日発行

著　者　クワイ・クァーティ
訳　者　渡辺義久
発行者　早川浩
印刷所　星野精版印刷株式会社
表紙印刷　株式会社文化カラー印刷
製本所　株式会社川島製本所

発行所　株式会社　早川書房
東京都千代田区神田多町2－2
電話　03-3252-3111
振替　00160-3-47799
https://www.hayakawa-online.co.jp

（乱丁・落丁本は小社制作部宛お送り下さい
送料小社負担にてお取りかえいたします）

ISBN978-4-15-001978-5 C0297
Printed and bound in Japan

ハヤカワ・ミステリ〈話題作〉

1968
寒《かん》慄《りつ》
アリー・レナルズ
国弘喜美代訳
アルプス山中のホステルに閉じ込められた男女。かつてこの地で起きたスノーボーダーの失踪事件との関係が？　緊迫のサスペンス！

1969
評決の代償
グレアム・ムーア
吉野弘人訳
十年前の誘拐殺人。その裁判の陪審員たちが、ドキュメンタリー番組収録のため集まるが……意外な展開に満ちたリーガル・ミステリ

1970
階上の妻
レイチェル・ホーキンズ
竹内要江訳
冴えないジェーンが惹かれた裕福な美男子には不審死した前妻の影が……南部ゴシック風サスペンス、現代版『ジェーン・エア』登場

1971
木曜殺人クラブ
リチャード・オスマン
羽田詩津子訳
謎解きを楽しむ老人たちの集い〈木曜殺人クラブ〉が、施設で起きた殺人事件の真相解明に乗り出す。英国で激賞されたベストセラー

1972
女たちが死んだ街で
アイヴィ・ポコーダ
高山真由美訳
未解決となった連続殺人事件から十五年後、またしても同じ手口の殺人が起こる。女たちの目線から社会の暗部を描き出すサスペンス